オーストリア綺想小説コレクション……1

廃墟建築家

Der Ruinenbaumeister

Herbert Rosendorfer

ヘルベルト・ローゼンドルファー

垂野創一郎 訳

国書刊行会

廃墟建築家

ルルド詣でに行く六百人の尼さんと同じ列車に乗り合わせた人は、ひとりになれるコンパートメントが見つかればほっとすると思う。たとえ口笛みたいな変な音がかすかにひびき、饐《す》えた臭いがひんやり漂っていようとも。

　電球が歌ってるな、とわたしは思った。今わの際《きわ》に電球はときに歌う。白鳥と同じだ。手荷物を網棚にのせてから、おそらく前の客の汗かき足のせいでうすく曇る空気を追い払おうと窓をあけた。そのうち列車が動き出したので、座席に腰をかけて脚をのばし、足先を向かいの座席の下に突っ込んだところ、その足をぐいとつかまれた。

　手から新聞が落ちた。驚きすぎて叫びもできず、本能的に足をばたつかせようとした。あとから思い返すと、大蛇に呑まれたかと一瞬考えたらしい。

　だがそれは人だった。この季節にしてはやけに着ぶくれして、体に合わないぶかぶかのヘリンボーンのコートのポケットは異様にふくれ、全財産を持ち歩いているようでもある。もっとも最初目に入ったのは、座席の下から突き出た首だけだったが。

「追われています。助けてください」首がささやいた。「生業《なりわい》の犠牲者なのです」

「ともかく足を放してくれ」

「通路側の窓のブラインドを下ろしてください」ささやき声は言って、わたしの足を押しやった。

わたしはためらいつつも、巻き上げブラインドと思われる汚い布切れを下に引いた。これは窓の前の小さな鉄のレールに沿って、扱いにくい革のラッチで操作できるのだが、油断すると不気味なほどの速さで、耳ざわりな音をたてて、すぐまた巻きあがってしまう。ブラインドはふつう三つある。コンパートメント入口の窓をおおうやや幅広いもののほかに、入口の左右にある窓の前にも細長いものがある。二番目のブラインドを下ろしているうちに、最初のものが巻きあがる。アクロバット的な機敏さがあれば何秒かでブラインド二つだけは下ろせるかもしれない。その後三番目を慎重に引っぱると、悪魔のメカニズムが発動したように、すくなくとも一つがふたたびしゅるしゅると高みに上る。どうやらこのブラインドは手が三本あることを想定して作られたらしい――

ようやく全部のブラインドをなだめて下ろすと、男は座席の下から這《は》い出て、汚いコートにくるまったまま、コンパートメントの隅に腰をおろした。顔を見ると髭を剃っておらず、口は赤く湿っている。そしてあいかわらずささやき声で、「どうもすみません。追われているところを助けてくださって」

「君を追っているのが」こちらも思わず小声になった。「警察じゃなきゃいいんだが」

「生業の犠牲なんですよ」その声を聞くと、こいつは喉をひどく痛めていて、そもそも大声では話せないんじゃないかとも思えた。

「手配中の押し込み強盗だって、言ってみれば生業の犠牲者じゃないか」

「あなたの足が腹さえ蹴らなきゃ、わたしだってあなたを煩《わずら》わしたりはしなかったんです」

「それはどうも失礼」わたしは小声で言った。

「何ですって」

「どうも失礼」そうささやいてわたしは頭を下げた。男からはビールの匂いがした。

「なにいいんですよ」男は言った。「それにね、実は切符を持ってないんです」

「そんなことだと思った」

「まして一等車の切符なんか」

「車掌が来たらどうする」

「だからブラインドを下ろしてくださいって頼んだでしょう――そうすりゃ車掌はあなたが寝てると思って、入るまえに鋏《はさみ》で戸をノックします。わたしはすばやく姿を消せます。暗けりゃもっといいんですけど」

男は立ちあがって灯りを消した。コンパートメントを照らすのは青い豆電球と、眠りについた駅をときたま通過するとき目に入る仄暗い公共安全灯だけになった。

「押し込み強盗ってさっき言いましたね」また男がささやいた。「とんでもない。もっとずっと変てこな仕事です。わたしは一つの仕事の犠牲者ではありません。実を言えばいくつもの仕事の犠牲者なんです。しかも家族ぐるみで。たとえば弟にしても――『奇商クラブ』って知ってますか」

「チェスタトン」わたしはささやいた。

「わが愛読書です。弟がいなくても、わたし一人だけでも、あの本に何章か追加できます。たとえば婦人専用日光浴場の管理人もやってましたした」

「そりゃまた」わたしは小声で言った。

「ええ、わたしもそう思いました。わたしの前任者が料金支払所に特製の壁を作りました。外からは普通の壁にしか見えませんが、中からは窓になっていて、日光浴場全体が見渡せます。でも若い女はまれにしか来ず、きれいな女はさらにまれです――そういうのはどこか別のとこで裸になるんでしょう――たいていは太った老婦人か痩せた老婦人です。丸まったイモリみたいなのが芝生を転げ回り、反らせた爪先を空に伸ばしているんです。二、三週間もするとこんな夢を――」

ブラインドの跳ねあがる音が、鞭の一打ちのように男の話を打ち切らせた。婦人専用日光浴場管理人は鼬《いたち》の素早さで座席の下にもぐりこんだが、音の正体がわかるとたちまち出てきた。わたしはブラインドを下ろした。

「こんなの人生とは言えやしません」やや息を切らして男はささやいた。「ほら、これを見てください」

男は汚い紙切れをわたしに渡した。非常灯の青い光でわかるかぎりでは、点がたくさん描かれているようだ。

「何だいこれは」

「弟が……でもまずはわたしの話を聞いてください。牢屋にいたときから――」

「やはりな」わたしはつぶやいた。

「あなたの考えているようなことじゃありません。わたしが罪人であるもんですか。牢屋っていうのもね、この際白状しますと、二度か三度、完全に素面《しらふ》とは言いがたいとき、出来かけの家だったか廃屋だったかで寝たからなんです。一度なんかは警察署のガレージに忍び込みました。真夜中におまわりの一人から小便をかけられました――わざとじゃありませんよ。警察を悪く言うつもりはありません。絶対にわざとじゃないですが、顔にかけたんです。思わず悲鳴をあげました……でもまあ、つまらない話はやめましょう。――ともかく牢屋には南京虫がいるんです。そこで自動清掃機を思いつきました。南京虫の脚にちっぽけな消しゴムを結えつけて部屋に放せば、奴らは隅々まで這いこんで汚れをきれいに消してくれるんじゃないかと――。もちろん南京虫はひどく軽いんで、強い力で消しゴムは使えません。でもその代わり執念深く這い回ります――たいがいは同じところを。それに数がものをいいます。――そういうわけで南京虫の脚に消しゴムを固定する計画にとりかかりました。刑期を務め終えるとすぐにライゼントリティウスという男と組むことになりました――ライゼントリティウスは知ってますか」

「いいや」わたしはささやいた。

「何ですって」――車輪の音はかなりうるさかった。

「いいや」わたしはふたたびささやいた。

「まあそうでしょうね。――ともかくわれわれは死んだ南京虫からはじめて、それから生きた南京虫に移りました。たまたまわたしが外出していたとき、間抜けなライゼントリティウスが被験体を不注意から全部逃がしちまったんです――南京虫はあちらこちらを、あろうことか計画書や設計図の上まで這い回って、全部消しゴムで消しちまいました。家に帰るとわたしのライフワークはおじゃんになってました――」

「それでそいつをぶち殺したのかね――」わたしはささやいた。

「ライゼントリティウスをですか。まさかそんな――」

そのときノックの音が聞こえ、ドアがいきなり乱暴に開いた――しかし婦人専用日光浴場管理人兼南京虫調教師はすでに座席の下にいた。ノックの主は車掌ではなく車内販売員だった。わたしはビールを二ジョッキ注文した。

「二ジョッキですか？」販売員が聞いた。「大ジョッキ一つではなく？」

「ジョッキ二つだ。大ジョッキ二つでもいい」

販売員はビールを注ぎ、わたしは代金を払った。彼はお辞儀をして出て行った。

「これはこれはご親切に」謎の男は小声で言って、隠れ処《が》から出てきた。「なぜわたしがビール好きってわかったんですか」

「どうせそんなことだろうと思ってたよ」

男はぐいぐい飲んだ。「ライゼントリティウスを殺しはしませんでした。まあ完全にはね。でも死体にはその後いやというほど長くつきあったんです。つまり新しいアイデアがひらめいたんです。何かっていうと、特別な死体埋葬企画です。こいつは南京虫より話が少しややこしい。ただあなたに話しても、商売人の頭がないとうまく理解できないかもしれません」

「まあ話してみたまえ。でもその前に、この黒い点々は何を意味するか教えてくれないか。販売員が灯りをつけてくれたおかげで、今は君の紙切れがはっきり見える」

「点々は穴です」男はささやいた。

「本当かい」わたしは紙切れをまた手にとった。

「点々は穴を表わしています。でもそれは後にしましょう。わたしの死体埋葬計画の肝《きも》は、誰もが豪勢な葬式を望むのに、生きているうちには金を払いたがらないところにあります。金持ちはかえって吝嗇なものですが、それもわたしの計画に好都合なのです。わたしが契約するのは高齢で、裕福で、しかもなるべくならご病身の方々です。契約によってわたしは顧客の要望にそった豪華な葬式を実施する義務を負います。花輪、花を撒く子供たち、弔辞を読む人、葬儀係員、悼む乙女たち、合唱団、制服を着た柩《ひつぎ》と花輪と勲章の運搬人、礼砲、追悼の舞踏、故人の生涯の主要エピソードを表わす活人画……自家用の聖歌の作曲さえも契約に含めました。もちろん費用は莫大になります。でもいくらケチな老人でも気にしません。生前に払わなくてもいいんですから。やってもらうのは——もちろん資産がちょっとやそっとでなくならない金持ちはこちらで探しますが——費用に相当する金額を遺贈する旨の公正証書を作ることだけです。こんな見世物を葬式の都度やっていたら、およその見積もりで三から四パーセントばかりの純益が手元に残るはずでした。でもわたしは相続人と連絡をとって、遺贈権の十パーセントを放棄しました。そしてたいてい死骸をおまけとしてもらいます……ほら、少し前にはどの肉屋にもあったラードの彫刻を覚えてませんか。たいてい子豚が肉屋の格好をしてハムを運んでいて、そのハムには趣向を凝らした意匠や開業記念日の年なんかが刻まれてたでしょう——覚えていませんか——そんな彫刻を死骸でこしらえたんです。売上は事実上すべて純益になりました……」

　男は二口目を飲んでジョッキを空にした。

「芸術のほうに血迷わなければよかったのです。ウィーンのシュテファン大聖堂近くの画廊に子豚の肉屋を何体か展示したら……」

　そのときノックなしでさっとドアが開いた。それにもかかわらず婦人専用日光浴場管理人兼南京虫調教師兼ラード彫刻家はすぐに座席の下に隠れたものの、強力な懐中電灯が、座席の下に消える前の片足を照らした。

「出てきたまえ」断乎とした声が言った。「警察のものだ」

　灯りがついた。私服警官らしい二人がコンパートメントに立っていた。うめき声をあげて男は座席から這い出てきた。

「小アインシュタインめ、やはりここだったか——この男とは知り合いですか」年かさのほうの警官がわたしに聞いた。

「今知り合ったばかりです」

「小アインシュタインが一等の切符を持っていると、本気で思っていましたか」

「それがわたしと何の関係があるでしょうか」

「しらばくれる気か、この野郎――」

若いほうの警官が殴る構えをした。だが年上のほうが押しとどめた。

「待て――」と彼は言った。「少なくとも、小アインシュタイン、お前は無賃乗車をした。そして今、われわれを侮辱した。身分証明書はあるか？」

男はぐずぐずとすり切れたコートの内ポケットを探った。目が落ち着きなく動いている。あちこち探したあげく……いきなり電光のように座席に飛び乗り、片手で窓をすばやく開け、同時にもう一方の手で非常ブレーキの紐を引いた。いきなりブレーキがかかったため二人の警官はバランスを崩し、折り重なって座席の上に倒れた。わたしは自分の席から前のめりになって警官の上に投げ出された。男はあらかじめ見込んでいたこの機会に乗じてすばやく窓から飛び降りた。

警官たちが立ち直って窓辺に駆け寄ったときには、男は闇に消えていた。尼さんたちが金切り声をあげた。若いほうの警官が警笛を鳴らした。車掌、食堂車の給仕、そして負けじとばかりに野次馬も大勢、押し合いへし合い通路に殺到した。やっとのことで年上の警官が命令をくだした。列車は待機させられた。警官が線路のある土手とその周りを探したが何も発見できなかった。ここから見えるかぎり、線路は人が抜けられそうもない森や、密生する繁みに囲まれている。しかも今夜は新月で暗い。それに警官たちも列車からあまり遠く離れたくなさそうだった――置き去りにされたら困ると思っているのかもしれない。捜査はたちまち打ち切られた。尼たちの興奮もおさまった。通路の野次馬連中も散り散りになり、年上の警官だけがわたしのコンパートメントに残り、事件の目撃者であるわたしを尋問すると告げた。わたしは起こったことをすべてありのまま話し、あの男の喋ったこともついでに話すと、警官はそれも書きとめた。それから調書に署名せねばならなかった。警官は外で見張りをしている部下を食堂車に使いにいかせた。

「あなたもほしいものはありますか」

わたしはコーヒーを頼んだ。警部――階級はあてずっぽうだ――はソーセージ二本とビールを注文した。どうやら仕事は終わったことにしたらしい。「まだここにいてもかまいませんか」とわたしに聞いてきた。

「どうぞ」わたしは言った。

警部は座席に座ってくつろいだ。少し前まで小アインシュタインが座っていたところだ。

「時間と労力の無駄遣いですよ」彼は言った。「ここだけの話ですがね」

「あの男は何をやったんですか」

「それはお話しできません」

「重犯罪を犯しそうな感じじゃなかったですね。むしろ頭が少しおかしいんじゃないですか」

「たいへんな無駄遣いです。――頭がおかしいですって？　少し目端のきいた犯罪者は法廷や監獄で狂人のふりをするんです。証拠が全部出そろったなら、弁護の道はそこにしか残されてませんから。あまりに狂人の真似がうまくて本物になってしまうのもときどきいます。しかしあの男がおかしいかどうかとなると……」

部下がビールとソーセージとコーヒーを持ってきた。警部はすぐに立ち去らせた。

「よりによって小アインシュタインが」警部がソーセージをほおばりながら言った。「奴の言う『パノラマ・ショウ』といっしょに捜査線上に浮かびあがったときは、自分の目が信じられませんでしたね。奴がなぜライセンスを取得できたのか、謎としかいえません。『パノラマ・ショウ』なるものは四つか五つの箱にすぎません。十ペニヒ入れると、のぞき穴の向こうに写真が次々と映るんです。イアホンも付いていて、BGMと写真の説明が聞けます。――てっきりけしからん写真を映しているのかと思ったんですが、現場を押さえられませんでした。何事にせよわれわれが手をつけていることにはおそろしく鼻がきくばかりか、犯罪者は皆そうですが、警官をよく知っているんです。われわれの仲間が顔を見せると『みんなのアルプス』とか『消防隊の世界から』とか『一九六八年メキシコオリンピックの精華』を上映してみせます。奴は大きめの都市の駅を総なめにしました。正直に言いますと、猥褻写真の摘発ばかりに頭がいっていたため、肝心のトリックにまんまとひっかかったんです。箱ののぞき穴は低いところにあって、見るためには背をかがめねばなりません。――警察署の統計によれば、男性の五十パーセントは財布を尻ポケットに入れています。目と耳は注意をそらされ、低いのぞき穴のせいで尻は後ろに突き出されます――小アインシュタインほど器用でない掏摸《すり》でもやすやすと仕事ができます。でも、先に言ったように、われわれは見逃してしまいました。猥褻写真しか頭にありませんでしたから……でもとうとう今日になって、ある人が――誰がそんなことを考えるでしょう――鼠取りを尻ポケットに仕掛けていて、小アインシュタインの指をパチンとやりました……奴は機転をきかせました。すぐさま逃げて、出発する寸前の列車に飛び乗りました。われわれは性懲りもなく、猥褻写真を押さえようとその場にいました。何人かの同僚が奴を追って、同じ列車に飛び乗りました。待て！　とわたしは言いました。これは奴のトリックだ、でもこの目はごまかせない。――奴は反対側からまた降りて、何食わぬ顔で別の列車に忍び込んで、いっぽうわれわれは馬鹿みたいに次の駅で初めの列車を引っ掻き回してるって寸法だ。――だからわたしは、待て！　と命じたんです。小アインシュタインは次に出たこの列車にしかいないと」ここで警部は床を指した。「もちろん六百人の尼さんを見たときは総毛立ちました。小アインシュタインは何をしでかすかわからん奴だから、尼さんの一人をトイレに誘いこんで服を剝いで、恥かしさで助けも呼べず、いっそ凍え死んだほうがましと思い詰めた尼さんを尻目に、いっちょう前の尼僧長みたいな顔をして、列車中を練り歩いて寄付金さえ募っているかもしれない。ということで尼さんをすべて調べる羽目になりました――そのきまり悪かったことといったら！　尼さんのなりをした男性修道士は何人かいましたが、小アインシュタインは見つかりませんでした。すべての車両を探しまくったあげく、最後に残ったのがこのコンパートメントでした」

――尼さんのパスポート写真はどんな感じなのですか、とわたしは聞きたかった。以前から疑問に思っていたことが、このときまた頭に浮かんだのだった。――頭巾を脱いで右耳を出して……尼さんはそうさせてくれるのだろうか。かえって識別しにくくなったらどうするんだろう――しかし警部はすでに立ちあがり、別れのあいさつをした。次の特急停車駅が近づいていた。警官は全員そこで降りねばならない。引き返して小アインシュタインの追跡を続けるためだ。

――もし奴が今――と座席に身を沈めて、奴が残していった汚い紙切れをもて遊びながら考えた。――もし奴が今、列車から飛び降りたあと、またここに、たとえば今度はもっと後ろの車両に舞い戻って……そのとき外の通路を尼さんが通りかかった――だが思い過ごしだった。その尼さんは無精ひげも生やしてなければ、こちらにウィンクもしなかった。

紙切れに書いてある図形だか文字だか何だかわからないものにわたしは頭をひねった。それはおおよそこんな感じだった。

——点は穴を表わすって言ってたな。そう思った瞬間に閃《ひらめ》いたものがあった。こんなことは前にもあった——わたしは目をつむった。前世のことか、現世のことか、あるいは予言が成就したのか。一人二役と呼ばれるものか。それとも心の奥にあるという第二の視力か——わたしは頭をひねって考えた。

どこからか伸びている街路が、まばゆい昼の光を浴びて、庭園の塀に沿って走っている。塀の内側からそれより十倍も高い樹が迫《せ》り出している。氾濫寸前の河のように煉瓦の細い帯の上から緑があふれている。

色褪せた塀はまっすぐ果てしなく延び、その中途に、巨大な黒い封緘《ふうかん》のように——といっても紋章の封印ではなく、バロック期の長々しい名前だが文盲の君主の、頭文字が百度も互いを呑みあう署名

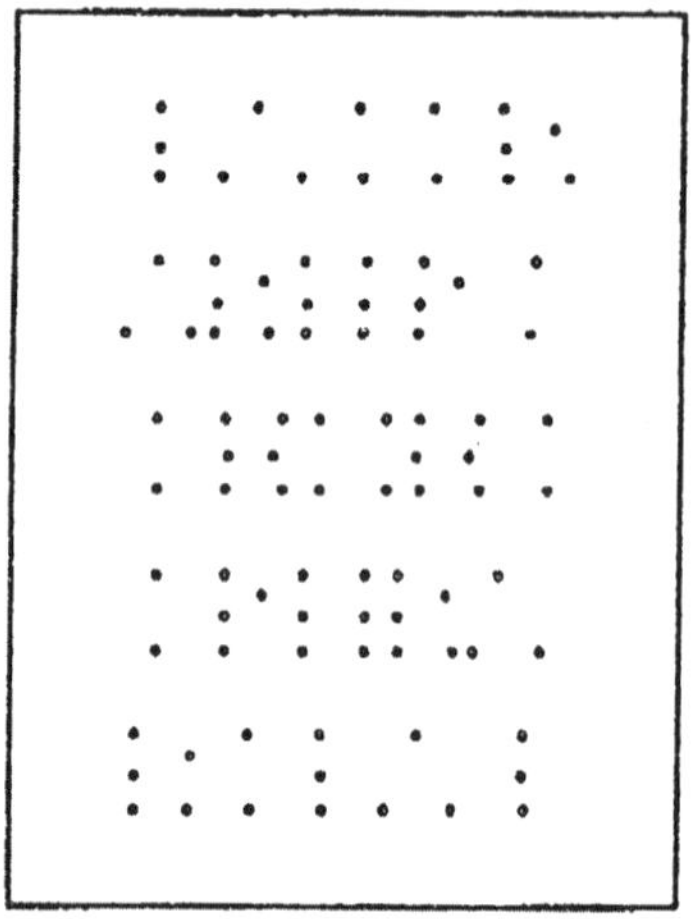

のように――門扉がそびえていた。かすかに赤い二本の支柱が左右に出張っている。力学計算に誤りがあったのか柱は自重で歪み、かろうじて動く片方の扉を押し開けると、四分円の跡が庭道の細かな砂利に深く刻まれた。

　中に入ると門扉はひとりでに閉まり、もう一つの扉と合わさって君主の封緘を完全にした。今は――影ひとつない暑さにかがやく街路から来た身には――とうに効力を失った特認状の黄ばんだ羊皮紙の封緘のように見える。

　わたしは庭園に目を向けた。音といえば扉の立てる残響のハミングばかりで、うす青い山の中にいるような真昼の静けさを乱すものはほかになかった。


　少し歩くと低い水松《いちい》に縁どられた分かれ道に出た。水松の香りは墓地を思いおこさせる。墓石の前にある大理石の椀に湛えられた聖水に、常緑のその枝がよく浸されているから。今はその香りは、マロニエの枝の下で妙に強く感じられてきた。細い道の頭上で重なり合う左右のマロニエは、天然のアーケードのようでもあり――溺れ沈む者の上でふたたび合わさる水面のようでもあった。上を向いても空は切れ切れにしか見えない。白く見えるほど輝かしい青空が枝のあいだから、無秩序に気ままに顔を見せている。だがその光は、彼方の空からマロニエの洪水の下までとどくうちに、ある種の変成を起こしたらしい。錬金術師たちの夢見る黄金への変成だ。樹々の深みのそこここで、光がさして金いろになった葉が珍しい魚のように閃く、あるいは暗い緑色に結晶した山々の――見かけ倒しかもしれない――金脈のように。

　ふたたび分かれ道に入ると、人の背の高さほどしかない小さな記念碑があった。マロニエのドームの影がつくる洞窟のなかに、球形に剪定された水松に囲まれて、哀悼する精霊が大理石の台座に据えられていた。精霊には片翼がない。一方の肘《ひじ》を膝の上で支え、垂れた手に持つ月桂冠は台座の縁からはみ出している。わたしは近寄って背をかがめ、碑銘を読もうとしたが、そのときになって、文字が剝ぎとられているのがわかった。石に開いた小さな穴が、それがどこに嵌めこまれていたかを示していた。夭折した幼い姫を悼んでいたかもしれない精霊は、今は誰も悼まず、己自身を、己の喪われた意義を悼み——追悼それ自体になっている……それはあたかも、消失した言語の忘れられた単語が、知る者もなく黙然と、時間の深みに、不死の忘却に沈むように痛ましかった。

先を進むとまもなく、これが誤った道であることはもはや疑いえなくなり、そればかりか道は道であることさえ放棄しだした。黒い土に踏みならされた狭い凹みが、ところどころはみ出る苔に縁どられて、右へ左へと曲がりくねって続いているだけだ。大きくはみ出した藪が、いたずらでもするように気まぐれに視界をさえぎった。庭園は原生林の様相を呈しだした。

道はもはやわたしを導かず、むしろわたしのほうで意固地になって道を探さねばならなかった。ともかくずっと下っていき、通せんぼするように前にはだかる藪を両手でかきわけ、足を速めた。やがて地面はぬかるみ、まずますびっしり繁る苔も、先を進むにつれて湿りを帯びてきた。最後の枝を押しやると、森はふたたび庭園と化した。目の前にひろがる湖は無地の平たい黒い石板のように静まり輝いている。そのまわりを枝垂《しだ》れ柳と短く刈りこんだ柔らかい芝生が囲んでいる。

湖の向こうに、樹々に隠れて、ちょうど美しい公爵夫人が舞踏会用ローブのフードから半分顔をのぞかせるように、沼地を思わせる草むらの真ん中の小ぶりの丘の上に、六本の支柱を持つ丸い神殿がのぞいている。——風雨にさらされてぼろぼろになった石のベンチが、少し離れた太い柳にもたれかかっている。わたしはそこに歩いていって腰をおろした。深く垂れた枝の天蓋の下で静かに夢想にふけろうとしたとき、背後の砂利道を太鼓の連打のように一定の間隔で踏む足音が聞こえた。わたしは振り返った。

年配の紳士が両腕を広げ、ピルエットを披露したと思うと、リズミカルなテンポでしなやかに跳躍した。そして膝を曲げ、片足を前に伸ばし、腕を脇腹や頭の上に投げ出し、体を伸ばし、身をかがめ、脚を広げ――そのすべてを休みなく、規則正しく繰り返した。その邪魔をしないようにというよりは、眺めそれ自体によって幸せな調和の感覚におちいって、じっと動かずにいたら、踊り手がこちらを見た。彼は踊りをやめ、一瞬ためらう様子を見せたあと、先ほどの踊りと同様に品位ある足どりで、こちらに向かってきた。わたしは立ちあがり、邪魔をしたことを詫びようとした。

「こんにちわ」と紳士は言った。どうやら全然迷惑と感じていないようだ。

「こんにちわ。どうやらお邪魔したようですね」

「とんでもない。そんな心配は無用です。ちょうどいいときに来てくださいました」

彼はお辞儀をした。わたしも帽子を取った。相手は無帽だったので、帽子はかぶり直さずベンチに置いた。

「どうぞ座ってください。そしてもう少し。あなたさえかまわなければ、すぐにお相手いたします」

わたしは腰をおろし、彼がおごそかな足どりで岸辺の草むらに入っていき、膝をついて、杭に結びついたロープを水から引っぱり上げるのを眺めた。ロープの端には瓶が二本ぶらさがっていた。彼はその結び目を解き、片手に一本ずつ瓶を持って戻ってきた。

「ちょうどいいときにいらっしゃいました」と彼はまた言って、褐色の液体が入った瓶をわたしに手渡した。「いい具合に冷えていればいいのですが。どうぞお取りください。わたしは夏は薄口のビールを飲むことにしています」

気をつかっていただくにはおよびません、とわたしは言った。夏の薄口ビールはわたしも嫌いではありません――もっともふだんは濃口のほうを好みますが。それを聞いて、彼は自分のビールも差し出そうとしたが、わたしは辞退した。

冷たい滴《しずく》が瓶を伝ってわたしたちの手をぬらした。だがその一滴さえ、瓶のガラスを通り抜けて中身を薄めたりはするまい。その確信がわたしの、そしてどうやら踊る男のうちにハーモニーを生み、優しい感情と心の平和との和音をつくりあげた。

ビールを飲んでしまうと、彼は靴とストッキングを脱ぎ、ズボンを膝のうえまでまくり上げ、杭のほうに行って水の中に脚をのばした。わたしもついて行って真似をした。そんなふうにわたしたちは二人して大きな枝垂れ柳の下に座っていた。柳は真珠を連ねた長い紐のカーテンのように揺れる枝を水面に垂らしている。その枝が左右に分かれたと思ったら、白鳥が一羽、陽光の網目から浮かび出て柳の薄い影のなかに入った。湖面がわずかにそよぎ、そのかすかな反射光が柳の高い枝までとどき、そのため真珠のカーテンが揺れたように見えた。

わたしたちは爪先で水と戯れた。このもてなしへの返礼として何か面白い話をしなくてはと思った。そこであの小さな記念碑の、碑銘を欠いて名を失った精霊が、台座の上で誰を悼んでいるのかわからなくなったことが、心に迫ってとても悲しく感じるのです、と話を振ると、踊る男は言った。

「この庭園のどこにもそんな記念碑はありませんよ」

口調のそっけなさがわたしを驚かせた。だがさらに驚いたのは、わたしが来るのを予期していたようなのに、記念碑は知らないことだ。そこでそう言ってみた。

「おっしゃる通り、わたしはこの庭園の樹や洞窟はすべて知っています。そこで不思議なのは、よりによってあなたが、いままで知らなかった記念碑を口に出したことです。その記念碑はおよそどこらへんにあるのですか」

わたしは背後を指した。

「いくらなんでもそんなわけはありません」

わたしは何とも答えなかった。

「そちらにはナタロクス王の夏の離宮があるきりですから」

わたしは会話で彼をもてなしたかっただけだったので、この件にはこだわらず、話題を変えた。

「ナタロクス王とはどなたですか」

「王はもう亡くなっています。かなり昔にスコットランドを治めていたのですが、悪い魔女の犠牲になりました」

「それはまたなぜでしょう」

「古い年代記で読んだことがあります。おおよそこんな話です。

デキウス帝（古代ローマの皇帝。在位二四九―二五一）の頃スコットランドを治めていたのはアトリッヒという王でした。この暴君は政治のことは頭になく、昼夜の職務は、宮廷の貴婦人と戯れ遊ぶことと信じていて、残忍な欲望にわれを忘れ、貴婦人たちを愚弄し裸で食卓につかせ、給仕までさせたのです。しかもその際、厩《うまや》番の女をパイ皮に包んで焼き、パイを食べ終わったあとで中味を食卓の上で踊らせかねないほどで、発情期の豚もかくやの乱行でした。奥方の魔女ベルタも負けずに料理人やムーア人の召使をベッドのまわりに侍《はべ》らせ、これほどの乱脈ぶりは歴史を探しても見当たらないでしょう。

でもきわめて高貴な血筋を引いた二人の若者、ナタロクス卿とフィンドッホ卿だけは、宮廷の狼藉からも、この二人の美貌を目に焼きつけた魔女ベルタの策謀からも、距離を置くことができました。

財政や軍備よりも、裸の貴婦人に給仕をさせるほど農民の娘たちを重んじる王のいる国に、不満分子《マルコンタン》の党派が結成されたのも当然といえましょう。初めは声が小さかった彼らも、声高く大胆に王の廃位を要求するようになりました。それでも王は正気に返ろうとはせず、獣じみた治世をますます大胆に推し進めるばかりなので、不満分子らはナタロクス卿とフィンドッホ卿を頭《かしら》に戴き、王城めざして行軍をはじめました。

王といえば、周りにいるのはいかがわしい女と裸の貴婦人だけで――というのも、先にも言ったように軍備を放棄していたため――敵に包囲されてもなすすべを知らず、城が奪取される前に自害し、幾人かの売女《ばいた》を道連れに地獄に旅立ちました。

ナタロクスとフィンドッホはどちらも奥ゆかしい人柄でしたので王位を譲り合いました。どちらも他方をアトリッヒの後継者として望んだのです。当時のスコットランドでは王は一人に限られ、他の貴族は二人に選択を任せましたので、決定は籤《くじ》に委ねられました。当たりを引いたのはナタロクスでした。かくしてナタロクスは、先にも言いましたように、キリスト教徒を残忍に迫害したデキウス帝の時代にスコットランド王となりました。新しい王は友フィンドッホを愛していましたので、自分の側近にしました。

しかし魔女ベルタは妖術を使って城から無傷で逃れていました。そして顔を変え、誰にも正体を明かさず、森に隠れ棲んで、将来の予見や占星や手相の鑑定や家畜への祈禱でたいそう名をはせました。とうとうある日、善王ナタロクスが親友フィンドッホと共に治めている宮廷に、この魔女のお顧客《とくい》がやってきました。かなり考えたあげく、王は自分を待ち受けている運命について、誰かに尋ねさせることにしました。

　こんなことを頼むのに真の友フィンドッホよりふさわしい者はいませんから、すぐに彼を森の中の魔女のもとに遣りました。むろん魔女はフィンドッホを知っていましたので、目の前に現われた彼を見て、復讐の時が来たのを知りました。険しい顔をして魔女は忠臣フィンドッホに尋ねました……」

　ここで踊る男はしばらく黙し、やがてたずねた。

「ところであなたがここに来たのは、『哀悼する名無しの精霊』の秘密を聞くためですか」

「違います。あの記念碑を見つけたのはまったくの偶然です。秘密があるなんて考えもしませんでした。あなただって知らないのでしょう」

「ある理由からわたしは口外を禁じられています。あそこに――」と湖の向こうにある神殿を指して、「あそこに行けば、精霊の意味はわからないでしょうが、きっと誰かが助けてくれるでしょう」

「いや、ほんとうに記念碑目当てに来たわけじゃないんです――でも、あの神殿まではそれほど遠くはなさそうですね……」

「湖をぐるっと回らねばなりませんよ。距離はとかく錯覚しやすいものです」

　わたしは彼を見て少し考えた。

「たどりつけなかったとしても、それはそれでかまいません」

「なるほど。では途中までご一緒しましょう」

　わたしたちは靴と靴下をはき、折り返したズボンを元にもどした。わたしは踊る男のあとについていった。今度は湖畔から遠ざかり、低い橉木《りんぼく》のあいだの小道をたどっていった。思ったより早く砂利を敷きつめた広い道に出た。

　踊る男がわたしに方向を示そうとしたとき、背丈が二フィートもない侏儒が二人、じっと動かずにわたしたちを見つめているのに気づいた。

「おや、8の字描きじゃないか」とわたしの同伴者はあわてて顔をそむけた。「申し訳ありませんが、わたしは別に用があります。道ならあの二人に尋ねればよろしいでしょう――ではごきげんよう」

「スコットランドのナタロクス王の話はどうなるんですか」

「また次の機会にでも。わたしは踊り手ダフニスといいます。たいていそこの枝垂れ柳の、石のベンチのそばにいます……今日はここでお別れしましょう」

潜水夫が水にもぐるようにダフニスは橉木の繁みに姿を消した。

橋か湖かを守護する彫像の横たわる碑の下に一寸法師たちは立っていて――手に手をとる様子は兄弟じみていたが、互いを束縛する敵同士であるのが目つきからうかがえた。わたしは二人に近寄った。自分がかなり背が高いのがきまり悪かった。ことさら礼儀正しくしようと努めながらわたしは言った。

「こんにちは、甲乙つけがたく尊重すべきお二人がた。あなたがたはわたしがダフニスさんといるところを見たでしょう。そのダフニスさんが教えてくれたのですが――」

「ダフニスが何を教えようが俺の知ったことか――」侏儒の一人が言った。

「――俺たちの――」もう一人が訂正した。

「――良いことだろうが嫌なことだろうが」最初の男が最後まで言った。険のある二人の目は、まるでわたしがお返しに挑発の言葉を吐くとあらかじめ確信し、それを待ちもうけているようだった。どう応じたらいいのか。もちろんわたしは困った。少し考えて本当のことをあっさり言うだけにとどめた。

「ただあの丸い神殿に行きたいだけなんですよ。湖のこちらから見えるあの建物です」

「あんたが何をしたかろうが、俺たちの知ったこっちゃない」一人目の侏儒が言った。多くの一般人が身障者に抱く罪の意識が、無作法な言葉を吐くことをためらわせた。どう言おうかと考えているうちにも、侏儒たちはずっとわたしをまじまじ見つめていたが、とつぜんくるりと向きを変え、あいかわらず手をつないだまま、橋のほうに遠ざかっていった。長さより幅が広いこの橋は、湖に流入するか、あるいはそこから流出する川に渡されている。ふんぎりがつかずに立っていたわたしを、二人目の侏儒が振り返って、兄弟――二人の関係ははっきりと意識はしないまでも兄弟と思われた――の手を放さずわたしに呼びかけた。

「神殿に行く道を知りたいならついてこい、この尻の穴！」

ためらいつつもわたしは後を追った。橋まで着くと彼らは水の流れに沿う踏みならされた小道に曲がる素振りを見せた。二人目の侏儒がまた振り返って、わたしに舌を突き出して言った――舌を出したまま喋ろうとしているため、ろくに理解できなかったが――

「あっちだ――」

同時に彼は頭で半円を描いて、いわば舌で行くべき道を示した。それは橋の向こうを指していた。そして二度と振り返らず、二人の侏儒は手に手をとって丈高い蘆《あし》のあいだに消えた。


まもなくたどりついた高台からあたりが広々と見わたせた。湖は森が繁る丘の陰になっていた。ここから見えるのはもはや庭園ではない。広々とした風景だ。さえぎるもののない高さにいるからか、それとも午後になったからか、おだやかな風が吹いてきた。風とは呼べないくらいの、むしろ空気の優しい阿《おもね》りとも言うべきものだった。白昼の山なす熱気はおのずから燃え尽きてしまったようだ。樹々の梢《こずえ》は、遠ざかるにしたがい色を薄くし、しまいには地平線で静かな靄《もや》となるまで、天鵞絨《びろうど》の濃い緑からラベンダーのちらちらする薄紫色にまで、色合いを千にも変えながら消えていった。

目を下にやると、この高台のふもとに河が流れているのが見えた。ほんの一部しか見えなかったが、河沿いに道があり――岸辺の樹に半ば隠れて、小さな蒸気船が浮かんでいた……

「そいつはシツェオンとパイティクレスだ」廃墟建築家――廃墟建築顧問官――のヴェッケンバルトがわたしに言った。「8の字描きだ」

「機械仕掛けの侏儒だ」ヤコービ博士が言い添えた。

「人間じゃないのですか」

わたしたちは蒸気船の後甲板にある軽やかな籐《とう》椅子に座っていた。この船はたいそう平たく、手摺りから水面までは膝くらいの距離しかない。上甲板構造物は二層になっていて、船の長さいっぱいを占め、鋳鉄の柱で支えられ、ガラスと琺瑯《ほうろう》びきのプレートと穴の開いた金属が代わる代わる壁になっていた。緑色のラッカーが塗られて、ところどころ真鍮の輪で補強されたほぼ垂直な煙突が二本、うっすらと煙を吐いている。わたしたちは一階の屋根の上の第一甲板にいた。

「人間であるものか」ヴェッケンバルトが笑った。「でも兄弟同士でいがみ合っている。何でも少々変わり者の機械工が機械仕掛けの召使を作ろうとしたんだそうだ。経験の教えるところでは大型ロボットは主人に歯向かいがちなので小型にした。侏儒ロボットにしてもおとなしいとはかぎらないが、何といっても御しやすい。機械工はまず試しに二体作ってみた。だがどちらも不完全だった。二体の侏儒の長所を合わせて完全な一体を作るまで機械工の命はもたなかった。しかしせめて短所を長所に変えようと、二体を繫いでおいた。両方ともゼンマイを巻くと二十四時間作動する。片方が十二時間を経過した時点で、もう一方のゼンマイは巻き切れる。そしてどちらにも、相手方のゼンマイを決められた時間に巻くメカニズムが組みこまれている。つまり機構上のシャム双生児で――片方が持つ長所をもう一方が妬《ねた》んでいようと、いつも共にいなければならない。ここが肝心なことだが、二人は互いを修理することができるが、シツェオン以外の者は、パイティクレス自身さえ、どんなふうにパイティクレスが作動するか知らない。逆もまた真だ。一方が他方のゼンマイを決められた時間に巻かないと、機械仕掛けがひとりでに壊れる。だから自分らの存在あるいは機能を危くしないためには、一緒にいるほかはない。一緒にさえいれば永久機関みたいなものだが――もっともいずれは部品が摩耗して体が麻痺するだろうが――いったん離れ離れになれば遅くとも二十四時間以内に死ぬ。つまり壊れてしまう」

「面白い話ですね」わたしは言った。

「教訓もある」ヤコービ博士が言った。

さらにもう一人の黒衣の紳士、ドン・エマヌエーレ・ダ・チェネーダは、ずっとわたしたちと同席しているので、ここで名をあげておくべきだろう。ただこれまでずっと何も発言していない。

「そして二人とも工場主のリードル氏に仕えている」廃墟建築家が話を続けた。「8の字描きとして」

「8の字描きですか」

「リードル氏は変わった男で」ヴェッケンバルトは言った。「わたし自身は面識がないが、弟がときどき必要に応じて氏の工場で年に数か月働いていた。リードル氏はアセチレン工場を経営していた。だが『経営』は少し言い過ぎだ。実際はその逆だ。あらゆる手を使って工場を破滅させようとしたが、市場をほぼ独占していたのでうまくいかなかった。例をひとつ挙げよう。リードル氏はとてつもなく騒音に敏感だった。だが農場経営は好きで、鶏も飼育していた。でも卵を産まない老いぼれ鶏ばかりなんだ。老いぼれならうるさく鳴かないからだ。弟の話によれば、月に一度、まる一日、工場は操業を停止する。総勢四十人の事務員や現場作業員は、一列になって工場の裏の草地を歩き、注意深く、石ころをぜんぶ拾い集めねばならない。リードル氏の雌牛が草を食《は》むとき口に当たらないようにだ。――氏はそれほど音にうるさかった。――トラックは工場の敷地内でエンジンをかけてはならず、音の聞こえないところまで手で押していかねばならない。ある顧客のトラックが車のラジオをかけ放しにしたままドアを開けたら、それがリードル氏の耳に――文字どおり――入った。運転手はその場で、御社との取引は今後御免こうむると記した文書をリードル氏から渡された。

だがリードル氏はスポーツ好きだった。アーチェリーの他にローラースケートにも凝っていた。ローラースケートで走れるように工場内の一画を空けた。床に油性塗料で大きく数字の8を描かせて、日曜にはそれをなぞって走る。立ち会うのは職工長のラインハルティンガーだけで、工場主がひときわ見事な8の字で滑ったとき、惜しみない歓呼をおくる。この8の字を描き、そして工場主がそれを滑り減らすつど描き直すために、機械仕掛けの侏儒が雇われている。だから8の字描きなんだ。それだけの話さ」そう廃墟建築家は言った。「リードル氏のことは弟に聞けばもっといろいろ話してくれるだろう」

午後がたそがれに席をゆずりはじめるのとまったく同じさりげなさで、蒸気船は桟橋を離れた。沈みかけた太陽が河の上に、もう少しで向こう岸に着きそうなくらい樹々の影を長く伸ばした。向こう岸で、帯くらいの幅で、水が名残の光を不規則に赤金色に反射した。昼の暑さは忘れられ、静けさだけがあとに残った。穏やかな風に木立ちがかすかに動いている。枝垂れ柳の枝は、それとわからないくらいの流れに揺れている。そのはざまから、草が繁り石のベンチが置かれた空き地がまだ日を浴びて見える。羊飼いがそこで亡きフィリスをしのんで泣いていたり（『美しい羊飼いフィリス』はヤコブ・ファン・エイクのリコーダー曲）、口がうまいだけで無害な牧神がパーンの笛を奏し、羊飼いの娘たちがリゴドンに合わせて踊っていても、わたしは驚かなかっただろう。

「平和な夕べですね」しばらく皆が黙っているのでわたしはそう言ってみた――きっと誰もがそう感じていると思って――「永遠の中で魂の均衡を保つために、ずっとこのままでいられたら」

「何を言いたいのかね」ややあってヤコービ博士がたずねた。

「いえ何も。つまり――何か言いたいというのではなく、この夕べから感じるのは、原初の平和、世界の真の姿、永遠に自足し安らぐ深い幸福感、あるいは――」

「すると世界は永遠ではないとでも」

「そう言いたいのではありません」

「ところで」とヤコービ博士は言い、軽く体を動かして、この短い議論を終わらせたい気持ちを表わした。「わたしはあの、聖書で言うところの、『その時は来た』と言って民を欺く者の仲間にはなりたくない」

「そんな者がいることこそ、世界が終わりに向かっている証《あかし》だ」ヴェッケンバルトが応じた。

「そうだ」ヤコービ博士が言った。「贋預言者――」博士はわたしを食い入るように見て、自分の胸に手を置いた。「わたしに聖書を解釈する資格があるとは思えない。だが君がその問題を切り出したからには……」

「わたしは望んでいるわけではありません、ヤコービ博士――」

「そうだろうとも」ヴェッケンバルトが言った。「だがいつかは口にすべき問題だ。わたしは」と言いながらやはりわたしのほうを向いて、「教説には興味がない。なにしろ技術者だからな。だがヤコービ博士は教説の人だ。教説がすべてだ」笑いながらヤコービ博士の肩を叩いた。「では博士――」

「では」ヤコービ博士はわたしを見つめた。「福音書を比較して気づいたのだが、三つが完全に一致しているのは――」

「三つだけかい」ヴェッケンバルトがたずねた。

「四番目の福音書はそもそも何にも触れていない」ヤコービ博士が答えた。「一致しているのはどこかというと、主に向かって使徒たちが世界の終わりについてたずねるところだ。主はその正確な時期について問われても答えず、ただ気をつけていろとだけ言った。そしてたいていの場合と同じく、たとえ話で自分の言うことを明かした。わたしの記憶が正しければ、賢い乙女と愚かな乙女の話だ（マタイ伝第二五章）」

「それは」ヴェッケンバルトが話を進めた。「いつかは世界が終わることも意味する」

「そのとおり」ヤコービ博士が応じた。「だが主は具体的なことは何も言い残さなかった。さぞ使徒たちが懇願しただろうに――。その時が近づけばお前たちにもわかる、と言われただけだ。それを具体的に語っているのは――」

「千年であり、千年でない（民間伝承で主の言ったとされる言葉）」わたしは言った。

「そんな言葉は聖書にはない。やはり聖書にないのは、さまよえるユダヤ人が約束の地に帰らないかぎり――」

「いずれにせよ今はどちらにも当てはまる……」廃墟建築家が言った。

「すると世界は終わりに直面しているというのですか」わたしはたずねた。

「すぐには来ないかもしれない」ヤコービ博士が答えた。「終末の近さについて――また聖書に戻ると――主は二、三の具体的な言葉で語っておられる。太陽と月が消え、星は空から落ちる。これはおそらく地球の自転が不規則になるということだ。火災と洪水のことも語っておられるが、やはり同じ意味だろう。しかし、それはすべて、前にも言ったように、キリスト再臨の直前、いわば天使たちがトロンボーンとチューバの最初の音を吹いているときに起こる。他の、それほど間近ではない予兆は、すでに仄《ほの》めかしたが、贋預言者だ。それから――忘れないうちに言っておくが、あらゆる民に福音が告げられる。申し渡されるのだ――われわれが受け入れるまでもなく」

「その条件は」廃墟建築家ヴェッケンバルトが言った。「すでに満たされている。われわれは教皇庁の布教聖省から情報を入手した」

「その前提は当然のことでしょう」わたしは言った。「真の信仰をわがものとする可能性がないところに待っているのは――」

「いやごもっとも」ヤコービ博士が短く言った。「でも聞きたまえ、贋預言者についてわれわれが完成させた理論を――贋預言者は人をひきつける独自の教えを告げる。奇跡を起こし、主の猿真似をする。だが今どき奇跡を起こせるものなぞいない、奇跡なんてもう存在しませんよ、と君は言うだろうが……もちろん――」ここで博士は笑った。「贋預言者どもは、というより、唯一の贋預言者は、ずる賢いから、己の奇跡を奇跡とは呼ばない。呼ぶとしても反語として呼ぶ。奴は言う。わたしに奇跡は必要ない、だがわたしに不可能はない。だからこそ群衆が集《たか》る……奴が誰だか、まだわからないかね？　奴の《奇跡》を二、三挙げてみよう。あれに比べれば、パンを増やすとかラザロを生き返らすなど子供だましみたいなものだ。贋預言者は、君がここで言ったことを千キロメートル先で聞こえるようにできる。別の《奇跡》を使えば、遠くにいる君を見ることさえできる。奴は君の姿や声も保存できる――君がとうに亡くなったあとにさえ。奴は君に空を飛ばせ、空中で食事や睡眠をさせることもできる。一瞬で百万回の掛け算ができる。鼠を豚ほど大きく育てられる。月のまわりを飛行もできる。空気から火薬を、タールから油絵具を、汚物から紙を作れる。その助けを借りれば、あらゆるものを黄金にすることもできる……これが奇跡でなくて何というのだ――許してくれたまえ、わたしの言いたいことが君にはとうにわかっていよう。そんな奇跡を起こせるテクノロジーこそが、最大の贋預言者だ。もっともそれはある一点で馬脚を露《あら》わしている。忍耐さえあれば誰にでも理解できるということだ。しかし技術者らに言わせれば、それさえ偉大な奇跡になる――奇跡でも何でもないということがだ。盲目な者のなかでももっとも盲目な者が、こんな贋預言者に群がり集まる――優に二世紀にわたってそれは流行となった――そしてまったく無害と信じられてきた。なぜならすべてが説明できるからだ……これが《啓蒙による目眩《めくら》まし》だ」

「ヤコービ博士は」ヴェッケンバルトが耳打ちしてきた。「その題で一冊本を書いている」

「テクノロジーは」博士は言った。「いまや偶像になった。儀式も啓示もあり、僧侶だってごまんといる。もっとも科学者や技術者がすべて盲目的な僧侶とまでは言わない」そしてすばやく廃墟建築家に顔を向けた。「ここにもひとり技術者がいるが、贋預言者の一味ではない」

ヴェッケンバルトは恥ずかしそうに内気な笑みを見せた。

「われわれは、というよりわが友ヴェッケンバルトは」ヤコービ博士は続けた。「自分自身に対してテクノロジーを論拠として持ち出した。でもそれについては自分で語ってもらおう」

廃墟建築家はこの賞讃にまだ決まり悪げに微笑んでいたが、礼儀上少しためらったあとで語りだした。

「生き延びることは重要だという前提から、われわれは出発しなければならない。世界の終わりがいつ来るかは――今まで言い忘れたが――最近開発された《奇跡》の兵器と、今までどおりに《兵器》と呼ぶのがためらわれる最新の戦争手法によって――これについてはまだ話せないが――何から何まで、その権限を持つ人間に、すなわち将軍たちに、すなわち偶然に、委ねられている。したがって、われわれは、さらなる悲しむべき前提からも出発せねばならない、すなわち、世界の終わりは、技術的には――テクノロジーの観点から言えば――いますぐにも起こり得る……比較的無害なヒロシマの原爆を思ってみたまえ――わたしは技術者として、何もかも歯に衣着せず言うが、あっさりと一瞬で蒸発した日本人たちがいた。あっさり」彼はひゅうと口笛を吹く真似をした。「生命が蒸気と化した。今はそうなんだ――でも理論に戻ろう。博士、話を続けてくれないか」

ヴェッケンバルトは黙った。ヤコービ博士もしばらく何も言わなかった。やがてたんなる前置きのような質問をわたしにした。

「君は来生を信じるかね」

「――ええ」わたしは言った。

「天国や地獄も信じるかね」

「久しく考えたことがありません」

「われわれは」とヴェッケンバルトとドン・エマヌエーレ・ダ・チェネーダと自分を指して、ヤコービ博士は言った。「われわれは信じている。といっても、親が子供に教え込む、食人種みたいに死者を釜茹でにする馬鹿げた焦熱地獄ではない」ここで彼は微笑んだ。「ダンテの描いてくれた疑いなくもっと高尚な地獄さえ信じていない。われわれは自分たちが与《あずか》れる天国あるいは地獄をおおよそこんなふうに信じている――ヴェッケンバルト、例のたとえ話を語ってくれないか」

「ロケットは発射されると、何段ものブースターを使って、ある領域で――簡単に地球引力圏としておこう――ある水準の速度を得る」

「その速度は」わたしは言った。「地球の引力に打ち勝つほど速くなければなりません」

「それは今はどうでもいい。ここで重要なのは、地球引力圏を脱《のが》れたロケットは、宇宙空間に突入した時点の速度を保持するということだ。その後は何も起こらない。速度が変化することは絶対にない」

「魂にも同じことがいえる」ヤコービ博士が後をひきとった。「それについてもわたしは本を書いた」見るからに満足げに葉巻の灰をベストから払った――だがズボンの上に落ちたものまで気づかなかったらしい。「君は死後の生を信じていると言った。わたしに言わせれば死後の意識だ。その死後の意識は、死の直前の意識がそのまま保たれると考えるのが自然じゃないかね――そのことに思いをいたすべきだ……あるいはわたしの本を読むべきだ……君は」ここで早口になって「わたしがどんな死を望んでいるかお分かりかな。たとえば《プラハ》交響曲のアダージョ、あるいは」博士は目に涙を浮かべ、心を揺さぶられる厳かさで、長い表題を終わりまで言ってのけた。「遺作《二本のヴァイオリン、ヴィオラ、チェロのための四重奏曲ニ短調、いわゆる死と乙女》（シューベルトの曲）の第一楽章を聞きつつ、アポロンの法悦のうちに死を迎えたいと思う。そのときわたしはモーツァルトやシューベルトの至福のモチーフのように、永遠から永遠へ揺れ動くのではあるまいか」博士はまた微笑んで、己の感動をとりつくろおうとした。「わたしはモーツァルトとシューベルトを対をなす二つの絶頂と考えている――これについても」博士は笑った。「一冊本を書いたがね」

「博士に」廃墟建築家は続けた。「その可能性をもたらすために、そして多くの人を同様に、偶発的な突然死から――」

「破局の巻き添えとしての死から――」ヤコービ博士が口をはさんだ。

「――回避させるために。日本人のあの蒸発に匹敵する死を避けるために、間近に迫ると思われる世界の没落を無傷で生き延び、魂と精神の完全な調和のなかで彼岸に旅立つために、僕たちは――」

「――ヴェッケンバルトは――」ヤコービ博士が訂正した。

「――塔を一つ建てた。いや、塔というのは誤解を招く――むしろ《逆の塔》つまり地中に伸びる塔だ。巨大な葉巻を考えてみたまえ。それが地面に垂直に埋まっていて、百二十五分の一だけが地上に出ている。その部分はサン・ピエトロ大聖堂の高さと同じで、一ミリの狂いさえない。――シンボルとしての機能を重んじたからだ。したがって全体ではたいへんな大きさになる」

「そして金もずいぶんかかった」ドン・エマヌエーレ・ダ・チェネーダが言った。するとこの人も会話を聞いていたのか。

「ああもちろんだ」困難を克服した者の満足をもって廃墟建築家は言った。「おかげで《葉巻》は優に三百万人を収容できる」

「そしてわが楽器も」ヤコービ博士が力説した。「グァルネリとアマティのヴァイオリン、それからアマティのチェロ、もっともこれは贋物の疑いがあるが。それにアルバーニのヴィオラ……」

「アルバーニならわたしと同郷です」何か言わないといけないと思ってわたしは言った。

「ヴェッケンバルトが第二ヴァイオリンを弾く」ヤコービ博士が言った。「ドン・エマヌエーレがヴィオラ」――ドン・エマヌエーレ・ダ・チェネーダは弓を動かす身振りをした――「わたしは第一ヴァイオリンだ」

「もしチェロを弾かせてもらえれば」わたしは言った「ありがたいばかりでなく……」

「この四重奏はかなり難しいんだが」ヤコービ博士は真面目に言った。

「残念ながらそのとおりです」わたしは溜息をついた。「とりわけ第一楽章が難物です。もし最終楽章が一番厄介だったら、よもやということが起きた場合、そこまでは行けないでしょうけれど……」

司厨長が来てヴェッケンバルトに何かささやいた。ヴェッケンバルトはヤコービ博士に何かささやいた。ヤコービ博士は頭を振って低く口笛を吹き、ドン・エマヌエーレに何かささやこうとした。だがドン・エマヌエーレは「どちらでもかまわん」と言っただけだった。

ヴェッケンバルトがわたしに体を傾けて言った。「鶏と魚のどちらにするかね」

「皆さんと同じもので」

廃墟建築家は司厨長にうなづくと、司厨長はお辞儀をして去っていった。

「巨大葉巻の建築的構造に興味はないかい」ヴェッケンバルトがわたしに言った。

「ありますとも。おそらく頑丈な鉄筋コンクリートでできているんでしょうね――」

「とんでもない」ヴェッケンバルトが言った。「外壁は手で凹ませられるくらい薄い。特製のアルミニウムフォイルでできているんだ。……機械を用いる戦争の時代は終わった――原爆や水爆にしても過去のものだ。たちまち効力を失わせられる。だがここに新しい戦法がある。詳しいことはさっきも言ったように口外できないが……ともかく世界はエマン修道士が推測したようには終わらない――」

「エマン修道士って誰でしょう」

「何、エマン修道士の話を知らんのかね。ヨハネ二十三世（在位一九五八―六三）が教皇になった年の話だ。この修道士は元はミラノの小児科医で、名をビアンカといった。ところが一九四五年、亡くなった姉から霊界通信によってお告げを受けた。原子爆弾が誤爆して、ほとんどの人間は一九六〇年のオリンピックの直前に亡くなるというんだ。

それからはビアンカ医師は名を修道士エマンと変えて、宗派を設立し、独自の言語さえ創案した。『イザヤ書』に依拠して破局の時点を分単位まで正確に算出した。すなわち一九六〇年のフランス革命記念日の十三時四十五分だ。

エマンはその後何年かをかけて、すでに物故した世界中の選り抜きの文人との霊的接触に踏み切った。デモステネス、老子、ダンテ、ペトラルカ。最後には大天使ガブリエルとも――その大天使を介して、《ロゴス》という名の、天界の存在としかいえないものと交流した。そのものがビアンカ医師に告げるには、先に言った原子爆弾の誤爆のせいで、やがて地軸が四十五度ずれて、大陸はすべて海に沈むという。ただチベットの民だけが——他に誰がいよう——ヒマラヤに守護されるばかりか、むしろ悪名高い神秘的保護により生き延びる。そう告げられてビアンカ医師の考えたことは、あながち非理性的とばかりは言えないかもしれない。医師はチベット人だけが生き延びることは、世界の将来にとってさして益にならないと確信したんだ。そこで宗派の信者から流れ込んだ寄付金を元手に——モンブランのクールマイヨールの山頂近くに山小屋を購入し、『パヴィリオン・ゲハヴォニーゼ』と名付けた。宗派のエスペラントで『神の栄誉亭』という意味だ。

一九六〇年春、修道士エマンは準備の仕上げにとりかかった。なるべく後払いで——世界と共に負債も消滅すると期待していたから——食料品や毛布や医薬品や石炭をモンブランに運ばせた。自動車がガソリンを一杯にみたしたタンクといっしょに曳き上げられた。七月のはじめ、借金が数十万にも及んだころ、ノアの洪水が新たに起きたら、自動車の価値はガソリンともども怪しくなると医師は気づいた。そこでさらなる数千の借金をものともせず、大急ぎで三台のモーターボートと一艘のヨットと無数のゴムボートをモンブランに送らせた。——中でもとりわけ、索具が装備されたヨットがエギュイユ岩峰群（モンブラン山群の高峰地帯）手前の氷河に置かれた写真があらゆる新聞に載ったときには、エマンの啓蒙する小さなサークルを越えて、興奮は全世界に広まった。無理からぬことだが、もっとも長期間この興奮の犠牲になったのは、クールマイヨール行きロープウェイの車掌だった。彼は——正確な数字が残されているが——五五〇人のイタリア人、一五一人のフランス人、一〇一人のイギリスからはじまって果ては九九人の中国人と一人のリヒテンシュタイン人——をさばききれずにノイローゼになってしまった。

ボローニャの聖アントニウス教会は七月十四日の午前中に、懺悔者の殺到により閉鎖された。チェルシー（ロンドン南西部にある芸術家たちの町）のふだんは静かなパブ《世界終末亭》も同様の激しく魔術的な混雑に見舞われた。シリアのムフティ（コーラン釈義者）は公的な声明を行い、修道士エマンの予言はイスラム教の立場から見て弾劾すべきと告げた。アテネのある婦人が、七月十四日の朝にヴァチカンに電話をかけ、世界の終わりについて教皇と語りたいと伝えた。

　七月十四日から十五日にかけての夜、実際にモンブラン地方で軽度の地震が観測され、この話に不気味な彩《いろど》りを与えた――だがそれきりだった――施錠された『パヴィリオン・ゲハヴォニーゼ』から七月十五日に医師ビアンカが顔を出したとき、まず出会ったのは、嘲りの表情を浮かべた記者の一団――医師に言わせれば不当に救済の恩恵に浴した人――だった。そしてさらに大勢の債権者たちがやってきた。幸いビアンカはイタリアとの国境を越えたとたんに拘置所に収容され、おかげでモーターボートをモンブランから降ろす費用を請求しようとした信奉者たちから逃れられた。

　エマンは詐欺罪で三か月の刑を食らった。その後は外国に移住した――どこへだって？　もちろんインドへだ」

　ヤコービ博士は笑った。「新聞に載った写真は今も目に浮かぶ。ややずんぐりして年配の婦人がニッカボッカー姿で――この人はエマンの信者だったが、ついに来なかった世界の終わりに向けてトランペットを吹いていた」

「最後の審判のらっぱの貧弱な代用ですね」わたしは言った。

「こちらはこちらで、弦楽四重奏を響きわたらせようと思っている」ドン・エマヌエーレ・ダ・チェネーダが言った。

「最後の審判のらっぱと」わたしは言った。「われわれの四重奏のキーが合ってればいいのですが」

　ヤコービ博士が言った。「われわれは二短調で演奏する。最後の審判のらっぱの調が想像できるかね」

「僕が考えるに」ヴェッケンバルトが言った。「僕らが……天上で……浄福にあずかれるかは、理論上は、めいめいに定められた四つの楽器を弾きこなせるかどうかが決め手になる。さらに、あせって最期に弾きそこないをしてはいけない。そうなったら外れた音に乗って彼岸に向かうことになる……だから、アカペラの美しい歌唱曲、ルカ・マレンツィオのマドリガル《曇りなく澄んだ瞳よ》なんかを練習したほうがよくはないかな」

ヤコービ博士は笑った。「それだって声がかすれるかもしれないぞ。それにここには男しかいないから、できるのはせいぜい男声四部合唱だ。《リュッツォウの野蛮で大胆な狩り》（ウェーバーの歌曲）を宇宙空間に響かせるのは、どうみても正解とはいえまい」

「無駄話はこれくらいにしよう」ヴェッケンバルトが言った。「世界はおそらく今日中には終わらないよ」

「きっと晩餐が済むまではな」ドン・エマヌエーレ・ダ・チェネーダが言った。

「勘違いするなよ――」ヤコービ博士は愉快そうな、だが少々悪意をふくんだ笑みを浮かべた。「われわれの理論の他にも可能性は別にある。世界中にはびこる人類という黴《かび》が、地球全体をくまなくおおったとき、遅くともそのときにはわれわれの哀れな老いぼれた世界は没落を宣告されるだろう」

「その時点を算出できるでしょうか」わたしは聞いた。

「うむ」ヴェッケンバルトは言った。「ただし、人口抑制政策への注力によってどの程度その計算基礎が変わるかは不明だ」

「人口抑制政策ですって」

「うん。その政策推進のそもそもの始まりが」廃墟建築家は言った。「よりによってミュンヘン大学音楽学部だと言ったら奇妙に響くかもしれない。話が先走ったかもしれないが、嘘じゃない――

世界中で人口は雪崩《なだれ》をうって増えている。より正確に言えば等比級数的に増加している。今日が六十億なら明日は百二十億、明後日には二百四十億――平均寿命も同様に上昇することを無視してもそうなる。食料生産技術の進歩を計算にいれたとしても、生産可能な量はいつかは上限に達する。そのときわれわれに迫るであろう際限のない無政府状態を描写するのはここではやめておこう……その進行を阻止するために、早くから新しい人口抑制政策が試みられてきた――どこよりまずインドで。他の国ではいまだに子女養育補助金や子だくさんの家庭への税制優遇措置が実施されているのに、インドではすでに子供税が導入された。子供を二人持つのは贅沢と見られている。国庫に流入するその税は――税につきものの腐敗で横領されないかぎりは――報奨金の財源になり、本人の意志で断種手術を受けた者に支払われる。断種を行ったものは、国家により優遇され、報奨金のほかに立派な就職機会も得られる。官吏の職には断種を受けた者だけが就ける。高位階級の軍人や、ヨガ学校の高い地位や、要するに収入が多く、腐敗可能性のある地位、そしてついには外交官職までもが、しだいに宦官の標的となっていった。諸国民の外交というコンサートに、インド人のファルセットが混ざるようになったのだ。

何ごとであれインドに一目置く西洋が、同じ措置に踏み切るのは時間の問題だった。この趨勢は先に言ったように大学の音楽史科からはじまった。そのとばっちりを食って、母の従兄にあたるハイノ伯父さんのオイディプス的運命もはじまった。だが最初はまったく無害に見えた。

いわゆる第一次世界大戦の終結後、ドイツでは《ヘンデル・ルネサンス》の運動が起こった。久しく埋もれていたバロック音楽には無尽蔵の鉱脈があると思われて、新たな発掘がはじまった。ヴィオラ・ダ・ガンバ、テオルボ、ヴィオラ・ディ・ボルドーネ、はてはハーディー・ガーディーまでも奏する楽団が結成された。――オルガン作りは、『進歩の世紀』の成果である横木で支えられた音栓を、ジルバーマンが製作したオルガンからふたたび除去した。——しかし、バロック音楽が十全な表現を見出した唯一の形式、まさにそれだけが、原形を復元しようもなく滅びてしまった。他でもないオペラだ。そこに一つだけささやかな問題があった。イタリア様式のバロックオペラはカストラートと共にあり、カストラートと共に滅びた——なにしろ、真のカストラートの声は、その肺活量によってコロラテューラやその他の技巧を可能にする。どんな女声ソプラノだってそれにはかなわない。

そのころミュンヘンでもオペラが上演された。僕の記憶違いでなければ、ペルゴレージの《オリンピアーデ》だ。さきほどの理由から、原形通りの配役は断念をやむなくされた。ところがミッテルヴルツァー博士という機転のきく音楽大学の助手が——むろんすぐに実現しようというのではなく、将来をかんがみてのことだったが——ドイツの家庭省に渡りをつけようと考えた。この助手は音楽史家から人口算出家に転身し、分厚い覚書を世に問うた。そこには人口膨張の危険が警告の口調で説明されていた。一時代を画したこの論文の付論で、博士はこの新たな人口政策の望ましい副産物として、カストラートの復活に言をおよぼした。博士の死後かなりたって、その企図は、博士自身が思いもかけなかった規模で実現した。そもそも何がこの進展をもたらしたのか、ほとんど誰も思いいたらないうちに、レーゲンスブルクのドム - ギムナジウムはカストラート養成校となり、最高級のカストラートを生む場となった。彼らは毎年バイロイト祝祭劇場で——そこでは昔、君は知らないかもしれないけれど、泡沫会社乱立時代（一八七一―一八七三）にザクセンの作曲家のとても愛されたオペラが上演された。作曲家の名はロベルト・ワグナーと言ったが、そのバイロイトで毎年フェスティヴァルを行うときは、まずミッテルヴルツァー博士に敬意を表し、特別記念公演として一流のカストラートらが《オリンピアーデ》を歌う……

だがこれらは僕の薄幸の伯父ハイノ・プラムスビヒラーには何の関係もない。伯父は新設された人口省が国中に張りめぐらせた官庁網の一官僚でしかなかった。この官庁の医療部は断種の実施および監督を行い、伯父の属する管理部門は種々の証明書を発行し、それに関連する、あるいはそのために作成された無数の行政書類を確認し、自発的断種者に――インドの先例にならって――法で定められた少なからぬ報奨金を支払う部署だった。

むろん《断種》は外来語で、しかもあからさまだから、そのような言葉のつねとして官僚語彙には現われない。代わりに体裁のよいドイツ語で《無子孫化》と呼ばれる。かくして伯父は国家無子孫化係だったのだが、後に国家無子孫化係長になった。くる年もくる年も伯父は職務に励み、上司の無子孫化顧問官から職務遂行上の叱責も受けず、しかるべき年齢には、官僚の世代構成を適正ならしめるため、何の問題もなく検査官の地位に昇格した。ところで《無子孫化》は以下のように行われる。当該人物――《無子孫者》――は、特にその資格を有する医師のもとにおもむく。医師は手術をほどこし、無子孫者の腰に公印を押す。この印は無子孫化局で検査され――これが伯父が異動した検査官の仕事だ――それが済むと印は消され、報奨金が支払われる。

この検査手続はいささか気まずいものなので、二重扉のある事務室で行われる……僕の伯父はそのとき五十八歳で勤歴二十三年だったが、午後の執務時間中に無子孫化されたばかりのエンマ・ホルツミンデルが名を呼ばれて入ってきた。ハイノ伯父は机から顔をあげずに前の人の処理を済ませ、それから『お座りください』とだけ言った。

『お名前は』ハイノ伯父はまだ顔をあげない。

『ホルツミンデル、エンマ』

『年齢は』

『十八です』

伯父はとうとう顔をあげた。赤味を帯びた金髪の、豊かな肉づきが好ましい娘が前に座っていた。顔はいくぶん平らで、頬が少し膨らみ、断種の直後だったせいか、全身に血の気がなかった。唇すぐ近くの可愛いほくろが右の口元を歪ませ、抗しがたいメランコリックな雰囲気を作っていた。

『ホルツミンデルさん』ハイノ伯父は唾を飲んだ。『服を脱いでください』

『またですの』

『心配ありません。印を確かめるだけです』

ホルツミンデル嬢は立ちあがり、伯父に背を向けて、スカートの脇のホックを外した。ベリーダンサーのような身振りでスカートを腰から振り落とし、足の甲を大きく露出させた赤のハイヒールでそれをまたぎ越した。

ハイノ伯父は溜息をついた。

『何か?』溜息を気にとめたホルツミンデル嬢が聞いた。

『住所は』

『ボランド街十六、二階左です』

エンマはブラウスのボタンをはずして肩から滑らせた。異国の花が二輪、窄《すぼ》んだ花瓶の縁からこぼれるように、肩甲骨とそれをとりまく丸みが、レースの白いコルセットからあふれ出した。

『何かほかに』

多かれ少なかれ女らしい体が、これまでどれだけ、何の感情も起こさせずに伯父の目を横切ったことだろう。——それはまさに運命だったに違いない。自分の存在を確固ならしめる台座を背後から凹ませ、伯父を甘美な渦に落とし、罪という雪花石膏の肉体の岩礁に翻弄させ——そうじゃないか、ヤコービ博士」

ヤコービ博士は顎をつまんだ。ヴェッケンバルトは話を続けた。

「ぴったり身についた貴重な杯のようなレースのコルセットが、ふくよかな薔薇色の上で泡だって……

『ほかに何か――』エンマがたずねた。

ハイノ伯父はびくりとした。『印を調べさせてください』

エンマはコルセットのホックをはずした。伯父はめまいを起こしそうになった――目のあたりになったすべての光輝のなかに、右の口もとの魅惑的なほくろが、こんどは左の胸のてっぺん近くにも現われた。

これまでどれだけの印を確認したことだろう。職業上の義務以外は考えずに。

『印』伯父はうめくように言った。『印がまだ見えない』

エンマに残されたのは、ハンカチほどの大きさもない、蜘蛛の糸のように繊細な、肌に張りついたものだけになった。この最後のものをホルツミンデル嬢はややためらって腿から引きおろし、伯父の机の上に置いた。

紫色の印がとうとう見えた。

『どうかそこに――』おずおずとハイノ伯父は白い蠟引き布を張ったソファを指した。

優雅なカーブを描いてエンマは赤いハイヒールを脱いでくるぶしを出した。

伯父はルーペを手に取った……

エンマが出ていくと、彼は机の抽斗に鍵をかけ、まだ四時半というのに、残りの書類を片づけ、外で順番を待っていた《無子孫者》たちに、会議があるので今日の執務はこれで終了と告げた。申請者らはぶつぶつこぼしながら去った。そのひとりが苦情を申し立てたので、ハイノ伯父は後日上司から叱責をくらった……だが伯父は何のそのだった」

　廃墟建築家はここで一息入れた。気味の悪い咳払いが背後から聞こえた。わたしはふり向いた。顎から床までとどくエプロンをかけた黒人が、血にぬれたナイフを手に、ヴェッケンバルトに駆け寄った。この男が殺人者だったとしても、恐怖で身がこわばって警告さえできなかったろう。だがこの男は鶏を潰したばかりのコックで、ヴェッケンバルトをキッチンに誘いに来たにすぎなかった。

　ヴェッケンバルトは話の中断をわびた。鶏に詰め物ができるのは自分だけなんだと言い、食事中と食後に続きを話すと約束した。

　ヤコービ博士は控えめながらもきっぱりと、自分も厨房に行くと言いはった。「ヴェッケンバルト君、君はいつもカレーを入れすぎる。七面鳥じゃあるまいし」。わたしは《こちらはドン・エマヌエーレ・ダ・チェネーダ氏》と紹介された紳士とともに取り残された。覚えているかぎりでは、この紳士は午後いっぱいのあいだ、せいぜい三語しか口にしていない。ところが今はわたしのもとに来てこう言うのだ。「君も鶏の詰め物に門外漢なら、食事の時間まで甲板にいたらどうかね。話したいことがある」

　老人はわたしの腕に手を置いて、手摺り際に誘った。船の機関は止まっていた。外輪はすでに回っておらず、水中から浮かびあがる白い泡が、薄く広がった藻と混じりあっている。藻が船首で二手にわかれ、船尾でまたひとつにならなかったら、船の前進に気づきさえしなかったろう。

　ドン・エマヌエーレは岸辺を見やった。彼は老人、それもかなりの老人で、九十を過ぎているかもしれない。目は眼窩の奥に窪んでいた。独特な具合に張り出す眉のない額は、家の軒《のき》か、あるいはむしろ、帽子のひさしの角を思わせた。

「なによりまず、お前さんにひとつ質問をしたい。だれそれかまわず、知り合った者にしている質問だ。『ステリダウラを知っているかね』」老人の目は悲し気に水面《みなも》を見ていた。「――今まで誰ひとりまともに答えてくれなかった。お前さんはどうだ」わたしを見る目には涙が浮かんでいた。「ステリダウラを知っておるかね」

心を動かす真剣さがそこになかったなら、この問いは冗談か、さもなくばわたしの気を悪くさせるために発せられたと思っただろう。

「ステリダウラとはどなたですか」しばしためらったあと聞いてみた。

老人は打ちのめされたようにその場に崩れ落ちた。

「お前さんもか。もう誰も知らないのかもしれない」

「申し訳ありません。でももう少し詳しく話していただければ、あるいはもしかしたら……顔は広いほうですから……」

「わしは死ねない」老人は自嘲のような笑いをあげた。「だがステリダウラはとうの昔に死んでしまった。だがどこでどんなふうに死んだのか――ステリダウラ、わが天使、いかなる苦しみがお前を苛《さいな》んだのか。おおステリダウラ、わが天使……」

老人は少しのあいだ身動きせず、目を天に向けていた。それからふたたびこちらに向きなおった。

「ステリダウラはナポリ方言を話した。知っているのはそれきりだ。あとはと言えば、天国から来たように美しかったこと、天国でも珍しいくらい純真な女だったことだけだ。ステリダウラ……」

「その人を最後に見たのはどこでだったのでしょう」即物的なことがらが老人の苦しみを和らげるのではと思い、わたしは聞いてみた。「そこから何かわかるかもしれません」

「ヴェネツィアでだ。一七七四年の謝肉祭のときだった」

もちろんわたしは驚いたが、それにかまうこともなく、一息おいて老人はステリダウラの話を語りはじめた。

「総督アルヴィーゼ四世モチェニーゴの摂政期間のときだ。偉大な共和国の時代はとうに終わりを告げていた。のちに共和国を屠《ほふ》ったコルシカ人（ナポレオンのこと）はすでに生まれていた。ヴェネツィアの栄光は、風前のともし火ながら、その誉れはまだかろうじてちらついていた。かつては商人が世界中の品を商っていた場所で、両半球から来た胡乱《うろん》な輩《やから》が罪の根と果実を掛け値で売りつけていた。旧家は疲弊した。コルフ島（ギリシア沿岸の島。一七九七年までヴェネツィア共和国の領土）の防衛に参加したであろううるさがたの老人ともども、死がサンマルコの黄金の書《リブロ・ドーロ》（評議員有資格者名簿）から多くのものを消した。昔と変わらずモチェニーゴ家のものが総督邸に座し、白衣の尼僧がラグーン岸辺の修道院の中庭で、ガブリエーリやヴィヴァルディの天使のような協奏曲を奏し、劇場の観客はペッサリーニやブルネッタの喜劇に笑っている。だがヴェネツィアに君臨するのは、人知れず残忍な陰謀をたくらむ凶暴な軍隊だ。つかのま恐怖を撒き散らし、後難を恐れてすぐまた忘れられるそれは、灰色の巡査の姿でおりおり出現し、哀れな犠牲者を血に渇く無慈悲な法廷に、じめついた牢に引きずってゆく。逃れられる者は誰もいない。世界中から来たならず者たちが、仮面に隠れて自由を謳歌し、いかさまの限りを尽くす。それに煽られたヴェネツィアの民は、不運な者の地下牢の上で踊り笑い、そのあいだも首の紐は締まり、ついには――そう、ついには、遍在するが誰も口に出さない腐敗した秘密の司法の新たな犠牲者が出る……それまではダンスのなかでもっとも気ぜわしい火山上のダンスを、パラッツォ（貴族の大邸宅）や教会や橋のあいだで、そして悪臭のする、物言わぬ、没落した世代の華やぎで虹色に輝くヴェネツィアの運河をめぐって踊りまわる。

話を戻そう。わしはユダヤ人だ。だが洗礼は受けた――もっとも六歳になってからだが。名前は洗礼を施した司教にちなんでいる。

二十のとき故郷の町で司祭に叙階され、イタリア本土のヴェネツィア領、かつて《テラ・フェルマ》と呼ばれた土地の名残にある教会管区で文学と修辞の研究に勤しんだ。学業を終えたあとは誰もがするように、首府すなわち《都市の女王》ヴェネツィアに居を移した。

司教と後援者との仲介により、ある参事会員の息子の家庭教師の職にありつけた。そこの奥方の信用を得て、実入りは多くなり、ことさら奮闘する必要も、みずからの自由を抑えつける必要もなくなった。

あらゆるヴェネツィア人と同じく、いや、ヴェネツィアにいるあらゆる者と同じく、顔を半分仮面で隠し、騎士のマントと剣を身に着け、司祭の痕跡はどこにも残さなかった。その頃のリアルト橋付近でまだ見かけられたエメラルドの緑、海の青、太陽の黄金の色をした絹の衣装に——自然な誇りを持つ若者の虚栄心が誘われぬはずがあろうか。

だがそれは過ちのうちで一番小さなものにすぎない……神から遠ざかり、ミサひとつあげず、ひたすら愛人にうつつを抜かす自堕落な日々——その女は零落したヴェネツィアのある名家の出身で、名をアンジオーラ・ティエポロといった。少しだけ年上で、ヴェロネーゼ描くヴィーナスのような雪花石膏の四肢と、悪魔のように洗練された愛の情熱を持ち、その嫉妬深さは言葉に表わすすべもなかった。

アンジオーラは兄のバヤモンテと住んでいた。あとで話すように、謀反家の名を辱しめぬ（同名のバヤモンテ・ティエポロは一三一〇年、当時の総督に対し謀反を企てた）この兄は、いくつかの無報酬の地味な官職に就いていた——サンタ・マリア・デッラ・サルーテ聖堂に近いパラッツォはしかるべき階級のものが三十人ほども泊まれる広さだったが、今は兄妹のほかに住む者もなく、蠅、蜘蛛、鼠、そしてヴェネツィア中を徘徊する野良猫の巣と化していた。だが召使を鞭打って、住まうにふさわしい一画だけはかろうじて害虫や猫から守られた。だが放置された通路に足を踏み入れると、残りの部屋に積もる埃が黄金に縁どられて朽ちた先祖たちの肖像画に舞いのぼる。かつては壮麗だった玄関ホールを飾るティエポロ家の紋章を象った大理石のモザイクを、苔と泥とがおおっていた。

片時も目を離さないでいられるよう、この邸宅に引っ越せと愛人が命じたとき、文字通りの総攻撃でギャラリー（歩廊状の広間）のひとつが掃除され、ベッドが据えられたが、夜は思いつくかぎりの快楽に費やされたので、眠るのは日中だった——もちろん参事会員の家で家庭教師をする日は別だったが。

バヤモンテ・ティエポロはむくんだ体つきの若い男で、はじめて会ったときからこちらに敵意を見せた。陰険で、悪意のかたまりで、怠け者で、同性にしか興味を持たぬ男だ。だがそれさえも、奴がとりこになっている別の情熱の激しさと呪わしさに比べたら、ものの数ではなかった。何かというと賭けごとだ。

夜となく昼となく、奴はリドット（ヴェネツィア市中にあった公認大賭博場）の片隅で賭ける。だがつねにある悪運につきまとわれていた——つまり必ず負けるのだ。奴や妹がかろうじて持っていた金目のものは、次々に賭けのかたとなった。あげくはお人よしから借りた金まですってしまったので、賭けていないときは借金取りに追われ責められどおしで、パラッツォに潜んで世を呪いつつ日を送っていた。

このバヤモンテはどういうわけかこちらを敵視していて、自分を《御前》と呼べと命じたが、これほど奴に不似合いな称号もなかった。そしてうっかり隠すのを忘れたら最後、有り金すべてを巻きあげられた。奴と妹は共謀して——ここだけは二人も意気投合したのだが——若くて経験に乏しいお人好しの田舎者を支配下に置いたのだった。

魔性の女アンジオーラの雪花石膏の肢体に惚れきったあまりに、いかなる犠牲も甘んじようと思い、奴らの暴君ぶりがどれだけ大きくなろうと意に介さなかった。

かくして数か月が過ぎた。こんな放蕩生活は二十四歳の身にすこぶる快適なものだった。そのうちカーニヴァルも終わりが近づいた。灰水曜日の最初の鐘の音とともにリドットや他の賭博場はすべて閉じられる。外でマスカレードと仮装と誘惑の狂乱がますます昂じるさなか、《御前》はとんでもない考えを起こした。あちこちでこしらえた巨額の借金を残されたわずかな日のうちに取り返そうと思ったのだ。そこで憑かれたように賭け、さらに借金を重ねた。

あげくの果ては妹の衣装を文字通り体から引きはがして、それでも負けると、狂ったように邸内を走り、借金のかたになるものはないかと探しまわった。何もなかった。残ったのはわしの寝るベッドだけだ。わしはその前に立ちふさがった。『御前――』

だが奴は剣を抜いた。妹が止めなかったら突き殺されていただろう。一秒でも賭けのテーブルから離れたくない奴のことだから、怒りにわれを忘れると妹さえ殺しかねない――するとアンジオーラは兄に何かささやいた。こちらに聞かせるつもりはなかったらしいし、距離があったのでどのみち聞こえなかった。

ドン・バヤモンテ・ティエポロは剣を下ろし、何とも言えぬ嫌な目でこちらを見て姿を消した。

『兄さんに何と言ったんだい』アンジオーラに聞いてみた。

『いいから早くお金を持っておいで』

『でもどこに行けっていうんだ』

『ふん』彼女は荒々しく言った。『命が惜しいんならさっさと金を持っておいで。兄さんにはあんたが黄金を作れるって吹き込んでおいたんだよ。百ゼッキーノ持ってきて。さもなきゃあんたの命はないし、あたしまで不幸になる』

百ゼッキーノといえばまる一年分の報酬にあたるひと財産だ。どこから捻《ひね》り出せばいいのか。このの哀れな魂に錬金術の秘密を漏らしてくれるのなら、悪魔と契約してもいい。それくらい困り果てた。どうしたらいいのか。懐には一リラしかない。だがそれさえも、屋敷を出て行きつけのカフェに行く途中で――天使のようなゴッツィ伯爵が出入りするこの店ではつけがきいた――自分自身を嘲るように、教会の前に座る物乞いにくれてしまった。

物乞いにはろくに目をやらなかった。最後の一リラを誰にやろうがたいした違いはない。だがその物乞いは奇妙な声で言った。『旦那さま、わたしにはわかっております。あなたさまは善良な心と敬虔なまなざしをお持ちです』――そのつもりはなかったのにわたしは聞いた。どうしてわかるんだい。答えのかわりに物乞いは紙切れをよこした。見ると住所が書いてある。『わたしをお訪ねください。むさ苦しいところではありません。旦那さまは――おそらく――後悔なさらないでしょう』

それから物思いに沈みながらカフェに入った。友と何時間かを過ごし、機知の応酬をするうち、目下の惨めな境遇は忘れてしまった。しかし日が暮れて友が一人また一人去ると、苦しみが戻ってきた。金さえあれば――。いちばんいいのは悔い改めてこの足で故郷の村に帰り、すべてに背を向けてヴェネツィアを思い切ることだ。そんなふうに心を煩わせていると、ゴンドリエーレ（ゴンドラ漕ぎ）がカフェに入ってきた。誰かを探すようにあたりを見回していたが、こちらに目をとめると、もの問いたげなあいまいな合図をした。アンジオーラがしばしばするように、また使いをよこしたのかと思って席を立ち、あとをついていった。外で待っていたゴンドラに乗ると、驚いたことに婦人の先客がいた――気品があり、しかし驚くほど簡素な服を着て、こちらと同じく仮面をつけている。どう見てもアンジオーラではない。

『まあ』見知らぬ女は言った。その声は優雅だったが、同時に怯えて震えてもいた。『あなたはどなたですの』

『それはこちらこそ聞きたい。あなたがわたしに使いをよこしたのではありませんか』その女は不安げに押し黙り、どうしていいかわからないようだった。そのあいだにゴンドラは大運河のほうに漕ぎだした――」

そこで話はとぎれた。少し前から司厨長が背後で咳払いをしていたのだが、老人もわたしも、一方は話に身が入って、他方は話に引き入れられて、ろくに気にとめていなかった。

「旦那さま方、晩餐の支度ができました」

「それじゃ不幸な話の続きはまたにするか」ドン・エマヌエーレはそう言い、わたしたちは階段を降りて、絨毯が敷かれ壁布の張られた楕円形のサロンに入った。並んだ食器を前にヤコービ博士と廃墟建築家が待っていた。わたしたち二人も席についた。

ヴェッケンバルトは司厨長のほうを向いて、「忘れないでくれよ、アルフレッドの鶏は二羽だ。カレーは多めに」

わたしは聞いてみた。「アルフレッドって誰ですか」

「どちらの話を続けようか」気さくな調子でヴェッケンバルトが言った。「僕のハイノ伯父か、それともドン・エマヌエーレ、君のステリダウラか――僕らの話がなくても楽しく夜を過ごせるなら別だが、まずそんなことはあるまい――」

「お前さんはどのみち」声音に少し苛立ちをにじませてドン・エマヌエーレが言った。「アルフレッドとのブリッジ勝負をふいにしたくなかろう。だから食後に話をする時間はあるまい。しかしわしらは――」と言って自分とわたしを指し、「また甲板に上っていける」「そういうことなら」ヴェッケンンバルトが言った。「——どこまで話したかな。——そうそう。ハイノ伯父はエンマの誕生日と住所を公式書類に記録したついでに、別の紙片にも書きとめて、別に必要もないのに家まで持ち帰った。——頭の中では《ボランド街十六、二階左》が執拗低音《オスティナート》のようにしつこく響いていた……

十六番の家は、風雨に傷んだ窓枠の白い古ぼけた大きな建物だった。ほんの間に合わせの木の扉から隙間風が吹き込んでいる。一階に交番があった。粧《めか》しこんだ伯父は、はじめは中に入る勇気を奮い起こせなかった。一時間もたたずんだあげく、ようやく塗料の剝げた階段をそろりそろりと二階まで上った。左の扉には大文字で《ベローニ》と記された真鍮板があり、その下のアルミニウムの小さく簡素な表札に《ホルツミンデル》とあった。この部屋を直接借りているのはベローニ一家のようだ。——伯父は歩き回って住居の配置を頭に描いた。街路から見えるどの窓がこの部屋のものだろう。そのとき扉のきしりと足音が聞こえた。伯父はすばやく三階に上った。今度は人の声が聞こえる……次の瞬間扉が開いて、あの娘が——エンマが出てきた。薄い青のダスターコートを着て、扉の方を向いて、『急がなきゃ、急がなきゃ——』と声をあげ、駆け足で階段を降りていった。伯父もあわてて追いかけた。

エンマは危ういところで市電に間に合った——さらに危ういところでハイノ伯父も間に合った。市電は街の中心部に向けて走った。そこでエンマは降り、脇目もふらず大きめのホテルの中に走っていった。ハイノ伯父も斥候のように用心深く、街路から大きな窓の中をのぞいた。いくつもの区画に分かれた広間はビアホールらしく、この時間はほとんど客がいない。エンマはテーブルのあいだを縫うように走り、一本の柱の陰に消えた。ハイノ伯父は頭をひねった。持ち場を離れ、その酒場に入り、いい場所を探しているふりをしながら——あの柱の陰になった箇所をじっと観察していた。するとエンマが現われ、客のひとりにビールを運んでいった。——ハイノ伯父の推測は当たっていた。エンマはウェイトレスだった。満足して彼はあたりを見回し、エンマの担当区域外であろうところに座った。さしあたり目立たないようにするつもりで。

その晩のうちに――伯父はビアホールで夕食をとった――印刷業者のシュペールマンと、毎晩メニューを仔細に検討したのち必ずアンチョビを塗ったパンを注文する薬剤師と、それからフランツィという男と知り合いになった。このフランツィはどちらの手も指が何本か欠けていて、そこからハイノ伯父はひそかに鋸挽きではないかと思った――伯父はそれとは知らず常連の席に腰かけていたのだが、常連たちが何も言わなかったのは幸いだった。彼らはエンマと顔見知りだろうから、彼女について何ほどのことかを聞けるだろう。

夜もふけたころ、黒ビールの半リットルジョッキを三杯空けた伯父は、足元おぼつかなく女性用手洗所に向かった。推定鋸挽きのフランツィは方向を正してやった。今こそこの新しい友にエンマの話題を出すいい機会だと伯父は思った。

『あのエンマ』伯父は言った。『あのエンマはあかぬけてるね』

フランツィは何とも答えなかった。

後になって、ビアホールにほとんど人のいなくなり、伯父がさらに半リットルジョッキを二杯空け、ビールを見ただけでもむかつくようになったころ、薬剤師とシュペールマンは帰り、フランツィが自分の音楽的かはともかく情感豊かな歌の伴奏をさせようとテーブルに楽師を呼べと執拗に言い――次の日伯父が覚えていたのは何度も《僕の小鳥ちゃん》を聞いたことだけだったが――そのときになってようやくフランツィは伯父のほうを向いて言った。

『あんた、エンマってどのエンマなんだい』

ハイノ伯父は説明した。

『そりゃボビだよ』

――ははあ、とハイノ伯父は思った。あの娘は常連からボビと呼ばれてるのか。なら自分も今後はそう呼ぼう。だがそれ以上のことは聞きだせなかった。あと一ジョッキおごってやると言い張るフランツィを、気を悪くさせぬようしりぞけるのに大童《おおわらわ》だったからだ。もし新聞売りが二人のテーブルのあいだを通りすぎ、フランツィの気をそらさなかったら、きっと怒りだしていたことだろう。フランツィは朝刊を買い、少ない指で器用に紙の兜《かぶと》を折り、自分とハイノ伯父の頭にかぶせ、二人共通の区域にある家路についた。フランツィと別れぎわに、伯父は明日またきっと来ると誓わざるをえなかった。もっともフランツィと誓わなくとも必ずそうしたことだろう。

そんなふうに一週間が過ぎた。順番がきたら《常連席の友》にふるまわねばならぬビールと、新たな生活様式にともなう出費が伯父の月々の予算を使い尽くした。なのに肝心の目的には少しも近づけなかった。――それどころか、野戦部隊よろしく作戦を練り、さりげなくテーブルからテーブルに移動し、ボビの持ち場ににじり寄ろうとしても、克服不能と思われる障害にぶち当たった。一週間半ほど後のこと、常連席から何テーブルか離れて座ると、フランツィがお前気でも狂ったかと大声で呼ばわり、伯父をもとの席に連れ戻すのだ。

ハイノ伯父は落胆した。――だがその翌週に奇跡が起きた。常連席のウェイトレスが寝込んで、代わりにボビがその担当になった。

ある月曜のこと、昼休みが過ぎたというのに、伯父は書類もそっちのけに、職場の用箋を百枚も使って、《ボビ――ボビ――ボビ――》と、大きな字や小さな字で、活字体や筆記体で、あるいはローマン字体で紙全面に大きく書くと思えば、細かく鮮やかな千字の速記文字で紙を埋めた。用箋の幾枚かが上司にもたらされると――上司の連邦無子孫化顧問官は、ここぞとばかりに就業後、厳重に伯父を叱責した——覚えているだろうがこれは初めてではない。まずいことに伯父は話に身を入れて聞いていない態度をあからさまに示した……

日が暮れると先ほど言った《奇跡》が上司のひどい仕打ちの埋め合わせをした。目の前に立つボビを見て、ハイノ伯父の心は震えた——ボビのほうは伯父を覚えてないらしく、そしらぬ顔で注文を受けた。その黒服にはおったエプロンの小さなポケットは、ちょうど彼が消した無子孫化の印である紫の楕円があったところについていた……常連たちが来ると、職場での憤懣とそれによる体の不調を口実にして、大量に飲まなくともすむようにした。——素人の誘惑者には、と伯父はつぶやいた。明晰な頭が何より必要だ。

伯父とその友はまたもやビアホールの最後の客となった。いつものように薬剤師が別れを告げ、印刷業者のシュペールマンが後に続き、そしてとうとう、ボビが空色のテーブルクロスを回収し、椅子をテーブルに載せだすと、フランツィもそわそわしはじめた。いつもの癖で、まるで衛生上必要であるかのように最後の一呑みで口をすすぎ、床に唾を吐いて——『今は亡き石工たちのために』とつぶやき——それから伯父に顔を向けた。

『行くか?』

『ううん』伯父が言った。『もう少し残ってるよ』

『なんでだ?』

『まあね』

フランツィは首をひねったが、もう議論を重ねる元気はなかった。いつものように伯父と、それからウェイトレス監督係のあるじを抱擁して店を出た。伯父はわざと勘定を遅らせた。ボビは催促のために彼のテーブルまで来た。

伯父は財布を開けた。驚きが煮えた鉛のように伯父を襲った。なんとか支払いは済ませたが、今宵の計画への資金にはとても足りない。――だが規模を縮小してでも断行しようと伯父は心を固めた。

『ボビ、君の家はここから遠いのかい』

『なんてことないわ』ボビが言った。

『僕も同じ方角なんだ』

『どうして知ってるの』

『どこであろうと同じ方角なんだよ』――ご覧のとおり、このような大胆な籠絡作戦のとき、伯父に何より必要なのは明晰な頭だった。

ボビは微笑んだ。伯父をじろじろと見て、この人ならいっしょに帰ってもあまり危険はなさそうだと踏んだ……

『車で？』

『もちろんさ』

ボビは手早く片付けをすますと、エプロンを脱いで革のベストを着た。

『用意できたわ』

ハイノ伯父は体を起こして帽子をかぶり、先に立って歩いた。外に出るとタクシーに手を振った。

『タクシーなの？』ボビが言った。

『一杯やったときは運転しないんだ……』――いわゆるスイスチーズ流の嘘だった。つまり本当なのは穴が開いていることだけだ……

車の中で伯父はまさしく妙技を見せた。

『ボランド街十六番』

『え、どこから……』

ハイノ伯父は世慣れたふうの仕草をして答えに代えた。

ボビは伯父を質問攻めにしたが、伯父は黙って微笑んでいるだけだった。そして明日もいっしょに帰ってくれるなら説明してあげると約束した。もちろんタクシーじゃないし――と伯父は付け足した――思い切ってナイトカフェを奮発してあげよう。

ボビの反応はどっちつかずだった。しかももうボランド街に着いてしまった。

街を二回横断するタクシーの長旅で、大切にしまっておいた最後の高額紙幣は消えてしまった。かくて伯父は甘美であるだろう翌日の夜の財源をどうしようと考えて眠れぬ夜を過ごした。

ハイノ伯父は職場で前借りを申し込んだ。上司は馬鹿にしたような笑いを浮かべ、昨日の不始末をむしかえし、申し出をはねつけた。

しかし伯父は部屋を又貸ししていた。間借人はフィルステンハール夫人という六十ほどの老婦人で、ある小公園で新聞などを売るキオスクを経営していた。伯父は知っていたが、この老婦人は口座番号とか振替勘定とか大理石の窓口とかの不透明で訳のわからぬ、それどころか不道徳的でさえある銀行の陰謀を忌み嫌う者のひとりで、貯金は家にしまっていた。ほんの少しだけ、と伯父はつぶやいた。拝借しよう――もちろんこっそりと。なにしろあの吝嗇な女は一ペニヒたりとも貸そうとはしないだろうから……部屋の貸主としてその権利があると信じ、老婦人のあずかり知らぬうちに作った合鍵で――扉を開けて部屋を見回した。ああいう倹《つま》しい婆さんはどこに金を隠すのか。マットの下――ない。花瓶か枕の中――ない。絵の裏にも、中空の聖母マリア像の中にも、壁にかかったギターの中にも、かささぎの籠の下にもない。――籠？　籠の中はどうだろう。伯父は花模様のカバーを少し持ち上げた。

小鳥はたちまち目をさまし、口をきいた。『金とは何だ。死んだ石だ』

伯父は顔をしかめて布を手から放した。するとかすかな音がした。伯父は驚いてふりむいた――フィルステンハール夫人自慢のオルゴール時計にすぎなかった。この時計は毎時ミヒャエル・ハイドンの《ドイツミサ曲》からコラール《陛下の前で塵に臥す者は……》をせかせかと歌う……時計の下にミシンがあった。――ミシンか！――伯父はふくらんで節くれだった羊毛レースのカバーをめくり、小さな抽斗を開けてみた。何もない。ミシンの反対側に抽斗がもうひとつあった。そこにはぼろぼろのお茶の小箱が入っていた……

小箱を開けると伯父の目はくらんだ。同じく羊毛のかぎ針編みの椅子にやむなく腰をかけた。たいへんな金額だ。――なるほどな、と伯父は思った。なにしろ又貸しの家に住んで、倹約一心でレモネードほども薄いコーヒーを飲んでいるのだから。けちん坊が浪費家に変身することはまかり間違ってもあるまい。

伯父は百マルク紙幣を一枚抜き……ややためらってからもう一枚抜いた。

『二百マルクあれば足りるだろう。もちろん月末には通常の利息をつけて返してやる』

ハイノ伯父は小箱と抽斗と部屋の扉をふたたび閉めて部屋を出た。

ボビは思った以上に伯父の秘密を知りたがっていた。仕事が終わると難なくナイトカフェに連れ出すことができた。疲れ知らずのジュークボックスが店をたいへんな騒音で満たしていたので、伯父はその機会が恵んでくれた喜びに震えながら、ボビにぴったりくっついて、その耳に口を寄せ、約束した説明をおこなった。
くどくどと長たらしく謎めかせて、詩的に華やかに飾り立て、伯父はどこから彼女の住所を知ったかを説明した。
ボビは不可解な反応を見せた。長いあいだ考えこんだと思ったら、ひどくまじめで緊張した面持ちで伯父を探るように見つめ、おかげで伯父は禿げ頭のてっぺんまで赤くなった。あげく彼女は大笑いしたが、その声はジュークボックスの騒音にかき消されて聞こえなかった。ハイノ伯父の耳に口を寄せてささやいた。『行きましょうか』
もっと静かな酒場に行きたかったのだ。そんなバーは一軒しかなかった。百マルク札を二枚持ってきてよかったと思った……
その晩伯父はフィルステンハール夫人から失敬した紙幣を余すところなく使った。バーを出たとき残っていた金は、家に持って帰るシャンパンを四本駅で買うと消えた。フィルステンハール夫人と五メートルと離れておらず、二枚の壁でしか隔てられていないところで、図らずも極楽への扉が開くことになった。三本目のシャンパンのあと、ボビは先ほどのバーで見たストリップの真似事をした。四本目が空いたころには、夜はもう白んでいて、若いころのやや近親相姦風の過ち以来は、ただ心騒ぐ夢の中だけで経験したことが、伯父の身に現実に起きた。……ボッカチオはどう書いていたかな。『彼は彼女の小さな庭をしたたか耕し、二人は馬を四度代えて愛の街道を走った』
食べながら喋るという妙技を見せたヴェッケンバルト――「長年にわたるチベット流の意志の鍛錬によって」可能になったという――も含めて、わたしたちはすばらしいチキンカレーを大いに堪能した。そのとき司厨長がまたもやヴェッケンバルトの背後に現われ、彼に何か耳打ちした。

「もう少し待ってもらえないかと伝えてくれ」と廃墟建築家は言った。「ちょうど話の途中だから」

司厨長は姿を消した。給仕がテーブルを片付けているあいだ、わたしたちは葉巻に火をつけ、ヴェッケンバルトは続きを語った。

「いつもなら午前のちょっとした休憩時間に生活協同組合のソフトチーズを食べているころ、ようやくハイノ伯父はベッドで目がさめた。かたわらには裸のウェイトレス、エンマ・ホルツミンデル――通称ボビがいた。

しかるべき朝食をふるまうために、伯父はまたもやフィルステンハール夫人から寸借せねばならなかった。かささぎの脇を通りすぎてミシンに近づくと、ちょうどオルゴール時計が鳴りだした。《陛下の前で塵に臥す者は……》――《……フィルステンハール夫人なり》と伯父は楽し気に続けた。

この水曜は伯父がビアホールの仲間のところに行かなかった最初の日だった。ひとつにはその晩ボビは仕事を終えるとまっすぐ彼のところに来るはずだったし、それに悪魔のはからいのせいで――伯父はこれまで無断で欠勤したことがなく、病気のときもまず職場に体を引きずっていき、局長の許可を得てから帰宅した――ビアホールかその道すがらに同僚に見られるかもしれないと恐れたためであった。

午後になってボビが帰ると伯父は横になった。八時ころ扉がノックされた。

フィルステンハール夫人だった。

『今晩は。もしご迷惑なら遠慮なくそう言ってくださいな』

言うまでもなく伯父にとって、どうやら借り主を知ったらしい債権者ほど迷惑なものはなかった。寝ぼけながら伯父は弁解の言葉を並べようとした。

『ひとつお願いがあるんですの』

『どういったことでしょう』

『少々言いにくいのですけど』と夫人は言って、白い封筒をテーブルの上に置いた。

『どうぞお座りください』――いちばんいいのは、今時間がないと言うことだ。

『今ちょっと時間がないのですが』

フィルステンハール夫人は身をかがめてささやいた。

『この家に泥棒がいます！』

『フィルステンハールさん、そんなばかな』

『でもあいつらなんです』

――すると何人もいるのか。伯父は少し安心した。

『あいつらって誰です』

『あの女です（ドイツ語では「彼ら」と「彼女」はどちらも同じ語（sie）なので伯父は混同した）』

『女？』

『三階のヴォシェクさんですよ』

ヴォシェク夫人はもう若くない女性で、勤め先の繊維工場が何年も前に倒産したあと、ある画家と結婚したが、この夫は再婚で連れ子を二人残して亡くなった。夫人の義理の息子の一人は、父の絵に偽の署名をして高く売りつけることで暮らしていたが、それでは暇を持て余すので、鼠狩りを熱心にやっていた。散弾銃でフィルステンハール夫人のふくらはぎを撃ったこともある――夫人は悪意からだと主張したが、法廷では立証できなかった……ところがまもなくこの鼠狩人は実際に禁固刑になり、フィルステンハール夫人はやや溜飲をさげた。父の絵の一枚に厚顔にも《レンブラント》と署名し、それを贋作と決めつけた鑑定家を手ひどく傷つけたためである。しかしヴォシェク夫人自身への彼女の恨みは晴らされぬままに残っていた――フィルステンハール夫人のような女性はとかく家族の連帯責任を問いがちなものだ。

『三階のヴォシェクさんですって』ハイノ伯父は首を振った。『あの人が何を盗んだっていうんです』

『四百マルクを』

『誰から』

『わたしから』

『何ということだ』伯父は言った。

『これは犯罪ですわよ』

『それならば……』伯父はおもむろに言った。

『ここに』フィルステンハール夫人は言った。『封筒と便箋を持ってきました。あの女を訴えるつもりなんです。それにあの息子も』

『でもあの息子は今――』

『それでもですよ』

『いいでしょう』安堵のせいで伯父の気分は明るく寛大になっていた。『つまりあなたがしたいのは――』

『ええ』夫人は言った。『あなたはいわゆる公務員でしょう』

『《いわゆる》ではありません。正式の公務員です』

夫人は伯父に封筒を渡し、『誰にあてればいいんでしょう』と聞いた。

『そうですね――司教区事務局とか』

『本当にそう思うんですか。警察に送ろうと思ってたんですけれど』

伯父は共謀者の表情をよそおってささやいた。

『あなたはまだ警察を頼ろうとするんですか。ヴォシェクさんと息子があなたのふくらはぎを撃っても牢屋にぶちこまなかったのに。まだ察しないんですか』

『ええ』フィルステンハール夫人は無邪気に聞いた。

『あのずる賢いヴォシェクは警察を買収してるんですよ』

夫人はなるほどという顔をした。

『わかりましたか』

『でもどうして司教区事務局に……』

『これはヴォシェクの罪でしょう。それに大司教を買収できると思いますか』

かくてその手紙は――フィルステンハール夫人のたっての願いで――きわめて詳細にわたる事実内容とヴォシェク夫人についての網羅的な性格描写を付して、司教区事務局に送付することになった。伯父は、わたしが出してあげましょうと約束した。フィルステンハール夫人はたいそう有難くは思ったが、心の底ではこんなふうな決着に完全に満足してはいなかった。

『あなたは』締めくくりにハイノ伯父は言った――これこそいつ切り出そうかと待ちかまえていたものだ。それもさりげなく――『他にも部屋にお金をしまっていますか』

『……いいえ』

『そうですか。もしそうなら銀行への預金をお勧めするところでした』

『そんなことするもんですか』

『でもそうすれば、まだお金があっても、ヴォシェクには見つけられませんよ』

『ならキオスクに持っていきましょう』

『それこそヴォシェクの思う壺です』

『どうしてですの』

『夜間はまったく無防備じゃありませんか』

フィルステンハール夫人は伯父の議論に追い詰められて泣きそうになった。

『でも銀行だけは嫌なんです。銀行ってのはあまりにも……』

『銀行にもいろいろありますよ』

『といいますと』

『わたしたちの官僚銀行に預けてはどうですしょう』とうとう伯父は言った。この官僚銀行というでたらめの言葉が奇跡のような効果をあらわした。

『もし利息が差し引かれないのでしたら……』

『――差し引くですって。それどころか……ともかく官僚銀行の主任と話してみましょう。彼とはごく親しい間柄なんです。お金を渡してもらえますか。今すぐだと一番いいんですが……』


かくてハイノ伯父はある銀行に口座を作った。ハイノ・プラムスビヒラー名義のその口座は、六週間のうちにすっかり空になった。

それはまたもや火曜日のことだった。ハイノ伯父は――職場からひそかに前借りをしようとして――馘首された。伯父の最近の職務怠慢ぶりには目に余るものがあり、それなのにやにわに残業を口実に居残りをはじめて、疑いを持たれたのだった。実害はなかったので長年の忠勤ぶりに免じて告訴は見送られた。

面白からぬ気持ちでハイノ伯父はいつもの家路を最後にたどった。

フィルステンハール夫人がその帰りを待っていた。伯父は溜息をひとつついて、なぜヴォシェク夫人の件にはかばかしい進展が見られないのか口実をひねりだそうとした。だが夫人は、預金の一部をキオスクの修繕のために下ろそうとしたのだった。ハイノ伯父は修繕をやめるよう説得してみた。議論をしているうちに夫人は司教区事務局宛ての手紙が、まだ伯父の机の上にあるのを見つけた。――フィルステンハール夫人は手紙を取りあげ、一言も言わずに出ていった。

八時半になると、いつもより早くボビが来た。

『今日は非番だったっけ』

ボビは顔を引きしめて、何も言わずにソファに座った。

『服は脱がないのかい』

いつもならボビは部屋に入るとすぐ服を脱いで――バチストの小さなエプロンとウェイトレスの厚地の帽子だけをかぶって――夜食を出してくれるはずだった。

『今日は脱ぐ気分じゃないの……あなただってそうなるはずよ。お医者さんが言ったことを知ったら――』

『何の医者だい』

『赤ちゃんができたの』

ハイノ伯父は数分後にようやくわれに返った。

そして小声でつぶやいた。『そんなはずはない』

『どうして』

『だって君は——無子孫化したんだろ——』

ボビは笑った。

『笑うな！』これで今日の屈辱と災難に公憤という膏薬を貼れると伯父は思った。『それは国家が賠償すべきだ。無子孫化の失敗のせいでしかありえないから。——それとも賠償責任は医者にあるかもしれない。すぐにわかるさ。明日にでも職場で調べて——』といいかけて伯父はぎょっとした。自分にもう職場の《明日》はない……『どのみち国家が支払うべきだ。今日から僕は国家と何の関係もない。支払うべきは国家だ』

『でもね、あたしは無子孫化してないもの』

『——？——』

『それは姉さんのエンマ』ボビは言った。『よく間違えられるの。双子だもの、あたしたちは』笑いは今は大声になり、彼女は脚を宙に投げてソファのクッションに身を沈めた。『あたしは無子孫化してない……』そして服をするりと脱いだ。

ソファの上に立って、バチストのエプロンの紐を結んだちょうどそのとき、フィルステンハール夫人が扉から顔を突き出した。

『あら』にやりと笑って、夫人はまた扉を閉めた。

伯父はあわてて追いすがった。夫人はすでに自分の部屋に消えていた。『ノックもせずに開けていって、誰が言いましたか』伯父は声をあげた。

『あなただって今ノックしなかったでしょ。それにわたしはノックしましたよ。ふしだらな行為のおかげで聞こえなかったんじゃないですか』

『何をおっしゃる。あれはわたしの婚約者ですよ』

夫人は司教区事務局宛ての手紙をテーブルクロスの下から取り出した。『お金を引き出してもらいたいの』

『お金ですか――』伯父は困った顔でつぶやいた。『なるほど、お金でしたか、お金……』

『プラムスビヒラーさん！』夫人は手紙を胸に抱きしめてあとずさった。

伯父はその喉をつかみ、ミシンのそばの安楽椅子に押しつけた。

『あなたも』夫人はあえいだ。『あなたもヴォシェクに買収されたの――』

伯父はさらに強く押しつけた。フィルステンハール夫人は椅子から落ちたが、伯父が彼女を放したのは、頸椎が腕力でぎしっという音をたてた気がしてぞっとしてからのことであった……――だがそれは、オルゴール時計が鳴る前にきしる音にすぎなかった。時計は《陛下の前で塵に臥す者は……》を歌いだした。

伯父はあわてて部屋を出た。

『どうしたの』裸のボビが聞いた。

『あの女に少し意見したのさ』

『なんだかあなた、急にごきげんになったじゃない』

『うん。あの女に意見できて気が軽くなったんだ』

ボビが夜食を作ってくれたときも伯父はまだご機嫌だった。あまりにご機嫌だったので、マスタードの残りを彼女の胸の花に分け与えた。そして信じられないほど笑い転げた……

次の日――ボビはまだ寝ていた――ハイノ伯父はフィルステンハール夫人の部屋に忍びこんだ。昨晩置き去りにしたままの姿勢で夫人は横たわっていた。伯父は脈をみた。それから夫人の首を左右にひねった、首は難なく百八十度回った。――やはり頸椎をどうかしたのか。――今度はポケットナイフを取りだし、皮膚を少し傷つけた。血は流れない。間違いなく死んでいる。

伯父は静かに立ちあがり、部屋を出て、慎重に扉に鍵をかけた。それから帽子をかぶり、一枚の紙を手にキオスクに向かった、そこで伯父は紙をシャッターに貼りつけた。《忌引のため休店》とそこには書かれてあった。


続く何か月かはなかなか大変だった。ボビは夜食を作ってくれなくなった。——当然ながら彼女の魅力は衰えていった。目は蛙のようになり、歯は何本か欠け、口やかましくなった。そして——官僚用語を使うなら——生活拠点を最終的にボランド街からハイノ伯父の住居に移してからは、いつも結婚の話を持ち出してぶつぶつ言うようになった。


だが結婚の意思は伯父にはなかった。とりわけフィルステンハール夫人のわずかな年金で生活せねばならぬ今となっては。

郵便局から年金を引きだすために、伯父は委任状を偽造し、必要な署名を司教区事務局宛ての手紙から模写した。この手紙は夫人が絶命してから二日後に、かささぎといっしょに伯父が夫人の部屋から持ってきたものだった。

鳥はヴォシェク夫人に進呈した。フィルステンハール夫人の部屋の扉には南京錠をかけ、ボビには、夫人は親戚の家に長く滞在することになり、出かける前にこの錠をかけていったと説明した。

何日かすると嫌な臭いがただよいだした。はじめは廊下だけだったが、やがて住居のそこらじゅうに、そしてとうとう外の階段口でも感じられるようになった。何時間換気しても服から臭いが消えなかった。ボビは部屋に入るたびに気分が悪くなった。ハイノ伯父はそれを妊娠のせいにした。

臭いを追い出すというよりは、時がたつにつれ浮かんできた考えを実行に移そうと、伯父は最後にフィルステンハール夫人の部屋に入った。死体のあるほうは見ないようにした。

まず夫人がテーブルに置き放しにしている鍵をポケットに入れた。それから――もちろんボビが仕事に出かけているときを狙ったのだが――扉に特別のフェルトを貼って隙間のないように塞いだ。鍵穴さえも忘れなかった。仕上げに二つある窓からガラスを取り外し、臭気がたやすく外に逃げるようにした……実際臭いはほとんど消えた。――それでもまだ臭うものは本当の臭気か、それともこの数週間の悪夢のような臭気の記憶なのかもわからなくなった。

フィルステンハール夫人の鍵で伯父はキオスクをまた開き、客や納入業者から苦情を受けることもなく、夫人の名で引き続き葉巻や新聞やレモネードを販売した。

もちろんボビは驚いたが、伯父はこう言って彼女をなだめた。あの売り場はもともと僕のもので、フィルステンハールさんに賃貸していただけなんだ。どうもよからぬことをしていたようなので、あの例の晩、貸すのを止したのさ。

ボビは納得したが、その好奇心は今度は夫人の部屋に集中した。わざわざ南京錠をかけたからには、きっと何かの秘密がある。ハイノ伯父はあれこれと説明をしたが――ボビから面倒な質問を受けるたびに行き当たりばったりの説明をした。

来る日も来る日もボビに問い詰められ、そのたびの返答の矛盾を指摘されて、ついにお前には何の関係もないと言い張って話にけりをつけた。

ある木曜――今度は五月のはじめで、ボビが妊娠五か月目に入ったころ――いつもどおり伯父は七時半に家を出てキオスクに向かった。店を開けようとして鍵束を忘れたのに気づいた。あの鍵束には夫人の部屋に入る鍵もある……

さっそく家にとって帰したが、道半ばで警官とすれちがった。警官はキオスクにいるはずの伯父に会いに行ったのだが、途中で出くわした男がその当人とはわかるはずもない。

ボビは鍵束を見つけた、というより、大切に匿っていた聖遺物を伯父が昨日のズボンから今日のものに移すのを忘れたところを見ていた。そこでさっそく正しい鍵でフィルステンハール夫人の部屋に入った。――そこで見たものにボビは流産を起こした。

ボビの金切り声を聞いたヴォシェク夫人は、好奇心のもたらしたゴリアテ的な怪力で玄関の扉をこじ開け、ボビを助け起こし、救急車を呼び、なにはともあれ警察に通報した。警察はすぐさま伯父の、というよりは故フィルステンハール夫人のキオスクにおもむいた。

それから何が起きたかは手早く語れるが、ほんとうはそれがハイノ伯父の物語の中で一番驚くべきところなんだ。

そのとき伯父は軽食と小銭をいつも入れているブリーフケースと雨傘を持っていた。警官を見送ると少し考えて、駅に向かう市電に乗った。フランス行きの列車はもうすぐ発車時刻だ。だが伯父の計算では国境まで八時間かかる。そこで一時間待ち、イタリアに向かう列車に乗った。これならずっと早くオーストリアとの国境を越えられる。持っていた小銭はボルツァーノまでの片道切符に足りた。少し余った金で映画館に入り、ホルシュタインの水棲生物とアルミニウムの産出現場を見て出発までの時間をつぶした。

ハイノ伯父の推察は今回も正しかった。これほど間髪を容れぬ逃走があろうとは警察も予期していなかった。苦もなく伯父は国境を越えた。

そしてボルツァーノでは降りず、ヴェローナで車掌に放り出されるまで居座っていた。

はじめは庭園から、のちには市場の屋台から半熟の果物を盗んで食事の代わりにした。飢えがひどくなると無銭飲食でしのいだ。帽子は——浮浪者の手本をまねて走行中のトラックに飛び乗ろうとしたとき——失くしてしまった。ブリーフケースは靴屋で新しい底革と交換した。伸び放題の髭が伯父を何者ともわからなくした。たびたび逮捕されたが聾唖者のふりをして正体が露見するのをふせいだ。雨傘だけは身から放さなかった——その理由はやがてわかる。

夜は納屋や厩舎やガレージや船小屋に泊まった。少しのあいだロマと行動をともにした。カンパーニャの農夫が豚を永遠の都に連れていく荷車に乗って、ハイノ伯父はフラミニア街道をたどりポポロ門（かつてのローマの玄関口）をくぐった——ゲーテがたどったのと同じ道だ。

あの都市《まち》、大いなる都市、唯一の都市——都市の中の都市、聖なる永遠のウルブス・ロマーナ（ローマの都）、世界の魂の中心であり母である都市がハイノ伯父を迎えた——豚どもの乗る荷車で入ったとはいえ、うららかな春の一日、ドームはまばゆく輝き、さざめく泉の噴水がそよ風に乗り、列柱《コロネード》の銀の旗が、階段やバジリカや壮麗なオベリスクが彼を迎え、大理石の皇帝や聖者像が挨拶や祝福の身振りで、天国にも見紛う、雲のように重なりあふれる一期一会に目がくらむ外国人に腕を差し出して言う。『ようこそ《サルヴェ》……あなたはいらっしゃった。ここにいらっしゃった。すべての道が通じるところに。目的の地に。頭を垂れなさい。ここでは不幸はただ一つ——幸福の充溢に耐えられないこと。でもそれこそローマにいるということなのです』」ヴェッケンバルトは話を途中で切った——「そういうことだ——あるいはだいたいそういうことだ。少しばかりの誇張は許してくれたまえ。だがローマを思うと、あらゆる廃墟建築家と同じように、僕の胸は締めつけられる……——いやほんとうに」そしてもの言いたげな司厨長に怒り混じりの口調で言った。「アルフレッドは待たせておけ」

司厨長は興奮したようすで何かささやいた。

「なるほど」とヴェッケンバルトは言うとヤコービ博士に顔を向けた。「あの人もすでにいるそうだ」

「なら行こう」ヤコービ博士が答えた。「さもないとアルフレッドは待ちわびて壁を撃ち抜きかねない」

「それでハイノ伯父はどうなったのですか」わたしは言った。

「うん」立ったままヴェッケンバルトが答えた。「何日かあとにスイスの衛兵に逮捕された。雨傘をヴァチカン庭園に植えようとしたからだ。ドイツ生まれのドミニコ会修道士が通訳に駆りだされると――ドイツ語からスイスのドイツ語への通訳だ――ハイノ伯父は一部始終を語った。修道士は雨傘を庭園の遠く離れた隅の、道具置き場の陰に植えることを許可した……その修道士が何年かたって僕を訪ねてきて、絶対に他言しないと誓わせてからこの話を打ち明けたんだ。

ハイノ伯父はそのときはとうにこの世の人ではなかった。

どのみちヴァチカンでは地上の正義は伯父に手を出せない。それについてもちろん、誰もが思いつく理由から、修道士は僕に詳しいことを話したがらなかった。おそらく偽名でどこかの修道院に遣られたのではないかと思う。修道士がやってくるまで僕ら親戚一同に伯父の消息は全然伝わっていなかった。どこに伯父の墓があるかさえ知らない――当局ではこの一件は迷宮入りとみなされた……」

「それで雨傘から花が咲いたのかね」ヤコービ博士が聞いた。

「おそらく新聞に載ったんじゃないかな――」ヴェッケンバルトはそう言って笑みを浮かべた。

わたしたち二人――ドン・エマヌエーレとわたし――も立ちあがった。ヤコービ博士はすでに立ち去っていた。廃墟建築家がその後を追った。

「不思議な話でした」わたしは言った。

「わたしの話はさらに不思議だ」ドン・エマヌエーレが言った。

「そうでしょうとも」わたしは言った。「続きを聞きたくてうずうずしています。でもその前に一つだけ聞かせてください。これから他の人たちはどうするんでしょう」

「ブリッジをするのさ」

「ヴェッケンバルト、ヤコービ博士、アルフレッド——そう呼んでよろしければ——四人目は誰ですか」

「われらの夕刻のお客さんで、旅行中にだけもてなせる人だ。この人とブリッジをするためにわれわれ、つまりヴェッケンバルトとヤコービがこの船を借りた。家だと都合が悪いからな。わかるかね」

ふたたび甲板に出ると外はすっかり暗くなっていた。船は嗽《うがい》のようなかすかな音しかたてずに夜を滑っていく。わたしたちはデッキチェアに横たわり、黄色と黒の格子縞の膝かけを体にかぶせた。ドン・エマヌエーレは蚊や夜蛾をおびき寄せないようカンテラの灯を消した。わたしたちは大空の下にいた。月はまだ昇っておらず、あたりは真の闇だ。大気は岸辺から聞こえるこおろぎの鳴き声で満ちている。ドン・エマヌエーレが話の続きを語りだすと、別世界からのもののようなその声がわたしに迫った。


「乗りこんだゴンドラはたちまち岸を離れた。仮面をつけた見知らぬ女性をいっしょに乗せて……

『お願いですからゴンドラから出てください』

『溺れ死ねと言うのですか』

『どういうつもりなんですか。お願いですからひとりにさせてくださいませ』

その声には人の気をひくところがあった。こんな椿事はありふれてはいないが、かといって珍しくもない。間違ったゴンドラに乗ってしまった――ひとつの過ち――二語の謝罪。それでけりはつくはずだ。何がそうはさせず、そのまま居続けるため会話のきっかけをつかもうとしたのか。それはその人の声だ。そこには歌の響きがあった。見捨てられた者の歌、迫害を恐れる者の歌。もっともこの謎の娘は、自分の前ではもう不安を感じていないようではあったが。

この人も正体を明かしてくれればいいがと思いながら、仮面を外して名を名乗った。

『わたしの名は明かせません』娘は言った。『どうか無作法とお思いくださいませんよう――しかし』と彼女はすばやく言い添えた。『ゴンドリエーレがあなたと勘違いした人にさえ、名乗るつもりはなかったのです』

『でもあなたの言葉の端々から、ナポリの方ということがわかります――誰も否定はできますまい』

『まあ本当ですの』

『まあ』快活さをよそおってわしは言った。『誰もが気づくわけではないでしょう。しかしあなたの天使の声で心を射止められた人ならばきっと……』

女は溜息をひとつついて座席に身を沈めた。ゴンドリエーレがわしと間違えた者に会いそこねた今、これからどうしたらいいのか、どうしたいのかを測りかねているようだった。――これはきっとアヴァンチュールのはじまりだ、この機会を逃すまいと心に決めて娘に話しかけた。

『シニョーラ、あなたは悩んでおられる。苦しんでおられる。あなたを慰める役をわたしにさせてくれませんか。運命がわたしたちを引き合わせました。天上の意志が、あなたの船頭を他でもないわたしのところに漕ぎつけさせたのです。どうかこのままゴンドラに留まることをお許しください。あなたのもとに跪《ひざまず》きましょう』しかし彼女は顔をそむけただけだった。

『シニョーラ、船頭がわたしと間違えた男が、あなたに誠実である保証がどこにありましょう』

娘は小さく叫びをあげた。そこでここぞとばかりに口説きに口説いた。貴女の味方になることが紳士としての自分の義務である、なにしろあなたは無慈悲にも置き去りにされたのだから、などなど――。ひたすら同じことを、乏しい表現で、そのたび違う言葉で飾りたてくりかえした。当然ながら何の役にもたたなかった。さしもの弁舌も種が尽きたとき、彼女はこう聞いただけだった
『なぜわたしを苦しめるのです。なぜ降りてくださらないのです』

そこで思わず本音が漏れた。

『なぜなら、まったくの偶然であなたと裾を触れあわせたからには、あなたとお近づきになるのを拒まれているとは、どうしてもわたしには思えないのです。あなたがあくまでも拒まれるなら、わたしはあなたと同じく、心が乱れたままになるでしょう。あなたには何か秘密があるようですが、その秘密は一生涯わたしを苦しませることでしょう』

『でもあなたは』彼女にふだんあったであろう生気がわずかながら見えてきた。――『あなた自身を秘密で取り囲むことを怠っています――もしかするとわたしもまた好奇心を起こしたのでしょうか。あなたに保証してもよろしいですが、わたしに秘密は何もありませんわ』

最後の言葉にははっきり媚《こび》が含まれていた。

『ならお名前を教えてくださってもよろしいではありませんか』

『だめ』今度は彼女は少し笑いさえした。『ヴェネツィアの女性が正体を明かさぬなんて、ごくありふれたことじゃございませんの。わたしはそう、ヴェネツィア共和国の代官夫人で、これから愛しい人に会いに行くとこだとでも思ってくださいな……』

『あなたはヴェネツィアの人ではありません』

『共和国代官がナポリの妻を娶《めと》ってはいけませんの』

『すると本当にナポリの方なんですね』

ふたたび彼女は笑った。そのときゴンドラは岸に突き当たり、謎の女性は最初と同じく顔を曇らせた。

『なんて不運なことでしょう。さあ着きましたよ。いいえ、わたしが着いたんです』彼女は訂正しました。『あなたはもう降りるしかありません』

『もうすこしあちこち漕いで、おいしいものでも食べても――』

『何てこと考えてるの』

『今日でなくとも、なんなら明日にでも――』

『わたしが明日どこにいるか、誰にわかりましょう』

『旅立たれるのですか』

見知らぬ女は手を差し出した。その手に黙ってキスをした。目を上げると、女は泣いていた。

『今日ゴンドリエーレに会ったのと同じ時間、同じ場所で明日待っていてちょうだい』女はささやきかけた。そのまま早足でゴンドラを降りると、ある門扉の裏に消えた。後を追おうかとも考えたが、彼女の最後の言葉が頭に蘇った。今は一人になりたいというあの人の意志を尊ぼう。明日になればまた会えるはずだし、すくなくとも彼女のことを聞けるだろう。でもその間の一秒一秒は、のろのろと過ぎることだろう。煉獄の炎の中に座っているように。――だがそれがあんなことになってしまうとは。ああステリダウラ、あんなことに……』

ドン・エマヌエーレはここで間を置いた。月はまだ昇っていなかった。キャビンから未知の人物アルフレッドの大きな笑い声が聞こえた。

『その女性には二度と会えなかったのですか』

『その通り、いや、会ったことは会ったんだが、その前にありとあらゆることが起こった。わしに愛人がいたことは忘れていまいね。

そこで彼女を追うかわりに、そのままゴンドラに座って頭を凝らした。それからゴンドリエーレに、あの女を知っているかとたずねた。

『いいえ、シニョール』

『このゴンドラは誰のものだい』

『あっしのもんだがね』

『流しのゴンドラなのか』

『そうでさ』

『どこであの女を乗せた』

『ここだよ、シニョール、そしてまたここに戻ってこいと言われたんで』

ゴンドリエーレは何も知らなかった。そこでティエポロ兄妹のパラッツォまでゴンドラを漕がせた。いざ着いたとき、金を持ってないのに気がついた。これではゴンドラ代を払えない。やむなくゴンドリエーレに待てと命じて家に入った。まず出くわしたのは素面のドン・バヤモンテだ。わしの顔を見ると、すぐさま剣を抜いて声を張りあげた。

『金はどこだ』

『まあ落ち着いて、落ち着いてください。何かゴンドラ代になるものはありませんか。ここまでゴンドラで来たんです』

『すると文なしなんだな』

その口調にこもる威しはまぎれもなかった。

やむなく午後に妹に話しかけたお伽噺《とぎばなし》をさらにつむいだ。

『しかし御前、黄金がそれほど簡単にひりだせると思いますか。まずは原料を用意せねばなりません。これがなかなか高価だったのです。ゴンドラ代くらい払うのは当然だと思いますが』

『買ってきたものを見せてみろ』

『どうしてもと言うなら。でもそうすると黄金はできなくなります。これは光にあてってはならないのです』

すると奴は二リラを投げつけて聞いてきた。

『黄金はいつできる』

あわてて頭をめぐらせた。明日になればどこかで何ほどかは調達できよう。仮に自分のベッドをかたにせざるをえないとしても。そこでこう答えた。

『明日の日が沈まないうちは無理です。――しかしあなたがもっといい錬金術師を知っていたら?』

呪いの言葉をひとつ吐いて奴は去った。わしは外に出てゴンドリエーレに支払った。ふたたび家に入るとアンジオーラが階段を降りてきた。体が震えていた。

『兄さんにあんな嘘をつかなければよかった。あんたが黄金を作れるなんて』彼女は怒鳴りつけるように言った。『今日の午後、兄さんがあんたを刺してたら、晩にあたしを騙せもしなかったのにね。とうに真夜中の鐘も鳴ったというのに――どこほっつき歩いてたの』

『カフェだ』

『カフェだ、カフェだ』アンジオーラは口真似をした。『千人の召使に千回も見にやらせたけど、いやしなかった。ああ、あたしってなんて不幸――』かくて嫉妬が破裂し――日によってさまざま――行きつくところはいつも同じで、悪態をついて自分を憐れみ、以前の愛人からこうむった妄想のあるいは現実の不実を、全部わしの行為としてなじるのだ。この長弁舌をけしてさえぎってはならない。さもないと命が危うくなる。この掟はずっと忠実に守ってきた。だが今度という今度はさすがに愛想がつきて、『どこにいたの――どこにいたのよ』と百度も問いつめられて、ついこう答えてしまった。『今日はたまたま別のカフェに』

するとたまたまそこにあったインク壜を投げつけられた。腕をあげて顔は守れたものの、割れたガラスが手を裂いた――血がインクと混じってしたたった。血を忌み嫌うアンジオーラは一声叫んで逃げさった。

応急処置に包帯を巻くと、傷の痛みも忘れて、名も知らぬ人のことを思った。アンジオーラのふるまいを嫌悪すればするほど、天使の純粋さがますます鮮やかに目に浮かぶ。わしはアンジオーラを軽蔑し、その愛人になり果てた自分を軽蔑した。

そして眠りについた――どんな夢を見たかは見当がつこう。インクが傷に沁みこんで、手は焼けつくように痛んだはずだが、何も感じなかった……傷が命取りにならず、夢遊病者のようになりながらも生き延びたのを、ステリダウラを恋う一途の思いがもたらした超自然的な力のせいだと思った」

やがて月が昇った。河のかすかな波と岸辺の樹々のこずえに、三日月形をした銀色の反射が戯れていた。

おそらく自分では気づかずに、ドン・エマヌエーレは素朴なメロディーを口ずさんでいた。――ヴェネツィアの出会いにかかわりある歌なのかもしれない。月を見るとわたしも抒情的な気分になって詩を引用した。

夜よ、黒くはあるが穏やかな時よ

あらゆる労苦に平和でうち勝ち
ものを正しく見る者はお前を讃えざるをえない
お前を崇める者は賢明だ

まだ紹介してもらえない――わざと隠しているとも疑われる――アルフレッドのキャビンから、いきなり大きな叫びが聞こえた。二人の声のうち、一方ははっきりヴェッケンバルトのものとわかったが、その声は訳のわからない表現をくりかえしていた。おそらくブリッジ用語なのだろう。アルフレッド――としての話だが――は耳障りな声で早口に外国語を喋っている。ヤコービ博士も、どのみち言うことはほとんどわからないが、かん高く、鋭くはあるが不明瞭な声で叫んでいる。――耳に入るかぎりでは、優雅なブリッジ勝負は優雅ならざる争いに突入したらしい。

それを恥じるようにドン・エマヌエーレはせかせかと続きを語った。

「眠りは歓喜と憧憬に満ち、その夢は至福だった。翌朝の目ざめはあまりに残酷だった。手は痛むし、わが身の不幸も身に沁みた。全部自分のまいた種だ、俺は唾棄すべき存在だ、神に背いた聖職者だ、と己を責めても、今さらどうにもなるものではない。――ミサを行わなくなってからどれほどになろう。

ただ自責はそれほど真剣なものではなかった。わしは悔悟と改心に慰めは見出さず、あの人だけに慰めを求めた。そのときは名前さえ知らなかったあの人に。

今晩また会えることは疑っていなかったが、それからはどうなる。目下のややこしい状況のもとで彼女の愛を得るにはどうすればよかろう――おまけにそれは絶対に打ち明けられない。きっと幻滅されてしまう。

とりあえず金の調達が先だ。家庭教師をしている参事官の奥方に、また前借りを頼むしかない。言うまでもあるまいが、そのときはもう何か月も先まで払ってもらっていた。――ともかく着替えて、レッスンの日でもないのに奥方を訪ねた。そしてまことしやかな口実を奥方に述べた。

奥方が手提《さ》げ金庫を持ってこようと部屋を出かけたとき、包帯が目にとまった。心配顔で奥方は訳をたずねた。このとき下手な嘘をついたため、奥方は口実の矛盾に気づき――今度は興味もあらわにぎごちない丁寧さで――さらに質問をしてきた。わしは嘘に嘘を重ねた。前の嘘が露見しないためにはそうするよりなかった。ほどなく真実のかけらをところどころ織り交ぜざるをえなくなり、とうとうその説明はあまりにも信じがたいものであるばかりか、事実を話した場合よりさらに自分の名誉を危うくするものになった。

『なんですって』奥方が言った。『サン・シメオーネ・ピッコロでのミサの最中に、宅の義理の従兄弟バヤモンテ・ティエポロに、階段の踊り場からワイングラスの上に突き落とされたですって。あなたがバヤモンテ・ティエポロ、あの意気地なしと知り合いだったなんて。親戚には違いありませんけれど、あんな人たちとお付き合いなんかあるもんですか』

『違います、違うんです』わしはあわてて言った。『実はバヤモンテというより妹が――』

奥方は蜂に刺されたような叫びをあげて後退った。わしの顔を見る目付きは、まるでそこに忌まわしい伝染病を示す斑点でもあるかのようだった。奥方は先払いをしてくれなかったばかりか、息子に伝染病をうつさないよう、その場でわたしを解雇し、今後の出入りを禁じた。

のちに知ったのだが、参事官はドーニャ・アンナと短くはあるが嵐のような関係にあったらしい。おかげで参事官はある秘密結社と関係ができ、あやうくヴェネツィアから追放されるところであったという。

　ともあれ唯一の望みは水の泡になり、今さらティエポロ邸に戻る気もしなくなった。自棄《やけ》になってわしはあちこちさまよい歩いた。忘れた硬貨の一枚でもなかったかとポケットを探ると紙切れが出てきた。昨日物乞いからもらったものだ。

　これはありがたい、とかすかな希望に目がくらみ、愚かな考えを起こした。この前やった一リラを返してもらえまいか。紙切れに書かれた区画に早足で向かうと、驚いたことに、その所番地にあったのは、堂々としたお屋敷だった。てっきり何かの間違いか、それとも道に迷ったに違いない、と自分に言い聞かせつつも、わしは扉を叩いた。扉を開けたのは立派な身なりをした老人だ。それがあの、昨日自分の住所を押しつけてきた物乞いだとわかるまでには少し時間がかかった。だが老人はすぐにこちらを認め、顔をほころばせて再会のあいさつをした。

　そのまま華やかな調度のある広間に案内された。壁際には人目をひくほど整然と、鉄の金具を打ちつけた黒い櫃《ひつ》が並んでいる。部屋の中央にある寄せ木細工のテーブルにも小さな櫃が載っていた――他の櫃をそのままミニチュアにしたような形だったが、こちらには金が打ちつけてあった。

　老人は手を鳴らした。ひとりの娘があらわれた。美しく気品があり、あまりに美しく気品があるので、あの人のことで頭がいっぱいでなければ、きっとその淑やかな優雅さに燃えるように焦がれたことだろう。娘は老人にパパと呼びかけ、何か御用ですかと聞いた。

『ショコラを持ってきておくれ、わが子や』と彼は言いました。――お前さんにも知ってもらいたいが、当時のショコラは、およそ人間が口にできるものの中で、これ以上のものはなかった。――娘が去ると、老人は言った。

『どうせいつかは全部わかることですから、今話しておきましょう。わたしがただひとつ困っているのは、身の回りの世話をしてくれる人が誰もいないことです。料理人などはもちろんおりますが、わたしの正体は知りません。従僕を雇っても、教会の前でわたしに施しを求められると、ほとんどの者がまごついてしまうのです……』ここで老人は愉快そうに笑った。『そこで娘に小間使いの代わりをしてもらっています』

さまざまな日常の話題でお喋りをしながらも、目下の唯一の関心事である一リラのことは言い出せないでいた。

娘がショコラを持ってくると、老人は自分のことを語りはじめた。

『わたしはオドアルド・ユージェニオ・ザパリーニといいまして、オルガン作りの一族に生まれました。――父も祖父も兄のアダム・オラツィオも皆オルガンを作っていたのです。

妙なる音を出す幾多の名品を残して父が亡くなったとき、わたしは十四歳で、かなり年の離れた兄に養われるようになりました。そのときすでに兄にはたいへんな声望がありました。共和国のあちこちでオルガンを作るよう所望されましたが、一番の人気はここヴェネツィアでした。十人委員会は法律を制定し、兄が共和国を去ったなら死罪に処すとまで定めました。嫉妬が昂じて他の町が兄の手によるオルガンで飾られるのを妨げようとしたのです。実際その首が危うくなることもありました。イギリス大使の荷物である塩樽のなかに隠れ、イギリスの船で密航し、偉大なヘンデルのためにロンドンでオルガンを作ろうとしたところを逮捕されたのです。ある修道院――それはヴェネツィアの貴族階級の婦人専用のところでしたが、そこで作りかけだったザパリーニ・オルガンを修道院があきらめきれなかったために、かろうじて命が助かったのでした。のちに兄はベルーノからの遁走を果たし、祖父アダムの出身地シレジアに戻りました。そこでオルガン作りとして敬われつつも、大法螺と口のうまさと酒癖の悪さを顰蹙《ひんしゅく》されつつ亡くなりました。もう何年も前のことです……

兄の名声への執着は、ヴェネツィアのその名への執着にも劣るものではなく、わたしに受け継がれているかもしれない才能をどうやら恐れているようでした――わたしを厳しい監督下に置き、一家の秘伝を教えるどころか、父や祖父の遺した図面を全部わたしから隠してしまいました。そしてわたしを修道院に追いやり、むりやり聖職者の道を進ませたのです。

しかし狭い独居房で兄の名声を同僚の修道士から聞くと、そのたび一族の血はブルドン音栓（主に持続低音に使われるオルガンの音栓）のように騒ぐのでした。死んだほうがましだと思っていた誓願を立てる日が近づくと、しばしば眠れぬ夜を過ごすようになりました。日中も夢のなかでも、巨大なオルガンを見るのです。わたしの名声はその何千ものパイプから嵐となって世界中に吹きわたります。オルガンで世界の富を、共和国を、皇帝や教皇を圧倒し、地球全体に君臨し、果ては自分のオルガンの力で天国と地獄をもろともに陥落させ、残るのはただ、わたしのほかは、裂けた天に聳えるオルガンのパイプ――そんなありさまを思い描くのでした。

誓願がいよいよ明日に迫る夜、わたしは召喚しました――何をかは、今際《いまわ》の懺悔のときまで話す気になれません。

粥《かゆ》のように粘い瀝青《れきせい》と硫黄の濃煙が廊下に押し寄せると、修道院は大騒ぎになりました。しかしわたしが両手に持った契約書には、いかなる課題を引き受けようと難なく完成でき、今までにない名品を作りあげられる旨が記されていました。わたしの名声を妨げるものはなく、その前には兄の名声も色を失うどころか、お笑い種にさえなるはずでした。そのほかにわたしは自分が金持ちになることも――計り知れないほどの金持ちになることも要求しました。あなたはこれを貪欲とお思いでしょうが、それゆえにわたしは神を讃える幸福を授かったのです。というのも契約には、わたしの哀れな魂の、いうならば支払期限の代わりに、何らかの労働、何らかの行為あるいは何らかの功績により、金銭であれ現物給付であれ不動産であれ動産であれ、報酬を得て、その累計がゼッキーノ金貨百万枚に達したとき、わたしは地獄に行く旨が定められていました。

その契約条項は老練な法律家も顔負けなほど入念に仕立てられていました。相続財産や債権譲渡はもとより、外貨換算率から中国人が食用蛆虫《うじむし》代に払う蝸牛の殻にいたるまで、あらゆるものが考慮された条文が、すべてわたしの血で記されました。ただ喜捨だけは漏れていました。地下なるものの傲慢さは、みずから進んで人にものを施す者がいることを信じなかったのです。

でもはじめわたしはそこに考えがおよびませんでした。予備知識なしで造作なくオルガンを作れるという特権もほとんど行使しませんでした。あわてる必要はないと思っていましたし、そのうえとつぜん──笑わないでくださいよ──あちこちの伯父や伯母から遺産が次々降ってきたのです。それこそ湯水のように使ってもかまわぬほどの額でした。そこで当面は、少なくとも自分で顧みるに、あの契約がなくともそのうち地獄に落ちざるをえない暮らしをしていました。わたしの悪行は枚挙にいとまがありませんでした。──怠惰な生活をしながら帳簿をつけたかですって──するものですか。わたしのまわりに群がった弟子のひとりにやらせていました。

ある日、ひとりの老婆がゼッキーノ金貨を二枚持ってきました──一枚はわたしが貸したもの、もう一枚は利息として定められていたものです──その恥ずべき利息を見て、ようやく不安にかられました。その聖なる不安がわたしを救いました。それが百万枚目だ、という天の声が聞こえたのです。炎を前にしたようにわたしは飛び下がって叫びました。──そんなものは要らない。金は取っておけ。さっさと失せろ──そのときわが守護天使が大きな翼をはためかせて戻ってくるのを感じました……わたしは契約の穴を見つけ、これからは喜捨によって生きようと決意したのです。

最初はやさしくはありませんでした。しかしそのうちつつましい生活に慣れていきました──ふだんは日に十リラか二十リラ恵まれますが、それでも暮らしに要る額の三倍なのです。それから四十八年が過ぎましたが、そのあいだにこれだけの財を築けたのです』
老人は立ちあがり、櫃を次々と開けた。そこには種類別に整理された金貨が縁まであふれていた。
『あとは喜捨によらない金は一リラももらわぬよう気をつければいいだけです。ここにある金で何かを買おうとするときは、まずその金を人に贈らねばなりません。以前は妻に贈りました。妻が亡くなってからは娘に。一ゼッキーノの価値があるものを買おうものなら、たちまち――それはもはや喜捨によって得たものではなく、わたしが贖《あがな》ったものですから――わたしは地獄に落ちるでしょう……
そんなわけでわたしは慈善に縛られています。あなたがここで見るすべては、娘フィアメッタのものです。金貨だけは違いますが、それも娘が結婚したときに持たせてやります』
不躾《ぶしつけ》にならぬよう気をつけて、これからどうしようと考えているのですかとたずね、そしてオドアルド氏がわしを選び出したことを知った。――もし、と老人は言った。娘がどうしても嫌でなければの話ですが――。なんでも老人はわしがヴェネツィアに到着してから気取られぬようにずっと観察し、そのあげく――ここでまた老人は同じ言葉をくりかえした――わしに純粋な心と敬虔な目があることを知ったというのだ。
老人は好意から、押しつけがましくなく、むしろ乞うように、孤独な者の控えめさをもって、惜しみなく与える者の開いた手でそれを差し出した。まるで亡くなる前に、愛においてもっとも後を継ぐにふさわしいと思われる者に、手塩にかけた苗木を分かとうと申し出る庭師のようだった。わしは老人の前に体を投げ出し、涙を流してその手にキスし、断言した。わたしはあなたのお嬢さんにとうてい値せず、逆にあなたの計画に協力ができないこと。だがそれにもかかわらずあなたを父と呼ばせてほしいこと。

それは老人にはひどい落胆だったに違いない。だがすぐに気を取り戻し、わしを抱擁して叫んだ。

『わが息子よ、なぜいけないのかね』

これほど高貴な老人に、ありたけの善意をわしに見せてくれた人に、ありのままの真実を告げる以外に何ができよう。

そこで洗いざらい話した。当時の境遇を喜びにも苦しみにも満たしたものを――自分がもとは聖職者だったこと。町で有名な賭博場であの恥知らずな妹と意気投合したこと、そして夢の中でのように、名さえ知らない女性とめぐりあい、自分の思いはその人に占められていること。

激しい言葉で、燃える涙を流し、父の胸に頭を置いて、わしは自分の罪が招いたあらゆる悲惨を告白した。ここに来たのも昨日恵んだリラを返してもらうためだったことも。

目をうるませ、しかし自制心は失わず、わしを軽蔑することもなく、老人は優しくわしを押しやると、テーブルからミニチュアの宝物櫃のかたちをした小箱をとりあげた。

『開けてごらんなされ』静かな声で老人は言った。

箱を開けると天鵞絨のクッションを敷いた一リラがあった。『あなたから昨日いただいた一リラです。たとえ賭けに使わなくともこれはあなたに幸運をもたらすでしょう。この小箱はあなたの善良な心の象徴で、娘に持たせる持参金のつもりでした。しかしこれを持って安らかにお行きなさい。わたしの祝福とともに。この一リラがあなたの夢をかなえ、あなたを幸せにしますように。これがわたしがあなたになお望むことのすべてです』

老人に別れを告げると、行きつけのカフェに急いだ。そこで貼り紙を見たのはきっと偶然ではあるまい。何とかというイギリスの紳士が金を賭けてチェッカーの勝負を挑む。どなたとでも相手をしよう、と書いてあった。当のイギリス人もカフェにいた。わたしは十二ソルド（一リラは二十ソルド）の勝負を申し出た。――一リラを丸ごと投げ出す勇気はなかった……

はじめはゆっくりと、しかしだんだん弾みがついて、わしは勝ち続けた。明日の雪辱戦を手短に約束してイギリス人と別れたとき、懐には二十四デュカートあった。そのままリドットへ足を運んだ。一リラでは出なかった勇気も、デュカートなら出せる。わしはオンブルの仲間に入った。

お前さんはこの遊びを知るまい。スペインから来たらしいおそろしく込み入った遊びだ。わしはオブスキュールしかやらなかった。これはあらゆるオンブルの中でもっとも度胸のいるやり方《シカン》だ。お前さんは信じなかろうが、五回のうち二回、スパディーユ、マニーユ、バストを場札から引いた。切り札のなかでも一番強い奴だ……これだけでは何のことかわかるまい。しかしこう言えばおおよそのところは察せられるかもしれない。リドットにいる半数がわしのまわりを取り囲み、どんないかさまも大勢の熟練したものの目を逃れることはできなかった。

四百ゼッキーノ分勝ったところで、わしはファロ（トランプ賭博の一種）の胴元になると宣言した。まわりの者は皆、こちらのツキに挑もうと、ポワントゥール（胴元に対抗する者）として参戦した。だが誰もかなわなかった……質札や無数の借用書――うっかり捨ててしまったが――を数に入れずとも、全部で優に六千ゼッキーノは勝っていた。わしに挑む者がまだひとりでも残っていたら、さらに勝ち続けていただろう。

だが不意に気づいたが、あの一リラが持ち金から欠けていた……聖マルコの獅子の腹に十字の引掻き傷があったものだ。あわててポケットを探ったが出てこない。外に出るとヴェネツィアに朧《おぼ》ろな夜の帷《とばり》が降りていた。そのとき虚ろな恐怖が、体の不調のように襲ってきた。胃は溶けた鉛を飲み込んだようで、もうこのまま動けないかと思った。そしてヴェネツィアの夜はもうこれ以上暗くなれないかと思うほど暗く、わしの目の前にあった。賭けの陶酔にまぎれて、あの人と待ち合わせた時間を忘れていたのだ。自責の矢の痛みを感じながら駆られるように急ぎ走った。だがもちろん遅かった。人が語るには、何時間も前にゴンドラがここに来て、誰かをさがしていたそうだ。だが見つからずそのまま帰ったという。誰もそれ以上のことは知らなかった。

わしはさらに駆けずりまわった。ゴンドラをつかまえて、ヴェネツィア中をむやみやたらに走らせた。あそこへ行け――いや違う、あのゴンドラを追え、いや、このアーチだ、このアーチだ……そしてまたカフェに戻った、できるものならいちどきにあらゆる場所にいたかった。あらゆる劇場をのぞき、足が用をなさなくなるまであちこち走った。一縷《いちる》の望みを抱いてまたカフェに舞い戻り、そこが閉まると、今度は少しの希望もなく、自分を責め、彼女に再会できる唯一の機会をふいにさせた呪われた金を手に、パラッツォ・ティエポロに戻った。

ドン・バヤモンテは剣を抜いて待っていた。

一言も喋る隙を与えず、わしは奴の足元に金を投げ出して言った。

「この金を出した者に連れ去られてしまえ」

その言葉に耳も貸さず、飢えた犬が骨に食らいつくみたいに、奴は金貨をかき集めて姿を消した――行先はわかっている。わしが儲けたよりさらに早くすっからかんになるかもしれない。

わずらわしいアンジオーラの愛撫もはねのけてすぐ床についた。苦悶の熱い涙に目を腫らしながらそのまま眠りについた。

次の日は朝早く《御前》の叫び声で目が覚めた。どうやら勘違いしていて、幸運の金貨はやはり昨日の儲けに紛れ込んでいたらしい。なにしろふだんとは違って、奴は持ち金の半分しか負けなかったからだ。残った金はうるさくせがまれる借金の返済に充てろとアンジオーラは迫った。だが奴はまっすぐ寝室まで来て、賭けで負けた金を自称錬金術でまたひねり出させようとした。なにしろカーニヴアルもそろそろ終わろうとしていて、リドットでの賭けもそれとともに終わるから。

こっそり裏口から家を抜け出し、慰めを得られぬ暗い心でヴェネツィアの街路を歩いた。幸運の女神に導かれるように、ふだんの習慣に反して、昼間から行きつけのカフェに足を踏み入れた。そこで知ったのだが、一時間前にひとりのゴンドリエーレが来て、後で伝言を持ってまた来ると言ったそうだ。

この知らせにどんなに心が沸きたったか、お前さんにもわかろう。じりじりしながら時間のたつのを待った。やがてまさしくこの前のゴンドリエーレが入ってきて、こちらを見て喜び、あとについてこいと頼んだ。この船頭が言うには、昨日から今日にかけてずっとわしを捜していて、あの謎の淑女が、ジウデッカにある人目につかない家まで来るよう頼んでいると言う。わしはそこまで漕いでいくよう命じた。

そこで彼女に迎えられた。そしてはじめて仮面をはずした彼女を見た。激しく非難されるとばかり思っていたが、その心からの優しさにこちらは圧倒された。怠慢で礼儀知らずで、ともかくも彼女を傷つけたにちがいない昨日のふるまいは一言も口にしなかった。しかしながら彼女はたいへんな悩みごと、たいへんな不安に心を痛めているかに見えた。彼女の優しさに応えたいとはやる気持ちを無理に押し殺して、悩みを打ち明けてくれるよう頼んだ。

『それはできませんの』彼女は言った。『少なくとも今は。しかしあなたを訳もなくここにお呼びしたわけではありません。これだけは言ってもかまわないでしょうが、わたしはとても残酷なものに追われているのです。密偵の合図ひとつ、言葉ひとつがわたしを破滅させかねません。いつなんどき巡査がわたしを捕まえて引き立てていくか、はらはらし通しなのです』

わしは自分がそばにいるかぎり、何事も起こさせないとか、それは請け合ってもいいとか、こんなとき人がよく言うようなたわけたことを口走った。だが彼女はこう続けた。

『ここからもやはり逃げねばなりません。わたしがどこから来たか、あなたは言い当てられましたね。なぜよりによってこの町に、専制と陰険で血に飢えた陰謀家たちに支配されている、密告とスパイ行為が住民の半数の生計の糧であるような町に逃げてきたのか、あなたにはおわかりにならないでしょう。もしかしたら――わたしの計画に協力していただければの話ですが――いつかは悲しく不思議な、まるで呪いをかけられたようなわたしの生についてすべてお話できるかもしれません。今打ち明けられるのはひとつのことだけです。わたしがここに来たのは、わたしが救いを求める人と会うためです。ゴンドリエーレはあなたをその方の使者と間違えたのです。しかしその方はわたしを裏切りました。考えるのも恐ろしいことですが、相手方に寝返ったと思わざるをえません――これ以上恐ろしいことはありません。危険の闇の中で、わたしはどうしたらいいのでしょう』

彼女は泣き伏した。わしは慰めようとした。はげしくしゃくりあげながら、彼女はなおも話を続けた。

『なぜあなたを頼るのか、自分でもわかりません。わたくしの守護天使があなたを遣わしてくれたように思うのです。わたしを助けてください……わたしと逃げてください。もしお嫌でなければ、わたしを妻にしてくださいませ。わたしのものは――哀れな生のほかはとくに何もありませんが――すべてあなたのものです』

彼女を落ち着かせようと、実際に逃亡するとすれば、考慮してもいい町を考えてみた。ジュネーヴに決め、ロンドンも可能性として残しておいた。だが彼女が落ち着くにつれて、こちらは落ち着かなくなってきた。

この人と逃げるって？　そして結婚するって？　そんなことをしたら、今でも十分不幸なこの人を謀《たばか》ることにならないか。――ここよりずっと淋しい、ここよりも危険な――ヴェネツィアではすくなくとも言葉は通じる――場所にこの人を連れて行って、自分は聖職者だから結婚できないと打ち明けるのか……何によってどのように生活すればいいのか。一ソルドさえ持っておらず、英語もフランス語もわからない――異国で彼女に襤褸《ぼろ》をまとわせようというのか。間違いなく二人とも破滅に追いやる、どうしようもない障壁が鎖のように連なって見えた。

ひとりきりで考える時間がほしい、晩の十一時まで待ってもらえないか、とステリダウラ――彼女はお前さんにも言った名を名乗ってくれた――に頼んだ。ステリダウラは承知してくれた。もし決心がついたらすぐに、今夜中にでも出発しましょうとわしが約束すると、ますますうれしがった。

深く思いに沈み、愛と不安のあらゆる感情に翻弄されながら、まず教会に行き、それから行きつけのカフェに、そして日が暮れてからパラッツォ・ティエポロに戻った。運よくバヤモンテは留守だった。アンジオーラがひどく詰《なじ》ってきたが相手にしなかった。これまでの愛人はそのまま放っておいて自分の部屋に向かった。

ステリダウラへの愛、冒険の誘惑、そして言うまでもなくヴェネツィアでの境遇の惨めさが、最後にはわしを動かして、憂慮を吹き払った。きっとなんとかなる。幸運の星が二人を導いて、どんな逆境にあっても、二人の幸福は花開くことだろう。心も軽くほんのわずかな手荷物をこっそり――主なものは愛するペトラルカとラテン語の古典何冊かだけだった――をまとめてゴンドラを――なんとも空《うつ》けたことに、特に急がせもせずに、ジウデッカに漕がせた。十一時の鐘とともにあの人のもとに着き、この腕で抱きしめる……

歓喜で気分を高揚させて、最後のカーニヴァルの夜に、仮面の群衆をすり抜けて歩いた。提灯で飾られた橋の上や岸辺にいる多彩なアレッキーノのおどけた挨拶に応え、幸せにあふれかえり――しかしまた物悲しい気分で——なにしろこれらすべてを永遠に捨てようとしているのだから——瀟洒なバルコニーの奥の秘密めいた薄暗い部屋にいる美しいコロンビーナにキスを投げ返し、広場を通り過ぎざまにマンドリンが響くなか踊り狂う仮面の連中と声を合わせて歌った。おびただしい照明で明るく灯る窓が、運河の水のなかで、バルカローレのリズムにあわせて鬼火のように揺れている。ちっぽけで無名の身であるのに、そのときばかりはこの大都市を抱きしめている気分になった——死に瀕しているとはいえ、それでも愛すべき仮面の民のありたけの華やかさの中で、かくも麗しく、比類のない、何より不滅なヴェネツィアを。

友よ、かくも相反する感情が入り混じるこの気分は、とても言葉にはできぬ。わしはすでにステリダウラを我がものと思い込んでいた。喜んで共にヴェネツィアを——いつの世にも世界という牡蠣の真珠であり、いつまでも、いつまでも愛するであろう町を——去るつもりだった。だがヴェネツィアに足を踏み入れられぬなら、たとえ世界を征服できようと、それが何になろう。——心の幸福にもかかわらず、唇に浮かぶ歓喜にもかかわらず、目には涙が浮かんだ。

ジウデッカが近づくにつれ、カーニヴァルの喧騒は遠のいた。あたりはしんと静まった。十一時ちょうどにあの人目を忍ぶ家に着いたが、迎えに出たのはステリダウラではなく、泣き崩れる女家主だった。なんでも半時間前に密偵が押し入り、滑稽なほど粛々とステリダウラの所持品を押収すると、無言で激しくあらがうわが天使を鎖の垂れるゴンドラに無理やり乗せて、すぐ夜の闇に消えたという。

ああ、ステリダウラ！

惨い所業は——こちらが問うと老婆はさらに語った——この家の中では、そしてゴンドラに乗せられるまでは行われませんでした。でもゴンドラが遠ざかったあと、水路のずっと向こうで悲鳴が聞こえました。そして窓という窓は、ひとつ残らず、捕縛のゴンドラが通るとブラインドが下りて、おそらくその奥では、誰もが可哀そうなあの美しい方に十字を切っていたのでございましょう。それが、と老婆はささやいた。あの方へできるせいいっぱいのことですから。

それは十分すぎるほどわかっていた。わしにしても、絶望のさなかでステリダウラにしてやれるのは、せいぜい哀れな魂に十字を切ることくらいだった。そのとき——浮かれ騒ぐ群衆をかきわけて、あてどなく、いや意識もなく、さまよい歩いたとき、どんな気持ちでいたか、今も考えたくない。長鼻の赤い仮面をかぶってはいたが、その下に隠そうとした涙が唇まで濡らした。そのあいだにも前や後ろや頭上で、スカラムーチョがヴェネツィアの愛と死の歌を歌い——それはナイチンゲールのように甘く、ラグーンの潮風のように潑溂とし、だが海藻のように鼻を刺した……

賑やかな仮面の連中にあちらこちらでぶつかりながら、ヴェネツィアの春の夜の天鵞絨の空の下で、真珠のようにこぼれるセレナーデの調べを聞きながら、地下監獄の柱を探した。

だが生きながら腐れる共和国の、あの賄賂にまみれてひどく堕落した残忍な裁判所がどこにあるのか、誰が知るというのか。壁なら打ち破れもしよう。だが千の頭を持つ水母《くらげ》の化け物とどう戦えというのか。

お若いの、この憎悪が純粋な苦痛に変わるまでには長い時間がかかった。そのあいだ身の置き所がなく、ひたすら世界中をうろついていた。ヴェネツィア共和国という有毒の水母は、その後何年もたたぬうちに自滅した。——哀れなヴェネツィア、人影はほとんど絶え、密偵ではなくフランス軍の太鼓に怯えるヴェネツィアを一度訪《おとな》った。総督の座は異国の権力に支配され、かつてアレッキーノがヴェネツィア中を笑わせていたところで、フランス人将校どもがまだ残る哀れな若者を徴兵し、異郷の敗け戦《いくさ》で凍死させていた（おそらく一八一二年のロシア戦役のこと）。かつてのリドットの場所を進駐軍相手の娼館が占め、国事犯用の地下牢には、パリの革命がヨーロッパを毒そうと唾のように吐き出した発育不全の馬鹿（ナポレオンのこと）の狂気じみた探検行のための糧食が蔵されていた。

ステリダウラの消息はふつりと絶えていた。――それからというもの、誰かれかまわず聞いたが、お前さんも」とわたしのほうを向いて、「何も知らなかった。わしの眠りばかりか死まで奪った謎は、おそらく永遠に、鉛のような謎のまま残るのだろう……ああステリダウラ！」

ドン・エマヌエーレは口を閉じた。

わたしは胸が迫って、何も口に出せなかった――いったい何を言えばいいのか。そこで立ちあがり、ゆっくりと手摺りのほうへ歩いた。そして物思いに沈みながら、光の球が樹々の上に昇っていくのを眺めた。球は空ではじけ、赤い流星の雨となって降りそそぐ。――夏の夜のフェスティヴァルだろうか。庭園で催されているのだろうか――わたしは不思議に思った。そこに銃声が響いた。アルフレッドのキャビンからがやがやと昂奮した声が聞こえる。気がつくとドン・エマヌエーレが隣に立っていた。

「すぐ来なされ！　こちらに！　早く！」

老人はわたしを引っ張って小さな扉を抜け、鉄の通路を走った。

黄色めいたおぼろな光が夜空を照らしはじめた。

「いよいよ来なさった」ドン・エマヌエーレが言った。老人は走りながらあえいでいた。この人を今支配しているのは緊張ではない、と気づいたとたん、それが――恐怖が――わたしにも乗りうつった。

「朝がですか」暗い気分のまま、希望があるかどうかもわからず、わたしは聞いた。

「もう朝はない。昼もない。――急ぎなされ――さもないと手遅れになる」

空は天頂にいたるまで、先ほどより鮮やかだがやはり薄黄色の光の帯が、規則的に引かれていた。

岸についた――どうやって着いたかはわからない。「あそこだ――」ドン・エマヌエーレはわたしを引っぱって、彫像で飾られた欄干のある石段を二つ降り、噴水のある広場に連れていった。擲《なげう》たれた泥や土くれが泉の気品ある縁石にかぶさり、水が水盤から押しのけられて、周囲の砂利に大小さまざまな流れをつくっている。どうやら見境なく大急ぎで伐り倒されたらしいマロニエや橅《ぶな》の老樹が、何体もの彫像を台座から突き落としている。転倒した大理石のベンチが精巧な細工の欄干を押しつぶしている。そしてとほうもなく大きい、別次元から侵入したような異様なものが、周囲の樹々を睥睨《へいげい》し、何もかも自分のものだと言わんばかりに冷たく聳《そび》えていた。それは一種のドームで、銀色に輝き、色と形はツェッペリン伯の飛行船を思わせなくもなかった。

　わたしたちは階段を駆け降りて、この銀色の物体のほうに向かった。

「触らんでくれ！」ドン・エマヌエーレが叫んだ。

　下草を踏みしだき、今では巨大なサーカスのテントに見えるその物体に沿ってわたしたちは走った。

「覚悟を決めておきなされ」ドン・エマヌエーレがあえぎあえぎ言った。「間に合わなかったときのために……」

　わたしたちはつまづきながら進んだ。魚のような汗のような臭いがたちこめてきた。ドン・エマヌエーレが何かつぶやき、それは賛意のように聞こえた。

　いきなり視界が開け、わたしたちは空き地に出た。倒れた樹々の切り株が真新しいところを見ると、ここも拓《ひら》かれて間がないらしい。

　およそ三十人ほどの少女の一群が現われた。きらきら輝くショートパンツを、お揃いではいている――だがよく見るとそれは人造宝石を縫いつけた星で、その星の光が下腹から腰や尻に伸びているのだった。脚には黒い網タイツをはき、羽根飾りを頭で揺らし、駝鳥の羽根の扇を胸に押し当てて走る少女たちを、カジュアルなズボンと黒いタートルネックのセーターを着た男が追い立てていた。その一団もやはり巨大テントをめざして駆けていった。テントの入口あるいは門扉は頂点の尖った三角形をしていて、それが今しゅうしゅうと音を立てて下がり、ぴったりと閉じつつあった。

「やれやれ」ドン・エマヌエーレが言った。「間一髪で間に合った」

われわれは少女たちのあとから扉の隙間に滑り込んだ。われわれがたどり着いたときには扉はかなり下まで降りていて、最後の少女は腹ばいにならねばならなかった――それでもドン・エマヌエーレにはまだ後ろを振り返る余裕があった。その表情をけして忘れることはあるまい。それは世界に別れを告げる顔だった。

わたしは足首をつかまれ、肘《ひじ》を強くぶつけながらテントに引きずりこまれた。続いてドン・エマヌエーレが頭と両腕を隙間に差し入れた。わたしとセーターを着た男がその片腕ずつを引っぱってドン・エマヌエーレを中に入れた。その背後で――まばたきする暇もないくらいすばやく――熱気を吹きつけながら壁が閉じた。

少女たちは一かたまりに身を寄せ合って、恐怖に震えていた。「まだ来ていない人がいる。まだ外にいるの……」

そこに軍服を着た男が現われて、すまなそうな口調で言った。

「もう開けるわけにはいきません。お気の毒ですが――。現時点で外にいる人はいないものと思ってください。――お名前をうかがってもよろしいですか」

タートルネックのセーターを着た男が、自分たちはレヴュー芸人の一座だと名乗った。そしてさらに、リハーサル中だったので、こんな格好なんです、わたしは興行主で、名はナンキンです、と説明した。

「ファーストネームは」

「ただのナンキンです。ファーストネームはありません」

軍服の男の質問は儀礼上のものではなく、正式な身元照会であった。わたしたち――ドン・エマヌエーレとわたしの身元も書類に記入された。「この退避壕は」軍服姿の男が言った。「残念ながらほんのわずかしか埋まっていません――三百万人の人員を収納できたはずなのに。現時点でたった一万人の登録しかないのです。何もかも早く起こりすぎました」

ドン・エマヌエーレが名を名乗ると、軍服の男の態度が丁重になった。優先して処理しなかったことを詫び、書類に記入する手も震えていた。

「ヴェッケンバルト氏は？」ドン・エマヌエーレがたずねた。

「ええもちろん」軍服の男が言った。「下におられます……」

「するとヤコービ博士も……」

「ええもちろん……」その追従そのものの態度が、かえって発言の信頼性を低めていた。何ごとであれドン・エマヌエーレの前では肯定しているような感じがした。

「もっと恐ろしいことにもなりかねなかった」ドン・エマヌエーレがこちらを向いて言った。「よりによって二人が退避壕に入れなかったなら」それから軍服の者たち、すなわち兵士に言った。「彼らのところに連れていってくれ」

少女たちとナンキン氏は別の軍服の男に連れられて遠ざかっていった。照明の乏しい廊下が退避壕のカーヴに沿って左右に長く伸びている。テレフォンボックスのような丸窓のついた鉄の扉が正面に並んでいた。エレベーターの扉だった。

わたしたちは左の道を進んだ。軍服の男が奇妙な形をした鍵で扉を開け、わたしたちを中に入れた。

そして自分もきらきら輝く金属で密閉された小さなキャビンに入った。同じ金属でできた重々しい壁が扉の前に現われ、そしてエレベーターシャフト沿いに、赤と黒の線で目盛がついたとても長い温度計の水銀柱がマークからマークへと降りていった。

わたしがこの《温度計》に魅入られている様子を見て、軍服の男は追従するような笑い声をあげた。

「全部で千十六階あるんですよ。――危ない！――もたれないでください」

驚いてふりかえると、背後の壁はどんどん明るさをまして鈍い白色に、それから薄青色に、そして緑がかってきて、最後には緑のなかに透き通るようなぼやけた緑の見える、ちょうど魚のいないアクアリウムの中を進むような感じになった。

「この金属は」軍服の男が説明した。「冷光を放っています。光って見えるのはエレベーターがかなりの高速で動いているためです。もっとも圧力調整機構があるために体には感じられませんが」温度計なら下から三分の一ほどのところにある赤いマークのところで水銀柱は動きを止めた。

金属の壁が脇に滑り、軍服の男が扉を押し開けた。大聖堂ほどもある信じられないくらい広い空間を黒い柵が囲い、弱々しく照明がされている。

「まだ完全にできあがってはいません」軍服の男がすまなそうに言った。「後についてきてください。中継エレベーターに乗るよりこちらが近道です」

わたしたちは広大な空間の薄暗がりを、反響する板を踏んで歩いた。この空間の広さは人を圧迫せず、逆に――少なくともわたしには――安心感を抱かせるものだった。――おそらくここは千十六階のうちの一階にすぎない――危険がどんなものにせよ、われわれは大地のふところに守られているはずだ。

小さな梯子を下りると扉の前に出た。軍服の男がベルを鳴らした。別の軍服の男が扉を開けた。最初の男がわれわれが何者かを簡単に説明し、挨拶をして去っていった。今度は二番目の男についていった。こちらは無愛想だった。

「ヴェッケンバルトとヤコービはここにいるかね」ドン・エマヌエーレが聞いた。

「ええ」男は振り返りもせずに答えた。

「ありがたい」とドン・エマヌエーレは安堵の表情を浮かべ、感極まったようにわたしの腕をとった。

それからいくつもの扉を通り過ぎ、さまざまな通路を通った。どの通路にも絨毯が敷かれ、明るく心地よい照明がなされていた。アルコーヴには大きな、必ずしも趣味がいいとはいえない床置きの鉢があって、常緑樹が植わっていた。道すがら誰にも行き会わなかった。

とうとうガラス張りの一種の冬園《ヴィンターガルテン》（温室風室内庭園）に出た。螺旋階段が書棚の壁を持つ回廊に向かって昇っている。無愛想な軍服の男はここでわたしたちに革張りの安楽椅子に座るよう促して姿を消した。少しすると三人目の軍服の男が現われた。今度は中国人で、にやりと笑って小声で何か言った。同時にクッション張りの大きな両開きの扉を指したので、中に入ってみるとクロークだった。預けるものはないのでそのまま先に進み、回転扉や控室をいくつか抜けると、暖炉で火の燃える紳士用客間に出た。男が三人、ポートワインを飲みながら談笑している。ヤコービ博士とヴェッケンバルトは顔をこちらに向けて座っていたが、グラスを置いて、嬉し気な笑顔を見せた。三人目の男が立ちあがった――おそらくこの人が正体不明のアルフレッド氏なのだろう。

半メートルほどの丈しかない眼つきの悪い侏儒が二人、奥に座っていたが、われわれを見ると身を起こして隠し扉から出ていった。

「さてと」廃墟建築家のヴェッケンバルトが言った。「朝餐（祝祭日などの朝昼兼用の食事）の支度はできたかな」

「何ですって」わたしは驚いた。「ドン・エマヌエーレさんが話していたとき、夜はすっかり更けていました――それから二時間もたっていないのに……」

「《時間》という概念は」ヴェッケンバルトが答えた。「もうたいして有効ではない。ある種の技術的な保全措置のせいで、時間は――すくなくとも絶対時間は――いわば毀《こぼ》たれてしまった。望んでそうしたわけではないが、技術的措置が遺憾ながら時間を歪ませた。だが身体活動にともなう時間感覚、飢餓や排泄欲求で測られる相対時間はむろんそのまま残っている」

「ははあ」

「そうなんだよ――自分でも理解していないことを説明するのは難しいね」

「時計はもう動かないのですか」わたしは自分の腕時計を見た。一時半だった。

「もちろん時計は動く。放送局に事故が起きてもラジオは作動する……およそそんなふうに考えてもらえばいい」

「しかしわたしの時計は今一時半です――ここでは一時半ではないのですか。どこかでは一時半のはずです。今が一時半であるような時間は、どこに残っているのでしょう。この一時半は？　外では一時半なのですか」

「そうかもしれない」

「そうに決まってるでしょう」

「その質問は非現実的だ。僕らは外界と想像も及ばぬほど隔てられているのだから」

「何ですって」

「僕がごく単純に《位相偏差》といったら、何か思い当たることがあるかい」

他の人たちも話を止めて、わたしたちの会話に耳を澄ませた。ドン・エマヌエーレは我関せずとばかりに朝餐について聞いた。

「向こうだ」ヴェッケンバルトが言った。

わたしたちは席を立った。侏儒たちが出て行ったほうとは反対側にある小さな扉をくぐると、楕円形をした園亭《あずまや》に出た。シーツの取り除かれたソファベッドと洗面台が備えてある。わたしはヤコービ博士に、手を洗うあいだ待ってほしいと頼んだ。

「もちろんいいとも」博士は言った。他の人たちは先に行っていた。

「手を洗わないままで二時間以上いると、頭が空っぽになって――すこしも考えがまとまらなくなるんです」

冷たい水流とよい匂いのする泡で落とした汚れを、わたしは水盤に流した。

「手を洗っていないという意識が長く続くと、それだけそれ以外のあらゆる感覚、あらゆる気分、あらゆる思考が麻痺して、ずっとこのまま手洗いができないでいるなら、自分を見失い、自分ではなくなり、自分はおろか、他人でさえなくなり、たんなる獣、いやそれ以下の、己を蝕む欲望の奴隷になるでしょう。そのときは手近の蛇口と石鹸にしか向かわないただひとつの器官しか持たなくなるでしょう……神秘的に表現するなら罪のように……」

さっぱりした手から気持ちよく水滴をしたたらせ、ごわごわした清潔な白いタオルを手にとった。そして手を拭きながら何気なく鏡を見た。

「ですから山登りなんかできっこありません――山登りを楽しむなんてことは。頂上の見晴らしはきっとすばらしくて登り甲斐はあるでしょうが、でもそこに着くまでにいくつもの岩に触らねばならず、しかも水はどこにもないのですから……もっとも美しいといわれるドロマイトも、自分の手を汚すなら、少しも感動しないでしょう」

「なるほど」ヤコービ博士が言った。「山登りね……」

そのときはじめて鏡の中の窓に気づいた。――窓が！――ここがどこかを思い出した。――だが窓の外に庭園がある。互いに見つめ合う二体のスフィンクスを配した石造りの手摺りの向こうに、斜めに延びた若々しいポプラの垣が、円錐形に刈りこんだ水松《いちい》の藪によって途切れている。水松は夕陽を受けて長い影を落としている。わたしは面食らった。影のあるのは水松だけで、ポプラにはない……

「ヤコービ博士！」わたしは振り返って呼びかけた。博士はわたしの視線の先を見て笑った。

「劇場に驚いたようだね」

「どの劇場ですか」

「今いるここは劇場の桟敷だ。どうやら未完成のようだ。何もかもここじゃ未完成だ」

わたしは《窓》に近寄って、舞台の書割を見渡した。牧人劇の一場面が青みを帯びた色調で描かれていた。

「すくなくともポプラの影は、まだ描かれていませんね」

「影があろうとなかろうと、そもそも俳優がいない」

「なぜいないのですか」

「誰が演ずるというのだね」

「コーラスガールたちはどうでしょう」

「誰だって」

「ドン・エマヌエーレとわたしがここに入ったとき、大勢のレヴューガールと興行主が一緒だったんです。わたしたちが最後でした」

「それなら君の桟敷はここにすればいい。ここなら衝撃を受ける前に手が洗える――山登りのときみたいにはなるまい」

「ぶしつけな質問に気を悪くしないでほしいのですが、あなたは登山家ですか」

わたしの無邪気な質問にヤコービ博士は声を立てて笑った。

「登山家だって。とんでもない。生涯にただ一度きり、山巡りのツアーに参加しただけだ」

「楽しめなかったのですか」

「不思議な体験だった。もうはるか昔の、むろんまだ若かったころの話だ。それはある従兄弟のおかげだった。従兄弟はマルタ騎士団員で、その騎士団の管轄区域が、探検を言い出した者と何か関係があったらしい——そう、あれは探検の名にふさわしいものだった。ふつうの山登りではなかった。今言った関係からわたしにも誘いが来た——ほんとうなら参加志望者は金を——少なくない額を払わねばならなかったはずだ。こんな大それた企ての費用は莫大になる。六十人のポーターを雇って、必要な装備や食糧もかなりになるからな。

われわれが出発した村は、近隣はもとよりその狩猟区もふくめて、ことごとく探検の主催者の領地だった。六十人のポーターは村の屈強な若者たちで、ほとんど老伯爵の非嫡出子か、あるいは非嫡出子の息子だった。——ローダ・ローダはこう言っている。有能な世襲領主は自ら領民を作ると……——かくて六十人の若者がわれわれに同行した。各人が大きなリュックサックと、ザイルやテントの部品や支柱を運んだ。テントや食糧などの他に、解体したカノン砲と弾薬類も彼らは引いてきた。われわれ自身もめいめい双眼鏡を携行した——われわれというのはハインリヒ、ゼヴェリーン、バルタザールの三人の若伯爵、それからゼヴェリーン伯の奥方ヴィルヘルミーネ、そして狩猟に誘われたわたしを含めた数人の客で、主として自費で参加している者だった。ほかに猟師と道案内が数人いた。

最初の日はまだかなり文明的な道を歩けた。主人が所有するロッジに着くと、寝床がしつらえられていた。誰もが疲れていたのに、寒さが厳しくてろくろく眠れなかった。みんなしてこれからの登山のことを語った。一座のヒーローはロイザイという名の猟師だった。われわれの目的である洞窟を発見したのはこの男だ。彼は詳しく何度も、どうやって見つけたのかを語らせられた。

それからかなり長くトランプをやり、相当に飲んだおかげで、探検用のシュナップスの備蓄を狩猟小屋のストックで補わねばならず、そこに逗留している猟師から文句を言われた。

出発は翌日の早朝およそ三時ころだった。月も星も見えなかった。氷の細片が顔に吹きつけてきた。膝まで埋まる雪を踏みしめて一行は歩いた。あたりは一面の闇だ。

カノン砲は夜のうちに組みあげられていた。作業手順が煩雑なために、ここから上の未開地では組立は無理らしい。よくは呑み込めなかったが、こんな砲台をここまで引っ張ってくるのがいかに難しいかは想像できた。

数個の耐風ランタンに灯がともされた。だが嵐がすぐに吹き消した。そこで長いザイルを解《ほど》き、猟師のひとりが先頭に立ち、後ろに探検隊の面々が一列になって、ザイルを片手で握りしめて進んだ。道は急な登りで、わたしは雄牛のように頭を低めて嵐に逆らった。ときおり頭をあげるとマフラーが口にぴたりと貼りつき、何秒かはちらつくものの、嵐のせいでたちまち旗のように水平になって吹き消されるランタンの灯りを頼りに、案内役の猟師が標識を探しているのが見えた。

はじめのうちはこのまま永遠に登るのではという気がした。嵐はときには前方から、ときには後方から吹いていて、われわれをもてあそんだ。汗は吹き出るが手足は凍え、案内のザイルを握る手はこわばり、鼻に氷片を貼りつかせてわたしは前を行く者のあとについて登った。頭もやはりこわばり、ひとつのことばかり考えていた。降りるときはどうするんだろう。だがまずは登らなければ……

だがそのうち、永遠をいくつも重ねたような道のりの、少なくとも最初の永遠が終わり、あたりはいくぶん明るくなった。おそらく東の山脈の上空が一筋、灰色に色づいてきた。だが寒さはかえってきびしくなったようだ。どうやらわれわれは高い峡谷を登っているらしい。上方ではガラス状の氷をかぶった黒い岩があちこちにそびえている。はるか上の、峡谷が黒い空に達しそうなところから、嵐が音をたてて凄まじい速さで吹き下ろしてくるようだ。わたしは背後をふり返った。長い鎖がジグザグになって谷を登っている。わたしもその鎖の一環で、八番目の環だ。ずっと下で若者たちが小型のカノン砲を引きずりあげていた。

何時間か登ると休憩になった。びくとも動かないスレート色をした雲の壁の手前で、糸のように細い薄灰色の雲の切れ端が梢《こずえ》の背後を流れていた。谷の頂上に近づいている感じはぜんぜんしなかった。シュナップスの小樽が順繰りに回され、牛肉のスライス一切れとパンとポテトスープがめいめいに配られた。スープはどうやら行軍中に最後尾の炊事車で調理されたものらしい。だがあいにくわたしのスープはスプーンを入れる前に平たい弧を描いて皿から吹き飛んでしまった。狩りの仲間――鎖の七番目の環の人に――明るくなってきたからもうすぐ夜が明けるだろうと言うと、違うね、と答えが返ってきた。もうすぐ夜になるんだ。――場所の感覚どころか、時間の感覚さえ失っていたのだ。空にあった細くて明るい帯、あれが日中の光だったとは。

休憩のあとわれわれはさらに登った。あたりはまた暗くなり、頂上まで来たのかどうか、それさえもわからなかった。

何か考えたり願ったりする気力さえなくなったころ、山小屋にたどり着いた。夏はここで伯爵の羊を世話する牧人が泊まる。今日はわれわれが宿泊する用意が整えられていた。木の壁の指ほど太い隙間から吹く風も、スープを皿から飛ばすほど強くはなく、せいぜいさざ波しかたてない。それだけでわたしはうれしかった。続いてシュナップスがふるまわれた。わたしはすぐ横になり、毛布をぐるぐると体に巻いて寝た。残りの仲間は例によって夜遅くまでトランプの勝負をしたり、明日からの冒険について威勢を張り合ったりしていたが、その騒ぎも気にならなかった。——今でも目に浮かぶが、勝負の初めに一人が高く掲げたカードを、突風がつかまえて、その手からもぎ取り、壁の隙間まで吹き飛ばすと、カードは二つに折れて外の黒く冷たいインフェルノに吸い込まれていった。すぐに喧嘩騒ぎになった。今のできごとにもかかわらずカードが一枚も欠けてなかったからだ。

　目が覚めたときはミルクの中に横たわっている気がした。それほど霧は濃かった。そのときひとつ失敗《しくじ》りをした。毛布から裸の手を出して腕時計を見ようとして、まだ寝ている隣の人の耳をうっかり撫でてしまった。たちまち指が凍りついて彼の耳にぴたりとくっついた。すぐにはそれに気づかず指を離そうとした。すると隣人はうなり声をあげて、毛布から足を出したので爪先が角材にくっついた。そんな場合の備えに持ってきたトーチランプで、無事にわたしの指と隣人の耳、爪先と角材は切り離された。

　こんな事件があったうえ、これはいささかの慰めになったのだが、案内役の猟師さえ髭をシュナップスの樽に凍りつかせてしまい、そのため出発は遅れた。

　それからかんじきが各自に手渡された——これは網細工の大きな扇形の皿で、紐で靴に結わえつけるようになっている。ところが雪に一歩踏み出したとたん、頭の先まで沈んでしまった。こんなこともあろうかと用意されていたウィンチでわたしは引き上げられた。そのとき教えてもらったが、かんじきの役割は、沈んだ穴の跡を広げてよく見えるようにさせるところにあるという——ふつうの人程度の大きさの穴では、吹雪がたちまち塞いでしまうそうだ。救い出せないままに凍って、ようやく春に見つかる登山者は、口さがない村の衆に《不様なのたれ死に》と呼ばれる。

かくしてわれわれは改めて冬の高山という美しくも神秘な世界へ旅立った。日が差すにつれ霧も濃くなった。だがすさまじい嵐が谷底から吹き、霧が数時間だけ消えると——自分たちのいる場所の恐ろしさがわかった。ここはいまだに氷がきらめき、雪庇《せっぴ》のかぶさる黒い岩のただ中だ。天に開いた穴にはいっこうに近づいていない。

それからの苦労を話して君を退屈させるつもりはない。今考えても不思議だが、われわれはそんな困難をどうにか乗り切り、とうとう天の穴にたどりついた。われわれを囲む山の世界はすばらしかった。スレート色の空を流れていた薄灰色の雲の切れ端も、今は眼下にある。まぶたにかぶさった氷と、吹雪で顔に当たる氷晶が許す視界のかぎりでは、道はさらに上に続いていた。

案内人が年かさのほうの若伯爵と何か交渉し、あちらこちらを指さしていたが、終《しま》いにはこれから行くコースが決まったようだ。われわれは雪をかぶった恐ろしい峰をよじ登った、というより、腹這いで進んだ。急斜面の平らな雪原が左右に広がっている。ところどころに軟骨のような岩が不規則に見え、兎の炙《あぶ》り肉に差し挟まれたベーコンのようだった——だがそれ以外は信じられぬほど滑らかで広々として——はるか遠くまで蒸気鍋の湯気のような氷霧が立ち昇っている。

その峰で休憩した。こんどは炊事車が前方に、つまりわたしの前にあったので、ライスプディングを載せた七十人分の皿を後ろに渡さねばならなかった。つねに皿の表面を風に垂直に向け、風の悪意の裏をかいて善意に変え、プディングを皿の底にぴったり貼りつかせた。向きを誤ると大事なプディングは下の氷霧の蒸気鍋に飛び散ってしまう。最後に自分の分を手にとって、馬に乗るように峰に腰かけ、皿に垂直にスプーンを入れた。やがて空の皿がまた後ろから次々やってきた。

今日はここで夜を過ごすのかと心配になった。だがそのうち峰は尽き、ここで露営をすると説明を受けたところは、小さくふくらんだ雪原で、四方がゆるい傾斜で大小さまざまなクレヴァスに落ちこんでいた。鳴りすさぶ風も湯気のような霧もすでに眼下にあり、果てしなく遠くまで広がる雲の海原から、ところどころ山頂が島のように顔を出し、健康によくない高さまで登ってきたものだと今さらのように感じられた。

これら山頂はどれもこれも同じに見えたが、仲間はこれを見て大いにはしゃいだ。そして大きな声で口々に《ヒンターヴェルナー》《フォルダーコプフコーゲル》《ヘンドラプヨッホ》と呼び交していた。

着衣のまま水浴びしたように体が濡れ、十一月の蠅のようにへたばり、凍えて手足がもげそうになりながら、わたしは猟師の若者たちが建ててくれたテントに這い込んだ。そして毛布にくるまった、というか、凍って板のように硬くなった布を、だいたい自分の体に合うように折り曲げて、その冷たい封筒にもぐり込んだ。だが仲間たちは、あの若伯爵も交えて、ギターに合わせて、どうやら山男のことらしい歌を歌いだした。この高貴な楽器は、山歩きをこととする者どもには禁止せねば、とわたしは思った。ヴェネツィアの春に聞いたヴィヴァルディのギター協奏曲をどれほど痛切に偲《しの》んだか、君にはわざわざ語らずともよかろう。わたしは心に誓った。生きて下山できたあかつきには、今後はけして樹木限界（気候上喬木が生育可能な限界）を越える登山はするまい。下界では経験できないようなものが上にはあるかもしれない――しかし快適さは人間の尊厳に必要なものだ。

ひどく疲れてはいたが、怖ろしい思いに目が冴えて眠れなかった。われわれが露営した場所がどんなだったか、君は聞き流したかもしれない。ゆるく傾斜して雪をかぶった高原にテントは立てられていた。その裏手は残念ながら見ないわけにはいかなかったが、そのまま断崖につながっていた。断崖には険しい岩が切り立ち、汗をかいたように氷がちりばめられている。下から高原へと嵐が駆りたてる硫黄の色をした切れ切れの霧は、岩壁に打ち寄せる波のように見えた。盛りあがっては崩れる霧は、別のさらに激しい嵐に吹き払われ、さらに過酷な高み――われわれが明日登るはずのところに渦巻いていった。

　職業柄もともとたいして重きを置いていない自分の生を、このときも無意味とわたしは感じていた。それでも下手に動くと深淵に転がり落ち、救助の手立てもなくなると思うと恐怖で身がすくんだ。怖かったのは死そのものではない。それに先立つ何秒かだ。この吼えたける氷のメールストロームにさらされ、尖って濡れて冷たい岩角が衣服と皮膚を裂き、血まみれになってもなお何秒かは生きねばならぬくらいなら……煉獄の炎さえ天国と思える。ああ、炎――ダンテもきっと、あの地獄のどん底を描く前に、きっと同じような登山行に参加したに違いない。

　それはそれとして、なんとかわたしは眠りについた。わたしを起こしたのは今度は出発のざわめきではなく、カイペルス氏だった。きまって鎖の九番目にいる男だ。なんでも寒さがますます厳しくなったので、シュナップスを皆で飲もうとしたら、それさえ小樽の中で凍っていたそうだ。氏は招待客ではなく自費での参加者だった。この気晴らしに千オランダグルデンをはたいていた。探検に参加するのは今度で十度目だそうだ。氏に言わせれば山の景色もすばらしいが、格別なのは仲間同士の友情だという。そして自分を《お前》《デュー》と呼んでくれないかと申し出て、こちらが申し出ないうちにわたしを《お前》と呼んだ。もっとも《お前》で呼び合うこの友情は長くは続かなかったが……

　出発は遅れた。樽のシュナップスを溶かそうと無駄にあがいたせいだ。だがすくなくともひとつ楽になったことがあった。つまり手でザイルをしっかりつかむ代わりに、各自の腹にザイルを結びつけることにしたのだ。なにしろ嵐が強くなりそうなのに吹きさらしの場所を通らねばならなかったから。

だが楽をしたことがカイペルス氏の命取りになった。――しばらく登ったあと、後ろからぐいと引っ張られるのを感じた。わたしはかろうじて岩にしがみつけた。だがカイペルス氏はつかまりそこねて、わたしと十番目の男のあいだで、係留された気球のように嵐に翻弄された。ほどなくまた地面に降ろされたが、そのときはもう凍死していた。おそらく、とゼヴェリーン伯は言った。シュナップスを飲まなかったせいだ。

そして言い添えた。『欠員は予想の範囲内だ。誰だって？　カイペルスさんか。それなら、ここまでしか来なかったのだから、未亡人に狩猟代金は半額返済される。もちろん下に運ぶ規定料金は控除される』

死体の運搬にともなう苦労は探検行をあやうく挫折させるほどだった――猟師や下働きのひとりとして不運なゲストを運びたがらなかった。死体は冷凍庫に入れられたように冷えていたから、腐敗や屍毒のせいではない。迷信のせいだ。『死人だって？』と誰かがささやき、『プロテスタントだろ？』とさらに用心深い誰かがささやいた……とうとう解決策が見出された。目的地の高原につくまでは、どのみち暖かい食事にはありつけない――そういうわけでカイペルス氏はロールモップス（ピクルスなどを酢漬けニシンの切り身で巻いたもの）のようにされて炊事車にねじ込まれた。上に着いたら下山までのあいだ一時的に雪に埋めておけばいい――一番の迷信家もこの処置に不服は言わなかった。

順序だてては覚えていないが、数かぎりない危険をさらに重ねたあと、とうとう目的地に着いた。一度はアイゼンを使って、獣の背のように丸まった、蠟引きの床のようにつるつるの、氷の絶壁に這い登ったはずだ。そのころには嵐もおさまり、霧や雲も消えていた――おそらく暴風域を突破したのだろう。太陽も顔を見せた。だが寒さはあいかわらずで、口のなかで息が杭のように凍るかと思われた。すばらしい山の世界が黄金の光のもとに浮かびあがり、いわば妖精の国のようだった……残念ながら雪で目がくらんだため、その眺めも少ししか拝めなかったが。

のちに雪崩がやってきて、あやうくカノン砲が押し流されそうになった。次には石が降りそそいで、ヘルメットをかぶらねばならなかった――とても重かったので雪眼鏡が顎までずり下がった。そしてとうとう、身の毛もよだつ氷河のクレヴァスを飛び越し――ものの本によればその内部はゴシック様式のカテドラルに匹敵するほど壮麗だという。だがカテドラルのほうがずっと壮麗だったので、わたしは改めて、今後は樹木限界を守り、クレヴァスは御免こうむりカテドラルを尊重しようと固く心を決めた。

われわれの目的地は先にも言ったように雪と氷でできた圏谷《けんこく》（氷河の浸蝕でお椀状に削られた山頂）で、その直径は二百メートルほどだ。この圏谷の一方に退治すべき龍の棲む洞窟があるという。君も知ってるだろうが、これはタッチェルヴルムと呼ばれる、アルプス山脈に棲む龍のうちの東アルプス側の変種だ。

洞窟を正面に臨む反対側の安全な場所にテントを張り、カノン砲を設置した。それから火を燃やし見張りを立てた。残りの者はテントに入った。かくてわれわれは待機をはじめた。

タッチェルヴルムは出てこなかった。

風がやんだおかげでだんだんとテントに汗の臭いがこもってきた。風呂に入らない人間の臭いだ。不潔な人間特有の臭いが何人分も重なると、結果は加算ではなく乗算になる。登山家があんなに多いのに、なぜ山の空気はあんなに清浄なのか不思議に思わずにはいられない。この快適ならざる高原では脅威をもたらす嵐さえ、この臭気の汚染の前では恵みだった。――ハンスリックに言わせれば、チャイコフスキーは音楽を臭わせることができたという……――ここでは、嘘偽りなく、わたしは仲間たちの臭いを音として感じた。この聴覚上の強迫観念がいかなるものだったかは、君がワグナー愛好家かもしれないことを慮《おもんぱか》って、あえて口には出さないでおこう。

わたしは見張りを申し出て、ライフルと毛布を手に外の雪穴のなかに入った。タッチェルヴルムの洞窟の前に、わざわざそのために持ってきた羊肉が餌として置いてあった。

皆が固唾を呑んで待った。

トーチランプではできなかったことが、仲間の強まった臭気でなしとげられた。シュナップスの樽が溶けたのだ。かくてシュナップスがふるまわれた。見張り番はパイプに火をつけた。星がまたいた。タッツェルヴルムはちらりとも見えなかった。こうして夜は更けていった。

翌朝、電撃のような報告がキャンプにもたらされた。洞窟から糸のように細い緑色の煙が出ているというのだ。

『龍だ』洞窟を見つけたロイザイが断言した。『龍にちがいない』

一行のなかで最も大胆なゼヴェリーン伯は、羊肉を龍の穴から離れて置きすぎたと言い出した。あの場所のままでは龍をおびき寄せられない。緑の煙のために誰も洞窟の前に出る勇気がないなら、自分が羊肉を洞窟の近くに置き直そう。

『ゼヴェリーン、お願いだからやめて』伯爵夫人が懇願した。

『くそくらえ』伯爵が応じた。

それが夫人にかけた伯爵の最後の言葉になった……

恐いもの知らずの伯爵が何歩か進むと、洞窟から物凄いくしゃみの音が聞こえた。そして一本ではなく二本の煙の筋が空に向かって昇っていった。

ゼヴェリーン伯は地面を踏みしめて圏谷を降り、向こう側にある洞窟に向かった。くしゃみの音は止んでいた。われわれは伯爵が両手で羊肉をつかむのを見た。そして——伯爵はわれわれに向けて憤りの叫びをあげ、羊肉を引き剝がそうとした。だがどうやら指に凍りついたらしい。またたくまに薄い緑灰色の、鼻のかたちをした巨大なものが洞窟から出てきて、伯爵をつかいて雪の中に倒し、ふたたび姿を消した。

『龍！　龍です！』ロイザイが叫んだ。

だが伯爵は羊肉を剝ぎとれなかった。しかしまた身を起こした。たちまち龍が洞窟から顔を出し、

『逃げろ！』われわれは伯爵に叫んだ。

ふたたび伯爵をつついた。巨大な緑の煙が、絵に描いたような輪になって天に昇った。雪が溶けないところをみると、あの煙は熱くはないらしい。それでもおそらく有毒にはちがいない。猟師たちは落ち着きを失って『榴弾を撃て！』『いや撃つな、伯爵に当たる！』——『早く撃たんか！』と叫び交わした。

彼らはカノン砲から互いを押しのけあった。そのうち龍の機敏な攻撃がまたはじまった。巨大な鳥が伯爵という果実の種を啄《ついば》んでいるようだった。やはり撃とうと決意したときには、タッチェルヴルムはすでに伯爵の脚を嚙みちぎっていた。榴弾が発砲されると、耳がおかしくなるくらいの反響が千度ほども響きわたった。もうもうとした煙があたり一面にかぶさった。それが薄れると洞窟のそばに小さな黒い穴が見えた。弾の落ちた跡だ……いましも龍は伯爵の残った脚をくわえて、凍って貼りついた羊肉もろとも棲家に引っ込もうとしている。

二人の若伯爵は、おごそかに帽子を脱いで、いかなる慈悲もあの龍には無用であると心を決めた。そして帽子からシュナイトフェーダーと呼ばれる羽根飾りを取り、伯爵夫人に手渡し、龍を殺すまではこれを絶対に帽子につけないと誓った。だがあいにく羊肉は失われ、予備の餌も持ってきていない。

とうとう誰かがカイペルス氏を使ったらと思いついた。

『うむ』ハインリヒ伯が言った。『そうすれば未亡人に狩猟代金の半額をまるまる返せる』

そのあと昼食中に技術的な問題がいくつか浮かびあがった。龍はいま満腹だから、前より強力な餌が要る。かといってカイペルス氏をより深く洞窟に押し入れれば、龍は外に出てこないから攻撃の目標がなくなる——どうすればいいだろう——結局カイペルス氏を羊肉と同じく縦に割き、長いザイルの端にくくりつけることにした。こうして氏を洞窟の中に置いたまま見張り、龍が近づいたら頃合いを見てふたたび外に引きずり出す。氏が岩壁に凍りついたまま離れなくなるといけないので、体に念入りに油脂が塗られた。

勇気のある猟師の若者が二人、餌を注意深く洞窟の中に押し込み、地面に凍りつかないように、ところどころ木の支柱で支えて宙に浮かせておいたザイルを、圏谷の向こうのウィンチが設置してあるところまで引っぱっていった。榴弾が新たに装塡された。そして皆で待ち伏せた……


その日の午後、夜、そして翌日の昼が過ぎても、午後に入っても、龍は物音ひとつさせず、まして姿は見せなかったので、残された二人の伯爵たちは何か新しい手だてが必要と考えた。他にも勇気のある猟師が二人、ゼヴェリーン伯の英雄的な死と追加報酬に鼓舞されて、松明と小型のロケット花火を手に龍の棲む洞窟に向かった。支柱で支えられたザイルに用心しながら圏谷をよじ登り、もう一度われわれに手を振ってから、洞窟の暗がりに消えた。

風がまた強くなってきた。黄色味をおびた雲が天をおおった。嵐ははじめは歌うような音を出していたが、やがて圏谷を囲む岩壁に当たり、唸《うな》りに変わった。われわれは息を吞み胸を詰まらせてずいぶんと待った。物音も人声も聞こえない。そこにいきなり、しゅっという音とともに洞窟から炎の玉が吹きだし、いくつかの赤い玉に裂けたと思ったら、それがさらに裂けてたくさんの青い星になり、数知れぬ緑色の火花を散らし、風に煽られて、装飾模様のような渦を巻いて高く昇っていった。どうやら猟師の放った花火ロケットは狙いを誤ったらしい。

それからしばらくは何も起きなかった。日が暮れだした。切れ切れの霧が圏谷に吹きつけてきた。そして——猟師らは花火ロケットの正しい扱いを学んだらしく——洞窟から破裂音が響いた。洞窟の内部はおそらくドームのような空間で、そこに花火ロケットの一束がいちどきに点火されたのだから、きっと耳を聾する音が響きわたったことだろう。猟師たちもすぐさま洞窟から走り出た。

『どうだった』外で待っていた猟師らが呼びかけた。『どうだった』

『あれが来る。来る』二人は叫んだ。

事実タッツェルヴルムが姿を現わした。ひとりの猟師がザイルに足をとられた。ちょうどカイペルス氏をたぐりよせかけていたところだったからだ。龍はカイペルス氏に何の関心も見せなかった。ただ緑の煙を消えかかった霧に向けて吐き出しているだけだ。

ひとりの勇敢な猟師が銃で龍の眼を撃った——眼は龍の中でただひとつはっきり目に映るものだった。他の部分は薄明と緑がかった霧のなかで、大きくて暗い不定形のかたまりにしか見えなかった。燃える眼は猟師が撃つとまばたきした。一瞬龍の動きが止まった。こちら側では皆が入り乱れて走った。

『撃て！』誰かが叫んだ。

『気をつけろ！　あそこだ！』別の若者たちが猟師に向かって叫んだ。

洞窟に入った二人と、入口で待機していた者らは全力でこちらに逃げ、あるいは岩や雪庇の陰に隠れた。とりわけ勇敢な猟師は、タッツェルヴルムの眼にもう一発お見舞いしてからやはり逃げた。龍は――その片目のまばたきは前より激しくなり――口を開けた。まるで溶鉱炉の中をのぞくようだった。だいだい色の炎が緑じみた有毒の煙を吐き、中規模の旗くらいに大きな舌は、先が二股に分かれ、あちらこちらに動いていた。

やがて怪物は唸り声をあげた……

そのうなりはひどく大きく、いつまでも止まず、そのためひとりの猟師は、それまでは健康で屈強だったのに、意識の変成を起こして自分を聖ゲオルク（龍退治で有名な聖人）と思い込み、他のほとんどの者はその後死ぬまで音痴が治らなかった。叫びは山をも揺るがすように感じられ――これは断じて嘘ではないが――嵐さえも一瞬風向きを変えた。

そして龍が洞窟から圏谷の中央に躍り出た。鼻孔から大樹ほども太い煙の輪を吐いている。眼はあいかわらずまたたいている。尾があちこちを鞭打ち、雪をハリケーンのように舞いあがらせた。カイペルス氏はザイルとウィンチごと圏谷の岩角に擲《なげう》たれた。

『今だ！』命ずる声が聞えた。

猟師たちの中で腕が一番の者が歯を食いしばり、パイプを口にくわえたまま、片目を閉じ、今やわれわれ皆の命運がかかるもう一方の目も半ば閉じて――砲を少しばかり左右に調整し、砲塔を屈めて、いきなり引き金の紐を引っぱった。耳を聾する発射音も、怪物の唸りの前では瓶からコルクを抜く音くらいにしか感じられなかった。

龍は動かなくなった。

やがてゆっくりと目を動かし、息遣いはさらに荒くなり――息は今では赤味がかった煙になった。片眼から生気が失せた。赤い煙はおそらく龍の血で、体温が非常に高いために気化したのだろう。

そして――ありがたいことに――ふたたび唸ることもなく、龍の体は傾いて横倒しになった。榴弾が目を貫いて脳にまで達したのだ。

『くたばった、くたばったぞ！』猟師の若者たちが叫んだ。だが誰もあえて近寄ろうとはしなかった。鍛冶場の中にいるような熱気が襲ってきた。ざわざわと音をたてて龍は気化した血液を放った。傷口は体内の蒸気圧によって広がり、最後には赤い蒸気の柱が教会の塔ほどの高さまで吹きあがり、風がそれを捉えて散り散りにした。死んだ龍のまわりで雪は溶け、溶けていないところは赤く染まった。

やがて血の蒸気の放射はおさまり、間歇《かんけつ》的に赤い雲を蒸気機関車のように吐くだけになると、今度は鉛色に黒ずむ煙が出てきた。濃い煙がたちまち龍を包み、渦を巻きつつ圏谷をおおった。ときどきその隙間から灼熱する龍が見えた。

翌朝になると煙は消えていた。龍の胴体は冷えきり、雪が新たに薄く積もっていた。われわれは注意しながら死体を検分した。鱗をのぞいては全身が煤《すす》けてぶよぶよした海綿状のかたまりに炭化し、軽く触っただけで崩れた。われわれは鱗を拾い集めた。それは手のひらくらいの大きさで、底面が五角形をしたとても平たいピラミッドの形をしていて、頂点に曲がった短い棘がついていた。

探検の参加者はめいめい鱗を記念に持ち帰った。カイペルスの未亡人にもひとつ送るよう手配した。ゼヴェリーン伯の痕跡は何も見つかなかった。

待ちかねた下山のときが来た。その厄介さは登りと似たり寄ったりだった。より地上に近い休息所に着くたびに極楽にいるような感じがした。下の狩猟小屋に着いて、電話で自動車を呼ぶ際に、われわれが降りてきた夕暮れの山頂を見上げると、危機を乗り越えた誇らしさに胸がいっぱいになった。——克服された危機ほど麗しいものはない。もう二度とこんなことに身をさらすまいと固く決意することでそれはますます麗しくなった」

「ヴェッケンバルト廃墟上級建築顧問官からの質問をお伝えします。いつまで朝餐を待たねばならぬのか、とのことでした」ヤコービ博士が話を締めくくりかけたとき、制服の男が言った。先ほどの男はオリーブ色の服だったが、今度のは緑色だった。

「朝餐！」ヤコービ博士が言った。

「博士、そこで終わるのはあんまりです。そもそも場所はどこだったのですか」

しかし博士はすでに制服の男の後を追っていたので、姿を見失わないように、こちらも急がねばならなかった。

わたしたちが通った通路には、何脚かの椅子がのぞき穴の前に置かれていた。あの穴から劇場も見えるのだろうと道を急ぎながらわたしは思った。階段を降りると散らかった部屋に出て、梯子がたくさん立っていた。

「何かもが未完成だ」ヤコービ博士が言った。「何もかも！」

隠し扉を抜けると図書室だった。正確に言えば図書室の半ばの高さを巡る回廊だった。はじめはヴェッケンバルトやヤコービ博士と再会したときドン・エマヌエーレとともに急いだ部屋かと思ったが、手摺りから身を乗り出して下を見ると、違うことがわかった。眼下にはおぼろな深淵が口を開けているだけだ――床を張る時間がなかったのか。回廊から降りる螺旋階段も虚《うろ》に呑まれている……

わたしたちは書棚に沿って進んだ。古い稀覯書がいかめしく並んでいたが、すべて壁に描かれたものにすぎない。

「ザンクト・ガレン修道院図書館の忠実な模写だよ」ヤコービ博士が言った。「本物を持って来られればよかったんだが――何もかも手遅れだ……」

制服の男がわたしたちを導いたのは『古典古代百科事典』の壁画版の中央で、そこで博士は立ち止まり、小さな扉を開けて、多くの扉が縁どる廊下にわたしを導いた。それからエレベーターで水銀柱を数ミリメートル分ほど上がった。

「もちろんこれも錯覚だ」ヤコービ博士が言った。

「何がですか」

「階の表示からはわれわれは昇っているように見える。だが実際は降りているのだ」

「変ですね。表示が逆ならドン・エマヌエーレとわたしは地下に降りたのではなく、空中に昇ったことになりませんか」

「それもまた錯覚だ。敵が侵入しても、少なくともエレベーターを使えば、自分がどこにいるかわからないようにできている……」

　エレベーターを降りると広々とした部屋に出た。黒い柱の列が空間を大小二つの区画に分けている。小さな部屋は薄暗く、大きな部屋は明るく照明がされていた。そこに据えられたテーブルに、百人ほどの人が座っていた。椅子二つだけがまだ空いていた。

「すみません」わたしはヴェッケンバルトに言った。「手を洗っていまして」

「僕の隣に座りたまえ。話したいことがある。レーバークネーデル（レバーの肉団子。オーストリア料理）のスープはどうだ？」

　次いで廃墟建築家は、わたしの無作法は全然たいしたことではないと言った。先に来ていたものでも二分も待たなかったから。

　空間的に離れれば離れるほど、それだけ互いの時間は乖離する。君は運がよかった。たとえば僕や先に来ていた人たちの時間が――相対的に――二日分先に進んでいて、僕たちは三度目の朝餐をとっていたとしてもおかしくない――

「廃墟建築顧問官」わたしは聞いてみた。「向こうの、テーブルの別の端にいる人たちは、ここから十メートルほど離れていますが——やはりここと違う時間が流れているのですか」

「そうかもしれない」

「そんなあやふやな時間を統一できないんですか」

「かなり難しい。たとえば暖かい空気と冷たい空気のこもる大広間を想像してみたまえ。それとわからないほどの原因や作用によって、観測できないくらい些細なことによって、暖気と冷気の分布や流れが、熱力学の法則にしたがって、そこここで変化する。ここでは時間も同じなんだ。——だがもっと大事なことを話そう。形が似ているので僕たちは《葉巻》と呼んでいるのだが……これはもう話したかな」

「ええ、蒸気船の上で」

「そうか。では簡単に葉巻と言おう。ここには軍人を除くと一万人の人間がいる」

「知っています」

「どこから聞いた？」

わたしは説明した。ヴェッケンバルトはわたしが最初に会った制服の男の越権行為に腹を立て、手をわたしの腕に置いて、反対側にいるアルフレッドに何かささやいた。それからふたたびわたしのほうに体を傾けて、話を続けた。

「軍隊はもちろん固有の司令部の配下にある。また民間人も何らかの形で統治されている。いまは元首としてカローラがいる。僕らは彼女に助言する評議会を設置しようとしている。いわば議会だが、むしろ元老院というべきかもしれない。それでだ、君も元老のひとりになる気はあるかい」

それがどういう意味かもよくわからなかった。そもそもヴェッケンバルトはわたしを知らない。時間の崩壊はひとまずおくとして、わたしたちが知り合いになったのはせいぜい六時間前にすぎない。彼の目にわたしは、元老にふさわしいと評価されるほどの大物に見えたのだろうか。それとも元老自体がたいした地位ではないのか。

ともかくわたしは快諾した。今後の暇つぶしにもなろうと思ったから。どれほど長くここに留まる羽目になるか、誰にわかるだろう……

「よし」ヴェッケンバルトが言った。「それじゃ君も今から元老だ」

もう少し探りを入れておきたいとわたしは思った。

「廃墟建築顧問官、あなたも元老院の一員なのですか」

「そうだ。だが任命されたときには、その称号は冠せられたものの、義務はいろいろな理由から免除された。――でもこれからは元老どうしなんだから、お互いに《同僚》と呼び合おうじゃないか」その大真面目ながらもふざけた言い方に、あえて笑う気にはなれなかった。

朝餐のあとで元老たちの初会議に案内されたとき、そのつもりがあったかどうかは別として、高揚した気分を顔に出していたに違いない。今度の案内役は黄色の服を着ていた。きっとわたしの新しい地位がもたらしたものだろうが、この男は一種の従僕として、これからいつもわたしにつき従うという。男の名はレンツと言った。

会場は天井の低い大広間だった。ドン・エマヌエーレかヤコービ博士が元老のなかにいればいいと思ったが、二十人ほどの出席者のなかに、黒い僧服の老人も、小柄で痩身できびきびした――鼻のやたらに大きな――博士も見当たらなかった。きっとあの二人もヴェッケンバルトと同じく名誉元老なのだろう。

わたしたちはみんないっしょに少し待った。黄色の仕着せを着た従僕（めいめいの元老には従僕がいて、誰もが黄色い服を着ていた）が主人のために背の高い椅子を引き、冷たい軽食や飲み物を配った。それから――相対時間で――十分ほどたつと、さらに十人の元老が現われた。そこにも見知った顔はなかった。

会議がはじまった。従僕たち（わがレンツのことは、これからはお付きと呼びたい）は退出した。すべての椅子は壁に向けられていたが、その壁にあった扉が開いた。上から下まで黒衣の、何重ものヴェールにおおわれた婦人が姿を見せた。元首のカローラだ。いくぶんかの威厳を見せて演台の後ろに立つと、長く厳《おごそ》かな開会演説をした。その重々しい内容は、内気でとり澄ました少し高い声にあまり似つかわしくなかった。芸のない決まり文句は、この婦人の口から出ると、いささかでも真面目な意図があるとはとうてい考えられないものになった。

元首の女性は若くしなやかな体つきだったが、好ましい豊満さも失っていなかった。黒衣は床まで垂れていた。どんな靴を履いているのかさえも見えない。アクセサリーとして身に着けているのは紫真珠のネックレスだけで、それが軽く慄《ふる》える胸から臍《へそ》あたりにかけて、おなじみの懸垂曲線を描いていた。

演説はかなり長いあいだ続いた。

左隣にはやや歯が出た年配の総白髪の男がいた。右隣にいるわたしより少し年上くらいの若者は、とてつもなく顔が長く、顎と鼻があまりにも離れているので、羞恥で口を閉じたままずっと欠伸《あくび》をしているかと思われるほどだった。この若者は知性を誇示するような、見るからにわざとらしい態度をとっていた。前に撫でつけた髪はこめかみまで刈られ、タートルネックのセーターを着て、黒のメタルフレームでレンズの分厚い眼鏡をかけていた。そのデザインは無機質で押しつけがましく、非情熱への情熱にあふれ、マイリンクなら「虱《しらみ》のように飾り気ない」（グスタフ・マイリンクの短篇「モントルー」中の表現）と形容しそうなものだ。きっとドイツ人作家が元老院に紛れ込んだに違いない。ヤン・アクネ・ウーヴェゾーンという名のこの男が、真っ先に発言を求めた。その演説を聞いていると、はじめは本物の外国人かと思った。だがポメラニア（バルト海沿岸地方。今は大部分がポーランド領）から来た単なるポメラニア人だった。その演説は原稿もなくおのずから口をついて出るものだったが、元首に劣らず長かった。内容は三つの理由から理解できなかった、――まずその一風変わった話しぶりのせいで。第二に（原稿はのちに蒟蒻《こんにゃく》版で皆に配られたのだが）脈絡のないその思考のせいで。そして最後に、わたしが身を入れて聞いていなかったせいで。

　いきなり面食らった。皆が一斉に起立したのだ。わたしも立ちあがり、それと知らないうちに賛成票を投じた。何が採決されたかというと、元老の地位を顕示するため、黄色い服の召使のほかに、茜《あかね》色のリボンをつけるべしというのである。全員が――先に言ったようにわたしも含めて――賛同した。やがてその茜リボンが配られた。幅は指二本分ほど、長さは二十センチメートルくらいで、金の飾り紐で縁取りされている。わたしならこんな代物は上着の下で襟から垂らすか、スペインの郷士が黄金の鍵を持ち歩くときのように尻ポケットからぶら下げるだろう。だがリボンは胸ポケットか、そうでなければベストの上から二番目のボタン穴から下げるよう定められた。それにしたがってめいめいがリボンを身に着けた。ウーヴェゾーン氏だけが大真面目でそれを耳から垂らしていた。

　集会がお開きになろうとしたとき、わたしも発言を求めた。誰も聞いていなかった――わたしも人の話は聞いていなかったからお互いさまだが――だからその演説をここで言葉通りに再現しても厚かましくはないだろう。

「元老院議員の皆さん《パトレス・コンスクリプティ》（古代ローマの元老院での呼びかけ）」とまず始めた。この呼びかけはもちろん間違いではないが、一同を驚かせ戸惑《とまど》わせた。「元老院議員の皆さん。わたしの認識が、みずからの方向感覚の欠如によるものにすぎないか、それとも客観的な妥当性を持つのか、わたしにはわかりません。しかしわたしは自分がどこにいるかわからないのです。ここに来てからというもの――というのは日付などは位相偏差の観点からすれば、もはや役立たずのものでしょうから――自分の位置を知るためのほんのわずかな手がかりも見つけられませんでしたし、以前歩いた道をまた歩いたと感じることもありませんでした。この会議が終われば従僕がわたしの部屋に案内してくれるとは思いますし、必要なつどまたここまで連れて行ってくれるでしょうから、迷子になるのを心配しなくてもいいとはいえましょう。しかし皆さん、わたしたちは非常事態にあります。従僕なしで勝手がわかる必要に迫られることも覚悟しておかねばなりません。わたしたち元老がこの《葉巻》の千十六階すべての正確な地図を要求するのは不当なことでしょうか――」

「どこからそれを知ったのですか」わたしの発言をさえぎって元首が高い声で言った。

「元首」わたしは言った。「知ることは、指導的立場に立つ者にとって、状況をわが物とするためには、おろそかにはできないものです……――もし皆さんの過半数が、その必要性さえも論議せず、軍事的立場からそうした《好奇心》に反対の投票をするならば、わたしはどれほど納得できなかろうと、いさぎよく引き下がります。ですからこの件に関して採決してくださいますようお願いします。葉巻の詳しい地図がわれわれに引き渡されるべきかどうか」

　この初演説が終わるとわたしは自分の席に戻った。わたしの動議が採決される前に、太って頭のつやつやと禿げた元老が、しゃがれ声で発言を求めた。この男は見るからに高価な、だが手入れのよくないスーツを着ていた。そして演台まで行くか行かないかのうちに、大声で発言した。「事はそう単純ではない。わたしは少しばかり事情に通じている。軍事的立場がどうかは関係ない。これはまぎれもない事実だが、われわれの《葉巻》は未完成だ。周知のとおり、それはこんな形をしている」――彼は両手でその形を示した――「まさに葉巻の形だ、この《葉巻》は中空だ。《ドーム》つまり一番上の先端から《糸》が垂れ下がって、ほぼ中央まで達している。この糸の端に《滴《しずく》》がぶら下がっている。いわば長い――こんなたとえでご容赦いただきたいが――鼻汁のように。われわれがいるのはこの《滴》のなかだ。まわりには何もない。《糸》すなわちエレベーターシャフトが上のドームとわれわれを結びつけ、それが唯一の支えとなっている。内部に支えはなく、いわば宙に浮いている。まわりには十分な空間がある。すでに話に出た位相偏差から言えば、外の世界とわれわれのあいだには十分な時間がある。もともとは糸の先のこの滴、この《鼻垂れ》は、《葉巻》の底まで拡張されるはずだった。残念ながら目下は未完成のままだ。だから《滴》という言い方は間違っている。正確には下部が切断された滴だ。下は開いている」

　わたしの身は震えた。

　見かけだけの図書室の回廊にいたとき、わたしはそれとは知らずに底なしの空間を、恐ろしい虚無をのぞいたのではなかったか。錯綜する多数の部屋や廊下や広間や階段からなる千十六階を構成している空間がほんの小さな《滴》なら、下はどれほど深いのだろう。そしてわたしとその深淵をへだてたのは頼りない手摺りひとつだった……わたしはめまいに襲われた。

「糸の堅牢性については心配はいらない。今あるものの十二倍の大きさの滴に耐えるように設計されているから。もちろんこのエレベーターシャフトには他の設備もある。中途下車場や軍事施設などだ」

「ドームから外を見ることは可能でしょうか」合間をみてわたしはたずねた。

「できないことはない。だが危険だ。どのみち禁止されている」

「元老にもですか」

話し手はうろたえたように元首のほうを見た。

「それでは追加動議を提出いたします」わたしは言った。「ときおりドームから外をのぞくことによって、そのときどきの状況を知ることを元老に許可すべきではないでしょうか」

「その動議は却下せざるをえません」元首が発言した。「その件は決議できません」

するど元老院は二番目の動議には権限がないのだ。わたしの最初の動議は採決で却下された。

元老は会議に出席する義務はあるかと聞いてみた。その旨を届け出れば退席もできると言われた。

そこでわたしは眠くなったと告げた。それは受理され、わたしは席を立った。レンツが両開きの扉を勢いよく開けて（わたしが退席しようとするのがどうしてわかったのだろう）、わたしの後についた。

わたしは意固地になって先に立って早足で進んだ。金属の化粧張仕立ての丸天井の廊下は、二人が並んで歩けないほど狭かった。やがて同じような別の廊下と交叉する場所に出た。その交叉点に立って見ると、遠くにやはり同じような廊下が口を開けていた。

もぐらの巣のような廊下を、しばらくのあいだやみくもにあちこち走り回った。それから息を切らしたレンツがたずねた。

「どこに行くおつもりですか、閣下」

「閣下だって?」

「レンツ……と閣下《エクスツエレンツ》。区別はなされねばなりません。元老には《閣下》と呼びかけることになっています」

こんなくだらない駄洒落を許すべきかどうか、あとでよく考えてみようとわたしは心にとめておいた。「ところで、これから眠りたい。よい召使ならそれくらいは察してくれてもいいだろう」

「それではどうぞこちらへ」

わたしたちはさらに――今度はレンツを先に立てて――廊下をいくつか過ぎると、やはり金属張りのドーム状の一室に出た。そこからも天井の低い通路が四方に延びている。室内には梯子が一本、支えなしに立ち、屋根の天窓に通じている。それを登るとこれまでよりはやや親しみのある歩廊に出た。その手摺りからドームの内部がガラス越しのように見下ろせる。レヴュー団を率いるナンキン氏が歩廊の向こうからやって来た。黄色の仕着せを着たレンツとわたしの胸ポケットの茜色リボンを見ると、うやうやしくお辞儀をしてきた。

「おや、ナンキンさん」そう言ってから、これは閣下にふさわしくない言葉だなと思った。だがナンキンは顔を輝かせた。そういえばナポレオンは相手の名を覚えることによって、熱烈な信奉者を作りあげたのだった。

「ナンキン君はあいかわらずロールネックのセーターとコーデュロイのズボンを着ているね」――偉《えら》者《もの》の話しぶりがすでに口輪のように口に嵌まっていた。それは称号の授与と同時に注入されるウィルスか、それとも、――こちらのほうが恐ろしいが――わたしは生まれついての閣下で、現実の閣下となるこの日を待っていただけなのか。時間が壊れていることを考えれば、「この日」にもいくぶんの塩味が効いているが……

「君とは……」（必要以上に名を呼んじゃだめだ、とわたしは自分に言い聞かせた）「また今度会いたいものだ」

「こちらこそお願いしたいですとも、閣下」

「娘たちはどうしている」

「娘とおっしゃいますと」

「君のガールズだ」

「ああなるほど。新しい演目の稽古に励んでおります」

「それは楽しみだ。目鼻がついたら知らせてくれたまえ。それから初演の桟敷をとっておいてもらえないか」閣下であるからには、舞踏団ともよい関係を保っておかねばなるまい。

「おお」ナンキンが答えた。「それは光栄でございます」

「忘れないでくれよ」わたしは気さくに手を振った。「それじゃ」

ナンキンは無言で一礼した。レンツとわたしはさらに進んだ。やがてエレベーターの前に出た、レンツが扉を開けた。わたしたちは下に、あるいは上に行き、また少し歩いてわたしの住居にたどりついた。そこは続き部屋《スイート》というより狐の巣穴のようだった。中央に客間があり、そのアルコーヴにベッドが置かれている。カーテンが引けるようになっているアーチ形のいくつもの窓から十から十二ほどの小部屋が見え、そのひとつは浴室で、他のひとつはレンツの部屋だった。花輪のように並ぶ小部屋の、めいめいの奥にはさらに玄関の間の花輪があり――そのひとつひとつを視察してみると――おのおのに別の出口があり、それが驚くほど多様な廊下や階段やホールにつながっていた。わたしはレンツに命じてすべての扉に鍵をかけさせた。

「レンツ」――わたしはレンツが手渡してくれたパジャマを着ていた――「何か本はないかな」

「本ですか……どのような本でしょう。レンツは何でもできます。古代エジプト人もそう言っております（「レンツ」は「春」という意味）」

「召使にしてはお前は口が過ぎる。退屈でない本を頼む」

レンツは赤い装幀の本を持ってきた。表紙には首を絞められた古代ギリシアの衣装の女が描かれてある。題は『オイディプス王』で、著者はレーオポルト・サグレドという名だった。

「ああ。さぞ退屈なことだろうな。まあ読んでくれ」

わたしは手を洗ってからベッドに横になった。レンツの朗読は、正直なところなかなか迫力に富んでいた。

「**オイディプス王**
一幕物悲劇」

——これはこれは、とわたしは思った。

「レーオポルト・サグレド作
——まえがきは省略いたします。それから登場人物一覧も。かなり長いですから」レンツが言った。

「よかろう」

「舞台はテーバイ王の城にある高い露台でございます。

第一場　二人の見張り

見張り一　こんなに暑くなければ、あれも来なかったかもしれない。
見張り二　どのみち来るだろう。
見張り一　それも悪くない。ずっと日照り続きだったからな。
見張り二　来るときは来る。
見張り一　井戸が涸れなければ、体も洗えたろうし、蝿だって来なかった。尻に毛があって、羽根の小さい、あの大蝿にしても。
見張り二　夜にだけ水の湧く井戸もある。だが何にもならない。
見張り一　そうだ。もう全てあの方たちのものだから。
見張り二　全てではない。
見張り一　今はまだ全てではない。だがそのうち持っていく。全部持っていく。あれが町にいるかぎり、打つ手はない。
見張り二　前もそうだった。ずっとそうだ。どうしようもない。
見張り一　あの方たちはデルポイに人を遣った。
見張り二　戻ってくる頃には、みな死んでいるだろう。
見張り一　おそらく城にいるわれわれを除いて。
見張り二　そしてデルポイから来る者が、あれをこの中にも持ち込む。
見張り一　救いの神託を持ってくるかもしれない。
見張り二　神託に救われることなどあるものか。
見張り一　熱気は油の塔のように町にかぶさる。溶かして砂糖をまぶした脂のように、空気はねっとりと甘い。風を少しも吹かせず、ろくに震えさせもできない。ねとついた熱気は、呼吸さえ難しくさせるようだ。空気はガラスの壁のように全てを揺らして歪める。それほどまでに濃い。手でつかんで丸めて、尻に毛の生えた蝿の死骸を食らう鼠に投げられそうなほど――それほど濃い。
見張り二　そのうちさらに濃くなる。
見張り一　だが恐ろしいのは――陽が沈むとまもなく――一度息を吸って吐くあいまに、町が死体ほどに冷えることだ。すると黒いガラスのようにてらてらする、腐敗と霧でできた油の塔は――巨鳥に羽ばたかれたように――吹き払われる。息を吸って吐くあいまに。日の沈むまで死者の体でうめく魂を取りに来るのはホーライ（季節の女神たち）だという。

見張り二　そう言われている。だがそれは本当ではない。むしろ蛆虫どものしわざだ。火虫とかいう虫が――死体という蠟燭の燃え滓《かす》の芯になり、おびただしいその虫が死骸の皮膚の下で肉を動かし、まだ息をしているように見せかけるのだ。虫どもには暑さも寒さもこたえず、果てしなく殖えていく。菱形の隊形を組んで街路にひしめく。すぐに城壁の上にも押し寄せよう……

見張り一　鉛底のサンダルで踏みにじってやるさ。

見張り二　だが数がむやみに多い。司令官は城壁から掃き出せるよう、箒《ほうき》を作らせた。

見張り一　掃き落としてもまた這いのぼってくる。鉛底のサンダルで踏み潰してやろう。

見張り二　だが数が多すぎる。

見張り一　這い登ってきたらどうする。

見張り二　二、三度登れば飽きるだろうよ。
それに箒は浄《きよ》められている。テイレシアスさまが今日の浄めの儀式をおこなう。

見張り一　浄めの儀式を信じるのか。

見張り二　俺は箒を信じる。

［見張り一が身を強張らせる］

見張り二　どうした。

見張り一　何かがかさかさいってる……聞こえないか？　木の葉の音か、蛇の息か、やすりの音か、ほじくる音か、這う音か。ときどき俺たちの上か下かで聞こえる。空気の粘《ねば》さで音もみな歪み、どこから来るかもわからない。露台の見張りが俺ひとりでなくてよかった。

見張り二　何も聞こえないぞ。鳩舎の鳩が寝ぼけて羽を広げたのではないか。
見張り一　お妃さまの鳩舎の鳩は死んだ。暑さにやられた。
見張り二　なら甲虫か。
見張り一　恐ろしい……また聞こえた。
見張り二　たしかに。足をひきずる音みたいだ。
見張り一　この空気のなかで、誰もひとりではいられない。蛆虫や甲虫や蠅に囲まれている。もう空気などはない。死んだ馬の目玉のような甲虫がいるきりだ。だがそいつらは恐ろしいほど生き生きしている。毛の生えたべとべとした脚でうなじを這われると……
見張り二　聞け！――足音がする。這うような足音だ。
［見張り二が見に行く。さほど心配げでなく、さりげなく、おざなりに］
見張り一　寒くなったら嫌だな。
見張り二　陽はまだ沈まない。
見張り一　そのうち沈む。夜の黒い氷の翼が、日中の暑気を崩すときがやってくる。
見張り二　あれはクレオンさまの狂った息子だった。
見張り一　何が。
見張り二　お前をびくつかせる足音がだ。あれは公子ハイモン、クレオンさまの白痴の息子だ。

第二場　ハイモンならびに第一場の人物

見張り一　［ハイモンがゆっくり近づいてくるのを見ながら］

どうしようもない。ひとりで森の中を歩いたり、地下納骨堂にひとりで籠るときは、大声で歌えば恐怖は飛び去る。ワインと仲間は、永遠のものについて考えると忍び寄る激しい思いを追い払う。だがこの恐怖、燃える氷の剣の一撃を受けて熱気が断ち切られる恐怖は違う。何をもってしても追い払えない。その最中《さなか》に死ぬのはさぞ恐ろしかろう。

見張り二　起立しろ！　敬礼だ。

見張り一　相手は薄のろだぞ。

見張り二　薄のろだろうと公子は公子だ。それにここでは、いつも確かに見られていると思ってふるまうほうがいい。たいてい誰かの目が光っている。

［二人は敬礼する。ハイモンは二人を怪訝《けげん》そうに眺める］

見張り二　あいつは敬礼にまったく気づかなかった。敬礼が何を意味するかさえわかっていない。

見張り一　何かぶつぶつ言ってたな。

見張り二　噂ではスフィンクスが公子の頭をおかしくさせたそうだ。

［二人はふたたび楽な姿勢に戻る］

見張り一　スフィンクスか……そもそもスフィンクスはいたのだろうか。

見張り二　われらの王が退治なさった。

見張り一　知っている。だがスフィンクスを見たものは誰もいない。

見張り二　ハイモンが見た。頭がおかしくなる前に。

見張り一　そういう噂だ……ならば王は？

見張り二　王はスフィンクスを退治なさった。

見張り一　存在せぬものなら、たやすく退治できよう。

見張り二　俺がお前ならもっと言葉に気をつける。あれがいるからじゃない。［ハイモンを指さす］だが今に誰か来る。それもすぐに来る。公子はきっと脱走したのだ。ひとりでぶらつかせるなど絶対あるものか。

見張り一　スフィンクスがどんな姿をしているか、誰も知らない。どんなものかさえ知らない。スフィンクスはもちろんスフィンクスだ。ただそれだけのことだ。誰も見たものはいない。

見張り二　多くのものが見ようとした。多くのものが見た。だが誰も生きて帰らなかった。薄のろになったハイモンと、とうとうそれを退治なさった王のほかは。

見張り一　スフィンクスなどいやしなかった。

見張り二　スフィンクスがどんな姿をしていたか、王は臣下にほのめかしたそうだ。それは巨大な女で、胸は風で膨らんだ帆のよう、目は言いがたく恐ろしく、体は獅子で、その色のとらえがたさは真珠母のようであり、またそうでもなく、何ともいえぬ臭いと、巨大な蝦蟇《がま》のような青白い舌を持つという。

見張り一　それを王が退治したのか。

見張り二　あたりまえだ。スフィンクスはもういないのだから。

見張り一　もういないのだから、か！

見張り二　数知れぬものが行方知れずになった。それらのものの骨はのちにスフィンクスの谷で見つかった……

見張り一　俺が不思議なのは、そいつらがたいてい邪魔者だったことだ。口うるさい債権者、莫大な財産を持つ伯母……

見張り二　だが、たとえば、ハイモンが消えて得をするものはいるか。

見張り一　いくつか噂はある。クレオンはテイレシアスの娘を娶った。だが息子のハイモンは腹違いだ。テイレシアスは贋の孫を快く思っていないらしい。正当な寝台から生まれた長子より父に可愛がられているから。
見張り二　スフィンクスは神々の正義がわれわれに与えられた罰だ。
見張り一　何の罰というのだ。
見張り二　それははっきりしない。将来という母胎で今は安らっている罪か、それとも未だ知られぬ罪か。神々に過去と未来の別はない。すべてが同時に起こる。罪より前に罰の来ることだってあるさ。
見張り一　スフィンクスなどいやしない。
見張り二　ならば退治されたその瞬間に生まれたのだろう。それが退治されたのなら、それはいたことになる。
見張り一　とてつもない武勇談だな。
見張り二　お前にそれができるか？　なら今日からお前はテーバイの王で、王妃の良人《おっと》だ。
見張り一　あの婆さんの！
見張り二　王妃はすばらしい方だ。葡萄の房ほど多くのものを約束する、雪花石膏のように美しい方だ。髪は暑い夏の午後の涼しいカーテンのよう、目からは濃いワインの香りがただよい、口は天鵞絨の寝床のよう、胸の震えは殺したての子牛から昇る湯気のよう、腿は流れに躍る白魚のよう
……
見張り一　なぜそんなことがわかる。
見張り二　皆がそう言っている。

［ハイモンが塀をよじ登りはじめる］

見張り一　危ない！［駆けだす］来い、やめさせなければ。

見張り二　そんな指示は受けていない。勝手にやらせておけ。

見張り一　［ハイモンを羽交い絞めにする。ハイモンが悲鳴をあげる］今度は悲鳴か。塀の向こうに落とさないようにしなければ。

［城内からの声］ハイモン！

第三場　小メノイケウス、アルカイオス、ならびに第二場の人物

小メノイケウス　すると誰も弟を止めなかったのか。

見張り二　そのとおりでございます。

［見張りたちがハイモンを捉まえる］

小メノイケウス　脳もなければ、自分から何かしようとする気もない奴らだ。［見張り二に］弟を檻のなかに戻しておけ。そして一晩中、あるいは弟の眠るまで見張っておけ。

見張り二　かしこまりました。

［見張り二がハイモンを連れ去る］

アルカイオス　ここは室内に輪をかけて蒸し暑い――蒸し暑い。

小メノイケウス　ええ。陽の沈むまでは。

アルカイオス　陽は――沈んだのではなかったか。いやそうじゃない。陽が沈めばかなり冷えるのか、わたしにはわからない。緑のなかを散歩することももはや叶《かな》わない。ここに閉じこもる前は、毎

日――ほとんど毎日夕暮れに樹々のもとを歩いたものだ。すでに三週間が過ぎた。あと三週間ということにならねばよいが。

小メノイケウス　デルポイに人を遣わしております。

アルカイオス　なんと。

小メノイケウス　なんらかの処置が必要でありますゆえ。

アルカイオス　民のためにな。あの人のすることは皆民のためだ。わしらのことも考えてくれればよいのだが。

小メノイケウス　おそらくデルポイから神託がもたらされましょう。

アルカイオス　神託か……。メノイケウスよ、デルポイになど誰も行っておらぬのではないか。

小メノイケウス　ならばどこに。

アルカイオス　そう思うにはわけがある。まず町から二時間ほどの場所に行く。そこでデルポイへの往復にかかるであろう日数、じっとしているのだ。それからお前の祖父テイレシアスのもとに赴き、あらかじめテイレシアスに言えと命じられたことを言う。

小メノイケウス　われわれが救われるなら、どこから神託が来ようとかまうものですか。

アルカイオス　お前の祖父からでもか？　わたしには関わりのないことだ。だがこれは根拠もなく言っているわけではない。

小メノイケウス　それでも雨が降ってほしいと思います。

アルカイオス　降ればいいとはわたしも思う。城門が閉ざされてこの方、町から、人家から、街路から、ひどい臭いが煙のように立ちのぼる。日中の焦熱のなかで悪臭が花と咲きほこる。細く震える柄《え》のある茸《きのこ》の傘のように開く。病んで青白く、糸のような根を地中に延ばす茸のように――いまだ汚れぬ空気をめぐり悪臭どもは争いあい――溶けあって、臭いの分泌腺からできた蔦《つた》の糸玉、あるいは臭いの巨大な海綿になる。不意に訪れる夜の寒気がそれを散らせる。だが消しはしない。火山から噴き出る溶岩のように凝固させるだけだ。病人の臭い、汗の臭い、鼠の臭い、黴《かび》の臭いがだんだんと臭気のかたまりになる。かたまりにかたまりが押し寄せ、みずからを持て余すように、広間に、階段の上に、露台に広がる。腐敗は炎のように物を浄化させると言う者もいる――麗しい象徴だ！――わたしも雨に来てほしい。すべてを均《なら》す雨に。雨あがりには何もかも雨の匂いがする。わたしは禿げた頭が好きだ。野良犬などとは違い、雨に降られると芳《かぐわ》しい香りを放つから――芥子《けし》畑のような。

小メノイケウス　それは父上です［笑う］。

アルカイオス　小メノイケウスよ、お前も禿げていればよかったのに……禿げた若者ほどわたしを魅するものはない。たとえお前のように背に瘤《こぶ》があっても。お前の父クレオンは若いころから禿げていた。その姉がわたしの妻になったころから……だがその頭は疥癬《かいせん》だらけだった。そして臭った。若いころから頭に金をかぶせていた。空気が通わぬと発疹はますますひどくなる。だが外からは見えない。いつかは封じ込められた疥癬が頭蓋を食い破るだろう。なにしろ外に発散せぬのだから。やがてお前の父の脳は腐り、口は悪臭を放つ――口は元から臭ったが、鼻や耳も臭いだす……いずれは膿《うみ》が眼窩にあふれて目が飛び出よう。願わくはそれが食事中でなければいいが。

小メノイケウス　でも父は毎晩頭から金を洗い落とさせて、疥癬に膏薬を塗っていますよ。

アルカイオス　それしきではどうにもならぬ――少なくとも日中は、ブロンズ色の皮膚の下で、潰瘍と毒血のもとで、指ほどの深さで文字の形に頭蓋を蝕む潰瘍の巣穴が煮えている……あいつは人前で黄金の禿げ頭を陽に光らせるのが好きだ。――でもわたしは芳しく匂う若者の禿が好きだ。

競技の前に腿に塗る膏薬のような匂いを好きだ。

第四場　ヒポノメーネ、ならびに第三場の人物。ヒポノメーネは静かに突然現われる

ヒポノメーネ　［小メノイケウスに］あなたの弟ハイモンが逃げましたよ。
アルカイオス　馬鹿な。
ヒポノメーネ　本当です。
小メノイケウス　あれならもう捕まえました。
アルカイオス　メノイケウスがそんなこと気にするものか。こともあろうにそんな馬鹿げた知らせで、われわれの語らいの邪魔をするとは。
ヒポノメーネ　お邪魔でしたかしら。
アルカイオス　何を言うんだお前は！　耐えがたい重荷――あまりに無力な自分……わたしを怒らせたいのか。
ヒポノメーネ　背中に瘤のある人といるのがなぜそんなに楽しいのか、どうにも理解できませんわ。
アルカイオス　夜の寒気がお前の体に障るといけない。日が暮れるとすぐに寒くなる。毎日そうだからきっと今日も――もっともそれももう確かとはいえまいが。
ヒポノメーネ　背中に瘤があるほうが風邪をひきやすいんじゃありませんこと。瘤の中で縺《もつ》れて絡《から》まる血管のせいで、血が流れにくくなり、必要以上にそこに留まって、冷えきってから頭に流れ、それが風邪を起こすそうよ。だから部屋にお戻り、愛しい甥や。
小メノイケウス　瘤には溢れた理性が蔵されているとも言われています。

アルカイオス　お前はここにいても退屈だろう。
ヒポノメーネ　いいえちっとも。座って口琴を吹いていましょう。そのうち月も出るでしょうし……
アルカイオス　月など悪臭で見えないよ。［小メノイケウスに］この女は殺さなければ。
［ヒポノメーネは口琴を奏する］
小メノイケウス　あれをずっと遠くで聞いたなら、浅い泉で溺れ死ぬ鶏の悲鳴に聞こえるでしょうね。
アルカイオス　何を言う。鶏の声など聞いたこともないくせに。
小メノイケウス　ずっと遠くで、樹々を通して、高い岩や、雲の上から聞くと、あれを鶏の悲鳴と思うかもしれません。あの音が鷲《わし》に聞こえないでしょうか。そしてさっと舞い降りて、伯母さんの目玉をつつき出さないでしょうか。
［アルカイオスが溜息をつく］
アルカイオス　鳥の話をしていたのだよ、お前。
ヒポノメーネ　何ですって？
［ヒポノメーネは奏し続ける］
アルカイオス　あいにく鷲はもう寝ている。しかも鷲に耳はない。だからお前の伯母が奏でる口琴を、鶏と勘違いしたりもしない、われわれは三度デルポイに詣でた。あそこでは鷲が、名高い亀裂の上をいつも旋回している。だがわたしの妻を鶏か他の食物――鷲から見てだが――と間違えた奴はいなかった。三度目に詣でたあと、あれが産んだお前の従姉妹アナクソには乳が三つあった。これでお前もデルポイ詣での効験がいかなるものか見当がつこう。もしデルポイに遣わしたと称されるものが、本当にデルポイに行ったのなら、その手のものを持って来る……持って来る……持って来る……持って……来……る……」

「今何と言った、レンツ」

「――『持って来る』でございますが」

「誰が何を持って来るんだ」

「これはアルカイオスの最後の言葉でございます。そして――」

「どうやら高尚な文芸を聞いてうちに寝込んでしまったらしい。これはウーヴェゾーン氏の作品じゃないのか」

「それは買いかぶりというものでございます」

「いやしくも元老に向かって何を言う」

わたしはベッドから身を起こした。

「今まで夢を見ていた」

「オイディプスの夢でございますか」

「わたしがあの悲劇に感心しなかったのはお前にもわかるだろう。オイディプスは夢にまるで出てこなかった。夢はもっと長くて込み入っていた。今もはっきり覚えているが、わたしの命が助かったのは月曜だった。だがそこから事がはじまったとは思えない。むしろその時、より深い夢からいわば目覚め、より浅い、より現実に近い夢へ移ったような気がする。この深い夢は怖ろしいものだったに違いないが、ありがたいことにより浅い夢の中で残っているのは怖かったという感じだけで、記憶といえるほどのものは消えていた。全体的に見るとあれは幾重にも包まれた、というより幾重にも重ねられた夢だったのかもしれない。一番浅い無害な夢を頭をひねって思い出そうとすると、暗い水の中を泳ぐイメージがほんのり浮かんでくる。いや違う、泳いでいたのは暗い光の中だ。その光が思い浮かべられるかぎりの世界を縁どっている。見方によっては自分が有限の宇宙の外から――こう言ってよければ別の神が支配する外宇宙から来た可能性もなくはないと思えた」

「何かのお薬か、カルルスバート泉塩をお飲みになったほうがよろしゅうございます。そのような夢は消化不良から起こりますから」

「お前は《原子構造の空間的連続性理論》というあの秘密の理論について聞いたことはないか」

「それが秘密の理論でしたら、わたくしの耳に入るはずもございません」

「いやつまり、そのより深い証明だけが秘密なのだ。認識自体は秘密ではない。お前も知るように、われわれは太陽系の中にいる。いくつもの惑星が相対的に不動の恒星を巡っている。算出は可能だが想像は不可能なほど遠方で、別の太陽系が、それも無数に存在している。それら太陽系群と、無視できるほどちっぽけなわれわれの太陽系とが、銀河系つまり天の川を構成している。しかし銀河系にしても、とんでもなく多くの銀河系が、途方もなく――《途方もなく》以外に形容できないくらい遠くにある。それらはすべて、星々のあいだが物質であり、完全な無でないかぎり、さまざまな化学的要素の組み合わせ、すなわち分子、すなわち原子の結びつきで構成されている。長いあいだ最小不可分の要素は原子とみなされてきた。だが原子も小さな太陽系だった。多少とも小さな惑星が、相対的に不動の核をめぐっている。この最小の要素もさらに分割できる。そこに疑いの余地はない。おそらくそれはさらに小さな《原子の原子》からなっているだろう。この戦争だか何だかがなかったら、きっと学者たちはそれを究明していただろう。だがこの《原子の原子》を究明したとしても、その《原子の原子》さえ別の原子からなるのを知るにすぎない。つまり世界はつねにより小さな世界から構成されている……われわれの太陽系も銀河という分子を構成する原子のひとつだと考えてもおかしくはあるまい。われわれの銀河系と、望遠鏡で認められる他の多くの銀河系だって、実は分子にすぎず、この宇宙の外にいる想像を絶した鵞鳥《がちょう》の腸内繊毛の取るに足らない微小部分かもしれない。――その鵞鳥がすこし動いただけでわれわれの宇宙は崩壊するかもしれない。鵞鳥だっていつかは動くだろう……だがレンツ、心配はいらない。時間は空間とともに変化する。巨大鵞鳥の一秒はわれわれの数百万年に相当するかもしれないのだから」

「なぜよりによって鵞鳥なのでございましょう。何か根拠があるのですか」

「ああ、それは適当にあげた例にすぎない。だが本当はそこには動物はいない。だがお前の髪の毛にだって、その一本に銀河が何千もあり、世界が何百万もある。お前の感じる一瞬が、その世界にとっては数百万年なのだ。今この瞬間にも、灼熱した原形質の渦から、錫《すず》価格の不意の変動で金利が四・五パーセント変わるにいたるまで世界が進化を遂げているかもしれない……お前の睫《まつげ》毛のちっぽけな《原子の原子》のなかにもプラトンがいて、ジュリエットが恋をしているかもしれない」

「どうも」今レンツは眉根に少し皺を寄せていた。「その考えは居心地が悪うございます。わたくしはろくに身動きする気にもなれなくなります。それはそれといたしまして、閣下はそのすべてを夢見られたのでしょうか」

「違う。最後の一番浅い夢を見ているときそんな感じがしたのだ。想像を絶する世界に自分がいて――大きいか小さいかもわからない、ともかく身の毛もよだつ異世界に落ちて、そこからかろうじて救出されたような感じがした。もはや余韻しか残らない怖ろしさになおも震えながら、わたしは広壮な田舎の別荘まで来た。先も言ったがそれは月曜のことで、別荘の持ち主である知人が七人の姪といっしょにそこで一週間を過ごす予定だったのだ。知人というのは引退したカストラートで、往時は有名な歌手で、教皇から公爵の位を授かっていた。七人の姪というのはやはり歌手だった彼の妹の娘たちだ。姪たちはそれぞれ――これは秘密で、もちろんそこで口には出されなかったが――父親が違い、またプリマドンナ（オペラの主役女性歌手）がその経歴に応じて踏むべき土地でおのおの姪は生まれていた。『あなたがお眠りだったので』公爵はわたしに言った。『クロッケー（ゲートボールに似た球技）をごいっしょできず残念でした』

公爵は姪たちとともに〈白の広間〉と呼ばれるサロンにいた。白い壁布には控えめに白い模様がほどこされ、記憶違いでなければ、それは大きな薔薇をかたどっていた。照明の具合によって薔薇のほうが明るくなったり地のほうが明るくなったりした。黒に近い暗色の天鵞絨が張られた椅子がテーブルのぐるりに置かれ、そこに娘たちが座り、編み物や刺繍やトランプや、あるいは談笑をしていた。姪のうちファニーとラウラは少し離れた小さなテーブルでドミノをやっていた。公爵はドリメーナに、自分とわたしのあいだに座るように促し、そして言った。

『夕食までのあいだ何か話をしてくれないか』

『わたしが？』ローマ生まれの姪が答えた。『話すことなんかありませんわ。本で読むだけで、自分の体験は何もありませんから』

『それは理由になってないよ』公爵が応じた。『行動をしない人間には、それだけ考える時間がある』

『でも伯父さん、わたしは考えもしません。なにしろ女ですもの』

『それはそうだが、お前にやってもらいたいのは、ちょっとした嘘をつくことだけなんだよ』

『嘘なんかつけませんわ。お話しできるのはせいぜい――』

『話をさえぎってすまないが、お前が若いカンポ・サンタンジェリとの悲恋の話をしてくれてから、もうずいぶんになるじゃないか』

『あれがわたしの悲恋だったなんて、そんなの嘘です――』

『悲恋か悲恋でないか、そんなこと誰にわかるものか。俗流心理学が言うには、恋人たちが床を共にできなければ悲恋と呼ぶらしい』

『ロミオとジュリエットのように』わたしは口をはさんだ。

『それはどうかな』公爵が応じた。『幕間に何が起きたかわかったものではない。だがあなたにも一理ある。ああいう愛は幸福かもしれない――』

『あれはどんな意味でも、悲しい恋でも幸福な恋でもありません。そもそも恋ではなかったのです。この話に関係する愛があるとすれば――もちろん悲しい愛ですけど――チェロへのわたしの愛でしょう。この愛は――』

『ちょっと待ってくれ』カストラートの伯父が言った。『ブラックコーヒーを頼もう』

――コーヒーはすぐ供された。小さなカップは八角形をしている。ドリメーナは物思いに沈んだようすでカップを少しかきまぜ、そして話を続けた。

『――運命はこの愛をはじめから悲恋に定めていました。わたしの手が小さすぎたのです。C弦第一ポジションの嬰《えい》へ音がいつも変だったので、カンポ・サンタンジェリに耳鳴り――彼の言葉で言えば《耳の中に連打《ルッロ・ネッリ・オレッキ》》を起こさせました。でも他の人にはさほど変な音ではなかったのです。はじめてマエストロの噂を聞いたころ通っていたアカデミーでは、ともかくわたしは優等生でしたから。そしてドヴォルザークの協奏曲でデビューしたときも、批評家たちの反応は悪くありませんでした』

『レダと白鳥だったそうだ』伯父が言った。『詩人肌らしい批評家がそう書いていた。膝のあいだで楽器を支え、その首を撫でて声を立てさせ――それが快楽の声だったか、ことわざに言う白鳥の歌だったかはわからない――』

妹たちは笑った。

『もちろんあれはお馬鹿さんの批評でした。あれほど男性にふさわしい楽器に女性が夢中になっているのを見て、エロティックな考えが浮かぶのは——演奏のときの姿勢は別としても——無理もないでしょうけど。でも、もし裾の短い服を着ていたなら、膝で気が散るでしょうが、デビューのときは銀色のスラックスをはいてたんですからね。

　熱心な音楽マニアたちのあいだで、謎のマエストロ、リヴィオ・カンポ・サンタンジェリの噂がささやかれるようになったのは、そのころに違いありません。その人の名をどこではじめて聞いたのか、誰から聞いたのかは忘れました。名はいわば予感のように浮かびあがってきました。しかしわたしの知っている人で、マエストロの演奏を聴いた人はいませんでした。幽霊みたいなものです。知り合いの知り合いが幽霊を見た、と誰もが言います。でも幽霊を自分の目で見た人に会うのは、不可能ではないにせよ、かなり難しいものです。同じようにその頃は、カンポ・サンタンジェリの演奏を聴いたと主張する知り合いの知り合いが誰にもいました。ある人の友人は、サンタンジェリがシドニーでコンサートを開いたとき、ちょうどその地にいたそうです。その友だちは自分の目でポスターを見ていて、そのあと誰かがマエストロのすばらしい腕についての話を聞きました。チューリッヒに知り合いのいる別な人の話によれば、そこでカンポ・サンタンジェリがコンサートを開くはずだったのですが、直前でキャンセルされたそうです。それもかかわらず、チューリッヒではあれは前代未聞の演奏だったと噂されているのです。東京で姿を見かけたという人もいました——もちろん演奏を聴いたわけではありません。その人は感激しました。マエストロは年に少なくとも十から十二回、北アメリカでコンサートを開くという話もあります。聞いたこともない町の名を数えあげる人もいます。スポケーン、トピーカ、シアトル……——シアトルなんて知っている人がいるでしょうか。——四人目の友だちはストックホルムの恋人の家で、市販されていないプライベート・プレスのレコードを見たそうです。そのときレコードプレーヤーは壊れていたのに、そのスウェーデンの友だちはたいそうなことを言っていました。――遠縁にあたる、少しだけ知っている人が、カンポ・サンタンジェリがカザルスに聴かせようと非公開のマチネを開いたとき、その場にいたと言っていました。そのあとしばらく、カザルスはクラリネットを習おうかと考えたそうです』」

「でもカザルスはクラリネットも演奏できましたよ」レンツが口をはさんだ。

「そんなことはわたしも知っている。だがドリメーナは知らなかったようだ。だからわたしは礼儀正しく、何も言わず話を聞いていた。

『それらすべての』と彼女は話を続けた。『解釈神秘主義者たちが密《ひそ》やかにささやき交わした予感が、広い範囲にわたって確信にみちた先入観にまで膨れあがり、マエストロの名声を固めたのでした。ほどなく彼について――はなはだ相反する話が――聞かれるようになりました。伝説的な遺産を相続したとか、たいへん頑固であるとか、レパートリーが極度に少ないとか、そんな風な話です。一方では、図りしれないくらい豊かなレパートリーがあると主張する人もいました。謙遜からそう明かさないのだという人もいましたし、いやそれはスノビズムからだと言う人もいました。そのうち不意に、カンポ・サンタンジェリが二年のあいだ引き籠っていたという話が伝わってきました。新しく発見されたハイドンの協奏曲を研究するためというのです。――より事情に通じた人は、それは違う、協奏曲ではなくて、ドッァウアーのソナチネのあるパッセージに関することだと言いました。ほどなく新しい知らせが爆撃のように降ってきました。いやむしろ、推測のガソリンで濡れそぼった麻くずの山に、燃えるマッチが落とされたと言ったほうがいいでしょう。カンポ・サンタンジェリがヴェローナの野外舞台で公演するそうなのです。残念ながらこれは誤報でしたが、いくつかの新聞がモスクワ公演があるとすでに書いていました。そして何日かあと、いっそモスクワまで行ってやろうかと真剣に考えていたとき、一枚のポスターがわたしたちの住むローマでの演奏会を告知したではありませんか。

これはただならぬことでした。プログラムにはバッハの無伴奏組曲のあと、ドビュッシーのソナタ、それからレジェの無伴奏組曲、そして最後はアルペジョーネ（シューベルトのソナタ）でした。わたしはあらゆる伝手《つて》を総動員してチケットを求め、興奮で震えながら、世界中の選り抜きの音楽ファンに囲まれて平土間席に座っていました。

のっけから優に三十分は待たされました。

それから前の方の席から、カンポ・サンタンジェリはたったいま到着したというささやきが聞こえてきました。《まだしばらく待つな》と事情通が言いました。《マエストロは公演前にきまって瞑想するから》――《どれくらい》――《二時間》――《いや、十分間逆立ちするだけだ》……新たな知らせにどよめきが起こりました。いま燕尾服を着終わったというのです。緊張が高まりました。広間の向こう側からキャンセルの声が伝わってきました。燕尾服を着終わったのは彼ではなくピアノ伴奏者でした。聴衆は立ち上がり、いらだたしそうにあたりを見回しました。ユリウス・クレンゲル（ドイツのチェリスト）を聴いたという老婦人が引きつけをおこしました。一人の救護員が失神して運び去られました。この時点では事情通たちはマエストロが演奏するほうにまだ傾いていました……そのとき興行主が登壇して、コンサートは行われないと告げました。料金の払い戻しがされました。翌日の新聞には、マエストロが失神した救護員の病床に花を届けたと報ぜられていました。そこで出くわしたのが奇妙な現象です。コンサート――そう呼んでよければですが――に行った人すべてが、魔法にかけられたようになっているのです。それは……何といいましょう……一つの事件でした。カリスマが皆を捉えた瞬間でした。

わたしは決心しました。どんな代償を払っても、カンポ・サンタンジェリのレッスンを受けよう。それには、何というか、ヴァチカンとのつながりが利用できると思いつきました――』ここでカストラートの伯父が微笑んだ。『――これまでのところ、それでうまくいかなかったことはなかったのです……しかし今度は何の役にも立たず――むしろ遠回りの道にしかならなかったと言えば、カンポ・サンタンジェリの弟子になるのがどれほど難しいか想像できますでしょう。N枢機卿はわたしの母の親しいお友だちで、わたしがおじさんと呼んでいる方なのですが、その方がマエストロのお母さまを個人的に訪いました。この敬虔な未亡人の亡き夫、つまりマエストロのお父さまが、N枢機卿とギムナジウムで同窓だったのです。しかしカンポ・サンタンジェリは熱狂的な信仰家で厳格なカトリックだったにもかかわらず、激越な反教会主義者でした。あとで知ったことですが、枢機卿が訪問したおかげでマエストロは何日か病に伏したそうです。天気がよくないときは、司祭を見かけただけで鼻血を出すといいます。――幸いなことにマエストロは枢機卿の訪問とわたしのつながりを知りませんでした。さもなければ枢機卿の若い友人のとりなしは何の役にも立たなかったことでしょう。このお友だちはローマのイエズス会大学で高い地位にあって、しかも――誰にも言わないでくださいね！――フリーメーソンでカンポ・サンタンジェリと同じロッジ《仮初《かりそめ》の三大陸》に属しているのです。そういうわけで、かれこれ半年もかけたあげく、あの奇妙な葉書を受けとるところまでこぎつけました。大ぶりだけれど、どことなく女性的な筆跡で、およそこんなことが書いてありました。《次の月曜の十一時二十四分、あるいはあなたの都合のいいときに来てください。L・C》どうやらものを書くときに、カンポ・サンタンジェリは紙の大きさに頓着しないようです。葉書は端まで書いてあるばかりでなく、字が大きすぎてところどころで縁からはみ出ています。全体として、もっと大きな紙に書いてから切り取ったような感じがしました。

マエストロと会って話をすると、その人物に関する噂には捏造と真実が混ざっているといやでも気づきます。莫大な資産を受け継いだことはまちがいありません。海に面し、しかも岩だらけのリグリア州沿岸のヴィラにお住いでしたから。しかも昔の人がいうヴィラです。敷地の陸側は広々とした庭園に守られています。他の側は海に開けています。ヴィラは海に突き出た岩に建てられていて、そこから穏やかな海が見下ろせました。岩石庭園の広大で奇怪なコンポジションに、自然にできた石の段々が、絶妙な形ではめこまれています。その階段は館から海まで延びています。そのふもとに、樹々の影におおわれ、不思議な形をした岩石や、散在する風化した彫像や石壺にかこまれて、岩に刻まれたベンチがあります。その上に大理石の碑板がありますが、銘はもう読めません。めったにないことですが、海がひどく荒れたときだけは、波が砂浜を飲み込みます。しかしベンチにだけは、その正面の石段と小さな手すりが巧みに配置されているので、一滴も水がかからないのです。カンポ・サンタンジェリはのんびりとそこに座り、目の前で荒れる海を、鎖で縛られた野獣を眺めるように眺めるのです……でも話が先走りました。このマエストロお気に入りのメランコリックな場所を見たのは後になってからです。マエストロはそこでしばしば何時間も、開いた本を手にして、それを読むでもなく座っていました。

カンポ・サンタンジェリはそのヴィラでわたしを迎えました。ソファに腰かけた彼は、タートルネックの黒いセーターと黒いスラックスを身につけ、足は素足でした。立ちあがると背がとても低いのに気づきました。小柄でほっそりとしているのです。写真で見る彼はかなりの短髪で、口髭は刈り込んでいるものの形を整えてはいません。今も髪は短くて髭は刈り込んでいますが、どことなく手入れしていない風があって、ポマードもつけず、もじゃもじゃな感じでした。下手な理髪師に刈られすぎた髪と髭を伸ばしている最中のようにも見えました。

最初の何分間かは地獄でした。カンポ・サンタンジェリはわたしに椅子を指して——ソファとはかなり離れていました——それきりまたソファで丸くなりました。素足は今はクッションに包まれています。そしてわたしを黙って見つめているだけです。こちらから話しかけていいものかわかりません し、それは期待されていないようにも見えました。なぜわたしが来たかは知っているはずです。わたしはしばらく座っていましたが、やがて立ちあがりました。彼も立ちあがりました。彼はわたしに握手の手を差し出し、わたしは辞去しました。わたしのフィアットがローマに向かう埃っぽい街道をそれほど行かないうちに、鮮やかな緑のマセラッティが恐ろしいテンポでわたしを追い越し、次のカーブで無鉄砲にもすごい音をたててスリップしたと思ったら、カンポ・サンタンジェリがオープンカーからわたしに手を振ってきました。

それからは何度もヴィラを訪いました。マエストロはしばしば留守でした――はっきりした時間は決めるのは無理でした。彼の言い方はいつも《五時十分に来てください、あるいはいつでも》というものです。ときには下の石のベンチでわたしを待っていることもありました。挨拶以上の言葉を口にせず、せいぜい天気についてひとこと言うくらいです。お喋りはマエストロのお母さまとだけときどきしました。

食事中の彼に――食事にしてはかなり変な時間でしたが――行きあわせたことがあります。タートルネックの黒いセーター姿でテラスに座り、その前にはチーズとオリーブと葡萄を載せた皿がありました。粗びきの白パンと軽い赤ワインがこの組み合わせを完璧にすること、その味わいのよさと自然さについて、彼はわたしに詳しく説明し、美学的、医学的、歴史的、それに占星術的、神話学的と、できうるかぎりの観点から、個々の料理のあいだのヘルメス的な連関に光をあて、チーズ、オリーブ、葡萄に粗びきの白パンと軽い赤ワインを添えるというコンポジションの賞讃に何度となく話を持っていくのでした。

《わたしの本性は》マエストロはささやくような声で言います。《わたしの本性は、ほらごらん——チーズ、オリーブ、……実は百姓なんだ》そのあいだにチーズとオリーブと白パン、それから葡萄の半分が平らげられました。皿に残るのはたわわな葡萄ひと房、そのかたわらに食べつくした葡萄の枝があるばかりです。《ごらん、丸々とした葡萄と食べかすの骨——生成と消滅——》暮れゆく日の中で、彼はテラスの欄干に皿を置きました。庭に放された孔雀が葡萄を一粒だけ、皿から啄《ついば》んで歩き去ると、マエストロはすっかり憂鬱に沈みこみました。

月日を重ねるうちに自然にカンポ・サンタンジェリの他の弟子とも出会うようになりました。たまたま集まった人数が三人を超えたとき、はじめてマエストロはレッスンをする気になります。レッスンのあいだ——ちなみにレッスン料は《一五、二八二リラ、あるいはあなたが払いたいと思う額》でした——カンポ・サンタンジェリはけしてチェロに触れません。文字通りの意味でそうなのです。演奏はおろか、やむをえず部屋にある楽器に触ることさえも神経質に避けていました。そしてわたしたちに演奏させます。——《ベートーベンのト短調ソナタ（チェロソナタ第二番）を弾いてみたまえ。あるパッセージをこれこれの拍子で、あるいはあなたの好きなように——》ときどき不明瞭な声で不平をつぶやきます。直したいときは、その箇所を歌うか、あるいは言葉をさんざん探したあげくに、恐ろしく説得力のあるイメージでそれを吐きだします。ドヴォルザークの協奏曲を学んでいた弟子を思い出します。そのときはロ短調のすばらしい出だしが特に問題になっていました。オーケストラがグランディオーソで主題を奏でたあと、独奏がそれを繰り返す最初の出だし、つまりチェロが高いポジションで音を重ね、だんだんと静まるオーケストラの狂乱から現われ出るところです。問題は躍動でした。わたしの間違いでなければ、ソロがフォルテシモ、それからオーボエがピアノ、ヴァイオリンがピアニシモ、ヴィオラがフォルテ／ピアノ、そしてあといくつかの楽器が続きます。問題は、ここのフォルテシモをどう解するか、そしてこれほど高い音域を、音を軋《きし》ませずに奏でるにはどうするかでした。

カンポ・サンタンジェリは口笛を吹き、声を出して歌い、あれやこれや説明しましたが、それだけで満足していないことは誰の目にも明らかでした。とうとう彼は言いました。《少し軋ませてもいい。ここは疼《うず》くところだ。かつてある暑い日に山登りをして、雷雨に見舞われたことがある。雲の黒い壁が山と山のあいだから立ちあがった。わたしは望遠鏡でたまたまそれを見ていた。谷の上、まだ晴れていて、雷雨の乱れた波にまだ襲われてはいないが、張り詰めた空に一羽の鳥が舞っていた。軽々と、松の森の上を空高く――嵐を前にした鷹。フォルテ／ピアノをやめて軋らせたまえ》――マエストロは緊張を解いてその部分を歌いました。彼は思い当たったのです。嵐を前にした鷹に……

三か月ほど通うと、マエストロはこれまでにもまして――そんなことが可能ならの話ですが――気難しくなりました。お母さまの話によると、近ごろはほとんど眠らないそうです。ろくに食事をせず、ハイビスカス・ティーを飲み、シャンパンをしたたか、はなはだお行儀悪く、水飲み用のコップであおります。高価なフランスのシャンパンに新聞紙をひねったもので栓をして、ビアホールの楽士がジョッキでも置くように、椅子の下に置いておくのです。ボトルからじかに飲むこともまれではありません。マセラッティにはめったに乗らなくなりました。ひんぱんに全身に慄えが来て、意識がときどき逆向きに反応し、左右を取り違えるので、命さえ落としそうになるからでした。

わたしたち弟子はある日、とてつもなく興奮した愚かそうな人に、カンポ・サンタンジェリのヴィラで偶然出会いました――マネージャーでした。そのときわたしたちは、マエストロの肉体的衰弱――ええ、衰弱としか言いようがありません――の原因がわかったように思いました。マエストロはコンサートの開催にいったんは同意したものの、それを悔いているのです。何かの理由があって、同意を撤回したくないのだ――わたしたちはそう推測しました。それが彼を苦しめ、蝕んでいったのです。とりわけ厚かましい弟子が、それは九月のことでしたが、じかにその件について尋ねました。結果は恐ろしいものになりました。マエストロは一日中続く、しつこいしゃっくりに悩まされたのです。――まるでドミニコ会の管区長か教皇庁の枢密顧問官がお隣のヴィラにやって来たみたい、とお母さまは心配そうにつぶやきました。

しゃっくりの発作がおさまり、ふたたびレッスンに十分な数の生徒が集まると、マエストロはいたずらっぽく微笑んで、わたしたちにポスターを一枚渡してくれました。マネージャーが準備したものですが、マエストロはそのときはまだコンサートの告知をさせていませんでした。《ただし》と彼は付け加えました。《日付は合っていない。コンサートは何日か前か後に行う》

続けてまたもやミスティフィケーションの噂が聞こえてきました。ローマのあちこちで、それぞれ別々の日時を記したポスターが貼られたそうです。プログラムも一致しておらず、カンポ・サンタンジェリの名が――わざとそれぞれ別の箇所で――誤植されていました。

今でもはっきり覚えていますが、コンサートが間もない十一月六日のことでした。そのときは一人でカンポ・サンタンジェリを訪いました。マエストロはちょうどチキンの冷肉を食べようとしているところでした。肉の小片をマスタードソースの皿に何度も浸そうとするのですが、もはやそれだけの力も残っていないのです。彼は疲れきった様子で、そしてすまなそうに、わたしに微笑みかけました。でもひどく嬉しそうに、わたしにこんなことを話すのです。この前思いついたんだが、コンサートの開催地も演奏会場も内緒にしておこうと思う。新しい情報を記した新しいポスターが、夜のうちに古いものの上から貼られている。全部で六つか七つの違った開催地が告知されている――。彼をとりわけ喜ばせたのは、その中にシスティーナ礼拝堂が含まれていることでした。

コンサートの聴衆もしたがって偶然に委ねられ、正しい場所と日時が記された比較的少数のポスターを見た人たちだけに限られていました。――ツェツィーリア・メテッラの霊廟、ヴィラ・ボルゲーゼ、そしてシスティーナ礼拝堂。――わたしたち弟子はコンサートの直前に本当のことを教えてもらえました。時間ぴったりに広間の扉が閉められました。何人もの弟子が厳格な門番に断られました。五分後にカンポ・サンタンジェリが一分の隙もない燕尾服姿で現われました。服はコルセットのようにぴったりしていて、わたしたちにはわかりましたが、まさにコルセットの役を檀上で務めていたのでした。それまでは素足でしか見たことのなかった足が、今はエナメル靴を履いています。ひどく小さくて細く、鏡のようにぴかぴかしています――あえて言うと、この世の靴とも思えませんでした。こんな靴はショーウィンドウの中だけに飾られ、忠勤にはげむ使用人だけが埃を払うのを許されるものです。人が空を飛べるとしたら、そのときにはこんな靴を履くでしょう。言葉に表わせないほどの無造作な優雅さで靴は床に触れていました。

プログラムの最初はベートーベンのト短調ソナタです。わたしたちは心を躍らせて前代未聞のイヴェントに臨みました。ヤーノシュ・シュタルケルが、嵐のような喝采を受けてカンポ・サンタンジェリといっしょに壇上に姿を見せました。ピアノ伴奏をするベンジャミン・ブリテンが二歩あとから、マエストロのチェロを持って従います。カンポ・サンタンジェリが頭を垂れてそのまま立っているあいだ、シュタルケルが調律を行いました。ささやき声の相談がはじまり、ブリテンもそこに加わりました。シュタルケルは改めてチェロを調律しなおし、四弦をすべて抓《つま》みました。カンポ・サンタンジェリがうなづきました。シュタルケルが身を起こして、マエストロに――わたしたち誰にとっても信じられない瞬間でした――わたしたちのマエストロにチェロを渡したのです。

ルートヴィヒ・ファン・ベートーベンの《チェロとピアノのためのソナタ》作品五―二はピアノによるト短調の和音からはじまります。チェロがGの開放弦で低音を奏で、長めのポーズが続きます。カンポ・サンタンジェリは弦を完全に引き終わることなく、前のめりに倒れ、チェロを前方の床に投げ出しました。駒がはじけ飛び、響きの余韻を残しながら鋭い音を立てて罅《ひび》割れつつある楽器の胴を打ちました。《毀《こぼ》たれた心》、そんな言葉が意識をよぎりました。すべては一秒の何分の一かのできごとです。肉体を聴衆にさらして《毀たれた心》は沈没したのです。まずチェロの上に、そしてかたわらの床に崩れ、仰向けのまま動かなくなったカンポ・サンタンジェリを見て、ベンジャミン・ブリテンは飛びあがりました。聴衆も総立ちになりました。夢だけで味わえる恐怖が起こりました。わたしは走って会場から逃げました。

そんな場面を本で読んだか、芝居や映画で見た人は、何が起きたかを把握できるでしょう。でも直に体験した人は把握などできません。すさまじい爆発が意識をかすめ、ちらつかせ、おそらく瞬時に体の外にまで吹き飛ばします。死神がひととき、ありありと感じられるほどになって、会場に立っていました。

でも他の人たちはそれほど感じやすくはありませんでした。われがちに舞台に押しかけ、チェロの破片を確保しました。何年にもわたって破片は高値で売買されました。あのたったひとつの音、開放弦から出たGは、マエストロの比類ない名声の最終的な根拠となったのです――もちろん気まぐれな大衆はすぐに忘れました。しかし音楽通のあいだではそれは確信にまで固まり、リヴィオ・カンポ・サンタンジェリが世界の生んだもっとも偉大なチェリストであることは動かしがたい事実となったのです』」

「閣下、あなた様はすばらしい記憶力をお持ちですね。夢のそれほど細かいところまで覚えていらっしゃるとは」

「ああ、言い忘れたかな。カストラートの公爵からピンクの小さな錠剤をもらったのだ。夢を忘れてはいけないからこれを飲んでおくようにと」

「でもその錠剤は夢のなかでおもらいになったのでしょう」

「むろん夢のなかでだ」

「そしてお目覚めになっても効いているのですか」

「そうでなくていつ効くというのだ」

「不思議な夢でございますね。それとも不思議な錠剤というべきでしょうか。ともかく巨大な鵞鳥から錠剤をもらわなくてよろしゅうございました」

「当たり前だ！――それはそうとわたしの夢はまだ続く。ドリメーナが話を終えると、わたしたちは食堂に移った。そのあとわたしは公爵とビリヤードをした。翌日七人の娘は馬で遠出をし――それはなかなかの眺めだった――わたしは公爵とクロッケーをした。晩になるとようやく姪たちも戻ってきて、夕食の前にナポリ生まれの姪レナータが黄金色のサロンで話をした。


『これはわたしが生まれた町のお話です。とはいえ、まずはドメニコ・オルランディーニの生まれたフィレンツェから話を始めましょう。ドメニコの父、老オルランディーニはそのころ盛名をはせたオペラ作曲家で、愚かなマルチェロにさんざんこき下ろされましたが、わたしたちナポリっ子には、それはむしろ誇らしいことでした――その老オルランディーニは、当時フィレンツェの大聖堂の楽長でした。

息子のオルランディーニは、父の跡継ぎという意味でも、目を瞠《みは》るその才能においても、音楽家の生を定められた人でしたが、その息子を父はナポリに遣《や》りました。そこは――ヴェネツィアの妹には勝手ににやにやさせておきましょう――当時からすでに世界の音楽の中心でした。しかも老オルランディーニが修行したところでもあり、そもそも息子の名はナポリの師匠に敬意を表してつけられたものなのです。


ナポリで最も古く最も権威のある音楽学校、コンセルヴァトーリオ・デイ・ポヴェリ・ディ・ジェス・クリストを卒業すると、ドメニコは何曲かのミサや晩禱や聖歌でナポリの音楽界の――つまり当時のナポリの全住民の――注目の的となりました。そしてとうとう、わたしたちの町の音楽愛好家の一族の頭、侯爵クリスポ・クルシ－チチネッリから、息子の婚礼を祝するオペラを作曲してもらえないかと依頼されたのです。ご存知のようにナポリっ子は教会作曲家とオペラ作曲家を区別しません。すばらしい《サルヴェ・レジナ》を作曲したナポリの音楽家なら、すばらしい《アルカンドロよ、私は告白する》も作曲できるはずだと考えます。

もっともそのオペラは、侯爵の子息ジェンナーロ・クルシ－チチネッリの婚礼の場で披露されるものではありませんでした――花嫁はサレルノの旧家ジスルフィニ家出身、つまりランゴバルドの人なので、婚礼はサレルノで行われましたから――その代わり、オペラはナポリのクルシ家のパラッツォに花嫁が入居したときに演ぜられました。

ほとんどのナポリ貴族のパラッツォのように、パラッツォ・クルシにも専用の劇場があります。オルランディーニがまる七週間をかけたオペラの初演は祝祭そのものでした。王と王妃、カルロス四世とザクセンのマリア・アマーリアと、ナポリ名家の選り抜きの貴族たちが若い二人を祝福したことに加え、まったく新しい台本《リブレット》《イダスペ》に大枚が投ぜられ、舞台も、衣装も、オーケストラも、そしてもちろん歌手たちにも贅が尽くされ、ナポリといえど、このような催しとしては類を見ないものでした。

幾千の蠟燭が舞台と平土間席を照らすなか、オーケストラの前に進み出て、チェンバロのかたわらで、序曲——当時はシンフォニアと呼ばれていました——を指揮しようとする若いマエストロは、薔薇の香とナポリの上流階級の歓呼に息をのみました。照明の輝きに目を眩まされながら一礼し、ふたたび身を起こしたとき、何メートルか先に見たのは美の権化でした。蠟燭のすべてより光かがやき、薔薇のすべてよりかぐわしく、お歴々の喝采よりも息を奪わせるテレーザ・プリンチペッサ・クルシ、すなわちジスルフィニ・デ・サレルノ家出身の子供のような花嫁でした……あどけない雰囲気をいまだに残し、聖チェチーリアのように金髪で、胸の白さは身を包む雪白の衣に負けないものでした。そのかたわらに、年に似合わぬ太り方をして勲章をべたべたと付け、翡翠《ひすい》色の燕尾服を着た田舎者じみた小柄な男がいました——御曹司ジェンナーロ・マリーア・アロイシオ何々・プリンチーペ・クルシーチチネッリ。ナポリ有数の資産の後継者で——彼女の夫となる蛙じみた男でした。

オルランディーニがオペラを侯爵夫人に捧げたのは作法にしたがったまででした。しかし、侯爵夫人のつぶらなまなざしをほんの少しだけ長く浴びた今、形式的な献呈は誰も知らぬうちに真正の厳かな捧げものとなったのでした。

まさにその献呈の厳かさゆえ、若いオルランディーニがチェンバロを何度か弾き損ねたのは隠しようもありませんでした。シンフォニアでも二人のファゴット奏者をうろたえさせました。ロクサーナの大アリアでは、プリマドンナは怒りに燃える目を指揮者に浴びせましたが、とっさの機転でコロラトゥーラを歌ってなんとか切り抜けました。少しのあいだオルランディーニは指揮をよそに溜息をついていたのです。そしてフィナーレの前に意表を突いたチェンバロのソロを奏でました。痛ましいほど美しいファンタジアで、目覚めかけた心が彼に吹き込んだものでしたが、当然のことながらオーケストラ全体を混乱させました。出番が来たと思ったホルン奏者がソロの最中に一節吹きましたが、それさえもこの即興曲に格別の印象を添えたのでした。その日から何シーズンかのあいだ、楽団指揮者はフィナーレの前にチェンバロで痛ましいほど美しいファンタジアを即興演奏することを強いられました。うら若い侯爵夫人クルシは、オペラに続く舞踏会でオルランディーニに礼を述べ、ファンタジアを記譜して送ってほしいと願いました。

舞踏会の伴奏は、老侯爵から俸給を受けている別の楽長に任されました。オルランディーニはお役御免になりました。帰宅後の彼はコンセルヴァトーリオ・デイ・ポヴェリの小部屋を破裂させんばかりになっていました。壮麗な広間で踊る侯爵夫人が目に浮かびました――それを取り巻く蠟燭さえ羨望の的となりました。絶望はあまりに深く、言語を絶した孤独のなかで、こんなことさえ考えました。侯爵夫人に自分の首を贈ったらどうだろう。ご依頼のファンタジアはこの頭に入っていますと記したカードを、たとえば永遠に沈黙する口にはさんで――。若さゆえの覇気と、こんな奇抜な自殺の技術的困難だけが、彼を机に向わせて、重い手でファンタジアを紙に写しました。ところどころ精妙な和音を後から付け足すと、いくぶん心が軽くなりさえしました。

舞踏広間にいた侯爵夫人も劣らず淋しい思いをしていました。慰めとなったのはただ、舞踏会が相当長く続いたことだけでした。間抜けな夫はそのうち疲れはて、いつものようになれなれしく彼女にまとわりつかなくなりました。おかげで一晩中オルランディーニのことを話し、オルランディーニを讃えることができましたが、それもとくに奇異には思われませんでした——なにしろ誰もがこの若い音楽家のことで持ちきりで、たちまち時の人となっていましたから。それに侯爵夫人の賞讃は、他の女性の発言のいくつかに比べれば沈着そのものでした。

舞踏会が終わるのも待たず、テレーザは義父にオルランディーニを音楽個人教師として雇ってくれるよう頼みました。老侯爵は答えました。言うだけは言ってみよう。もっとも翌朝にはそんな申し込みが百くらいも来ているだろうがね——。テレーザの心は痛みました。そして朝の六時にコンセルヴァトーリオに遣わした使者の帰りを震えながら待っていました。

侯爵夫人の使者は十七人目でした。まず三時半にアユテミクリスト老侯爵夫人の使いが来ました。その十分後に音楽狂として知られた錬金術師で哲学者のフェラーリオ伯爵の使いが来て、四時十五分に英国大使から使いが、四時半に公爵ポッツォ・デッラ・システルナの使いが来ました。四時三十五分に公子ルッフォ・ディ・カラブリアとマルタ騎士修道会修道院長の使者が同時に来て、それからは使者はたいてい二人同時になり、やがて群れをなすようになりました。愛の新鮮な傷が若い音楽家の眠りを奪っていなかったとしても、使者が代わりに奪っていたことでしょう。

テレーザの使者にオルランディーニは、よろしければ午前中、ミサのあとで伺わせていただきますと答えました。依然としてどっちつかずの返事を聞いて、彼女の身はまたも震えました。

オルランディーニが十時に現われ、新しいファンタジアの楽譜を足元に捧げ、音楽教師になってもらえないかとの問いへの《承知いたしました》という、ささやきというよりむしろ喉を詰まらせた声を聞いて、若い侯爵夫人は失神しました。居合わせた叔母や伯母は微笑んで——あらあら、ジェンナーロも相当なものね、と言い交わしました。でも新郎のジェンナーロは、言葉の真の意味で、この失神に何の関係もなかったのです。

それからはオルランディーニはテレーザを毎日のように訪いました。月曜は歌のレッスン、火曜はチェンバロのレッスン、水曜は和音法の講習、木曜はヴァイオリン、金曜はハープ、土曜は共にフルート演奏、それどころか日曜にも音楽の講義が行われました。侯爵夫人はその日に対位法の講義を望んだのです――オルランディーニには朝飯前のことでした。ヴェネツィアの能無したちとは違い、ナポリのオペラ作曲家たちにはその心得がいくぶんありました。――もし一週間が七日よりも多ければ、トランペットまで習っていたことでしょう……

こうしたレッスンは時により音楽室や劇場で、しかし差支えないかぎりいつも庭園のパヴィリオンで行われました。何度テレーザはチェンバロの前に座るオルランディーニの後ろで、同じ楽譜を見ながら――ご存知でしょうが楽譜は空の星のように、同じものを見つめる恋人たちの目を間接的に見交わさせるのです――コロラトゥーラの前に息を吸うと、彼女の柔らかな胸は、まるで偶然のように彼の肩を掠《かす》るのでした。

しかし彼は――崇拝する人の神聖さに心をすっかり浸されて――身分の差よりむしろ、そこから射す後光によって、自分からは無限に遠いものと彼女を感じ、そんな人が自分の思いに応えてくれるなど、その可能性を考えることさえ畏れ多かったのです。より敏《さと》い者ならテレーザの心遣いのほんの一端からでもすべて察せられるのに、若いオルランディーニは大火が頬を焼いていても、ほんの少しの疑いも抱かないのでした。

テレーザはテレーザで、もう何か月も素っ気ないとしか感じられない彼の態度に心を乱し、最初は道徳的な性格という障害さえ克服すればと思っていたのに、今は彼が自分を好きかどうかもわからなくなってきました。

かくて二人は互いに、というより己と戦い、心を蝕む絶望が頭をもたげつつあるのに抗っていたのです。そしてついに二人は――何と言えばいいのでしょう――敗北したのでしょうか、それとも勝利したのでしょうか。

翌年の夏のことでした。若侯爵クルシ‐チチネッリは重大な秘密使命を帯びてマドリッドに旅立ちました。階級は申し分ないものの役立たずの大使の常として、抜け目のない宮廷顧問官が随行しました。この顧問官が当時予定されていた王位継承について、スペイン王国とナポリ間の合意をとりつける手筈になっていました。若侯爵は奥方を田舎の領地に行かせました。テレーザはもちろん音楽教師に同行を命じました……

田舎生活につきものの退屈を紛らわせるため、オルランディーニは短いオペラを作曲し、そこに居合わせた貴族たちとテレーザその人で上演することになりました。このオペレッタの歌詞はドンなにがしの作とされました。実のところはオルランディーニが自分とテレーザの一件を軽くぼかして詩にしたものでした――子供じみた一人決めで、テレーザは何も気がつくまいと思ったのでした。もちろんオルランディーニはテレーザが自身の役を演ずるよう図らいました。

第一幕の終わりの場面で、意味深くもあのときのファンタジアの主題がもとになっていて――そして舞台での熱烈な抱擁が、思いがけなくも幕が下りたあとにも再演されたのでした……

残念なことに夏は終わりかけていました。すでにスペインから帰途についた侯爵を出迎えるため、数日中にはまたナポリに戻っていなくてはなりません。かくてその数日は息も継げない幸福の時であり、涙に溢れてひどく痛む傷に触れることであり、しかし彼は若者らしく不名誉な行為には及びませんでした。二人の話題はただ一つでした。まず彼女が先に出発しローマに行き、教皇さまに若侯爵との結婚を無効にしてもらおう。そのためにはオルランディーニへの至上の愛が教会法上の理由として十分以上なはずだ。同時にオルランディーニの音楽が教皇の心を動かし、否応なく彼に侯爵の位を与えるだろうから、身分の差は問題ではなくなり、結婚への障害は消えてしまう。二人は、そう、この計画は当然つつがなく実現すると思っていましたから、いわば結婚の手順を――おわかりでしょうか――前後させてもかまわないと考えました。

室内のクッション一つとして、庭園の芝生一箇所として、ボートの一艘として、ほんの一時であれ彼らが二人きりになったとき、その愛に仕えないものはありませんでした。

ナポリに戻ってからも情熱は炎のように躍り、そのおこぼれにあずかって少々驚いた侯爵は、翌春テレーザが産んだ子を、いささか好意的な計算をして、自分の息子とみなしました。

翌年の夏、侯爵は一家全員を連れて、別な地方にあるより広い領地を訪れました。そのときも侯爵夫人は音楽教師を連れていきました。二人は今も熱く愛しあっていましたが、以前ほどは幸福ではなく、以前ほどの苦しみはおそらくなかったにせよ、以前ほど純粋ではなくなっていました。人目につかない猟師小屋に別々の道から来て幾度か過ごした夜、互いに千もの言い訳をしながら、二人は罪深い情熱を充たしました。昨年までは信じていた教皇による婚姻無効宣告後の《穏やかな幸福》も、もう話に出なくなりました。二人はわかっていました。罪を重ねざるをえないことを。そして罪が情熱をさまたげなかったとしても、それは希望のない毒された幸福であることを。

それればかりか、当然のことながら疑惑の発生は時間の問題でした。古参の音楽教師が職業上の嫉妬から鋭い目で若い同僚を観察していました。ライヴァルが的を射止めたことを長くは隠しておけませんでした。彼は老侯爵に疑惑を洩らしました。

テレーザとオルランディーニの尻尾はつかめませんでしたが、疑惑だけでも醜聞が広まるには十分です。侯爵夫人は音楽教師を解雇するよう迫られました。一番の試煉は別れのパーティーでした。大勢の居合わせる前で、彼は彼女の手にキスをしなければなりません。彼女はうなづいただけでした

——《厳粛ね》と叔母や伯母は満足げに言いました。本当にうなづいただけでした。石と化したように体が動かなかったのです。そのとき奇跡のように、二人の心を固く縛りつけたあの絆が、その瞬間にゆるやかに輝きを増すのが見えました。二人は言葉を交わすことなく、互いに相手だけのものであると誓い——そして二度と会いませんでした。

翌年の春に娘が生まれたとき、テレーザにはそれもオルランディーニの子なのがわかり、そのままナポリを後にしました。そして十六年のあいだ、二人の子とともに、あの最初の夏を過ごしたあの寂しい田舎の地所で、侯爵の放った密偵たちに囲まれて過ごしたのです。息子のカルロはオルランディーニに瓜二つに育ちました。娘は子供ながら天の奇跡で、天使のような金髪で、萎《しお》れつつある母の美しさを魔術で吸いとったかのようでした。

満月が静かな池を照らしています。しかし池は黒く、その姿を映していません。月が少し欠けると——水面にごく細い三日月が現われます。空の月が欠けるにつれて、池の月は丸くなります。そして痩せ細る三日月の最後の光がなくなると、暗い水の深みから、その鏡像が満ち切って輝くのです……

自ら望んだ十六年の流謫《るたく》の果てに、クルシ-チチネッリ侯爵夫人テレーザが世を去ったとき、その娘は母の死の床のかたわらで、この世ならぬ美しさで輝いていました。しかしその月のように青ざめた額には、やがて来る悲運の静かな兆しがありました。

侯爵は懺悔聴聞僧を送りました。長く猜疑を温めてきた侯爵は——猜疑は侯爵のただ一つの知的能力でした——その堕落司祭だか偽司祭だかに命じ、侯爵夫人の臨終の告白を報告させました。果たして彼女はオルランディーニへの愛を懺悔していました。

侯爵は二人組の刺客を三組雇いました。最初の組はカルロを老侯爵のパラッツォで仕留めました。次の組はカプアへの道をたどりました。オルランディーニがもう何年も楽長を務めているところです。

最後の組は、私生児の娘がいるはずの田舎の領地をめざしました。

　年齢よりは老けたものの、いまだ潑溂としたオルランディーニは、聖職者でもないのに黒い僧衣しか身につけず、誰もそのわけを知らぬまま慣れっこになっていたのですが、刺客たちがカプアに着いたときは、教会に入っていくところでした。彼はそこでオルガニストを務めていて、今日は教区で死んだ者のミサが行われる日なのでした。テレーザの死はオルランディーニの耳にも入っていました。彼はあのファンタジアを奏で、田舎の素朴な参列者は聞いたこともない音色に耳を疑いました。名も知らぬ色鮮やかな植物の芳香が教会を満たしているように、ペルシアの宝石の鈍い光が百に分裂するように、病んだ孔雀の羽根で光る眼が遠い空の陽を反映するように、音は会堂にとどろき、奏している鍵盤が指の下で燃えるかとオルランディーニには思われました。もはや合唱までは指揮できず、あとは弟子に任せました。よろめきながら聖歌隊席から階段を降り、外に出てクアドリポルティクス（中庭を囲む柱廊）に入りました。街路と教会にはさまれたその静かな一画に、人殺したちが待ち構えていました。

　——旦那さま、あのファンタジアを奏されたのはあなただったのですか。

　オルランディーニは刺客たちに目をやりました。

　刺客の一人が言いました。——あなたを殺《あや》めるのは罪です。

もう一人が黙ったままのオルランディーニの手にキスをしました——そう、ナポリでは、殺しを業とする者さえ、これくらいに音楽を解するのです——。

　オルランディーニは刺客たちから、息子が殺されたこと、そして娘を暗殺する企みのあるのを知りました。彼はすぐさま出発しました。幸い三組目の刺客よりかろうじて早く田舎の領地に着けました。そこには神に召されたテレーザにそっくりの、晴れやかな顔をした娘が立っていました……

――わが子や、と彼はまず言い、さらに――この世のどんな苦しみにも、お前さえ、はじめてお前と会ったこの場所に変わらず居てくれれば、耐えてみせよう――と続けようとしましたが喉がつかえました。胸を裂く嵐を抑え、ことさら素っ気ない口調で彼は洗いざらい語りました。すでに秘かに知っていたように――それとも本当に知っていたのでしょうか――娘はその話に耐えていました。

――わたしはどうすればよろしいのですか。娘が聞きました。

わたしが乗って来た馬車でヴェネツィアにお行き。あそこにはわたしの弟、つまりお前の叔父さんがいる。弟には手紙でこのことを知らせて、今後のお前の面倒を見させよう。そして娘に降りるべき宿駅の名を教え、カプアで急いで借り集めた金をそっくり渡しました。

馬車を見送りながら彼は思いました。あの美貌は額に焼印を押したより目立つにちがいない。刺客たちが田舎領地に着くと、そこには娘でなくオルランディーニがいました。彼の殺しまでは引き受けていなかった刺客はそのまま引き返しました。

しかし娘は――こんな急ごしらえの計画には食い違いが出て当然です――ヴェネツィアで叔父には会えませんでした。いつのまにかミラノに引っ越していたのです。

いままで父と思っていた人の放つ追手に狩られ、持ち金を少しずつ減らしながら、彼女はヴェネツィア中をさまよいました。とうとう手紙を受け取った叔父は、息子を差し向けて連れ帰らせようとしました。しかし息子は出会えませんでした。彼を彼女のもとに連れていくゴンドリエーレが何か勘違いをしたのかもしれません。あと知られていることはわずかです。幅広い伝手を持つ侯爵は巡査に娘を捕縛させました。その後の彼女の短い人生については、口を閉ざしておいたほうがいいでしょう……』

レナータは話を終えた。

『その娘さんは何という名ですか』わたしは聞いてみた。

『ステリダウラ――あら溜息をついていらっしゃる。何かご存知のようね』

レンツ、もう少しお茶をくれ。――それから夕方と夜に何があったかは話さないでおこう」

「ははあ」

「《ははあ》じゃない！――七人の姪たちは並みはずれて厳格にしつけられていた。娘たちを育てた公爵は、奔放な母親からの遺伝の芽が万が一にも開花しないよう注意深く気を配っていた」

「閣下、それは何も言ったことになりません。むしろ逆です。そのあばずれ娘たちか老いぼれ詐欺師に、ピンクの錠剤の効き目を一晩だけ失わせる薬を盛られたのではございませんか……」

「元老の友に対して何という口の利きようだ！」

「しかし閣下はご自身で、これはたんなる夢だとおっしゃったではありませんか」

「それは原子の原子と同じようなものだ。夢もあれば夢の夢もある。そしてわれわれはひとつの夢から別の夢に落ちこみ、ひとつの夢から別の夢に目覚める。自分が夢を見ているか見ていないかは絶対にわからない。お前と話をしている今このときにも、上にいる、つまり現実にいる誰かに揺すられて、わたしは目を覚ますかもしれない――」

「そのときわたくしは夢のなかに置き去りにされるのでございますか」

「そうだ」

「するとわたくしは何でしょう。夢のあぶくにすぎないのでしょうか。せっかくご教示いただいてあいすみませんが、その公教要理を信じることはわたくしはできかねます」

「お前を連れていけるかもしれない」

「神さまがそうしてくださいますように」

「よし――それでは次の日に移ろう。この日は水曜だったが、娘たちは午前中から馬で遠出をして遅くまで帰ってこなかった。そこだけが前の日と違った」

「そのしとやかなお嬢さま方は、どちらにお出かけになったのでしょう」

「公爵とわたしは二人きりで夕食をとった。そのあと一同はホロホロ鳥の色をしたサロンに集まり、ウィーン生まれのミランドリナがさっそく話をはじめた。


『ともかくわたしたちは音楽一家なのですから、わたしも音楽の話をしてもおかしくはないでしょう。実を言うとこれは小説に近いものです。わたしが小説を書けず、そもそも女性は書くべきではないのはひとまず措くとしても、物語は、そこから距離を置けば置くほどよくなるものです。《人生は一篇の長篇小説である》とたびたび言われます。もちろん嘘ではありません。でも人生という小説は、なんと冗漫で、そして些細なことばかりを語るのでしょう。

人生は、あるいは人生の語る長篇小説は、わたしには大理石のかたまりに見えます。芸術家はそこから本物の小説を、言うならば本物の人生を彫りあげねばなりません。ですからわたしは自分の話をなるべく手短に、小説以前のデッサンとして語りましょう。気に入って詩をそこに感じてくれた人があったなら、自分のものとして絵具を塗って絵にしてくださってもかまいません。それに皆さんをあまり長く、真夜中までお引き止めするつもりもありません。この話は真夜中過ぎまで続けていいものかどうか、わたしにもわかりませんから。

わたしの故郷ウィーンに二十三歳の青年がいました。とかく若者は夢見がちなものですが、この人はその限度を超えて高い理想に憑かれていました。名はフェリクス・アベッグとしておきますが、この人は内向的な人でした。人智学に親しむ大家族の一員として生まれたため菜食主義者で、内向的な人にありがちなように、身なりにかまわず、魂と、そして――これは認めざるをえませんが――精神だけのために生きていました。

色々な分野で本物の才能に恵まれていたために、彼はいくつもの人生の目的のあいだで迷いました。文学に古代言語と同じくらいの興味を持ち、法学や社会学のような低い分野は、卓抜な記憶力を持つ彼には児戯に等しいものでした。何にもまして彼の愛は音楽にありました。すでに学生のころから驚くべき技倆を持つピアニストでした。和声法と対位法を独習し、己の作曲能力を独特の創意にあふれたやり方で実証してみせました。ギムナジウムでは――むろん体育は別にして――最優等の成績をおさめ、性格も素直で教師に好かれる学生でした。その年度の卒業式は彼の作ったカンタータで飾られました。テノール独唱と混声合唱と弦楽合奏団と助奏《オブリガート》のホルンで構成された曲は、まさに学校の可能性を象徴するもので、世の学校への――特に彼の学校への――讃歌となっていました。

大学入学資格証明書には、将来がたいそう期待されると書かれていました。

あれこれへの漠然とした興味のおもむくままに、彼はまず二つの道で――音楽専門学校でピアノ、総合大学で文献学を――学びはじめました。すでに第一学期から、さしたる学識を要求されない高等学校正教諭志望の旧友はもとより、その大学の助手をも、古典文学の知識とラテン語とギリシア語、さらにまもなくコプト語、エジプト語、ヘブライ語への研究愛で恥じ入らせました。しかしほどなく、先の助手を安堵させ喜ばせたことには、その研究を打ちやって、全霊を音楽に捧げるようになりました。ピアノの上級クラスと高名な師匠の作曲法クラスに入ったのはいいのですが、困ったことがひとつできました。すでに師匠も曲をつけていたテキストをもとに作曲したのです。歌唱法を学ぶ学生がそれを知って、特別クラス修了記念コンサートでぜひ披露しろと勧めなければ、控えめでおとなしい彼のことですから、むろんそのまま抽斗《ひきだし》にしまっていたでしょう。

不吉な予感を胸に抱いてフェリクス・アベッグはコンサートに臨みました。自分の歌が喝采されればそれだけ師匠が気を悪くするときっと恐れていたと思います。

しかしもっと命取りなことが——前触れもなくしずしずと——そのコンサートの夕べに幕を開けました……もしわたしが詩人なら、運命の足音が聞こえたとでも言いかねません。

その特別クラス修了記念の夕べに、ブランコヴィチ、名高いガブリエル・ブランコヴィチ、偉大なブランコヴィチが居合わせていたのです。

ここで知っておいていただきたいのですが、ブランコヴィチ教授自身は、音楽専門学校やコンセルヴァトワールやアカデミーに通ったことはありません。学生だったことがないのです。当初は公的な現代音楽界から——シュトックハウゼンさえ音楽と認めた人たちからも——無視され、アカデミーによる芸術保護も受けられませんでした。しかし彼の曲はその難解さにもかかわらず、音楽趣味のある公衆に広く支持され、とうとう音楽学者も否定しがたい成功を前に降参せざるをえませんでした。作品を論ずる講義がなされ、名誉博士号が授与され、あげくに教授職が打診されました。ブランコヴィチは傍からも感じとれるほど慇懃無礼にそれを受けました。就任公開講義のテーマは《天賦の才としてのアカデミー克服》でした。そしてこの就任公開講義はそのまま唯一の講義となりました。セミナーだけは開きましたが、場所は学校ではなく、自分の住まうブランコヴィナ城でした。信じがたい逸話がいろいろあります。城ですばらしいコンサートを開き、ほとんど非音楽的な《フーガの技法》を天井の高い広間で、蠟燭の灯りや月明かりのもとで演奏したとか、学生たちを馬に乗せて狩りに連れ出したとか――イザベラ・ブランコヴィチという妹さんがチェンバロを天使のように奏でたとか、女神のように馬を駆ったとか――天使と女神は逆だったかもしれませんが。

アカデミーで耳に入るこんな噂は何にせよ結構いいかげんなものです。なにしろブランコヴィチのセミナーに入門を許された学生たちは、学期のあいだずっと客として城に滞在し、アカデミーに戻ってきても、世間離れした師のオーラを常にすこし身にまとっていましたから。ほんのときおりその体験の一端が、羨望する仲間たちに漏らされると、それは息を奪うような、髪が逆立つような伝説に寄与しました。ブランコヴィチその人をアカデミーで見かけることはまれでした。せいぜい校長をときおり訪問するときくらいです。――より低級な卒業コンサートやそのたぐいの催しには一度も参加しませんでした。

ですから彼が前触れなしに先ほど言ったコンサートに姿を見せると、大騒動が持ちあがりました。校長でさえ、建前上は一般に門戸を開いているものの、実質はアカデミーの内々でのこのような催しには、いうまでもなくふだん出席はしません。ですからブランコヴィチの臨席は少しも予期していませんでした。居合わせた教授連のうちの最長齢の者がブランコヴィチに挨拶したものの、ブランコヴィチの方では、こんなだしぬけの訪問が、世界で一番自然であるかのようにふるまっていました。ブランコヴィチが居合わせたことで演奏者がいつになく固くなったことをのぞけば、コンサートは何事もなく進みました。ただ目についたのは、ブランコヴィチがプログラムに何か走り書きをしているところでした。アベッグの歌曲の予告の端に書いているのを見たという人もいました。

これらはすべて一月の末の、冬学期がゆっくりと終わっていくころに起きたことです。アベッグはとつぜん、少なくとも陰で、自分が興味の中心になっているのを知りました。引きこもる性格だったとはいえ、突然の名声に彼も無感覚ではいられませんでした。たとえ同時にもう一つのこと――初恋――が起こらなかったとしてもです。今どきの男が二十三歳で初恋をしたと聞いても驚かないでください。フェリクスを知るわたしの母に言わせても、彼は純潔な乙女そのものでした。恋愛については本からの知識で、男女は互いに、ときにベッドの中でも抱擁するものと知っていました。彼がもっぱら読んでいた高級な文学は、恋愛に伴う状況の正確な生物学的描写については、品よく筆を抑えていましたから――。ですから結局彼にとって恋愛とは、気高い理想にもとづく神聖なものでしかありませんでした。

外見はむしろ無骨で、挙措はさほど優雅でなく、人付き合いも悪く、裕福でもなかった彼は、女性の誘惑にほとんどさらされず、したがってその文学的想像がおのずから正されることはありませんでした。あの日のコンサートが終わるまで、その訂正への願望が、少なくとも特定の人物あるいは一般的な形で、彼のうちに浮かびあがってこなかったのは、きっと彼の宿命だったのでしょう。

その日アベッグの妹さんを、フラウケ・フロシュという令嬢が訪ねてきました。妹さんは心理学を学んでいて、フロシュはその学友でした。フラウケ・フロシュは太り気味で胸のめだたない、高度な知識に洞察があると思い込んでいる女性でしたが、そのときは嫌な経験を乗り切ったばかりのところでした。

ほぼ同年齢なのに、フェリクスとはうって変わって、フラウケ・フロシュはいつも恋をしていました。そして一方では限度を知らない女性解放運動の闘士でしたが、もしかするとまさにそのために、たえず男に熱をあげていたのかもしれません。学友や教師や親戚や、早い話が彼女のまわりの男性に属する者は誰であれ、彼女が〈愛〉と呼ぶものから閉め出されず、この〈愛〉をその意味の全音階にわたって注ぎかけられるのでした――しかし彼女は賢明にも、個々の場合にはそれがどういう意味での〈愛〉なのかをわざと曖昧なままにしておきました。夜は公園で現実や空想の恋を心に抱いて飛び跳ねるのが好きでした。月の光のなか、風にはためくモスリンの夜着の下は何も着ず――それを彼女は〈古典風〉と呼んでいました――学生寮のテラスをそぞろ歩くのでした。

フラウケ・フロシュは勉強熱心な学生でした。ある教授の教えに無条件で帰依していて――もちろん教授に恋をしていたのです――その理論を粘り強くむりやり覚え込み、とうとう半ば助手の地位を占めるまでになりました。もっとも実際の仕事は、間違えて置かれた本を探しだすとか、セミナーのとき教授に時間への注意をうながすとかだったのですが――ある日もっとましなことがやってきました。

教授は当時、いわばひとつの症例をかかえていました。患者は良家出身の、もとバレエダンサーの若い男で――ヴェネツィアで、何もかもまるで小説ですが――憂鬱症に陥りました。症状は入院治療を要するほどひどいものでしたが、若くして寡婦となったその青年の母は、学者一族の出の裕福な女性で、一人息子を何よりかわいがっており、心理学に助けを求めて教授に相談したのです。

その若者はアレクシス・バスヴァルトといいましたが、すでに数年にわたって程度の差はあれ無気力に過ごしていました。教授は薄い青色のベッドシーツを処方し、やがてこの療法に音楽を添えました。アカペラのコーラスや《トリスタン》前奏曲や初期バロックのオルガン音楽など、特別に選ばれた楽曲からなる録音テープを隣室で流し続け、徐々に患者に影響を与えていこうとする療法でした。

そのうち教授はこの症例に興味を失くしてきました。そこで、そうしたことに向いていると思われた助手フロシュに後を任せたのです。というのも彼女は音楽理論と精神分析との境界領域をあつかった博士論文《J・S・バッハにおける、特にカンタータ〈神よ、わが死はいつ〉にみられる躁病的抑圧》を執筆中でしたから。

バスヴァルト夫人はフラウケ・フロシュを歓迎しました。助手は教授より多くの時間を患者のために割けるばかりでなく、万人を包みこむ愛にアレクシスをも取り入れたのです。バスヴァルト夫人は自分の死後に無力な息子の面倒を誰が見るのだろうと思っていて、ひそかにフロシュに希望を託したのでした。

彼女の名誉のために言っておかねばなりませんが、憂鬱症の息子と結婚してくれという老婦人の申し出を受ける気になったのは、もっぱら愛の高貴な理想のためでした。相当の遺産への期待ではけしてありません。幾度ものほのめかしと、双方がともにいだいた予感をへて、二人の女性はとうとうアレクシスのベッド越しに、涙にくれて手を取り合いました。

教授はアレクシスが最後に正気を取り戻す瞬間がそのうち来るだろうと予言しました。これまでの教授の予言はすべて当たっていたので、二人はそのときを恐れながら待っていました。

その日が来ました。その瞬間を逃さぬよう屋敷に泊まり込んでいたフラウケ嬢は――自分の理想の具現としてデザインした花嫁衣装を一着におよび、両手で一本の蠟燭を持って――母親に導かれてアレクシスの部屋に入りました。アレクシス・バスヴァルトはゆっくりと目を開きました。母親が言いました。

《ごらんアレクシス、お前のお嫁さんだよ》。ゆっくりと、目を開けたときよりさらにゆっくりと、アレクシス・バスヴァルトは目を閉じました。彼は状況を完全に把握していました――つまり言葉の真の意味で意識は明瞭でした。やがてかなり強い声で彼は言いました。《――違う》。

そのあとフロシュ嬢がバスヴァルト夫人やその息子とどう関わったかは、あなたがたの興味を引かないでしょう。今お話ししているのは本当の話ですので、困ったことに、前にも後ろにもどんな方向にも、別の物語に枝分かれして、当初の物語はそうした別の物語の中に入り込み、あるいは、空を飛ぶ鳥の影のようにほとんど気づかれることなく消え去ります。おかげでその物語は、人生をかたち作る互いに入り乱れた多くの物語のなかで、すなわち《神の創造》と呼ばれるただ一つの物語のなかで、輪郭をぼかされてしまうのです。

ごめんなさい!』ミランドリナは話を中断した。『わたしみたいな小娘が利口ぶって、神さまの語る物語としての世界のことをぺらぺら喋るなんて。もしかすると三位一体はこんな風に理解できるのかもしれません……もしかするとこれは無知な小娘の頭だけが最もはっきり解明できることかもしれません』

『何ですって』わたしたちは言った。

『つまり、父なる神は子なる神に、わたしたちが《神の創造》と呼ぶ物語を語ったのです。そして聖霊は両者が語ったり聞いたりしたことを忘れないよう気をつけていました』

『そうだとすれば』老カストラートが笑みを浮かべた。『哲学者たちが世界のつじつまの合わなさに憤慨するのは馬鹿馬鹿しいことだな。なにしろ最後まで語られていない物語なのだから』

『ですから』ミランドリナは続けた。『どんな物語も妥協の産物です。わたしたちはその輪郭を自己流に、おそらくは意に反して定めねばなりません。バスヴァルトの件はひとまず置いておきましょう。さて、皆さんがたはフラウケ・フロシュの魂の状態が想像できますでしょう。アレクシス・バスヴァルトをめぐる幻滅、そしてその後――といっても数日間のことですが――恋に落ちることがなかったという事情は、アベッグの妹が訪ねてきた時点で、彼女をたいそう感じやすくさせていました。しかし単に男が目の前にいるだけでフロシュ嬢が恋に落ちると考えてはいけません。ちょっとした後押しという芥子粒《けし》が、彼女の情熱を真珠へ育てあげたのです。フェリクス・アベッグが十時ころ、妹とフロシュ嬢がいた居間に練習のために来たというだけでは、恋の炎に火がつくことはなかったでしょう。フェリクスが機嫌をそこねて――知らない人の前での練習は好みませんでしたから――突っ立っていると、電報が来て、そのささやかな事態がまもなくフラウケの魂の中で芥子粒となったのでした。

電報はアベッグの母親が受け取りました。アベッグ一家は慎ましい生活をしていて、父親は敬虔で実直な人で、簿記係の俸給で子供たちにしっかりした教育を授けることだけに心を配っていました。電報などという新奇なものはアベッグ家では前代未聞でした。伯母か誰かに不幸があったのではと母親は思いましたが、そうとすればフェリクス宛てというのが領けません。

フェリクスは電報を開けました。アカデミーの校長からのものでした。電話をかけてくれというのです。フェリクスの級友がいたずらをしかけているのでは、と妹は疑いました。おりしも一月末で謝肉祭の最中でしたから。その生真面目な性格のせいで、よく級友たちのいたずらの的になっていたフェリクスは、妹からそう仄《ほの》めされると、疑惑で体がこわばりました。一時間ばかり考え込んで、いたずらの疑いと本当である可能性、両者のリスクをひとつひとつ秤《はかり》にかけたあと、ようやく電話する決心がつきました。彼は郵便局に行って通話を申し込みました。校長はじりじりして待っていました。フェリクスの名を呼ぶのもそこそこに、電報がこんなに遅くちゃ話にならんと郵便局をののしりました。フェリクスは郵便局を弁護しようと逡巡の理由をくわしく説明しかけました。しかし校長はじれったそうに言いました。

――わかったわかった。それで、何時に来られる？　次の近郊列車は一時発だ。――よろしい。駅からはわたしの勘定でタクシーを使いたまえ。

――ご用件をうかがっても……

――後だ、後で話す。君にとって悪い話じゃない。逆だ。まったく逆だ。この電話の代金は紙に書きとめといてくれ。


より高い世界に運ばれたような心地よいとまどいを感じつつ、フェリクスは家に帰りました。そして話の内容を報告しました。新たな愛を胎内に育《はぐく》みつつあったフロシュ嬢も耳を傾けていました。フェリクスはアカデミーから放校処分にされるのではと妹は思いました。《悪い話ではない》というのは、フェリクスを来させるだけのための口実と考えたのです。でもフェリクスはそうは思いませんでした。

汽車の時間までにはまだ間がありました。フェリクスは菜食主義者でしたが――もちろんここにいる伯父さまのように、厳格なルールを自分に課して、獅子、犬、猫、鷲といった手合いをさげすみ、牛、羊、豚、鶏などの草食動物しか召しあがらず、例外は鱒と魳《かます》だけという人ではなく――そもそもふだんは日中は食事をせず、一時的な飢餓感を刺激として享受していたのです。フラウケ嬢の愛は芽生えどころかすでに陣痛が来ていて、アベッグ夫人の昼食の誘いも断りました。居間には二人だけが残りました。フェリクスはピアノを弾きだしました。今の気分にしたがうなら歓喜や忘我の曲であるべきでしたから、ウェーバーのソナタから始めましたが、やがて考え直し、忘我の気持ちを抑えるのが自分にはふさわしいと思いました。そこにいきなりフロシュ嬢がにじり寄り、指で彼の手の甲をくすぐって、――あら！　と言いました。フェリクスは驚いて手を引っ込めました――女性に《あら！》と言われたことは今までありませんでした……そこで楽譜を閉じ、恐ろしく厳粛にバッハを弾きだしました。平均律ピアノ曲集、インヴェンション、フランス組曲、そして妹が部屋に入ってきたとき弾いていたのは、半音階的幻想曲でした。

フロシュ嬢は最初はおとなしく聞いていました。そのうちいくぶんオイリュトミー（ルドルフ・シュタイナーが考案した教育的ダンス）風に跳ねまわり、腕を振り――フェリクスが今弾いている曲をベッキングのカーブ（音楽学者ベッキングが考案したリズムを表現する曲線）で分析しだしたのです。

妹は部屋を出て、キッチンにいる母親に告げました。――お母さん、たいへん！　フェリクスがフロシュに惚れちゃった。フロシュは半音階的幻想曲を、ベッキングのリズム動作でブラームスの曲みたいに分析してるのに、それなのに、フェリクスったら何も言わないの！

そのとおり、フェリクスは何も言いませんでした……フロシュは早くもインヴェンションのときに最新の愛を産んでいたのです。

二月初めの、空は晴れて澄み、しかし冷え冷えとした日に、独特な紫色をしたブランコヴィチのブガッティに乗ってフェリクス・アベッグはウィーンを後にしました。車は大通りを快調に走っていきました。一時間もすると山の中に入りました。道と天候が悪くなってきました。鉛色の雲が近づきつつあります。山脈に雲がかぶさっています。四時にはあたりが暗くなり、雪まで降ってきました。ぽつんとある集落の前を通ったほかは、しきりに降る雪のおかげで、暮れゆく光にかろうじて見えるのは、左手には農場、右手には崖らしきものばかりです。初めのうち教授はとても気さくに、その名声から想像されるものとは大違いの態度でフェリクスとお喋りしていましたが、実はそれは、探りを入れるような、まったく事務的で、しかし優雅さを失わず、出自やこれまでの学習履歴や今後の計画を詳しく聞き出しているのでした。やがて二人とも黙りました。ブランコヴィチは運転に集中し、フェリクスは疲れて冬コートにくるまりました。

何もかもあっという間のできごとでした。フェリクスを招いたのはアカデミーの校長ばかりではなく、ブランコヴィチもそこにいました。ブランコヴィチは昨晩聞いた歌曲を理由に、自分のセミナーに入る気はないかとフェリクスに聞きました。――次期のセミナーではなく今のセミナーだ。もっともあと一月ほどで終わるがね。教授はフェリクスに考える時間をろくに与えようとしませんでした。フェリクスの家さえも訪れ、威厳を見せつつも親しみをこめて両親と話をしました。――城で兄さんと同性愛の行為に及ぶのではないかしら、と妹は考えました。

とうとうフェリクスも折れました。彼は家族に別れを告げてブランコヴィチに連れ去られました

……

はげしい揺れがとつぜんフェリクスの目をさましました。車は街道から逸れ、二本の深い轍《わだち》で作られた森の道に入ったところでした。四角く截《き》られた石の高い柱が二本、入口に並んでいます。道は車がかろうじて通れる幅しかありません。左右に若々しい針葉樹が生えています。樹々の上で嵐が雪を真横に流しています。しかし道のところで風は押しとどめられ、荒れ地の魔女の輪（草地の中でそこだけ草の生えていない円形の場所）で雪片がヘッドライトの円錐の光の中を舞い踊っています。車はしばしば低く垂れた枝をかすり、車の屋根に雪がどさりと落ちました。まもなく道は険しくなり、樹々は高くなりました。ブガッティは唸りをあげ、軽くスリップしながらカーブをいくつとなく曲がります。フェリクスの耳に別の

唸り声が聞こえてきました。長く高く、ときに遠くから、ときに近くから。はじめは嵐のざわめきかと思いましたが、リアウィンドウから見ると、光る点が、つねにペアになって、この車を追っているのです。

とりわけ険しいカーブで、山積みの薪に堰《せ》きとめられた雪が道をふさいでいました。ブガッティは立ち往生しました。おそらく夜の惑わしでしょうが、子牛くらい大きく見える狼が、身をかがめ目を光らせて、左右から車に迫ってきました。尻尾がブラシのように車の塗装を叩いています。

——畜生め！　とブランコヴィチは言いました。スノーチェインなしでも大丈夫だと思ってたんだが。

——狼ですか、とフェリクスが聞きました。

——そうだ、とブランコヴィチは答えてドアを開けました。

たちまち雪が吹き込んできました。狼たちはひときわ高く吠えました。ブランコヴィチが何か言いましたが、荒れる嵐のためラテン語のようなその言葉は聞きとれません。——でも狼は聞きとって理解したようです……吠えるのをやめ、背中を丸め毛を逆立て、すごすごと暗い森に逃げ去っていきました。

フェリクスの不器用な助けを借りてスノーチェインを装着した車はさらに先に進みました。樹々がまばらになったと思うと、荒れ狂う雪の中に、不意に大きな門扉が聳えました。道幅が広くなりました。《ブランコヴィナ》と書かれた黒く大きな丸太が目に入りました。

——ここらには今でも狼がいるのですか、とフェリクスが聞きました。

——むむう、と車を降りながらブランコヴィチは言いました。

――失礼ですが、あなたは狼が怖くないのですか。

――学期中は学生たちがここにいる。でもそのあいだの静かな時は、わたしたちだけしかいない。すると物事は違って見える。わたしは古書をたんと読む。

教授はアベッグの小さなトランクを車から引き出しました。二人はずんぐりしたアーチをくぐり、城の玄関口に進みました。ブランコヴィチが重い鉄格子の扉を開け、二人は広い階段を上りました。階上から電球がぼんやりと上り口を照らしていました。階段の左右の壁は鹿の角が何段もおおい、その他に装飾はありません。おのおのの獲物の眉間の骨に狩猟の日付と仕留めた者のイニシャルの焼印が捺されていました。G・B、I・B、F・B……ガブリエル、イグナーツ、フェルディナンド・ブランコヴィチと、歴代の当主の名が――。階段を上るにつれ焼印の日付は幾世紀も時をさかのぼっていきました。廊下にも、それどころか画廊にさえ、肖像画の合間に死んだ鹿の角が、ブランヴィナを囲む森の鹿の群れが掛けられていました。かなり大きな鹿のようでした。――三階では鹿の角はさらに巨大になりました。古びて黒ずんだオークの戸棚の上にもそれは掛けられ、引き歪められて亡霊のようになった影を丸天井に長々と落としていました。ある戸棚の上のがっしりした枝角の下に二つの眼が赤く光るのを見て、フェリクスはびくりとしました。

――しっ！　とブランコヴィチが叱ると大きな猫が飛び降りてきました。

――ラズン公爵だ、と教授が言いました。

――何ですって？

――妹が飼っている猫の一匹だよ。みんな性格に応じた名がつけてある。あの雄猫はラズン公爵。美しくて悪くて悲しげだ。

どの廊下も階段も冷え冷えとしていたので、ブランコヴィチが照明の明るい、心地よい暖かさの広間に入る扉を開けると救われた気がしました。

――もう遅い。皆寝てしまっているだろう。だがわれわれのために晩飯が支度されている。申し訳ない――そう言って教授は腰を下ろし、自分の食器を脇にやりました。フェリクスも座りましたが、少し気分を悪くしました。二人分には多すぎる――雉、鯉、鰻、薄切りのローストビーフ、詰め物をした鳩、ほとんど真っ黒になるまで燻《いぶ》したハム、鹿、ベーコンを挟んだ兎……菜食主義の彼が安堵したことには、チーズと果物も少しありました。ブランコヴィチはフェリクスのグラスに赤ワインを注ぎ、自分用に鍵のかかった造り付けの戸棚から――鍵は教授の腰のベルトにぶら下がっていました――明らかに特別のボトルを取り出しました。色を見るとやはり赤ワインのようです。教授はグラスに注ぐとすぐまたボトルをしまって戸棚に鍵をかけました。

――乾杯。

フェリクスはグラスを掲げました。そこにエッチングで刻まれた手は、今はワインで血の色に染まっています。

――わが家の紋章だ、と教授は言いました。手首で斬られた宣誓する右手。先祖の一人が――封土を授けられたとき忠誠を誓ったにもかかわらず――コソヴォの戦いでトルコに組した。戦いから一年と一日後に、敗北した先祖の墓から指三本を広げて宣誓する手が生えてきた。どれだけ斬り落としても、その度にまたすぐ生えたと伝えられている。贖《あがな》いとしてわたしの一族はこの紋章を身につけた。君も館のいたるところで見るだろう――。ブランコヴィチの指が、マントルピースを、安楽椅子の背もたれを、絨毯を、ランプの傘を指しました。どこにも祖先の切り取られた誓いの手がありました。

フェリクスはワインを飲み食事を終えました。ブランコヴィチは欠伸しました。

——君の部屋に案内しよう。君は別翼で寝ることになる。谷が見晴らせる部屋だ。

またもや二人は長くて寒くて薄暗い、鹿の頭を掛けた廊下を歩いていきました。

——これが一番古い獲物だ。フェリクスが年代を調べているのを見てブランコヴィチは言いました。不運なコンスタンティン・ブランコヴィチ、あの宣誓の手を斬られた男が仕留めたものだ。

——どうしてこれだけ多くの獣を殺せたのでしょう。何百もありますよ。

——数えたことはない、と教授は言いました。

教授がフェリクスとともに入ったのは狭苦しい部屋でした。でもそれはフェリクスの部屋に通ずる二つの扉の間の——それだけ壁が厚かったのです——空間にすぎませんでした。部屋自体はたいそう広いものでした。フェリクスの前にここに住んでいた学生は、あまりに広いので地球の丸みが感じとれる、と言っていました。はるか彼方にベッドが鼠ほどの大きさで見えます。その手前に穴熊の毛皮のベッドサイドマットが敷いてありました。鎖につながれた奴隷が無言で暴れているように、嵐が鎧戸を揺すっていました。それからアベッグは少し読書をしました。灯りを消す前に見ると、寝具の布にも、びっしりと、白地に白で、切断された宣誓の手が織り込まれているのでした。

夜はよく眠れました。一度だけ目がさめて——嵐で鎧戸が開き、あちこちにぶつかっていました——肝をつぶしました。向こうの隅に男のようなものが立っています。襞《ひだ》のある白い布にくるまり、黒いものを持ち上げています。灯りをつけてみると、タイル張りの暖炉でした。彼はベッドから出て、苦労して窓を開け、風に翻弄される鎧戸を手間をかけて固定しました。まだ早い時間らしく、空は相変わらず暗いままです。嵐は少しも弱まらず、近くの樹さえ見えません。狼の声らしいものが遠くから聞こえるばかりでした。

それから長く眠り、どうやら他の学生たち――全部で六人いました――より遅く起きたようです。朝食の席にはブランコヴィチとその妹しかいませんでした。教授はまた自分専用の赤ワインを飲んでいました。妹はナイフやフォークを手にしておらず、料理に手もつけていません。イザベラ・ブランコヴィチは美しい、まだ若いといってもいい女性でした。ガブリエル・ブランコヴィチの年から考えると、妹とは信じがたいほどです。少女のような体形で、目は大きく黒く、いつも赤毛の髪を奔放かつ入念に整えていました。ブランコヴィチの学生のひとりが、あの人は淑女の内なる少女で、しかも少女の内なる淑女であると言いました。おそらくその言葉は彼女の魅惑のいくぶんかは捉えていたでしょう。今もそうですが、コーデュロイの長い緑色のスラックスと乗馬用ブラウスの姿で、朝の空気の中で愛馬にまたがって激しい一乗りをしたあと、軽く息をはずませ、笑みを浮かべて髪に絡まった落ち葉を撫でて落とす彼女は、変装をしているかのようでした。そこに人がゆくりなくも見るのは誇り高い貴婦人でした。白いレース地の服を着て、頭飾りをかぶり、青い手袋に包まれた手をマントピースの上に乗せ……しかし高い詰襟の黒天鵞絨のガウン、アップにした髪には真珠の紐飾りが織り込まれ、花が咲いているかのような白くほっそりした首を黒衣から伸ばし、兄のサロンに座っているとき――背もたれの垂直な椅子に背筋を伸ばして座り、片手で大きくしなやかな猟犬を撫で、もう一方の手がワイングラスの縁と戯れるとき、その瞳の中には森の煙が、彼女が朝方奔放に駆けた沼地の霧が感じとれたことでしょう。

イザベラはいつ見ても、いわば自分の住む世界の外にいるようでした。目には見えない姉妹が別にいて、その鏡像にすぎないように思えました。目に映るイザベラと映らないイザベラが結びつくと、いつも少し放心して見える彼女に魅力の火花がぱちぱちと音を立てるのです。

そして賞讃にあたいする馬乗りであったばかりか、卓越したピアニストでもありました。何を演奏しても氷に触れて固まったような音に聞こえるのは、彼女の意図ではなく、おそらく聴く者の印象にすぎないのでしょう――ただしその演奏には何か特別に毀れやすいわずかなものがあって、それが燃え尽きる前の燠《おき》のように響くのでした。

ブランコヴィチは先ほど言ったように自分専用のワインを飲んでいました。イザベラはマーマレードをつつき回しているばかりでした。

フェリクスは授業と仲間の学生について聞いてみました。六人の学生たちのうち二人はコンサートの後さらに何日かウィーンに滞在し、二人は谷の向こうの国境の方にある猟師小屋にいて、さらに一人はすでに学期を終え、何かの理由で故郷に帰っていました。教授によれば、ブルクハルトという例のチェロ奏者だけがまだここにいるものの、新しい蹄鉄をつけるために早朝に近くの村まで馬に乗っていったそうです。《チェロ奏者》の前の《例の》という形容がアベッグの注意を引きました。上級クラスの学生は皆お互いに顔見知りでしたから、今城にいる学生のめいめいがどの楽器を主に学んでいるかはフェリクスも知っていました。――後に彼らは魅力的な室内楽団を作りました。弦楽四重奏団にオーボエとクラリネットの編成ですが、クラリネット奏者はホルンも演奏し、ヴァイオリン奏者の一人はファゴットも吹きました――加えてイザベラ・ブランコヴィチがピアニストとして加わり――一学期まるまるを興味ある実験的なプログラムに費やしました。小規模の室内楽団として使えるように、ブランコヴィチはあちこちから学生を集めてきたのです。それではフェリクスは？　ブランコヴィチが、イザベラ・ブランコヴィチと並ぶ二人目のピアニストで何をはじめようとしているのか、フェリクスにはうまく説明できませんでした。とつぜん二台のピアノのための作品に興味を起こしたのでしょうか。しかしブランコヴィチ自身も立派なピアニストで、妹や他の学生――誰もがピアノはまずまず弾けました――と合奏ができるはずです。――ここでブランコヴィチの本当の興味は自分の作曲にあるとアベッグが推測したとしても無理はありません。

しかし当面は室内楽に時間が費やされました。授業のことは話にさえ出ず、フェリクスもあえて聞きませんでした。一人を除いてだんだんに戻ってきた級友も、授業や少なくともそれに似たもののことは考えていないようです。フェリクスはイザベラと四手のためのピアノ曲ばかり弾いていました。イザベラはとりわけシューベルトのヘ短調幻想曲を好んで弾いていました。このきわめてロマンティックな作品は、シューベルトの魂の暗く愛らしいロマンをそのまま反映していて、イザベラは彼女のパートを、パレストリーナのミサ曲の魔法をかけられたコラールからの抜粋のように弾きました。

室内楽はあまり時間を要しません。ほぼ一時間ほどで、たいていは夕食の前、ときには夕食後にも演奏会が開かれました。教授は――少なくともフェリクスには――完璧を求めませんでしたから、練習は不要でした。ときおりフェリクスは自分の部屋でひとり練習しました。部屋にはブランコヴィチが立派なグランドピアノを備えつけていました。あとの時間は乗馬で占められました。

イザベラ・ブランコヴィチは先に言ったように情熱的な馬乗りでした。アベッグは慎ましい環境で育ちましたから、社交界の人たちとは違って、今まで馬に乗ったことはありません。すでに最初の朝食のとき――イザベラは黙って頷いただけで挨拶に換えたのでしたが、注意深く彼を観察していました――いきなり乗馬に話を持っていきました。

――あなたはよく乗りますか、とイザベラは聞きました。

――失礼ですが何と?

――よくお乗りになりますか。

——どこにですか？

——馬の上に……

——ああなるほど。いえ、馬に乗ったことはありません。

——それは残念。乗馬をご一緒しようと思っていたのに。それなら狩りはいかが。

フェリクスは筋金入りの菜食主義者でした。動物を殺すくらいなら馬に乗ってやろうと思いました。そこで乗馬を習う用意があると断言しました。イザベラは彼のために特別おとなしい馬を探し出し、かくてフェリクスはブランコヴィナで作曲の代わりに乗馬を習うことになったのでした。——この話をお聞きになるにつれてわかってくるでしょうけれど、世界のどんな場所といえど、ここほど作曲法を学ぶのにふさわしくないところはなかったでしょう。もっともそこにまだフェリクスが習うことがあったらの話ですが。

イザベラ・ブランコヴィチの行ったのはただ自分の馬に乗り、アベッグも馬に乗せ、落馬するまで自分の後を追わせることだけでした。最初のうちフェリクスは始終馬から落ち、するとイザベラは明るく高い声で、しかし彼を傷つけるふうでもなく笑うのでした。ときおりフェリクスが考えこんでいるように見えるときは、すばやく何気ない風に、正しい姿勢や手綱の持ち方を教えます。ただ同じ言葉を繰り返すことはなかったので、たいていフェリクスはずっと後になってその正しさを知るのでした。やがてなんとか馬に乗れる程度に上達すると、ときには仲間の学生たちと、ときにはイザベラと二人で——しかしブランコヴィチと一緒のことはなく、どうやら彼は馬には乗らないようです——雪の積もった森を抜けて遠出をしました。もう落馬もしませんでしたので、イザベラが笑うのは、固く凍った道を走る蹄の谺《こだま》で、雪の重みが解けて、フェリクスに降りかかるときくらいでした。

二月も終わるにつれ暖かくなってきました。冬の力は敗れました。谷の雪も解け始めています。学期が終わり学生たちは城を去りました。一人だけが三月の第一週まで残ることになりました。フェリクスはその学生に、礼儀を失しないようにブランコヴィナから去るにはいつがいいだろうと聞きました。その学友が言うには、ブランコヴィチ教授が学生を放り出すときにはこう言うのだそうです。

――君はこの学期で十分に学んだと思う。完璧は不遜だ。

フェリクスはこの言葉を待っていました。でも来ません。いつになっても来ません。

時間は止まったようでした。高原の湿地を走るとき、馬は泥沼にはまり込みがちです。ですから細心の注意をはらって、細い道から外れないようにします。道に慣れたイザベラは、ここでは常に先立って進み、あたりが薄暗くなっても、夢遊病者のような確かな足取りで馬を走らせました。小さな鬼火が垣根の柱のてっぺんに見え、しばしば沼地に沈み朽ちている樹の幹を照らすさまは、まるで幹がおのずから光っているようです。一度は骨だけになった鹿に出くわしたこともありました。

――ほらごらんなさい、とイザベラが言いました。わたしたちが撃たなくても、どうせ狼に引き裂かれてしまう。

三月も半ばになると、日を追うごとにイザベラの口数は多くなっていきました。平らな道を二人並んで馬に乗っていたときのことです。

――あなたは信じないかもしれないけれど、今から何学期か前に、既婚の学生が来たことがある。夏のことでした。兄はその人の奥さんと子供二人を連れてくることを許しました。学期が終わるまで一家はここにいました――ブランコヴィナに子供がいたのは久しぶり、とイザベラは悲しげに言いました。ほんとうに久しぶりのこと。子供は女の子と男の子で、庭や城や、廊下や広間やそこらじゅうで遊んでいました。ある日のこと、この二人が三人目の子供——二人より少し年上の男の子——のことを話しているのを耳にしました。わたしたちは子供らしい空想とばかり思っていました。しかし二人は、自分たちはいつも三人目の子と隠れん坊をして遊んでいると言い張るのです。ミサの侍者の服を着た九歳くらいの男の子だそうです。どこから来るのかは知らないけれど、遊びが終わるといつも同じ扉から消えるといいます。わたしたちはその扉を教えてくれと言いました。子供たちは城の礼拝堂に案内してくれました。礼拝堂は母が亡くなって以来、もう何年も閉ざされたままです……。でも子供たちはこの扉はいつも開けっぱなしだと言い張るのです。わたしたちは鍵を持ってきて中に入りました。子供たちは祭壇の背後の壁を指して、ここにあの三人目の謎めいた子供は入るのだと言います。でも扉などそこにはありません。わたしたちが——なかでも兄の学生でそうした仕掛けに詳しい人が——壁を隅々まで調べると、実際に、今はほとんど動かない機械が隠れていて、羽目板の一部がそれで開きました。中に小さな階段があって、出口も窓もない部屋に通じていました。そこに九歳くらいの子の骸骨がありました。ミサの侍者の服を着ていました。その子は村の墓地に埋葬させました。それ以来三人目の子は出なくなったのです。

——不思議でしょう？——ミサ服の様式から、それが十七世紀のものなのがわかりました。一族のさまざまな年代記を調べると、この城が三十年戦争のときスウェーデン軍に襲撃され、ミサの最中に司祭と侍者たちが礼拝堂で殺されたことが突きとめられました。おそらく侍者の一人があの小部屋に逃げ隠れ——そのまま忘れられて、秘密扉は外からしか開かないので——亡くなったのだろうと推測されました。それ以来礼拝堂は閉ざされたままだったのです。

——閉ざされたのはあなたの母君が亡くなって以来ではなかったのですか、とフェリクスが言いました。

——ああそうでした。母が亡くなって以来です。

——ほんとうに不思議ですね、とフェリクスが言いました。でも僕がもっと不思議だと思うのは、啓蒙された今の世でも、亡霊を信じる人のいることです。

——わたしも、とイザベラ・ブランコヴィチはゆっくりと、ほとんど夢見るような調子で言いました、母の死ぬ前の日に黒い雄鶏を見ました。あなたは、とフェリクスの方にさっと向いて——ブランコヴィナで雄鶏を見たことがおあり？　ないでしょう。ここで鶏は一羽も飼っていません。それでも母の死ぬ前の日に、図書室に通じる扉を開けると、反対側の正面の扉から、大きくて黒くて太った雄鶏が入ってきて、そのままこちらに来て——床板を掻く爪の音がまだ耳に残っています——わたしとすれ違って今開けた扉から出て行きました。チロルのホーホアルビヨンを領し、始祖に聖ペテロを戴くヴァルドハルミン伯爵家の末裔が母でした。この一族には、ペテロが三度否認したあとで二度鳴いた雄鶏がふたたび現われると一族の最後の一人が亡くなるという予言が伝わっていました。——そしてわたしは雄鶏を見たのです……


そんな日々にもフェリクスはフラウケ・フロシュ嬢を忘れてはいませんでした。あまりに内気だったため誰にも打ち明けませんでしたが、フェリクスはとうから、ブランコヴィナの長い夜のつれづれに、自分の気持ちを正確に愛だと分析し、あげくの果てに、彼女にまた会おうと図りました。そこで自分から教授に《別れの言葉》を乞うたのです。ブランコヴィチはあからさまに渋ってはいましたが、ともかく一週間の休暇を許しました。そのときはじめて二人の間で作曲が話題になりました。ここに来てから君は一曲も曲を作っていないと教授は零《こぼ》しました。

——どこからそれがわかったのですか？

ブランコヴィチは微笑んだだけでした。

実際アベッグはブランコヴィナ滞在中に新しく曲を作ろうという気にはなりませんでした。とはいえそれはフロシュ嬢のせいではなく、乗馬の習得に力を注いだせいでも、イザベラとの遠出のせいでもありません。おそらく天候の変わり目にともなう、霊感の自然な休息期の訪れだったのでしょう。しかしこの二、三日、彼のうちに創作心が頭をもたげてきました。イザベラの最初の物語のあと、フェリクスは村で不思議な現象に出くわしました。ちょうど真昼ころ、さまざまな馬具や鞍を修繕してもらおうと、村に来たところで、十二時の鐘が鳴るのを聞きました。教会は由緒《ゆいしょ》ある組み合わせ鐘で有名でした。音の高さがすべて違う三つの小さな鐘の響きが混じりあうのです。鐘の音が続く時間はまちまちで、たがいに被さり、あるいは入れ替わり、振動が交差する点によって——おそらくある特定の場所でだけ聞きとれるのでしょうが——魅力のある独特のメロディーを生むのでした。フェリクスはこの原理をなんらかの形で自分の芸術に応用しようと思いました。冗談交じりでしたがブランコヴィチから非難を投げかけられたあと、フェリクスはこの考えを少しほのめかしてみました。飛びあがらんばかりの教授の喜びに、フェリクスは自分でもなぜかはわからぬながら、面目をほどこした気になりました。

人並みはずれた粘り強さを持つフェリクスでしたが——そのため彼を粘液質という人もありました——ブランコヴィナ滞在後の彼はフロシュ嬢の目に人が変わったように見えました。それをイザベラ・ブランコヴィチとの乗馬だけに帰するには、まだなお足りないものがあります。もっと強い別の影響が本人の気づかぬうちに彼をとらえ、彼の純真さをいくぶん追い払っていたのでした。——そこでフラウケ・フロシュはまだ残る純真さを――体の面から――ほんの数日しかないと聞いた帰郷中に、何とか消そうと考えました……。

わたしの言いたいことが、女性としての慎みを失わずに、皆さんにもわかるように、十分はっきり表現できていればいいのですが――。

必要とあらばフロシュ嬢は女子寮のバルコニーを夜に裸でうろつくことも厭《いと》いませんでしたが、あいにく彼女の部屋は別の学生との相部屋でしたので、とても興味をそそる一風変わった精神障害の症例を見せるという口実で、フェリクスをバスヴァルトの家に連れていくことにしました。そして彼女の部屋で、もともとはアレクシス・バスヴァルト用であった花嫁衣装に着がえ、あぜんとしているフェリクスに披露しました。フェリクスはブランコヴィナでの乗馬訓練のときよりさらに一段と不器用さを見せました。それでいながら、後から考えてみると、謎めいた音楽を聴いたときのような、そして成功したコンサートのあとの満足のような感興を認めざるをえませんでした。

次の学期の学生を選抜するという口実で――これまでは同僚教授の判断に任せていたのですが――ブランコヴィチがウィーンに現われたとき、ほとんど一週間が過ぎていました。彼はすぐにフェリクスの家を探し出し、妹からバスヴァルトの邸宅に入りびたりと聞きました。彼はフラウケ・フロシュの腕からフェリクスを捥《も》ぎとるようにブランコヴィナに連れ戻しました。バスヴァルトの母親――彼女に対しブランコヴィチはフェリクスを同僚と紹介しました――とは違って、調査研究のためと称して若い女性の部屋に滞在することが何を意味するかを、ブランコヴィチの目からは完全に隠してはおけなかったのです。

ブランコヴィナ界隈には本物の春は来ません。冬の力が敗れるや、雪崩のとどろきが短く暑い夏の訪れを告げるのです。まだ葉をつけない明るい色の白樺が、燃えるようなオレンジ色の高地湿原でフェーン現象による嵐でたわみ、帯状の雪がなお被《かぶさ》るあざやかな赤や黄色の菅《すげ》から雌を呼ぶ雷鳥の声が聞こえだすと、高所に吹く風が青空を背景に、山の頂きから鞍部《あんぶ》をこえて、もろい最後の雪を旗のように流し、人は冬が去り夏が訪れたことを知ります。でも春はブランコヴィナにはないのです。それは住民の心にも影響します。地をあまねくおおう、人さえ逃れられない性的衝動に、他では数か月あずかれるのに、ここではほんの短期間に集中し、そもそもこの地にはなじみません。ですから春というドイツの言葉に響く汎神論的な世界感覚は、何とも言いようのない虚脱感のうちに、行動に飢《かつ》える憧れに凝り固まります。でも人は溜息をつくばかりで、暑い夏になってようやくそれは行動の力に発酵するのでした。日はすでに永くなっていますが、かといって夜にデーモンが現われないということもありません――時のはざまにあるこの期間、ブランコヴィナでは存在しないこの期間、季節の進行という楽譜に引かれたいわば縦線が満月に一致するとき、この世とあの世が禍々しく交叉するのです。

フェリクスがブランコヴィチとともにブランコヴィナに戻ったとき、狼は静かだったものの、谷の上に満月がかかり、フェーン現象による嵐の音をたてる満ち引きを支配していました――ブランコヴィチはこれを天然オルガンと呼びました。

フェリクスは都会っ子でしたので、自然は美しく、花を咲き誇らせるかぎりにおいて好きでしたが、知らず知らずのうちに、今お話ししたこの地方の分裂した雰囲気に影響を受けていました。とはいえ、自分を囲む二つの世界の他の兆候は把握していませんでした。そのうえフロシュ嬢との体験のおかげで知ったあの謎めいた響きを、すでに触れた鐘の音響現象と創造的に結びつけることに熱中していました。

他のセミナー参加者は五月初めにしか来ないので、フェリクスはやむなく乗馬を続けました。もう寒くはありませんし、室内コンサートもできませんから、しばしば丸一日かけて遠乗りをしました。そんなときはフェリクスのためにミルクと匂いがきつい固いチーズが携行されました。イザベラは半分生の塩漬けの鹿肉を食べました。血の色をした兄のワインも飲んでいました。

――戦争が終わったとき、と彼女はある日話しました。ここで少し滑稽なことが起きました。イギリスの占領軍が来ていたのです。最初は宿営も我慢しました。あるスコットランドの連隊の将校たちです。大佐のロード・ロスリンはわたしたちの遠縁でさえありました。将校たちの一人は《恐ろしい部屋》を信じようとしませんでした。あなたも城から張り出した奇妙な部屋があるのを知っているでしょう――。

二人はそのとき森の中の空き地にいて、そこからは城館がよく見えました。イザベラは険しい岩壁の上にそびえたつ塔の七角形をした独特の張り出しを指しました。

――はるかな昔から、あの部屋で夜を明かして、生きて帰ってきた人はいません。――若い三人の将校が、おそらく軽い酔いのせいで、お互いに、そして他の者とも、あの部屋で寝られるか賭けをしたとき、とても嫌なことが起こる予感がしました。大佐と兄はやめさせようとしましたが無駄でした。野戦用の簡易寝台が部屋に据えられ、安全装置を外したリヴォルヴァーを手に寝るつもりだ、一時間ごとに代わる代わる起きて、かすかでも物音がしたらすかさず発砲する、と将校たちは言いました。悪戯はくれぐれもやめてくれ、人死にが出かねないからと言い残し、何本かワインを持ちこみ、部屋を隅々まで調べ、そして中から鍵をかけました。夜中に銃声が聞こえました。

翌朝わたしたちは扉を破りました。将校の一人はベッドにまっすぐに座り、目を見開いて死んでいました。二人目は生きていましたが、譫言《うわごと》しか喋りません。元に戻そうとしてもだめで、とうとう精神科病院の施設に連れていかれました。まだ生きていると思います。三人目は姿を消しました。かなり後になって、その人は鰈《かれい》のようなぺしゃんこの姿で、オークの戸棚の後ろで見つかりました。この戸棚を動かすには十二人の男手が要るほど重かったのですが。

そのあと何が起こったかは、あなたにも想像できるでしょう。英国国王陛下の憲兵隊が城中を上から下へひっくり返したのです。何か月たってもわたしたちの事情聴取は終わりませんでした。当時占領軍に対してわたしたちはほとんど何の権利もなかったことを考えてみれば、それを乗り切ることができたのは、ひとえにロスリン大佐の介入のおかげだったことがわかるでしょう。しかし英国陸軍側でも、この件について聞かれると、とても嫌な顔をしてしぶしぶ打ち明けるのだそうです。

――それを滑稽と言うのですか、とフェリクスが聞きました。

――滑稽なんて言ったかしら。たぶん別のことを話そうとしてたんでしょうね。兄が蛙に会った話とか。――ある日兄が森のなかで並外れて大きくて金色に光る蛙を見つけたの。兄はその色に驚いて、じっと蛙を観察していました。すると蛙のほうでも兄を観察しているではありませんか。やがて蛙は不意に口をききました。家に連れていっておくれ、家に連れていっておくれ！

驚いた兄は蛙をブランコヴィナまで連れ帰り、門扉の手前の草地に置きました。でも蛙は言うのです、家の中に入れておくれ、家の中に入れておくれ！

兄は蛙とともに家に入りました。すると蛙は言うのです。食べ物をおくれ、食べ物をおくれ！　蛙は兄がつかまえた蠅をもらいました。すると今度は、飲み物をおくれ、飲み物をおくれ！　――蛙は何を飲むのだろう。兄は温めたマルヴァシアワインを持ってこさせました。すると蛙は言いました――もう遅い――ベッドに連れていっておくれ、ベッドに連れていっておくれ！　兄は自分のベッドに蛙を持っていきました……蛙と兄が添い寝すると、蛙は驚くほど美しい娘に変わりました——ちょうどそのとき部屋に入ってきた兄嫁は、この話を信じようとしませんでした。

イザベラは笑った。

——あなたのお兄さんは結婚していたのですか。

——ええ、とイザベラは言ってフェリクスを見つめました。その目は輝き、ほとんど赤くなりました。ええ、赤くなったのです。でもすぐに収まりました。

乗馬でくたびれていましたが、その夜フェリクスは作曲にとりかかりました。ライムント・ベルガーの詩による合唱曲《定時課》です。この詩ではある夜の祈りが九時の時課からふたたび九時の時課まで、それぞれ短い節で描写されます。最初の節

九の刻
バビロンよ、瀆神の塔よ
神の嵐はお前をどこに擲《なげう》つのか
……

は合唱団全員のユニゾンで、素朴に響く聖歌風のメロディーで歌われます。続く何節かで声部はだんだんと分かれ、含蓄に富み技巧を凝らした変奏がなされます。転回、後退、さまざまな絡み合いを通して、対位旋律のタペストリーへと昇華し、そこから、いわば偶然のように声部の交わる、技巧的な結び目のようなある一点で、聞きなれないメロディーのイメージが浮かびあがります。実はそのメロ

ディーはどの声部でも歌われず、歌手の誰も、まるで高みにおられる主の手から来たように、それを意識しないうちに、

一の刻
塔から呼ばわる声が響く
真鍮の声　ただひとたびでまたとなし……

という力強いユニゾンにもう一度なだれ込み、そのユニゾンがおのおのの刻をふたたび巡るうちに新たな命を得て、救済され、また《九の刻》へと溶かされます。

贖いの夜は耐え忍ばれた
ゴルゴタへ　そこで成就された

この作品を思いついたのはかなり前で、遠出して森を抜けたとき、すでに作曲は頭の中で、対位旋律の高度な戯れのあらゆる技巧もふくめて完成していました。城に戻ると記憶を解放しようと紙に書きつけました――他人の手ですでになされているとはつゆとも知らずに。

フェーン現象による嵐はまたもや荒れ、高いところにある鎧戸を揺さぶりました。フェリクスは長いあいだ机に向かって書いていました。その夜の嵐は鎧戸を引きちぎらんばかりでした。フェリクスは窓辺に寄りました。外を見ると――窓の下は垂直の壁で、もっとも威勢のいい樅《もみ》も、突き出した岩を超えてここまではとうてい届いていません――狭い軒蛇腹にブランコヴィチが座っていました。フ

ェリクスがあわてて窓を開けると、たちまち教授は鼬《いたち》のように四つん這いになり、頭を先にして切り立った壁を降り、七角形の張り出しに消えるのが見えました……

　翌朝気がつくとアベッグはいつのまにかベッドに寝ていました。楽譜は自分のものと似ているものの、異なった筆跡で最後まで清書されて、テーブルに置いてありました。

　フェリクスはブランコヴィチを問いただしました。なぜ中世のイエズス会士めいた真似（目的のためには手段を選ばないという意味）をしたのですか、理性と不壊の宝である啓蒙の名において説明してください。

　ブランコヴィチは笑ってこう説明しました。イエズス会の精神は――昔のプロテスタントの理解においてさえ――まったく《中世》ではなく、中世に対する反動であり、結局は啓蒙なのだと。フェリクスは、怒りつつも慎重に花瓶をとりあげ、教授のいるおおよその方角の、ブランコヴィチ家の誓いの手で装飾された石床めがけて投げつけました。

　ブランコヴィチは後ろにさがりましたが、それはただ机の抽斗から冊子を取りだすためでした。彼はそれをフェリクスに渡しました。それはすでに印刷に付された――出版社はショット・ウント・ゼーネでした――アベッグの合唱曲のスコアでした。作曲者名はガブリエル・ブランコヴィチとありました。

　今度はフェリクスが退く番でした。そしてゆっくりと出口に向かいました。ブランコヴィチは追おうという素振りさえ見せません。そのまま扉を乱暴に開け、戸外に走り出て厩に向かいました。おりよくイザベラとの乗馬の時間になっていました。急いで馬に鞍を乗せると、城に残したわずかの私物はもう気にせず、大股のギャロップで村に向かいました。そこで馬を宿の亭主に委ね、はらはらしながら次のバスを待ちました。でも何も起こりません。バスが来ました。幸いポケットに小銭がありました。何事もなくバスに乗り窓辺に座りました。やがてバスは動きはじめ、えっちらおっちら坂を登って村を後にしていきます。次のさらに深い谷へいたる窪地に下りだす前に、バスはブランコヴィナと同じ高さの箇所まで来ました。カーブを曲がったとき、樹々のあいだから城が見えました。七角形の張り出しがくっついた筒形の塔をそなえた幅広の灰色の城が、まだ葉をつけていない樹々に囲まれて山腹にそびえるさまは、周囲のあらゆるものと同じく、ゆるぎない時間と空間に安らいでいました。

バスの終点は近郊の小都市でした。そこからは鉄道でさらに進みました。家にたどり着いたところでブランコヴィチが作曲したと称する冊子をまだ手にしていたことに気づきました。

妹の話によればフラウケ・フロシュは病に伏しているそうです。そこでいかにブランコヴィチを相手どるかに心を乱すのはひとまずお預けにし、恋人の見舞いに行きました。フラウケ嬢はバスヴァルトのヴィラで懇《ねんご》ろに看病されながら床についていました。見るも哀れなありさまで、豊かな肉づきはすでになく、言葉はほとんど一言も口から出せず、愛の技巧を使うこともできません。

——変な病気ですのよ、とバスヴァルト夫人は心配げにフェリクスに言いました。症状からは原因がわからないままに、どんどん弱っていって、食べ物も受けつけないし、意志はさっぱり消えてしまって、夜は恐ろしい夢にうなされるんです。

——ブランコヴィチだ、とフェリクスは思いました。最初は認めたくない不安が彼をとらえ、あらゆる理性を色褪せさせ、子供のように夜を恐れさせるばかりか、日中も、どんな時も、どこにいても、彼を支配しました。同時に、己の意志を裏切るくらいに、創造の力が常になく膨れあがるのが感じられました。

彼はフラウケ嬢につききりになりました。病状には悪化も改善も見られません。その二週間のあいだに彼はピアノと小オーケストラのための協奏曲《調性なしに》を作曲しました。これはフェリクスが前に思いついていた、ゆったりとした中間部がより速い従属部にはさまれ、従来の協奏曲形式に近づくものでした。無調ではないにもかかわらず、題名どおり調性を持たないのです。主題はことごとく澄みきって精神性に富んだ快い響きを保ちながらも捉えがたい無あるいは涅槃《ねはん》に流れ込むのでした。清書するのもそこそこに、彼はラジオ放送局に走りました。無名の作曲家は担当責任者となんとか面会することができました。アベッグの意図は明白でした。どんな手を使ってでも、自分の名をできるだけ早く世に広め、それによってブランコヴィチがどうやら薄気味の悪い方法で、彼の霊感と仕事の成果をふたたびわがものとするのを阻止したかったのです。彼はブランコヴィチの名誉を傷つけないよう配慮して自分の経験をかいつまんで語り、自作を公表してくれるよう頼みました。

放送局の人は時間がないと言いながらも、一言も口をはさまずにフェリクスの話に耳を傾けてくれました。

――それで終わりかい、と話が終わると彼は言いました。

――と言いますと。

――君の話はオペラの格好の主題になる。でも君の協奏曲はすでに存在している。そう言って彼は最新の日付の音楽新聞をフェリクスに手渡しました。そこにブランコヴィチの新作を賞讃する記事が載っていました。七年の沈黙を破って発表された合唱曲《定時課》とピアノ協奏曲《調性なしに》です。

フェリクスはいきりたちました。しかし放送局員が彼をなだめました。

――ねえ君、君の協奏曲、もちろん《その》協奏曲と言うべきだが、それを放送しようじゃないか。どんな放送局だって取りあげざるをえないだろう。なにしろブランコヴィチの作品だから。喜びたまえ――しかし君のものだったら、誰も演奏しやしない。ひょっとするとブランコヴィチと利益分配のアレンジができるかもしれない。君もきっとわかってくれるだろうが、われわれだって、ブランコヴィチの協奏曲のほうを君の——君の名は何でしたっけ？

——アベッグ。

——アベッグの協奏曲より歓迎するよ。

フェリクスがバスヴァルト夫人の家に戻ると、夫人はちょうどフラウケの部屋の換気と模様替えをしているところでした。

——これで一安心、と夫人は言いました。わたしのような年寄りには荷が重すぎましたからね。息子の友だちがフラウケさんを田舎に連れていってくれたの。あそこならきっと良くなるだろうって。

——何ですって？

——ええ。息子が床についてからはほとんどお目にかかっていない人だけど、その人のバレエの初演のとき、アレクシスが踊ったの。あの有名なブランコヴィチ教授』

ここでミランドリナは話をいったん止めて、真珠の色をしたカップからスリボヴィッツ（すももから作る蒸留酒）入りの紅茶を一口すすった。

『そろそろ真夜中だよ』カストラートの伯父が深刻さをよそおいながら冗談交じりで言った。そして懐中時計を取りだして大きな置時計と見比べた。

『閉じ込められた侍者の少年がたまたま今ここにひょこっと出てきても』わたしは言った。『話を途中で止められるよりはまだ耐えられるでしょうね』

『もっと手早く話すこともできますが』ミランドリナが言った。

『いやいや』老カストラートが言った。『ゆっくりやるがいい。真夜中までに話し終えられなくともいいから、すべて語っておくれ。一時まではつきあってやる』

皆がその言葉に同意した。真珠色のカップに新たに紅茶が注がれ、暖炉に薪が二本追加され、われわれはお互いの間隔を少しせばめた。そしてミランドリナは続きを語った。

『皆さんも想像がつくでしょうが、フェリクス・アベッグはすぐさまブランコヴィナに駆けつけて恋人を救い出そうと、まずは考えました。しかしそこで恐怖と猜疑がやってきました。《二番目の考えは悪魔が吹き込む》と言われます。人間の性は本来善です。しかし次に堕罪が来ます。人が最初に思いつくのは良いことです。良い人間とは、二番目に思いつく恐怖や猜疑に惑わされず、最初思いついたことに戻る人です。孤立した城に単身乗り込んで戦いを挑めばブランコヴィチの暴力の餌食になるのではないか。フェリクスは何より――無理もありませんが――それを恐れました。しかし他に誰がフラウケを救い出せるでしょう。

フェリクスには助けが必要でした。そこで弁護士を目指して法律を学んでいる友人を探し出しました。友人は興味深げに話を聞いて、その事実構成要件はきわめて注目すべき著作権侵害の一形態であるが、註釈書でも考慮されていないし、高等裁判所の判例もないと指摘しました。ブランコヴィチを告訴する場合は助けになろうと申し出てくれましたが、それ以上のことは言ってくれませんでした。しかしともかく彼はフェリクスの手によるこの件の厳密な報告書を預かりました。

アカデミーの校長を訪ねると、ブランコヴィチが高く評価する生徒であったため、すぐに会ってはくれましたが、話をするうちに最初の好意は、冷たいよそよそしさと揺るぎない不信にとって変わりました。

空振りに終わった試みをさらにいくつか重ねたあと、ようやく最初の思いつきを実行する決心がつきました。一人でブランコヴィナを訪うのです。それを後押しした理由が二つありました。一つはすでに五月だから夏学期がもう始まっていて、セミナーの参加者がきっと城にいるだろうこと。つまり彼は一人ではありません。二つ目はブランコヴィチへの切り札が手中にあること――つまり彼自身です。おぼろな連関を全部まとめて考えると、彼と彼の直観がブランコヴィチに必要なのは明らかでした。しかも健康で意思能力のある彼が必要なのです。

そこでブランコヴィナに向けて出発しました。村でバスを降りると城への道をたどりました。近道を知っていたのにたっぷり二時間はかかりました。着いたときは夜でした。昨日までは雨が降っていたのに、今は満月が顔を見せています。空模様も変わっています。春と呼ぶのもためらわれる短い期間は過ぎ、ブランコヴィナに暖かい夏の夜が来はじめています。

城の門扉は開いていました。彼の訪れが期待されていたのならば、なにも不思議ではありません。中庭に入ってみました。中からピアノ演奏が聞こえてきました、ベートーベンの《エロイカ変奏曲》です。アベッグが最初にオーケストレーションを試みた曲でした。彼はかなり前から、各変奏がそれぞれ異なった一つあるいは数種の楽器のために作曲されているように見えることに気づいていました。玄関の扉も開いていました。彼は左右に獲物の鹿が並ぶ階段を上っていきました。音楽はいわゆる《宴の広間》から聞こえます。ここはセミナー参加者が食事をする部屋で、後方に広いテラスがあります。どうやらコンサートの時間が延びたらしい、とフェリクスは思いました。この時間は寝るには早すぎるので、いつもなら談笑しているか、それともシュナップスかタロック、あるいは両方に興じているはずですから。

フェリクスは迂回してこっそりとテラスに出ました。花植えとして使われている背の低い飾り柱にもたれて白い人影が月をながめていました――イザベラでした。肩にかけた長い薄絹のショールが弛んだ帆のように風に揺れています。髪はアップにまとめています。広間に続く四つの半円アーチの扉は開いていました。広間にいるのはブランコヴィチだけで、他には誰も見えません。

ピアノのそばのフロアランプが四本の細い光の帯を、罅割れや裂け目から苔むすテラスの床に投げていました。

ゆっくりとイザベラが振り返りました。

――フロシュさんはどこにいますか、と挨拶もせずフェリクスは聞きました。

見るとイザベラは泣いています。彼女は身をひるがえし、庭への階段を走り降りました。ブランコヴィチは演奏を止め、グランドピアノの後ろからこちらに目をやりました。頭を垂れたまま、黒眼鏡の縁から目をしばたたかせました。そのまま身を起こすと、テラスに出てフェリクスに近寄り、声をかけました。

――これは驚いた。

――フラウケ・フロシュはどこにいる。

――今は寝ている。ブランコヴィチは気さくに答えました。食事は済んだかね。

――あなたは悪魔だ。

――それは光栄なことだ。

――他のセミナー参加者はどこに？

――この学期にセミナーはない。アカデミーに聞けばすぐわかったはずだ。もちろん君は歓迎するが。

――そりゃ歓迎もしようさ。だが言っておくが、僕は一音たりとも作曲はしない。あなたがフロシュ嬢を無事に僕のもとに返すまでは。

ブランコヴィチは見えないパイプを吸うように唇から音をたて、そして言いました。

――君は作曲する。君が望もうが望むまいが。わたしはよく知っている。君は君の霊感に命ずることはできない。だが霊感に出現を禁ずることはなおさらできない。創造的な人間がある気分になると直観が追い剝ぎのように襲ってくる。望もうが望むまいが、君は作曲する。

——お前の悪魔のたくらみは全部書類にして弁護士のもとに預けてある。

ブランコヴィチは室内に入り抽斗を掻き回しました。出てきたのは一通の封筒でした。

——これが何かわかるかね。

フェリクスは封を裂きました。自分の書いた書類が出てきました。手から床に散らばりました。教授はすぐそばに立っています。優に頭一つぶん背が低く、おまけに老人です。フェリクスは思い切って飛びかかりました。首根っこをつかもうとしましたが、ブランコヴィチは難なく彼を抱えあげ、床に投げつけました。そして叫びました。

——君がいやおうなく作曲する手を見つけてみせよう。

広間が暗くなり、ブランコヴィチの姿も消えました。

イザベラがかたわらに立っていました。

——あの人に痛めつけられたの?

フェリクスは立ちあがりました。肘と膝が傷ついていましたが、ろくに痛みを感じません。

——あの人には十二人分の力があるの。

——あいつは単なる悪魔じゃない。悪魔のなかの悪魔だ。フラウケはどこにいるんです。

——来て。中に入って座りましょう。

二人はイザベラ側の翼部にある広間に入りました。イザベラはフェリクスの手をとりました。二人の手が合わさったとき、ブランコヴィナに滞在中、一度も彼女に触れたことのないのに気がつきました。——ブランコヴィチの館では握手は禁じられていたのでした。——彼はぼんやり考えました。冷たい石に触れたときのように震えてもいいのに、今感じるのは深い安らぎばかりだ——。彼はその手を腰をかけてからも放しませんでした。

——どこに……それでもまた問いかけると、イザベラはやめるようにという仕草をしました。

——蝿のことはご存知かしら。

——何のことですって。

——家蝿。ありふれた蝿のこと。時間の捉え方の話なの。わたしたちの目には、蝿は二、三日しか生きないように見えるでしょう。でも蝿はそうは思ってはいません。つまり時間は蝿には別物なのです。蝿の目は周囲の動きが実際よりずっと速いように見えます。だから蝿を叩こうして蝿叩きをどれほど速く打っても、蝿にはそれは十倍遅く、スローモーションみたいに見えるの。だから蝿を叩くのはかなり厄介……まあそれはどうでもいいけど。考えてごらんなさい。身の回りのものが、あなたの手であろうと太陽であろうと十倍遅く見えるとしたら、どんな効果を及ぼすでしょう。蝿の印象では自分は実際より十倍長く生きているように思います。でも《実際》とはいったい何でしょう——蝿はわたしたち、というよりむしろあなた、フェリクス・アベッグやその同類とは違う時間を生きているのです。

——それがどうしたというのですか。

——千の異なる時間があります。空間に地理があるように、時間にも地理があるのです。わたしたち二人は、地理的には同じ場所にいるけれど、あなたが思っているよりもずっと遠くに離れているの。蝿の時間意識は比較的単純なメカニズム——目の構造——によって変わる。たとえば人間の魂のような複雑なメカニズムの複雑な変化によって、とても信じられないような時間変位が起こり得ると想像できないかしら。

ブランコヴィチとわたしが兄妹と知った人は驚きます。わたしはむしろ彼の娘のように見えますから。でもほんとうはわたしが姉なんです。計算が間違ってなければ弟は三百十四歳だけれど、わたしは三百二十歳。

フェリクスは彼女の手を放そうとしました。しかしイザベラは彼の手をしっかりとつかみました。

——弟の奥さんについて、うっかり口をすべらせたことがあるでしょう。覚えてますか。そう。弟は結婚しています。三百年ほども前から。弟はブランコヴィチ家最後の男性でした。両親は妻《めと》を娶ることを望みました。でもわたしは嫌でした。弟を愛してましたから。といっても弟に姉が抱くにふさわしい愛ではありません。わたしの愛は熱烈で身の毛もよだつ悪魔の愛でした。若くきれいな妻を憎らしく思いました。きらびやかな祝宴とともにこの家に入り、弟とベッドを共にしている女を憎らしく思いました。そこで憎悪のあまり、とうに葬られたと思われていた一族の力を、ふたたび我が身によみがえらせたのです。わたしは幾晩も続けて地下墓地の先祖たちのかたわらに座り、石棺から骨を引きちぎりました……

怖がらなくてもいいのです。わたしが亡きものにしたかったのはあの女、弟の嫁だけなのですから。わたしは嫁を恐ろしい亡霊で夜も昼も苦しめました。嫁を森に追いやり、淋しい崩れかけの塔に追い込みました。夢に毒を盛り、生きながら腐っていくと信じさせました。どこに行っても自分の屍臭が漂っていると嫁は思いました。七角形の張り出しがある部屋はわたしの弟と義妹の寝室でした。何週間か後にあの女はこの張り出しから谷底に落ちました。そこで弟を取り戻せたのです。しかしわたしのうちにいったん目覚めた力はそのまま生き続け、それどころか弟にも移りました。互いに鎖に縛られたようになって、わたしたちは死ぬこともできず生き続けねばなりません。いわばあの世とこの世のはざまにいるのです。ナイフの刃先に危なっかしく乗っているようなこんな愛は、すぐ憎しみに変わりました。もしかすると初めから憎しみだったものが、愛のように、いえ少なくとも渇望のように思えたのかもしれません。

とうとう弟の秘められた力はわたしのものより強くなりました。弟はわたしを支配しました。そしてある日、弟に突拍子もない考えが浮かびました。精神の世界でも不死を獲得して、それによって死すべき者たちとまた交わりたいと思ったのです。弟はしばらく考えたあげく、というより、たまたまそこにあった偶然から、作曲家としての不死を選びました。偶然の女神は、凡庸な才能を持つある若い作曲家を客人としてこの家に滞在するよう計らったのです。弟はわたしを強いて、客人の思考、アイデア、ひいてはその作曲を、芽生えしだいすぐ吸い尽くすよう命じました。わたしにはたやすいことでした。客は——後に来た者とたいてい同じく——わたしに惚れていましたから。あなたのときのように、毎夜、客の眠ったあと共寝する必要もありませんでした。そんなことをしなくても彼の思考はいつもわたしのまわりで渦巻き、発想はひとりでにわたしに飛びこんできました……

しかし先にも言ったようにその人は凡庸な作曲家でした。生まれたのはヴェルフェル歌曲集とかそんなものばかりで、ご存知のように、のちに自分にふさわしくないとして弟が破棄したものです。しかしともかくガブリエルは作曲家としてある程度の名声を獲得しました。おかげで才能ある若い人たちをここに来させられるようになり、先にお話しした方法で、弟が搾乳と呼ぶものができるようになりました。もちろん作曲の流儀は人それぞれで、それはあの時期のブランコヴィチの作品の移り変わりからおわかりでしょう。特に敏い批評家はこう言いました。《ブランコヴィチは彼独自の音楽史をくぐり抜けた》。

戦争前に大いなる突破口が開けました。マグヌス・ヴォルフという抜きん出た才能を持つ若者が自ら望んでやって来たのです。音楽の進展についてのまったく新しい発想が彼にはありました。一連の作品のうちのあの最初のものは――あなたもご存知でしょうけれど――たいへんなセンセーションを起こし、弟はこれまでの作品をすべて捨てて、誇らしげに言いました。《わたしの全集は今からはじまる……》。

哀れなヴォルフは二十年のあいだ作曲しました。あげく自暴自棄になりました。わたしたちは彼を監禁しました。それでも――音楽は彼のうちに、いわばひとりでに作られるのです。とうとう彼の正気は失われました。今も地下室の岩壁の中で生きてはいます。でももう考える力はありません。――よく知られた創造停滞期がやってきました。空しくわたしたちは適切な後継者を探しました。いるのは十二音技法の信者ばかりで、そんなものでは当然ながら弟の音楽家としての不死は期待できません。そこで弟はみずから作曲を試みました。マグヌス・ヴォルフのスタイル、つまりいわば自分を模倣したのです。――奇跡劇用の小曲《銅のボタン》はご存知でしょう――批評家たちは思った以上に鋭く反応しました。これは真のブランコヴィチではない。二番煎じの自己模倣にすぎないと彼らは感じました。こんな批評を書いた人たちの誰も、どれだけ自分たちの言葉が真実をついていたか、思いもしなかったことでしょう。ガブリエルは自ら作曲するという考えを擲ちました――それが七年前のことです。それからあなたがやって来たのです……

――フラウケ・フロシュのところに行くんだ、とフェリクスは言い、イザベラの手を振り払って立ちあがりました。

――気づいてくれないのかしら。わたしがあなたを愛していることを。そしてささやき声で言いました。わたしが愛せるということ、それが何を意味しているかおわかり？　わたしを救ってと言っているのではなく、わたしを救済してと言っているのです。

――フラウケ・フロシュの居場所を教えてくれ。

手で防ごうともせずにイザベラは倒れ、テーブルの表面に直に顔をぶつけました。アップにしていた赤毛がほどけ、血だまりのように顔を包みました。

――弟に聞いてちょうだい、と声を絞り出すようにイザベラは言いました。

ブランコヴィチは図書室で読書していました。フェリクスが来ると微笑みかけました。フェリクスは立ったまま ためらっていましたが、また部屋を出ると、狩猟用具の保管室に行きました。銃の一丁に弾を込めて、ふたたび図書室に戻りました。フェリクスが銃を向けてもブランコヴィチの笑いは消えません。銃声は――訳がわからぬながらもアベッグは気づいたのですが――室内の次元を超えたところにあり、図書室の静けさの中で場違いに響き、その精神的構築に混乱をなげかけ、部屋はごちゃごちゃに渦巻くように見えました――フェリクスの頭に時間についてのイザベラの講義が浮かびました――一秒の何分の一かで数世紀が駆け抜けるように思われました。ただブランコヴィチだけが静かに座って微笑んでいました。胸のところで広げた本は虫食いだらけでした。――いみじくもそのタイトルは《サラゴサ手稿》だったと言ったら、皆さんはお信じになるでしょうか。

銃声の残響が消えるか消えないかのうちに、ガブリエル・ブランコヴィチは声をたてて笑いました。言葉のない、短くかん高い、細長くがらんとした穴ぐらの反響のような笑い声でした。しかし別の声もします。叫び声です。誰かが叫んでいます。名状しがたい苦しみの声がはるか下から聞こえてきます。フェリクスを呼んでいます。フラウケ・フロシュの声でした。――削岩して作られた地下倉庫だ――彼は階段を駆け下り声を追って走りました。しかしフラウケが責められている地下牢は見つかりません。――恋人はすぐ近くにいると信じた彼はまたしても空しく絶望し、とうとう地下道の湿った石に座りこんでしまいました。フラウケが金切り声で、不明瞭な発声ながら、己に加えられる責め苦の名を叫ぶ声は、岩壁をあちこち反響しながらそこに織りこまれ、落ち着き定着して、まるで音楽のような――古風な組曲の中のサラバンドのような響きに化しました。悲鳴の恐ろしいリズムはフェリクスの頭の中で瞬時に輝かしい直観へ変わりました。耳をふさいでも内から何度もくり返して聞こえます。《古風な組曲》からのサラバンドで、小編成の管弦楽団とハープで演奏されていました……

幾日かがそんなふうに過ぎました。恐ろしい時計が時を打つように、ある時間になると一時間ごとに拷問されるフラウケの悲鳴が聞こえ、フェリクスは声を追って、数知れぬ穴蔵に、地下室に、小部屋に迷いこみました。悲鳴はそのたびに彼の中で新しい組曲の一楽章へ変わるのです。あるものはジーグの中のハープによる高音のパッセージになり、別のものは三重奏のメヌエットの美しい低音フルートソロへ、あるいはリゴドンの冷ややかなスタッカートに――。すると上にいるブランコヴィチがそれをピアノでなぞるのでした……

この組曲の楽章の多さからも――ブランコヴィチはのちにそれらを二つの組曲に分割しました。なにしろフラウケ・フロシュはときにはシャープのキーで、ときにはフラットのキーで叫びましたから――哀れな娘が受けた責めの期間と種類が推し量れましょう。

とうにアベッグは血のように噴き出る楽想にあらがうのをあきらめていました。それでもなお地下をさまよい、闇の中で壁や柱にぶつかりながら、絶望のうちに無益な探索を続けるのでした。

どれほどの時や日が過ぎたかもわからなくなったころ、前方に灯りが見えました。そのときは恋人の悲鳴ははるかに遠いものと感じられたにもかかわらず、ともかくそちらに進むことにしました。地下牢が見えました。中はがらんとして奥に一かたまりの藁《わら》があるばかりです。フェリクスが鉄格子を揺すると、藁からいきなり汚い髪が幾重にも裸の体をおおった男が飛び出し、歯をきしらせながら格子際まで駆けよってきました。そして何か言おうとするように口を開けましたが、何の音も響かず、優に二メートルも飛び退《すさ》ったのに、おぞましい腐肉の臭いが鼻をつくばかりでした。

フェリクスは怖気をふるいました。思わず顔をそむけました。男は弱々しく格子に体を押しつけ、その見開いた目は、恐怖よりむしろ不幸を感じさせるものでした。この人こそマグヌス・ヴォルフだったのです……

フェリクスはふらふらと階段を上りました。フラウケの声はもう聞こえません。二組の九楽章からなる古風で晴朗な組曲に欠けているのは今はひとつの楽章ばかりです。

暑く重苦しい夏の夜でした。空には霧の暈《かさ》がかかっています。西にある山並みの向こうに、ブランコヴィナにそっくりな雲の城が、夜空よりも黒く浮かんでいました。フェリクスは城を出て森へ走りました。本心から逃げたいのかもわからずに。——フラウケは死んだと思いこんだのでしょうか。室内管弦楽団とハープのための古風で晴朗な組曲をフェリクスから引きだそうとして彼女を苛《さいな》んで死なせたと思いこんだのでしょうか。何もわからぬままにひたすら走りました。不意に雷が落ちました。しかし雨は降ってこず、乾いた陰気な空に最初の閃光が走ります。続く青白い電光の明るさの中で見たのは……鹿たち、しかも何千頭もの鹿たちでした。鹿の骸骨——白く乾いた骨が、谷から駆けあがり、組になって、あるいは独りで、森の空き地を横切ります。フェリクスと同じ高さまで来ると首を回して彼を見つめます——自分たちを殺したのは代々のブランコヴィチでなくお前だと咎《とが》めるようなまなざしをうつろな眼窩から向けて。

閃光はいまや間を置かず続けざまにひらめき、森の空き地を照らしました。そこを巨大な角の影が掠めるように滑ります。燐光を発するその骸骨の行進は、次々通りすぎるにつれ、後から来るものの背丈は伸び、しまいには樹々の梢をも超すように感じられました。

恐怖が殴打のようにフェリクスを地面に倒しました。彼は誰か自分を思いやってくれる人、加勢してくれる人を求めて叫びました。気がつくとイザベラがかたわらに立っていました。

——あなたが走っていくのが見えました。でもすぐには追いつけなくて、もうすこしで見失ってしまうところだった。

フェリクスは彼女の長い天鵞絨のマントの襞に顔を埋めました。

——あなたにもあれが見えますか。あの鹿が……

——ええ、鹿たちは今夜城にある角を取り戻したの。でも額のイニシャルの焼印までは消せない。鹿はまだわたしたちのもの。

——鹿は樹と同じくらいの背丈でした。

——怖がらないで。わたしが運んであげる。

フェリクスは自分が抱えあげられるのを感じました。彼の頭はイザベラの肩の上で安らぎ、体から力が抜けました。

ふたたびわれに返ったとき、フェリクスは城の中庭で仰向けに横たわっていました。頭はイザベラの膝に乗っています。その手は——焼きあげられた白骨の手は——彼の手の上に乗り、スペイン風の黒衣の精妙な襟から突き出た骨のように青ざめた頭蓋には、赤毛が塔のように盛りあがり、ダイアモンドをちりばめて誓いの手をあしらった頭飾りでまとめられていました。

あたりが明るくなりました。もうすぐ陽が昇ります。

フェリクスは飛び起きました。涸れ井戸にもたれていた骸骨はそのまま倒れて崩れました。頭飾りは敷石に当たると砕け散り、恐ろしいざわめきとともに、脆《もろ》く乾いた音をたててイザベラの頭蓋が破裂すると、フェリクスの頭にもひとつの主題が閃《ひらめ》きました。それは組曲の最終楽章をなすもので、組曲の他の楽章とまったく調和していないと言う人もいれば——学者たちのあいだでも意見はまちまちで――まさに最適と言う人もいました。表題は《レクイエム》とされました。

笑みを浮かべたブランコヴィチが正面玄関の真上にある高窓に立っていました。フェリクスは拳をふりあげ、呪いの言葉を吐こうと唇を動かしました。でもその歪んだ口から洩れるのは腐臭をおびた息ばかり……ガブリエル・ブランコヴィチはそそくさと両手でカーテンを閉めました――次の瞬間、昇った太陽の光が窓に射しました』

ミランドリナはそこで口を閉じた。

一休みなのか話の終わりかわからないまま、わたしたちも黙っていた。

『これで話は終わりです』しばらくしてミランドリナは言った。

『終わりなの？』ドリメーナが聞いた。

『話を終えたとは言いましたが、物語が終わったとは言っていません。どんな物語も本当に終わることはなく、最初にお話ししたように、たくさんの大きな物語の一部でしかなく、また同時に、語られたり語られなかったりするたくさんの小さな物語からなっています。それぞれの物語の中で、望もうと望むまいと、人は他のすべての物語の影を、口に出さないまでも共に語っているのです。ですから人がいったん物語を語ると、そのせいで大きなひとつの物語の網の目がほころびて、さらに続けて物語を語らざるをえなくなります。そしてあらゆる人の人生と同じく、わたしたち自身も物語なのですから、やはり多くの物語からなる物語になるのです』

　ミランドリナの話は真夜中をかなり過ぎてまで続いたので、ほどなく集会はお開きになった。——木曜日はすでに習慣になった楽しみに時をすごした。わたしたちはクロッケーをすこしやり、午餐が終わると、老公爵はいまだ廃墟のように美しい声でカルダーラ（イタリアの作曲家。一六七〇―一七三六）のアリアを歌った。その楽譜をしまってあったのは、瑞々しい青色の絹が内張りされた桜材のガラス戸棚だった。公爵の言うには、そこには同時代の貴重な写譜もあるらしい。このときさわりを歌ってくれたいくつかのオペラの初演にはみずからも参加したという。公爵は締めくくりに、深い溜息とともに、金の箔押しをされたモロッコ革の紙ばさみに保管されていた紙片を手にとった。ティトゥス（モーツァルトのオペラ『皇帝ティトゥスの慈悲』）からセクストゥスのアリア《わたしは行く、わたしは行く、だが君はわたしのもの》だった。

『この晩年の傑作をご存知でしょうか。百五十年ものあいだドイツ音楽の心酔者——妄信者といったほうがいいでしょうが——はこれを、つぎはぎ細工の《魔笛》にかまけて忘れ去っていました。オブリガートのクラリネットひとつとっても、このアリアは他に抜きん出た作品です……この写譜には——どうぞ敬意をこめて手にとってください——モーツァルトがみずからの手で、二つの前打音と一つの発想記号、ここにあるこのfを書き込んでいます』——イギリス生まれの姪ソルヴェイグ・サングレイルがピアノで伴奏し、驚いたことにファニーが難しいクラリネットのパートを受け持った。——日が暮れるとわたしたちはエメラルド色のサロンに集まった。カストラートの公爵が年代物のシャンパンを何本か持って来させると、スペイン生まれの姪ファニーが話をはじめた。

『モーツァルトに付け加えられるものは文字通り何もありません。彼の作品の編纂や書簡の蒐集や伝記の調査といった課題を持つ人の幸せをわたしは羨ましく思います。自分にそんな資格はないとわきまえてはいますが、いつかは彼の祭壇に自分の蠟燭を灯さざるをえない日が来ると、かなり前から感じていました。でも聖なる彼の人となりや音楽を語るという不遜はいたしません――どのみちそんな語りは、何も言っていないのに総てを包むあの言葉で、そこに本質はないとしても、とどめをさされますから――《彼は唯一無二の存在である》――。ですからわたしは、いわば彼のマントに口づけをしましょう。幸いにしてわたしはあるいきさつを知っていて、そのおかげで、一見つじつまの合わないこと――といっても彼の人生ではなく、作品の周縁に関して、つまりある台本《リブレット》について、つじつまの合わないところを拭い落とす助けになれますから――。泉からカナの婚礼の場まで水甕を運んだ下僕のように（ヨハネ伝第二章）――下僕は主とまったく顔を合わせずに、戸口ごしに召使に甕を渡しただけでした――この下僕が人としての則《のり》を越えずに、つつましく主のワインの奇蹟に寄与したように、わたしもモーツァルトの作品に寄与したいと思っています。

ところで皆さんもご承知でしょうが、高位の貴族はスペインではグランデッサと呼ばれます。今では貴なるグランデッサの数は少なくないので、階級で区分されています。階級は三つあったかと思います。どれにも帽子が関わっています。第一位階のグランデッサは、王に謁見するときに――ちなみに王は皆にミ・プリモ、すなわちわが従兄弟よと呼びかけるのですが、そう呼びかけられる前に帽子をかぶることが許されています。第二位階の者は王に呼びかけられるまで無帽のままで待ち、それから帽子をかぶり王に問いかけることが許されます。最後に第三位階のグランデッサは、王に問いかけるあいだも帽子を手にしていなくてはなりません。その後にようやく帽子をかぶり、王の返答を聞くのです。それればかりか、グランデッサ同士で話すときや、女性や聖職者に話しかけるときも、帽子の着脱について厳格な規則がありますから、そこそこ活気ある会話すら、宮廷では主として絶え間ない帽子の上げ下げで行えるのではないでしょうか。

その人はドン・ゴンサロ――としておきましょう。本当の名は何と言うのか知りませんから。もしよろしければ、響きのいい完全な称号もわたしが作ってあげましょう――ドン・ゴンサロ・デ・ウリョン・デ・サンタ・クララ、バリエンテ家出身、第十四代アルコーバ男爵であるその人は、第三位階のグランデッサにしかすぎませんでした。とはいうものの、アルカンタラ騎士団での高い位は、彼をみずからの位階を越える地位まで引き上げました。騎士は独身であるべきとされていた時代からアルカンタラ騎士団の一員で、この義務が廃されたときは騎士団長に任命されていました。そこでかなりの年にもかかわらず妻を娶りました。夫人が亡くなったとき――今から話すできごとが起きたときよりも何年も前のことですが――ドン・ゴンサロは宮廷の役務を解かれ、遅い結婚から生まれて、母の亡くなったときはちょうど十四歳だった一人娘ドーニャ・アンナとともに、セビーリャの町中にある古い家に引きこもり、陰気ながら風格のある暮らしをはじめました。

老人はめったに町から出ません。狩猟がそれほど体の負担にならなかった頃は、狩りの季節になると娘と鷹匠のお供を何人か連れて、カスティーリャの奥にある一族の城に滞在したものです。しかし今は同じくらい年をとったフランシスコ会の修道会長と日を決めてお喋りをするほうを好んでいました。外がさほど暑くないときはおりおり庭にある石のベンチに座りこんで黙然としていました。ある日騎士団長は――わたしの話はここから始まるのですが――ふだんと違った時刻にこの庭を訪れました。もう日も暮れようという頃おいです。砂利はまるで日中に光を蓄えておいたかのように虹色に輝き、マルメロの深紅の並木は墨を塗ったように暗く翳《かげ》っています。老グランデッサは娘を捜しました。

――ドーニャ・アンナは小さな泉のほとりに座り、そのリュートから流れるのは、昔のスペインの巨匠のあの幾何学的な雰囲気を思わせる、ゆったりとして奇妙に渋い厳格な調べでした。思いがけず父親が深紅のマルメロの暗がりから砂利を踏み踏み現われると、娘は少し驚いて立ちあがりました。騎士団長は娘に演奏を続けてくれるよう頼みました。――そして自分は腰をおろさず、杖だけで体を支えていましたが、やがて震える低い声で言いました。ちょうど三十分前に、死の告知を受けた。あの世からの使者の訪いを受けた。

ドーニャ・アンナはリュートをかたわらに置くと、詳しく話すよう頼みました。

騎士団長が語るには、日が沈んだ直後に――ちょうど樟脳軟膏を麻痺した膝に塗らせようとしていたとき、一人の修道士がやってきたそうです。

修道士は名も名乗らず、またその妙な灰色の衣からはどの修道院から来た者かもわからなかった、とドン・ゴンサロは麻痺した膝か、あるいは死の予感にうめきながら語りました。わが子や、お前も知っていようが、少し前からわたしは信仰に関心を持つようになって、修道会についてもわきまえがある。だがあんな風変わりな灰色の修道服はこれまで見たこともない。もしかするとここらにもう来なくなったオリベト会の隠者かもしれないし、ひどく内気なアルメニアの謙遜者団なのかもしれない。自分はあなたが知るものから遣わされてきた、とその修道士は言った。そして墓碑を提供すると……

――そしてどうなったんですの、とドーニャ・アンナはたずねました。

三度――こんな場合にそれ以外のものが期待できるでしょうか――遠くの門扉から鈍い音が聞え、短い会話はさえぎられました。

――あの人たちだ、とドン・ゴンサロは言いました。

少しすると召使が走ってきました。すでに屋敷に戻りかけた父と娘に召使は駆け寄り、木箱をかかえた四人の方と修道士様が先ほど見えました、と伝えました。

玄関広間の暗がりで修道士は待っていました。ごわごわした独特の仕立ての修道衣が、絡みついたようにほぼ全身を包んでいます。背後では四人の男が大きな木箱を囲んで立っています。修道士が祝福の言葉をつぶやきました。ドン・ゴンサロはためいきをつき、灯りを持ってくるよう命じます。ほどなく玄関広間を松明が照らしました。ドン・ゴンサロは次に木箱を寝室に運ばせようとしました。

——やがて墓碑となるものの下で、これからは寝ることにしよう。

しかし修道士は、たいそう重いから床が抜けるかもしれぬと警告し、ドン・ゴンサロは面倒になって、墓碑をちょうどここ、一階に据えさせることにしました。そして木箱の荷ほどきをするよう指示しました。修道士はまた何かつぶやきました。ドン・ゴンサロは耳を傾け、そして言いました。

——ははあ。

支払いの件だったのです。ドン・ゴンサロは施物係も兼ねている従僕を呼びました。アルメニアの謙遜者団かどこかから来た謎の修道士はドン・ゴンサロを——そして娘を紹介されると、ドーニャ・アンナも祝福したいと強く望みました。とりわけドーニャ・アンナを念入りに祝福し、両方の頬に何度もキスをしたのです。従僕が手提げ金庫を持ってやってくると、ドン・ゴンサロは求められただけの金を出し、修道士に手渡しました。修道士は不満そうにつぶやきました。ドン・ゴンサロが金貨をさらに四枚、木箱を運んできた者たちのために——そしてもう一枚、木箱のために余計に渡したところで、修道士は箱を壊すよう命じました。松明を持った召使には少し後ろに下がるよう言いました。荷運び人たちは板を打ち割りました。現われたのは等身大の彫像です。髭を生やし両手を組んでいます。涙を流し、息を呑んで、騎士団長は立像をながめました。

——あんまり似ていませんね、とドーニャ・アンナは言いました。

修道士はそれをさえぎって言いました。

——あとは台座を作らせるだけです。

――半日もあればできるだろう、と騎士団長は言い、修道士に別れを告げて階上の自室に戻りました。

ドーニャ・アンナは一行が去ったあと、松明を持つ召使を近くに寄らせて、彫像を仔細に眺め、いぶかしげに言いました。

――あまり似ていないわ。お父さんの鼻の左側にある丸い疣《いぼ》がこの立像にもあるのは不思議だけれど……

このときドーニャ・アンナは表の狭い街路を窓から見たほうがよかったかもしれません。そうすればますますいぶかしい気持ちになったでしょう。なにしろ修道士は、ゆったりとした足どりで何歩か進み、荷運び人たちを去らせると、指を唇にあてて鋭い口笛を吹いたのですから。たちまち一人の若者が馬を二頭曳いてきました。修道僧は僧衣をまくりあげると馬の一頭に飛び乗り、若者はもう一頭の馬に乗ると、市門が閉じるまえに町を出られるよう、いっさんに駆けだしました。町を出て十五分ほども大股のギャロップで走らせると、一軒の居酒屋がありました。修道士はそこで馬を降り、若者に手綱を投げつけると、歩きながら修道衣を脱いで中に入りました。そこで待っていたのはドン・ファンでした。

ファンという名はスペインではごくありふれたものです。もしわたしが気前よく、農夫や召使でもなければ領主でもない人をひとしなみにドンと呼ぶなら、いつの世にもきっと何千人ものドン・ファンがいることでしょう。しかしドーニャ・アンナという名の娘を持つ騎士団長がセビーリャにいるとなれば、市壁のすぐ外の居酒屋にいるのはいかなるドン・ファンかとたずねるまでもないでしょう。

――でもここで言っておかねばなりません。この男は例のドン・ファンあるいはドン・ジョヴァンニではなく、ドン・ファン・デ・アウストリア（十六世紀スペインの猛将。レパントの戦いでトルコ軍に勝つ）なのです。あるいはその二人が一体になったものと言うほうがいいかもしれません。ええ、母の生涯に起きたある秘密の結びつきのおかげで、世界史のアラベスクをめぐるある知識が、わたしにも受け継がれたのです。

地獄に落ちた放蕩者をめぐるダ・ポンテのすばらしい台本は、精神の系譜の中をあちこち迂回したあげく、ガブリエル・テリェスの戯曲にまでさかのぼります。ティルソ・デ・モリーナと名乗ったこの人は戯曲《セビーリャの色事師と石の客人》の作者とされています。しかしこの戯曲も古伝説、すなわち十四世紀にカスティーリャのペテロ残酷王の宮廷で銀管理官であったというドン・ファン・テノーリオの古伝説からとられたそうです。しかし他方ではティルソ・デ・モリーナはドン・ファン・デ・マニャーラという男の物語を利用したか、あるいは彼より前に未知の修道士たちによって書かれ、修道院で上演された二つの物語を融合させたものだという説もあります。

ドン・ファンの物語がスペインの修道院で、もしかすると修道女たちによって演ぜられたと想像してごらんなさい――堕落への羨望と戦慄が、きっと演者と観客を圧倒したことでしょう。

でも残念ながらこれは当て推量にすぎません。というのも、もしティルソ・デ・モリーナが作者だとしたら、彼が再話したのは未知の詩人修道士の聖体神秘劇でも何らかの古伝説でもなく、ドン・ファン・デ・アウストリアの生涯でしたから。しかもそれは今日の言葉でいえば、その私生活だったのです。いまだはっきり決定できないのは、ティルソ・デ・モリーナが――ちなみにそれはドン・ファン・デ・アウストリアの死の直後でしたが――王家の庶子にしてレパントの海戦の勝者の賞讃すべき悪行を盛り込む器《うつわ》として、ことさらドン・ファン・テノーリオを選んだのか、それともドン・ファン・デ・アウストリア自身が、義兄のフェリペによってネーデルラントに追放されるまでのあいだ、千と三人のスペインの淑女をほしいままに誘惑するために、自分自身に伝説のドン・ファン・テノーリオの仮面をかぶせたのか、どちらだろうかということです。

この秘密はほんとうに秘密なのかしら、とわたしは前から疑問でした。なにしろ曇りのない眼でいくつかの年代を比べれば誰にだってわかりますから。二つに割れた硬貨を合わせるように何もかも符合するのですから。皇帝カール五世とレーゲンスブルク生まれのバルバラ・ブロムベルクとのあいだに生まれたドン・フアン・デ・アウストリアよりドン・フアンらしいドン・フアンを想像できましょうか。父親は皇帝の血筋ではあるが、狂女フアナを祖母として暗い遺伝を継ぎ、正妻の子でないため私生児と誹《そし》られ、そのためかえって奔放に活躍できたあの人ほど——。正規の位を持たず、帝国のグランデッサの下位にありながら王の弟であり、その王に感嘆されながらも妬まれ敵視されていたあの人ほど——。輝かしいトルコ征伐者で、無謀にもチュニスで王位を獲得しようと出征し、若くしてナミュールでペストに斃れたとされているあの人ほど——。


レポレロという名のほうが有名なレオポルド・デ・バダホスは、相当におんぼろな宿屋に入り、ドン・フアンがそこで待っているのを認めるとその手にキスをして、騎士団長からせしめた金袋を隠しから出し、カスタネットのように振って歌いつつ、しばらく部屋をあちこち飛び跳ね、とうとうドン・フアンに蹴りをくらってようやく主人に手渡しました。

——このうすらとんかち、とドン・フアンは言いました。金貨でそんな音をたててみろ、たちまち業突く張りの亭主が俺らの戦利品に勘づくぞ。

——ご主人さま、かりに金貨が雪ほど軽く、風ほど目に見えずとも、宿の亭主なんてものは、とりわけここの亭主は……

レポレロが言い終えぬうちに、手を揉みあわせながら、今でも宿屋の亭主や給仕に特有の、狡さと卑しさの入り混じるあの顔で部屋に入ってきました。支払いを督促される前に相手に罵言を浴びせて機先を制しようとしたドン・ファアンの目は、背後にいる若い女にとまりました。

――親父、お前には三人目の娘がいたのか。

――いいえ、これは女房でございます。はばかりながら二度目の女房です。ここ幾日かは実家に帰っておりました――と言って亭主は場所の名をあげましたが、とりあえずアルカラかエル・ペドロソとしておきましょう。怒ろうとしたドン・ファアンは顔を和らげ微笑みました。そして亭主の後ろに回り、若いおかみさんを外に連れ出しました。亭主は金袋から目を離しません。ドン・ファアンは金袋をさっとレポレロに投げつけ、扉を閉めながら言いました。

――親父に溜めた分を払ってやれ。そして愉快な話の一つ二つでもして、親父を楽しませてやれ……

レポレロは不服そうな顔をしながらも、亭主の目の前で二度三度、巧みに金袋を放り上げて音を響かせ、それから自分の帽子の中に落としました。帽子をひっくり返すと中は空っぽでした。

天井からは――前にも言いましたが、ここはとてもおんぼろな宿屋で、上の階と下の階を隔てるのは薄い床板一枚きりです。天井からは足音が聞こえます。

――ごらんなさい、とレポレロは言いました。そして亭主の腰帯に手をのばし、だぶだぶのズボンから金袋をひっぱり出しました。

――いかほど支払えばよろしいかな？

亭主は金額を言いました。レポレロは金貨を何枚か取り出して、相手の開いた手に落としながらも、疑ぐり深い亭主が天井に聞き耳を立てているのを見逃しませんでした。ちょうどそのとき何かが二階の床でぱたんと音を立てました。

――確かめてみろ、とレポレロは言いました。

亭主はふたたび金貨に目を向け、数えようとすると、手にあるのは玉子でした。レポレロはことさら声をあげて笑いました。というのも上ではごわごわしたリネンの衣擦れの音がしはじめ、どうやらその衣擦れの種が尽きると、微妙な音がかすかに――カツレツの肉を慎重に叩き伸ばすときに似ていなくもない音が、犬のうなり声か鳩が鳴くような声に交じって聞こえてきたので、レポレロは壁にかかっていたギターをとりあげて鳴らし、宿の亭主のひどさを嘆くロマンツェを歌いました。皆さんはご存知でしょうか。

　トレドから来たハヤブサが
　一羽のカラスに……

こんな歌です。亭主はテーブルや長椅子を巡ってレポレロを追いかけて叫びました。

――俺が欲しいのは金だ。お前の益体もない魔法じゃない！

亭主が玉子をレポレロめがけて投げつけると、聖イシドルスの肖像画に当たり、そこに二つ目の後光を加えました。上では古く大きな木造家屋の骨組が聞き逃しようもなくぎしぎしと強く鳴り、梁や桁《けた》がたわみかねないほどです。それがふいに静まったと思ったら、何かを柔らかく打つ音が聞こえました。

――異端審問官に知られたらことだな、とレポレロは言いました。

亭主は物音に身を強ばらせています。

――知れたらって何をだ。

——お前さんが玉子を守護聖人に投げつけたことをさ！　そしたらこの金はせいぜい火刑の薪代にしか使えないぜ。

亭主は呪いの言葉を吐いて袖口で余分な後光を拭いとりました。

——お前さんの守護聖人は黄金の涙で泣いてござる。奇蹟の肖像に違いない！

亭主は黄金の涙も拭いとりました。

一度、二度、天井の軋みはそれとわからぬほど速く、そして大きくなっています。

——鼠がいるな、とレポレロが言いました。

——鼠なものか。お前の主人が何をしでかしてるかくらいとうにお見通しだ。亭主はそう言って早足で部屋を出ていきかけました。

——ほらよ！　レポレロは言って金貨をテーブルに置きました。亭主の足が止まりました。天井のぎしぎしいう音はまだ続いています。亭主はゆっくりと金貨に近寄りました。

——待て、とレポレロは言いました。すぐに蛙に変わるから。

亭主はすばやく金貨をつかむと懐に入れました。

——そらもう一枚、とレポレロは言い、二枚目を窓枠に置きました。支払いはどれだけだったかな。

——三枚だ。それから馬代に一枚。

——業突く張りめ。そういやお前さんが聖イシドルスに玉子を投げたことを異端審問官に漏らすだけで……

そのあいだに亭主は金貨を確保しました。しっかりつかんで吟味するように眺め、あちこちを噛んでみました。

——まあいいだろう。馬の代はまけてやる、この悪魔野郎。だがもう金貨が一枚足りないぞ。

——頭に手をやってみろ。

亭主がそのとおりにすると、三枚目の金貨が乗っていました。

きしむ音はクレッシェンド（だんだん強く）とストリンジェンド（だんだん急きこんで）で鳴り、ますます速く、ますます大きく、まるで嵐の中のガレー船のようです。そこに……皆さんは《トリスタン》が最高潮に達するところをご存知でしょう。全オーケストラの音がみるみる膨れあがって、大ファンファーレが待ち望まれるそのとき——ふいに静かになるのです。そのときも高まるきしみ、それから鋭い叫び声——あとは何も聞こえません。

亭主はあわてて部屋を出ました。その背中にレポレロが声をかけました。

——見ろ！

すでに階段に足をかけていた亭主が振りむきました。レポレロは金貨を鼠の穴に転がしました。

——聖イシドルスのためといえど、俺は馬のカラスムギ代を踏み倒したりはしない。

主人はためらいましたが、鼠の穴に走り寄って、指でその中をほじくりだしました。亭主が金貨を見つけないうちに、ドン・ファンが鼻歌を歌いながら、ゆっくりと階段を降りてきました。

——どうした、と彼は問いかけました。

——金貨が鼠穴に入ってしまったのです。（そこでレポレロは、ご主人さま、とささやきました）

——何をこそこそやってるんだ。他に何かあるのか。

——いいえ、とレポレロは言いました。でもご主人さまはズボンを召しておられません。

——何とうっかりしたことだ、とドン・ファンは言いました。お前の女房に見られなくてよかった。

ドン・ファンは剝き出しの部分を帽子で隠しました。

——親父よ、鼠穴をほじくるのはやめとけ。お前の孫か曾孫が切羽つまったときのために残しておけばいい。レポレロ、親父に金貨をもう一枚、いや二枚やれ。だから親父、一番いいワインを持ってきてくれ。今日はとっても愉快な気分だから。

亭主は当惑したように頭を掻いていましたが、やがて地下室に向かいました。

——ご主人さま、床板が薄いおかげで金貨二枚の物入りです。

——最後の使徒からお前はどれだけ儲けた？

レポレロはせしめた金額の半分を告げました。ドン・ファアンは彼にびんたをくらわせました。レポレロは四分の三を告げ、母親の目にかけて、これが全部ですと誓うと、ふたたびびんたをくらいました。そこで全額を言い、三度目のびんたのために手を後ろにやりかけていたドン・ファアンに、黄金の涙を流す聖イシドルスにかけてあらたに誓いました。ドン・ファアンはこの聖人に付加された新たな属性に大いに笑い、おかげで木箱代のことはすっかり忘れました……

——親父、こっちに来ていっしょに飲め、今日はしこたま儲けたから、とドン・ファアンはワインを持ってきた亭主に言いました。最初はむっつりして疑わしげだった亭主も、ワインと、ドン・ファアンの人当たりのよさと、レポレロの面白い話に上機嫌になり、真夜中ごろには極上のワインまで——亭主のおごりで——披露しました。亭主が口笛を吹くと、若い女房が顔を見せ、目を伏せて夫の命令を聞くと、ドン・ファアンにズボンをこっそり手渡しました。亭主は妻に、どこそこの棚からワインを持ってこいと言いつけました。女房は部屋を出て、埃をかぶった丸いボトルを持ってきました。それから彼女はふたたび追いやられました。女房が急いで立ち去ろうとしたとき、後ろで結んでいたそのスカートの帯にドン・ファアンはフォークを指し入れました。帯は解けてスカートは床に落ちました。ご存知のように女性が下着やそれに類するものを身につけるようになったのは、これより数十年も後のことです。ですからスカートの下から何が現われたかは十分想像できるでしょう。女房は悲鳴をあげ、ドン・ファンは裸の尻をぴしゃりと叩きました。一杯機嫌の亭主は笑い、レポレロは、この優しい音の一打ちはさっきもう聞いたぞと思いました……

三人で楽しく語り笑ううちに時は流れるように過ぎ――亭主は地下室のさらに奥からさらに古いワインを持ってこさせ、そのうち女房が二人の娘ともども、いわば輪舞を踊りました。慎みからこれ以上は申しませんが、ともかくそのあいだ聖イシドルスの顔は壁に向けられました。誰もが、亭主さえもが、大いにはしゃいでいました。忘れてはいけませんが、ドン・ファンは女性の誘惑に巧みなばかりではなく、男にも魔法をかけられるのです。その魅惑の花火は今日ひときわ見事にあげられました。うまくいった色事を祝福するとともに、これからの色事も祝福していたからです。レポレロは最後の使徒を売りつけるとき目についたドーニャ・アンナのことをすでに話していました。ドン・ファンはその夜のうちにもウリョンの館の外壁に穴があいていないか探そうと決めました。そこで四時すこし前に出かけました。旅立ちはここに着いたときに比べるとあっさりしたものでした。今回はただグラスを干して亭主と力強く握手するだけでしたが、来たときはたいそう大きくて重い木箱を四箱運ぶ騾《ら》馬《ば》と荷運び人と助っ人からなるキャラバンを率いていたのですから。そうです。そのとき木箱は四つあって、床の薄さを慮って溜息をつく亭主にレポレロは、お前さんは喜んでもいいんだぜ、なにしろ元の荷物の三分の二はもう売り払ったあとなんだから――と言い返しました。ほぼ等身大の十二使徒の石像は、ブルゴスでドーニャ・エルビラがドン・ファンと結婚したとき、叔父から祝い品として贈られたものでしたが、もとは破産したある修道院の払い下げの品でした。ちなみにその婚礼のとき、レポレロは騎士団長のところに着ていったのと同じ長衣をまとっていました……ドン・ファンが婚礼の夜のあと逐電するとき、この十二使徒は誰はばかることのない合法的な財産なのだから一緒に持って行きましょうとレポレロは言い張りました。しかし金に換えようとする段になって、そううまくはいかないのがわかりました。

　バリャドリードで三つの修道院に持ちかけて失敗したあと、四つ目のところで修道院長が二体を引きとろうと言ってくれました。この修道院では礼拝堂を修復中でしたが、そのとき粗忽な石工が聖ペテロとアルパヨの子ヤコブの像に足場をぶつけて、かなりひどく、もう表に出せないくらいに毀してしまっていたのです。

　――いいでしょう、とレポレロは言いました。しかし院長様にはおわかりでしょうが、残りの十体にはもう完全な揃いほどの価値はありません。ですからこの二体には全体の価格の十二分の二より多く支払っていただかなくては。

　修道院長は承知しました。

　オルメダでレポレロは残った使徒を《モーセの十戒》として売り出しました。ある年かさの修道院長が――私物として――《汝姦淫すべからず》を買いました。支払いのときレポレロは先と同じ難癖をつけ、またもや全額の十分の一以上をせしめました。

　次の留《りゅう》（キリスト受難の道行きの各場面）はまことに困難でした。しかし幸いなことにコカでほぼ盲目の郷士に出会い、レポレロは日暮れ時をねらって《九女神》の一体を売りつけました。セゴビアでは《八風神》を売りに出し、それから《七つの大罪》とともにカスティリアの峠を越え。マドリードでようやく一体の買い手が見つかりました。

　――六は厄介だな、とレポレロはしばらく首をひねりましたが、やがて少しこじつけですが《ウラノスの子の六怪物》を思いつきました。これはトレドで売りに出されました。その後は数のこじつけも持ち運びもかなり楽になりました。コルドバへは《五感》とともに到着し、セビーリャの前まで来るころにはすでにかなり身軽になったキャラバンは《四季》を運んでいきました。セビーリャ市内でまずは《歴史の三段階》、それから《朝と晩》を行商していきました。最後に残った《晩》はもとはプロメテウス的な使徒バルトロマイだったのを、その後《第四の戒律》《クリオ》《ボレアス》《嘘》《イアペトス》《嗅覚》《春》《青銅の時代》と次々名を変えたものでした。左の鼻翼に疣がありました。レポレロはそこから閃いて、これに似た疣を持つ男を探しました。ある床屋がうってつけの話をし、騎士団長ドン・ゴンサロを教えてくれたのです。
同じことをやるのは二度とごめんです、とレポレロは最後の使徒を売り払ったあとで言いました。バリャドリードの修道院長が二体を引き取ってくれたのはもっけの幸いでしたよ！　十一ならどうしようもなかったでしょう……

さて、さっきも言ったとおり、宿屋を出るときは着いたときほどの手間はかかりませんでした。最後の荷運び人は最後の騾馬をもらって解任されました。そしてドン・フアンとレポレロは馬に乗ってセビーリャに向かいました。日が沈む少し前に二人は騎士団長の屋敷に着きました。――昼も夜も休む間がありゃしない、とこぼすレポレロを門扉に待たせて、ドン・フアンは壁を飛び越えました……
それからのことは皆さんもご存知と思います。しかしわたしの話で、なぜ騎士団長の死後にすぐさま墓碑を用意できたのかがおわかりになりましたでしょう』
自身も長い間スペインにいたことがあるカストラートの公爵はこの話に何とも言わなかった。ただ顔をほころばせシャンパンをすすっただけだった。――だがその笑みにはかすかに悲しみが混ざっているようにわたしには思えた」
「それをすべて信じろとわたしに命じてもよろしゅうございます」レンツが言った。「何と申しますか、どのみち信じがたい話でございますが、そんな夢を見たと信じろとおっしゃるのでしたら――。

わたくしも夢を見ますし、ときには大それた夢も見ます。でもそれはせいぜい自転車に乗って高い空を飛ぶとかその程度でございます。しかしとんでもないものはとんでもございません。そんなに細かな夢を見られるものは誰もおりません」

「ピンクの錠剤を忘れてはいけない」

「それならあなた様のお友だちは、わたしにもその錠剤を用意してくだされぱよろしかったのですが。そうすればわたくしもその錠剤の存在を信じられましょうに」

「話が退屈だったかい」

「靴磨きより退屈ではございません」

「そして金曜になった。天気が崩れてわたしたちは外出ができなかった。晩餐のあと皆は黄金色のサロンに集まった。


『残念なことに、わたしたちの大作家たちのひとりとしてこの話を書いてくれませんでした』イギリス生まれの姪ソルヴェイグは、皆が炉辺でくつろいだところでそう話をはじめた――アイリッシュ・コーヒーをすすり、雨のせいで早くからたそがれた庭をフランス窓の向こうに見ながら――『そんな作家なら、この話から、社会学的意義のある大河家庭小説を作ったことでしょう。この話が他のどんな小説にもまさるというのは、二つの全然違う家系を描きながら、その両者がある一点で――この話の主人公は二人ですから、ほんとうはある二点で――交わって、災いに満ちた大渦に呑み込まれるからなんです。しかもそれは文字通り二人がみずから招いたものでした』

『それならお前の小説は』カストラートの伯父が言った。『《災いに満ちた大渦》とでもするのだね』

『笑いごとじゃありません』ソルヴェイグが言った。『この話は並みはずれて悲しくて、しかもクリスマス・ストーリーなんです。そう言ってよければ、負のクリスマス・ストーリーです。だからタイトルはむしろ《静かに雪は降る》（ドイツのクリスマスソング）としたいと思います』

『ははあ』カストラートが言った。『そのタイトルなら音楽の話だな』

『ほんの隅っこのほうで——ある肝心なところではそうなのですが、それでも主たる興味は音楽ではありません。わたしの話で、そして両家で、音楽にかかわるものは——ほんとうはここから話をはじめるつもりはなかったのですが——主人公の大叔父にあたるネスター・ビルベリーに尽きます。大叔父ネスターは、その名に反して（『イーリアス』ではネストルは十二人兄弟の一人）三人兄弟の末っ子で、すぐ上の兄より二十歳年下でした。生まれはマダガスカルで、ここはわたしたちの主人公の曾祖父サー・アレグザンダー・ビルベリーが九年間領事を務めたところです——もっともサー・アレグザンダーのように省次官補をすでに務めた者にとって、これはさほどの栄転ではありません。その末子ネスター・ビルベリーは作曲家でした。ヴァンサン・ダンディ（フランスの作曲家）に師事しましたが、華々しい成功には恵まれませんでした。もっとも交響詩《嵐が丘》だけは、数十年にわたって期待の新人として嘱望されるにふさわしい出来ばえでした。父から相続した財産でパリに住み、そのために、さらにニコラス・フォーサイトの娘ブランシュとの結婚で子供ができなかったために、彼の存在と音楽は、他のさまざまな栄光に輝く一族の添え物程度でしかなかったのです。この一族からは、メアリ・アン・ロザリンド・ビルベリー嬢も生まれています。ネスター・ビルベリーの姪にあたり、ミッチィと呼ばれ、アーサー・サングレイルと結婚し、わたしの話の二人の主人公、ニコラスとクローヴィスの母となりました。

この話は——ほんとうはここからはじめようと思ったのですが——クリスマス・ストーリーなのです。それにもかかわらず、七月のとても暑い午後の、田舎の墓地からはじまります。

老若男女の会葬者が厳粛な面持ちで柩《ひつぎ》のあとをついていきます。葬列の先頭、柩のすぐ後ろに、と

サングレイル、ビルベリー両家系図（訳者作成）

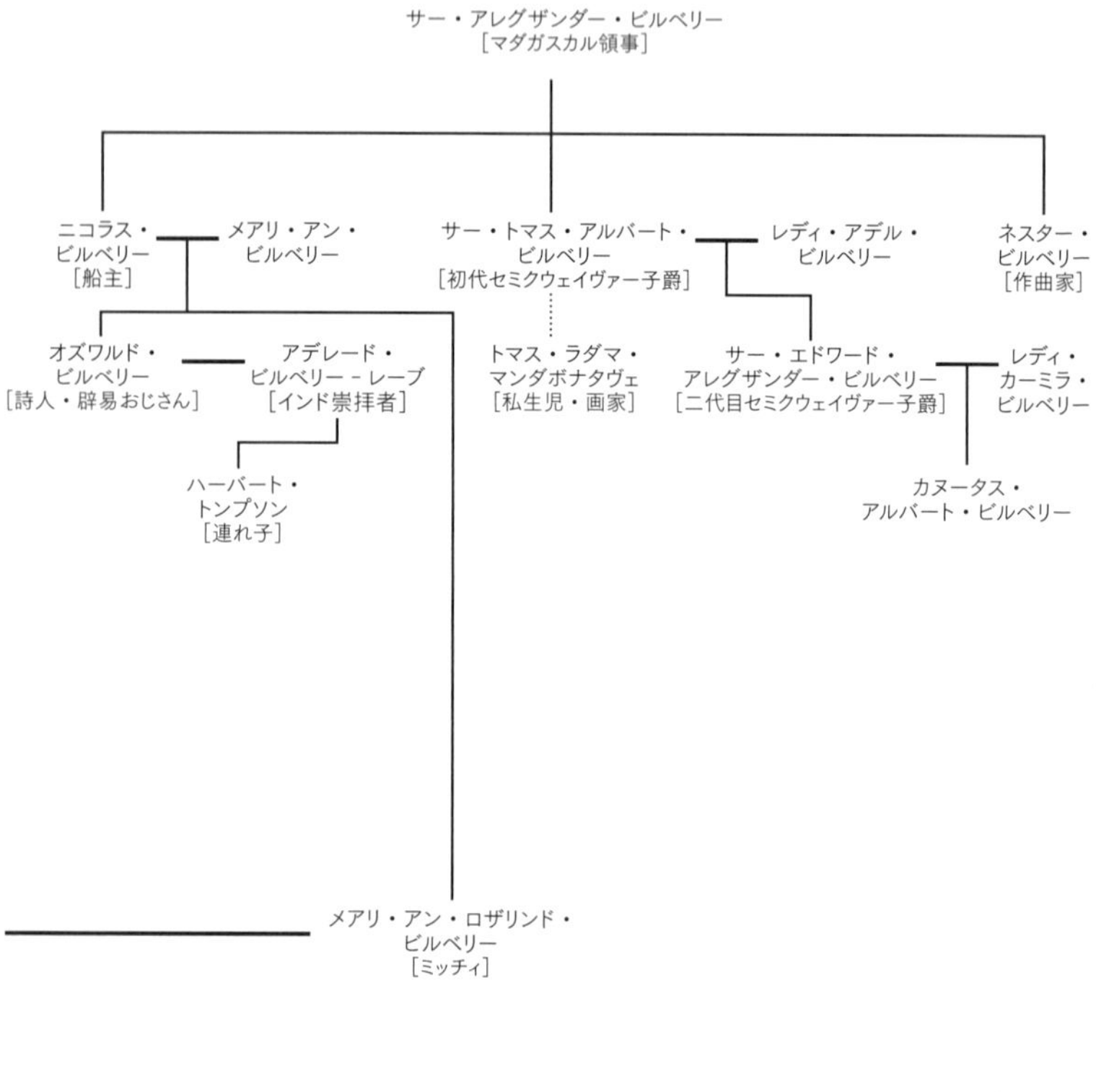

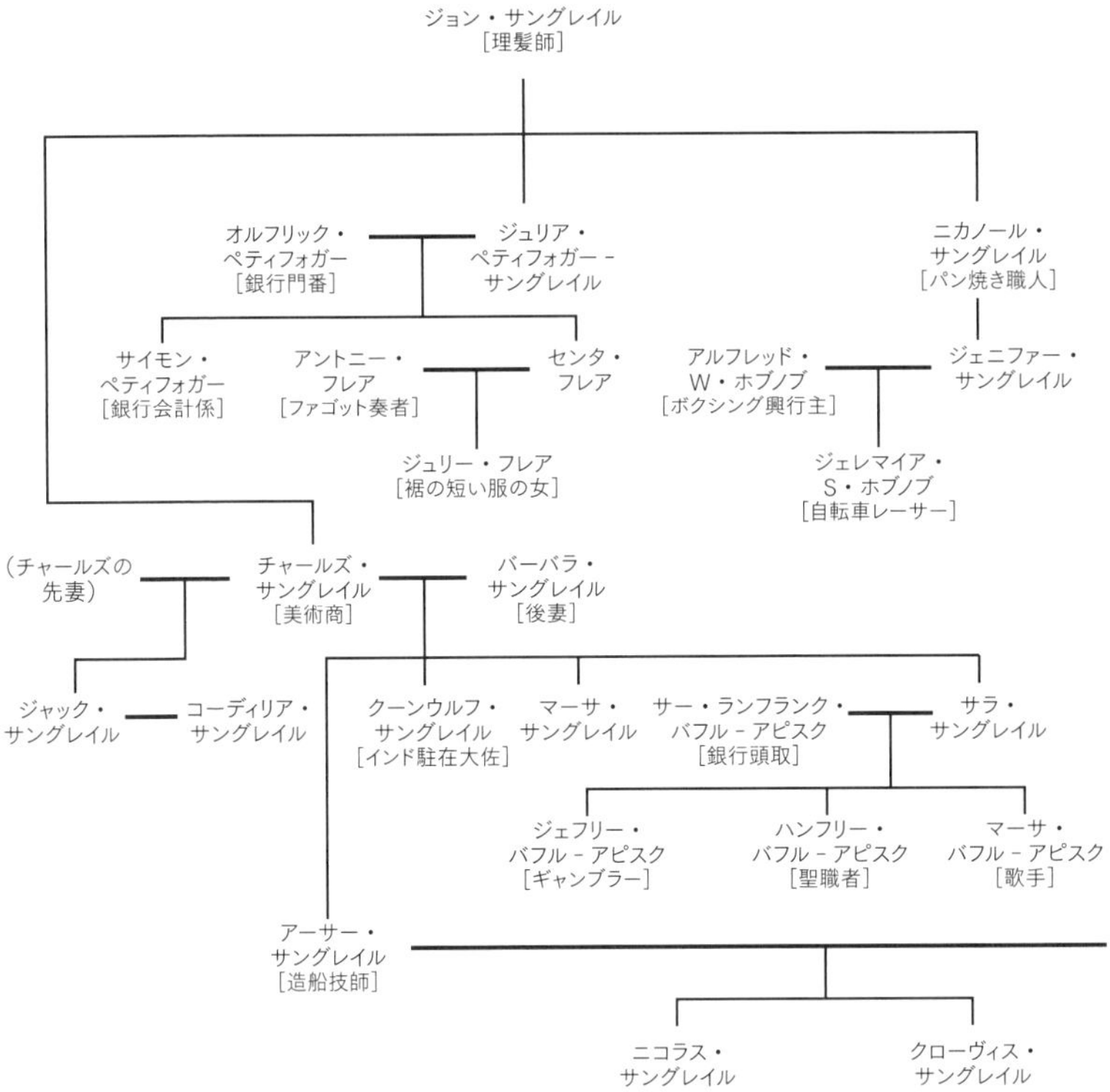
ジョン・サングレイル
［理髪師］
オルフリック・
ペティフォガー
［銀行門番］
ジュリア・
ペティフォガー－
サングレイル
ニカノール・
サングレイル
［パン焼き職人］
サイモン・
ペティフォガー
［銀行会計係］
アントニー・
フレア
［ファゴット奏者］
センタ・
フレア
アルフレッド・
W・ホブノブ
［ボクシング興行主］
ジェニファー・
サングレイル
ジュリー・フレア
［裾の短い服の女］
ジェレマイア・
S・ホブノブ
［自転車レーサー］
（チャールズの
先妻）
チャールズ・
サングレイル
［美術商］
バーバラ・
サングレイル
［後妻］
ジャック・
サングレイル
コーディリア・
サングレイル
クーンウルフ・
サングレイル
［インド駐在大佐］
マーサ・
サングレイル
サー・ランフランク・
バフル－アピスク
［銀行頭取］
サラ・
サングレイル
ジェフリー・
バフル－アピスク
［ギャンブラー］
ハンフリー・
バフル－アピスク
［聖職者］
マーサ・
バフル－アピスク
［歌手］
アーサー・
サングレイル
［造船技師］
ニコラス・
サングレイル
クローヴィス・
サングレイル

ても可愛らしい侍童が二人いて、年は五つか六つころ、豊かな金髪の巻き毛からのぞく柔らかい顔には成長のかすかな兆しが見られぬでもなく、女性なら誰でも——とりわけ娘を持つ母親なら——うっとりせずにはいられないものでした。大ぶりの白レースの襟がついた金色の緞子《どんす》を着た侍童たちは、一族の慣わしにしたがい黒薔薇を撒いています。なにしろ埋葬されるのは彼らの大叔父、初代セミクウェイヴァー子爵、サー・トマス・アルバート・ビルベリーなのですから。この初代子爵はすでにお話ししたサー・アレクサンダー・ビルベリーの次男で、侍童たちの母親の叔父にあたり——この人は一族の社会的地位の頂点でしたが、悲しいことにその打ち止めにもなったのでした。法廷弁護士だった彼は、若いころから下院議員にも選出され、後に高等裁判所判事になり、そしてモルディヴのグラン・ポポかどこかの国王直轄植民地の総督を何年か務めました。その地の暑さは奥方——ロメイ家の分家にあたる高貴なキャンベル家の出身で、女王の侍女でもあったアデルという奥方を、乾燥フルーツのように萎びさせましたが、ご主人のほうはすっかり干からびてしまって、イギリスに帰還してまもなく亡くなりました。そこで慣習にしたがい、埋葬のときは一族でもっとも若年の者が——今回は先ほどお話ししたニコラスとクローヴィス・サングレイルが——黒薔薇を撒いているのでした。

墓地に着くと、侍童たちは弔辞のあいだ後ろに下がることが許されました。そこで目にとまったのは黒い服で色黒の肌をした白髪の紳士です。背と同じくらい横幅のあるでっぷりした男で、連れの婦人はすらりとしていて、裾がかなり短い服を着ていました。色黒の紳士はにやりと笑ってクローヴィスにボンボンのようなものを渡しました。弔辞が終わり、参列者がめいめい侍童から薔薇を一本受け取り、深い悲しみのうちに頭を垂れて墓穴に投げ込む段になると、レディ・カーミラ・ビルベリー＝セミクウェイヴァー、すなわち故人の息子の嫁、旧姓レディ・モンタギュー＝ベルフォールに、クローヴィスは薔薇の代わりにボンボンを渡しました。深く悲しんでいたレディ・カーミラはろくに見もせずに、それを墓穴に投げ込みました。

それはねずみ花火でした。

色黒の紳士は裾の短い服を着た婦人と二人だけで帰ったようで、葬式後の会食には姿を見せませんでした。僕にねずみ花火を渡したのはあの人だって誰も知らないはずなのに、とクローヴィスはあとから頭をひねりました。


それから数日後のことでした。屋根裏の板囲いから追い出されたあと――この板囲いは、少年たちの父親で造船技師だったアーサー・サングレイルが片眼のペキニーズを品種改良で作ろうとして失敗したときの名残りでしたが――厳しくしつけられていたニコラスとクローヴィスはそこから追い出されたあと、次のような会話を交わしました。

――初代子爵はなんで死んだか知ってる？　クローヴィスが聞きました。

――腹痛《はらいた》だろ。

――違う。僕がクリスマスソングを七月に歌ったからだ。

――ふうん、とニコラスは言いました。

――そうさ、だってマーサおばさんが言ってたもの。早まってクリスマスソングを歌うと誰かが死ぬって。

――いつだって誰かは死んでるだろ、とニコラスが言いました。

――家族の中の誰かだよ。

――《早まって》ってどういうこと？　ニコラスが聞きました。

――ちゃんとは知らない。ともかくクリスマスじゃない日だ。

——十一月はクリスマスの日じゃないの？

クローヴィスは言葉につまりました。

——うーん、よくわかんない。とにかく七月はクリスマスの日じゃない。あの日僕は上にいた——子供たちはすでにお気に入りの隠れ場、屋根裏部屋のペキニーズの板囲いを見つけていました。厳しすぎるしつけは誤った方向に子供を導くことがこれでもわかります——あの日って先週だけどね。あそこで《静かに雪は降る》を歌った。そしたら初代子爵が死んじゃった。

——なら僕が死んでもおかしくなかったね、とニコラスが言いました。

——ごめんよ、とクローヴィスが言いました。そこまでは考えてなかった。

——いいんだよ、とニコラスが言いました。こんどは何ともなかったし。でもこれからは、早まってクリスマスソングを歌うときはいっしょに歌おう。そうすれば、あたりまえだけど、お互いに死ぬことはない。

二人は誓いの言葉を交わしました。

——マーサおばさんはぜったいこれを信じてる、とクローヴィスは言いました。だって僕がこれを聞いたのはおばさんからだもの。

——《おお樅の木》でもいいのかな。

——いいと思う。クリスマスソングならいいんだ。別になんでも。

次はミセス・バーバラ・サングレイルの葬式でした。この人はアーサー・サングレイルの母親で、チャールズ・サングレイルの後妻です。ちなみにチャールズはもとはニューキャンプ・オン・オイズの理髪師でしたが、バーバラ（旧姓はクウェイルといい、父親は保険会社の重役で、ニューキャンプ近郊に別宅をかまえ、髭をチャールズの父ジョン・サングレイルに整えさせていました）と結婚したおかげで、副業だった古道具屋は骨董店に、そしてお終いには古美術店に昇格できたのでした。そのバーバラの葬式にはまぎれもなく中産階級の色あいがありました。侍童もいなければ薔薇も撒きません。雨が滝のように降っていて、この日より寒い八月を参列者は思い出せませんでした。アーサー・サングレイルの従弟で銀行の会計係だったサイモン・ペティフォガー叔父さんのガロッシュ（防水用に靴の上に履く半長靴）は、ぬかるんだ墓地の地面にはまって抜けなくなりました。

――バーバラおばあさんは、とクローヴィスが八月の寒い雨が屋根を叩く中で言いました。ほんとうは当てはまらない。

――なぜ？　うちの一家じゃないってこと？　それとも人間じゃなかったとでも？

――そんなことあるもんか、とクローヴィスは言いました。でもおばあさんは病気だったじゃないか。それももうずいぶんになる。だからクリスマスソングなんか歌わなくてもどうせくたばっただろ。

――おばあさんになんて言い方をするんだ！

――もう一度歌おうよ。病気じゃない人が死ぬかどうか……

有名なボクシング興行師で他のスポーツマネージャーでもあるアルフレッド・W・ホブノブ氏の夫人で、結婚前はジェニファー・サングレイルだった人に持病があったかどうか、そして死因は何だったのか、それは二人の少年ばかりか、一族の年長者さえも――たとえ興味があったとしても――突きとめられませんでした。ホブノブ夫人は老理髪師ジョン・サングレイルの末子で、したがってニコラスとクローヴィスの大叔父にもあたるニカノール・サングレイルの娘でした。このニカノールはパン焼きを修業したあと、アメリカに渡り、おそろしくポーランド風の名だがごく平凡なアメリカ娘を連れてニューキャンプに戻り、戦争のはじまる直前にふたたび姿をくらましました。造船技師だったアーサー・サングレイルは、叔父ニカノールはスパイではと疑いました。ニカノールに娘がいたことは死亡通知が来てはじめて知ったのです。大叔父ニカノール・サングレイルについてそれ以上のことを聞いた人はいません。

――今に大叔父さんの死亡通知も来るよ、とクローヴィスは言って意地悪そうな笑みを浮かべました。父親はこの明らかに子供っぽい答えに首をひねりました。子供たちは屋根裏に行ってふたたび《静かに雪は降る》を歌いました。

今度の葬儀でクローヴィスは気を悪くしていました。何より怒りを抑えられなかったのは、災いを自分のせいだと思ったからです。ミセス・ジュリア・ペティフォガー＝サングレイルは、前にガロッシュをだめにした銀行会計係サイモン叔父の母親にあたる人でしたが、よりによってクローヴィスの誕生日に亡くなったのです。それは十月の冷える日のことでしたが、続いて十一月の、特に風が強い嫌な天気の日に、ミセス・コーディリア・サングレイル、旧姓フートが七人目の子を出産する際に亡くなりました。コーディリア伯母は、アーサー・サングレイルの腹違いの兄ジャック・サングレイルの妻でした。このジャックは元理髪師で後に美術商となったニューキャンプ出身のチャールズ・サングレイルの先妻から生まれた息子で、母の遺産と父の職業を継いでロンドンに店をかまえ、また母方から製粉所も相続していました。

――よくわからないんだけど、とクローヴィスが言いました。コーディリアおばさんって僕たち一族の人なのかな。たんに義理のおばさんじゃないか。

――それに、とニコラスも言いました。今年の十一月はひどい天気だった。だからもうクリスマスだったんじゃないかな。

――もう一ぺんやってみようか。

――やってみよう。

今度は誰もが無事でしたが、サー・ランフランク・バフルーアピスクだけは例外でした。この人は少年たちの父アーサーの末妹にあたるサラ・サングレイルの夫で、銀行の頭取でもあり、生来の傲慢さからサングレイル一族とはあまり付き合いませんでした。そこでその銀行の会計係だったサイモン・ペティフォガー叔父さんひとりが一族を代表して、それに業務上の配慮からも葬式に参列したのですが、またもや――今度は雪解けのぬかるみで――ガロッシュをだめにしました。

あんのじょう十二月には誰も亡くなりませんでした。周囲をあきれさせたことに、この年に少年たちは、クリスマスの日よりもクリスマスが済んでから大いにはしゃぎました。クリスマスに縁のある新年と顕現日（一月六日）には、こそこそしなくていいので、大声でクリスマスソングを歌って、部屋中を走り回りました。歌が何の効果ももたらさなくても、不思議に思う人はいないでしょう。でもマーサ叔母さんだけが一月の中ごろ病気になりました。

しかし月末になると快方に向かったので――また少年たちが力いっぱい歌うと――二月にたちまちぶり返しました。

――あの人は年回りが悪い。五十二歳だろう、とジャック伯父が言いました。そんな年になっても男がいなきゃおかしくもなるさ。

二月が終わる前にマーサ叔母は回復し、その底意地の悪さは前よりひどくなったようにも見えました。

――どうやら二月も、とニコラスが言いました。まだクリスマスらしいね。

しかしそれは間違いでした。一族にようやく通知が来たのは復活祭（春分後の満月日の次に来る日曜）のころでしたので、そのときは知るよしもなかったのですが、まさに二月に、二人の父親の弟にあたるクーンウルフ・サングレイル大佐が、旧姓をビブヴィヒという妻エミリアと三、四人の子もろとも、駐屯していたインドで虎に食われていたのでした。

――あんまり遠いことは別にしても、とクローヴィスが言いました。少なくとも今度の葬式のときは、ペティおじさんがガロッシュをだめにすることはないだろうね。

オルフリック・ペティフォガーの葬儀は簡素で、生前の彼と同じく、さして重要ではないものでした。社会一般のみならず、サングレイル一族にとっても重要ではありませんでしたが、ひとつだけ注目すべき点がありました――でもその前にオルフリック・ペティフォガーとは誰かを説明せねばなりません。この人はニコラスとクローヴィスの義理の大叔父にあたり、先にお話しした十月に永眠したジュリア大叔母の夫で、銀行員のサイモン叔父の父親です。このペティフォガーは息子が務めていた銀行のボイラー係でした。ところが何年か前に勤務中に火傷して両手を失いました。その後は銀行の門番となり、担当するドアの握りを器用に歯で開け閉めするようになりました。この配置を決めた頭取サー・ランフランクは、来客が来たらどのみちあの男は頭を下げなければならないからなと言っていました……

オルフリック・ペティフォガーがやがて歯も失うと、頭取の縁戚だったおかげで年金がもらえることになりました。

もちろんペティフィガー叔父は父親の葬式のとき、三月の雪でぬかるんだ墓地の土のために、特にお洒落なガロッシュをだめにしました。

このときも色黒の、背丈と同じくらい横幅のある紳士が顔を見せました。セミクウェイヴァー初代子爵の葬式に参列しクローヴィスにねずみ花火を贈ったあの男です。あれは――皆さんも思い出してくださぃ――クローヴィスの母方の葬式のときでした。その男がなぜ相当に縁の遠い父方の、しかもボイラー係で門番にすぎなかった男の葬儀に参列するのでしょう。この色黒の紳士がまた連れてきた若い婦人は、今度の葬列では柩のすぐ後ろを歩いていましたが、やはりとても裾の短い喪服を着ていました。――あの人は、とニコラスは後で言いました、下着も黒かったよ。土を墓穴に投げようとかがんだとき、僕見ちゃった。きっとそれだけ深く悲しんでるんだね。

その年は晩冬から早春にかけてはとりわけ雪が多く、二月になっても三月になってもクリスマスシーズンとして通りそうな気配でした。マーサ叔母の病状がいったんぶり返したあと、ふたたび快方に向かうと、二人の子供はこの遊びが面白くなくなり、興味は他に向かうようになりました。

――歌っても歌ってもマーサおばさんじゃなくて誰か他の人が死ぬなんてつまんないよ、とクローヴィスが言いました。ぜんぜん知らない人とか両手のない人とか。

――まあね、でも悪くない気はするけど、とニコラスは言いました。そして《静かに雪は降る》の最後の小節を口ずさみ、外を指しました。開き初めの花や生えたばかりの柔らかな草に実際に雪が静かに降っていました。

少年たちの興味は他に向かい、あの遊びは忘れられた、とわたしは言いました。でもずっとそうだったわけではありません。一連の、といってもいいできごとが、まもなく二人の尽力の効果を、疑いの入る余地もなく立証したのです。

受難週（復活祭前の一週間）になるとまたもや雪が降りました。聖土曜日（復活祭の前日）にようやく温かく強い雨が降りだし、雪をまるごと連れ去って、邸宅のまわりの道を――少年たちは両親といっしょに母方の祖父、船主のニコラス・ビルベリーの家にいました――底知れぬ沼に変えました。この家は赤煉瓦造りで、多重の屋根と高くて大きな煙突がありました。同じく赤煉瓦の塀が、家を囲む庭園を護っていました。ニコラス・ビルベリーはマダガスカル領事だったサー・アレクサンダー・ビルベリーの長男にあたり、母の遺産である船会社に関与し、社長の娘と結婚して、のちに鋳鋼業か何かに携わりました。父親や次男――初代セミクウェイヴァー子爵――とは違って政治に足を踏み入れず、まもなく実業界からも引退し、古代の彫像の蒐集をはじめました。船舶業と鋳鋼業は絶好調の状態のまま息子のアレグザンダー・オズワルド・アルジャーノン・ビルベリーに委ねられました。このオズワルドを少年たちは《辟易《へきえき》おじさん》と呼んでいました。あの伯父には辟易するよ、と二人の父親がよく言っていたからです。

祖父ニコラス・ビルベリーには子供が二人いました。今お話しした辟易おじさんとメアリ・アン・ロザリンドです。若いころミッチィと呼ばれたメアリはアーサー・サングレイルと結婚してニコラスとクローヴィスを産みました。オズワルドとミッチィがまだ子供だったころ、例の庭園つき大邸宅は、夏の幾週かを過ごすところにすぎませんでした。ミッチィは幼いころからこの家が大嫌いで、彼女の父は家族の団欒《だんらん》のなかで、よくこう言って娘をからかいました。お前は父さんや母さんより長生きしたくないって言ってたよな。あの気持ち悪い家を鼠ごと相続するなんてまっぴらよって。ニコラス・ビルベリーは事業から引退したあと、夫人ともどもこの家に一年を通じて隠居していました。ほどなく家の中は石膏細工の神々や英雄で文字通り溢れかえりましたが、娘ミッチィの目にはそのために住み心地がよくなったようには見えませんでした。あえて隠しはしませんが、この石膏レプリカのオリジナルは辟易おじさんが会社を継ぐとまもなく売り払う羽目になったのです。というのも、辟易おじさんの詩集《白鳥たちにもアデューと言おう》の成功――といっても文学的な意味に限られましたが――にくらべれば、事業の成功など物の数ではないとおじさんは思っていましたから。

――結婚さえすればましになるだろうけどねえ、と母親は言い言いしていました。

辟易おじさんは長く独身を通したあげくとうとうアデレード・レーブという女性と結婚しました。この人は前にトンプソンなる男と結婚していて、ハーバート・ボールドウィン・トンプソンという連れ子がいました。この子は一年のあいだインドの修道院に預けられることになりました。アデレードはカルマとの合一とか何かそのようなことを口癖のように話していました。もちろんこの遠征は多額の費用を要し、それにもかかわらず、痩せて汚く毛むくじゃらのインドの大賢者――オズワルドはのちに、あのインド人は顕微鏡で見た蚤《のみ》を思わせたと言いました――のおかげでまったくの期待外れに終わりました。オズワルド・ビルベリーは、アデレードがカルマと合一を遂げる様子が、蚕みたいな大賢者の精神性に反して、一見すると肉体的でいかがわしい印象を与えることを、さほど気にしていませんでした。

――とんでもない誤解よ、とアデレードは言っていました。愛の聖典を実地に試すことだってカルマの一種なのに。

そこでアデレードは大賢者とともに愛の聖典の一章一章を余さず実行に移しました。一度などは、これはオズワルドさえ目をみはらざるをえなかったのですが、とんぼ返りを続けながらカルマすなわち大蚕との合一を遂げたこともありました。このカルマの実演が僧全員の面前で行われ、僧たちが彼らを円形に囲んで座り、わけのわからない歌を合唱しても、オズワルドは平然としてました。しかしそのオズワルドさえ、ただでさえまれな夫婦の愛をアデレードが――とんぼ返りなしに――許したとき、夫がきわめて穏やかな熱情を傾けようとしてさえ、それが始まったとたん、かならずこう言うのには我慢がなりませんでした。

――気をつけて、忘れちゃだめよ、あなたといっしょにいるのは神の器なんだから。

大蚕が仏陀の転生か何かであることはもちろん固く信じられていました。オズワルドが魂の訓練を早々と中止して、故郷に帰ろうとする試みは、いつもなんらかの重要なできごとによって挫折しました。いちどアデレードの子ハーバートが何かの第何階梯かの秘跡を授けられることになりました。頭を剃られ、苦痛も危険もないと言い聞かせられて長い針を脚に刺されたのです。可哀そうな子はすさまじい声でわめき、脚からは血が滴りました。残念ながら少し高すぎる階梯の秘跡を授けられたのよ、とアデレードはしかつめらしく言いました。オズワルドが二度目に帰ろうとしたとき、大賢者はすかさず水の上を渡ってみせようと言い出しました。これにはオズワルドも興味を惹かれて居残ることになりました。しかしまさにこれは高いものにつきました。超俗的なヒンドゥーはたんに導入の祈禱と瞑想を行っただけでした。一部始終は地域健康組合の水泳プールで実施されました。瞑想が済むとマンダヴァラナンダとかいう名の男がプールの縁に向かいました。片足を水の上に乗せました。ここまではうまくいきました。しかし別の足がそれに続いたところで、マンダヴァラナンダは水中に落ち、そのまま沈みました。騙されて激昂した観衆にオズワルドは入場料を払い戻さねばなりませんでした。僧侶もろともリンチを加えられかねませんでしたから。晩に僧侶たちによって浄化のくだくだしい儀式が行われました。マンダヴァラナンダが水に触れてしまったからです。

一年が過ぎたころ、オズワルドとアデレードと小さなハーバートはイギリスに帰りました。しかし出発の前に、僧侶たちに――瞑想の一助とするため――映画館を寄付せねばなりませんでした。

これが辟易おじさんでしたが、むしろアデレード・ビルベリー＝レーブこそ《辟易おばさん》の称号にふさわしいのではとわたしは思わざるをえません。

ニコラス・ビルベリーが先にお話ししたように事業から引退して以来、一族――つまりオズワルド夫妻とその息子と、ミッチィ・サングレイル＝ビルベリーとその夫と二人の息子、そしてときには子爵の位を持つセミクウェイヴァー家の甥も交えて――田舎の赤煉瓦の大屋敷でクリスマスや復活祭を過ごす習慣ができました。このニコラス邸への嫌悪は孫の代にも受け継がれていました。亡霊じみた蒼白さで廊下に居並び、夜にはかりそめの命を宿すかに見えるケンタウロスやラオコーンにはたえず恐怖が呼び覚まされましたが、日中にさえ、埃だらけの藪の中から、あるいは黒い天鵞絨のカーテンの陰から、いきなり腕や脚の切れ端が伸びてくると、子供たちは庭園やこの屋根裏部屋に逃げ隠れるのでした。

すでにお話したように、今年の復活祭は、短いあいだ雪が降ったあとは雨続きでした。ニコラスとクローヴィスは庭に面した戸口に立って、道をながめていました。スポンジのように雨水を吸った道は、垂直に落ちる重い雨がろくに見通しのきかない壁となって、藪の最初の一群れまで行かないうちに途切れていました。地面から弾幕のように跳ねあがる雨しぶきは、ベランダのドアの三つ目の、いや四つ目のガラスにまで飛沫を残しています。

――道がこんなじゃ、ペティおじさんじゃなくてもガロッシュをだめにしちゃうよ、とクローヴィスが賢しらに言いました。

――クリスマスソングを歌わなくなってずいぶんになるね、とニコラスが言いました。今日は復活祭の日だから、絶対にクリスマスの日じゃない。

――キッチンを通って屋根裏に行こう。みんなきっとお金のことでけんかしてるよ。

子供たちは忍び足でキッチンを抜け、行きがけの駄賃にクッキーを何枚か持っていきました。

――お金のことじゃなかったね。アデレードおばさんのことでけんかしてた。

――おばさんなら昨日帰ったじゃないか。

――そういやそうだ。

――ハービー（ハーバートの愛称）が死んだら悲しいだろうな、それでなくともインド人に脚を刺されたのに、とクローヴィスが、石膏のレプリカが左右に並ぶ急な階段を二人で這うように上っていたときに言いました。

――心配ないよ。あいつは本当の従兄弟じゃないし、そもそも僕らの親戚でさえない。一族とは何のかかわりもないんだ。それにあいつの姓はトンプソンだから、トンプソン家の誰かが歌わないかぎり死ぬもんか。

《きよしこの夜》の第一節をおしまいまで歌い切らないうちに、下の階で短く鋭い破裂音がして、それがまず二人を驚かせました。第二節をいわば唇から出しかけながら階段をあわてて下りると、オズワルド伯父さんが床に倒れていました。いやむしろ、金褐色のキルトの部屋着から見るとおそらく伯父さんであろう人でした。なにしろ首から上はほとんど残っていませんでしたから。まだ手に持ったままの、握りが螺鈿《らでん》細工の小さなピストルで口の中を撃ったのでした。弾は石膏像にも当たり――この家ではまれな偶然とはいえません――砕け散り雲と化した石膏が、小麦粉みたいな薄い層をなしてあたりにかぶさっていました。その横のミロのヴィーナスにも、それればかりかスパルマニア（観葉植物の一種）にも、赤黒い水玉模様が、妙に規則的に点々とついていました。

もちろん他の人たちも駆けつけました。少年たちのお祖母さんにあたるメアリ・アン・ビルベリーが息子におおいかぶさりました。ミッチィはあわててクローヴィスとニコラスを追い払いました。アーサー・サングレイルは、どうやらオズワルドがもう一方の手に持っていたらしいものを取りあげました。詩集《白鳥たちにもアデューと言おう》でした。

――賭けてもいいけど、今年のイースターエッグはなしだ。

まさにその通りでした。しかし警察がたっぷりその埋め合わせをしました。自殺の調書を取るためにやってきたのです。

この文字どおりの爆発的効果は、復活祭が特別に非‐クリスマス的な日だったばかりでなく、《きよしこの夜》がとりわけ心に染み入るクリスマスソングだったからだ。少年たちはそう決めつけました。

辟易おじさんの死はタイムズ・リテラリ・サプルメントに短く報じられたばかりか、嘆かわしくも当局による破産手続きの公示からも敬意を表されましたが、それにもかかわらず葬儀は贅を尽くしたものでした。しかしながら、予期せぬできごとや不快なできごとはそればかりではなかったのです。まずそのころたまたま自転車レースがあって……いえ、この話は別のところからはじめなくてはなりません。ビルベリーの埋葬は例の田舎の邸宅の近辺ではなく、ビルベリー家発祥の地タンギルフ－アポン－ウーズで行われました。ですから辟易おじさんはそこまで搬送されたのです。アーサーとミッチィのサングレイル夫妻は子供たちを連れて二日間家で過ごしたあと、ロンドンからタンギルフへ出発しました。当初の予定では夕方タンギルフに着き、町で最高級と称されるホテルで一泊し、翌日にそこから葬列に加わるはずでした。――やれやれ、とアーサーは言いました。今思い出したけれど、可哀そうなオズワルドは初代子爵の葬儀でこう言っていた。葬式はこれからもたんとあるだろうから、そのたびに南京虫を家まで持ち帰るのかって――次が自分とはまさか思わずにな……。手荷物はすでに車に積まれていました。一家がお茶を飲んでいると、召使がホブノブ氏の来訪を告げました。何だか聞いたことがある名前だなとアーサーが思ったちょうどそのとき、背がいくぶん低く、並みはずれて痩せた青年が入ってきました。カナリアのように黄色いショートパンツと、子豚のように赤いトリコットのシャツを着て、胸に《ダンロップ》と書いてあります。

アーサー・サングレイルの最近アメリカで亡くなった従妹で、消息の絶えたニカノール・サングレイルの娘でもあったジェニファーを覚えていられるでしょうか。手短にいえばこの若者はジェニファーの息子、ジェレマイア・S・ホブノブでした。プロの自転車レーサーで、イギリス縦断レースに参加して、ちょうどロンドンに着いて一日の休暇をとったところでした。この一日を利用して母方の一族を訪ねようと思ったのです、とホブノブが言いました。

ジェレマイアはお茶に招待されました。本当をいうと彼は静かなお茶の時間をいくぶん落ち着かないものにしました。なにしろ飛び跳ねながらお茶を飲むのですから。フォームを崩すわけにはいかないのです、と彼は言い訳しました。そういうわけで、しなやかに膝を曲げ、テーブルのまわりを飛び跳ね、当然ながらお茶の一部を子豚のように赤いトリコットにこぼしました。そしてまもなく部屋を出て自転車に飛び乗ったのですが、一家ががっかりしたことには――弔事のためにこれからタンギルフまで行くと話すと――名誉な義務として自分もいっしょに行くと言い出したのです。というわけでホブノブ氏は、車の中でじっと座っていなければならなかったにもかかわらず同行しました。そして自分を《ジェレミーおじさん》と呼んでくれと頼みました。車中で彼はプロの自転車レーサーの生活のこぼれ話を話してくれたのですが、それは主として、ジェレミーおじさんはよく知っているけれど聞いている人たちは知らない誰それが、何かの折に何かを言った話で、そのおかしさは自転車レーサーの日常からとられたものでしたが、門外漢にはくわしい説明を要するものでした。そのためジェレミーおじさんは、話の肝を理解させるために、件の人物が本当は何と言うことを期待されていたかを説明するのでした。

――ひとつだけ言えるのは、とアーサー・サングレイルが後になって言いました。ややこしい冗談話を語る時には、いくつも話をしてはいけないということだ。

タンギルフに着くと雨はこころもち激しくなっていました。翌日に全員が一団となって――というのも皆が当地で最高級のホテルに泊まりましたから――葬儀に出発したときは、墓が窪地にあったため、すでに道はかなり速く流れる小川で縁どられていました。他の服がないのでカナリア色のパンツと子豚色のトリコット姿だったジェレミーおじさんは、つつましく葬列の最後尾についていましたが、それにもかかわらず皆の目を引きました。

墓地の正門は水に埋もれていました。使えるのは脇門しかありません。そこでやむをえず、柩とその運び手、それに傘をさした参列者と子豚色のジェレミーおじさんは水浸しの草地を横切り、有刺鉄線をまたぎ越す羽目になりました。

クローヴィスとニコラスは——伝統が環境に打ち勝ち——濡れそぼった黒薔薇を柔らかな泥道に撒きました。雨が柩を叩く音は骸骨の指が叩いているようでした。花飾りから水が流れ出ました。司祭がいつもどおり天に向けて頭をあげ、麗しい言葉《あなたがたは天上で故人にまた会えるでしょう》を述べようと口を開けると、雨水がどっと入ってきたため、命にかかわりかねない咳の発作を起こし、やむをえず運び去られました。公正を期するため言っておきますが、職業柄風や雨には慣れっこだったジェレミーおじさんだけは厳粛な態度を崩しませんでした。

司祭が戻ってきました。讃美歌が歌われました。皆は唱和しなければなりません。

——よし行くぞ、とクローヴィスが言いました。《静かに雪は降る》だ。

そのとき二人が驚いたことには、色黒の紳士と裾の短い服を着た婦人がどうやら二人の話を聞いていたようで、眼くばせをして唱和しだしたのです。その効果たるや絶大でした。死者の父にあたるニコラス・ビルベリーが墓穴に近づいたとき足をすべらせて——後にわざと飛び込んだんだという見解が広まりましたが——声ひとつあげず、ぱしゃんという音だけをさせて、縁まで水をたたえた穴に落ちました。たいした苦労もなく体は陸に釣りあげられたものの、そのときは息絶えていました。もちろんこの一件はのちに美しい伝説を形作ることになりました。でもさしあたりは上へ下への大騒ぎだったのです。めいめいが勝手なことをしようとしました。服のボタンをゆるめよう、墓穴を埋めよう、花飾りを取りのけよう、土をどかそう、蘇生術を試そう、祈ろう……そのうち皆の意見が一致して、不運な死者は町まで運ばれることになりました——墓地の脇門を抜け、有刺鉄線をまたぎ、草地を横切って……。ニコラスとクローヴィスは皆から離れて呆然と墓穴の縁に立っていました。道から流れ込む急流で墓穴は徐々にあふれだしました。色黒の紳士と連れの婦人は今度は厳粛な——そういってよければの話ですが——式を中座はしませんでした。婦人の服はぴったりとして裾の短いことは同じでしたが、今日のは蛙のような緑色で、しかも雨で縮みだしていました。ジェレミーおじさんも二人についていきましたが、それに先立って、この二人も自分と同じく招かれざる客であることを鋭い目で見破り、自己紹介をしました。色黒の男とジェレマイアは協力して婦人が有刺鉄線を乗り越えるのを手助けしました。そのとき服が裂けました。

——見ろよ、とニコラスが言いました。あの人が下に何を着ていようと、きっとそっちが先に裂けてるね。

ここでもジェレマイア・S・ホブノブはアメリカ人たることを証明しました。目をそらせながら防水保証の子豚色のトリコットを脱いで、それを婦人に着せかけたのです。それまでの服とくらべてもトリコットはそんなに短くはありませんでした。

二人の子供はジェレミーおじさんが心から好きになりました。

——あの人みたいに、とクローヴィスは言いました。飛び跳ねながらお茶を飲んで、しかもちょうど半分を絨毯にこぼすなんて、僕には一生かかってもできないよ。

自転車競走のツアーが終わったらまたロンドンに来て二人に会う、とジェレミーが約束してくれたので少年たちは大喜びでした。

これまで新聞を開きさえなかったミッチィ・サングレイルも今はたえず、しかもスポーツ欄を仔細に見るようになりました。でもジェレマイア・ホブノブの名はどこにも見つかりません。

――優勝しなかったってことだろ、とアーサー・サングレイルは言い、子供たちは、ジェレミーおじさんが帰ってくるまでは歌を歌うのはよそう、穴か何かに落ちちゃいけないからと決心し、おじさんが勝つように歌うのもやめようとニコラスは言いました。どのみちそれはとてもうまい具合に転がりました。おかげで少年たちはある長期計画を進めるようになりましたから。ニコラスは学校でリコーダーをいやいや習いはじめていました。弟のクローヴィスは兄の練習を聞いて横から口出ししました。念のためにクリスマスソングを吹くのもやめたほうがいいね。とんでもない、とニコラスは言い返しました。僕の腕前は簡単なクリスマスソングを吹くとこまでも行ってない――音楽の先生が僕らの親戚だったらよかったんだがなあ。そう言ってニコラスはリコーダーと楽譜を隅に放り投げました。でもクローヴィスには、器楽による――望むらくは二部合奏による――クリスマスソングの効果を試す実験に兄の熱意を沸かせるにはどうすればいいかわかっていました。クローヴィスにリコーダーをねだられた両親は驚きました。まもなく二人で仲良くリコーダーを練習する音が何時間も聞こえるようになりました。

その夏は相次いで事件が起こりました。互いに噛み合って毛糸玉のように縺《もつ》れた話をどう順序だてて話せばいいのか、わたしにもわかりません。

ことのはじまりは葬式で見かけた例の色黒の男が、裾の短い服を着た婦人を連れて、ニコラスとクローヴィスの両親を訪ったことでした。ジェレミーおじさんのトリコットを返しにきたのです。ちょうどお茶の時間でしたから、いやおうなく二人もそこに招待されました。マンダおじさんと呼んでくれと少年たちに言ったその男は、大柄のチェック模様のスーツを一着におよび、そのチェックがあまりに大きく色とりどりで、しかもズボンと上着で左右逆の配置であるため、中世の紋章官のいでたちを思わせないでもありませんでした。少年たちの母親がジュリーおばさんよと苦笑いしながら紹介した女性のほうは、頭に巻いた緑のターバンがファッションの主たる部分で、残りは大まかにいうと細いストラップで吊った二段の縁飾りでしかありませんでした。

——あのでぶっちょは、と後でニコラスが言いました。僕らが鋸で切れ目を入れた椅子に座ってたね。でもなんともなかった。

——あのときもし歌ってたら……

——危なすぎるよ。ジェレミーおじさんが熊に襲われたらどうするんだ。

——でも自転車ツアーがシベリアなんかに行くわけない。

——それより音階練習をしよう。

階下で母親は編み物の手を休めてうっとりとつぶやきました。

——あの子たちには、パリにいて音楽の才能があったネスターの血が流れてるのね。(交響詩《嵐が丘》の作曲家をここで思い出してください。)

ジェレミーおじさんは約束を守ってくれました。優勝はならなかったものの、ともかく五体満足で少年たちを訪れたのです。今回のいでたちはいわば私服で、少しまだらではあるけれどごく普通のふだん着でした。お茶を飲むときだけは子供たちのたっての願いに負けて飛び跳ねましたが、それ以外はおとなしく座っていました。何日かたつと——その前に子供たちはまた歌ったのですが——ジェレミーおじさんは姿をくらましました。同時にお母さんも消えてしまいました。お父さんの妹のマーサ叔母さんがやって来て、炊事や縫物や掃除をはじめましたが、あれこれ難癖をつけたため、数日ならずしてお父さんに追い出されました。子供たちが聞いた話によると、叔母さんは春にかかった病気がまたぶり返したけれど、死んではいないということでした。

——聖霊降誕祭（復活祭の後の第七日曜日）になったらデュエットで《汝の子は来れり》を吹こう、とクローヴィスが言いました。そうすりゃきっと叔母さんはいちころさ！

ビルベリー家の親族ばかりか、およそ来そうな人は誰もかれもが押し寄せました。人の出入りが絶えませんでした。ビルベリーのおばあさんが涙ながらに子供たちに言いました。

——可哀そうな孫だこと。お前たちはもうお母さんに会えないんだよ……

カーミラ・セミクウェイヴァー叔母さんは、義理の従姉のことというのに、いっそう悲しげにすすり泣き、お母さんのおちいった悲運について子供らに語りました。

——恐ろしい、それはそれは恐ろしい病にかかったの、とレディ・カーミラは言いました。世界中で一番恐ろしいかもしれない病に。

やがてふいに家じゅうが静まりかえったとき、お父さんが子供たちの手をとって、いつになく低い声で、お母さんが自動車事故で命を落としたと告げました。

——それでジェレミーおじさんはどこにいるの、とクローヴィスが聞きました。

するとびんたをくらいました。

——母さんと歌は関係あったのかな、とクローヴィスはのちになって言いました。そうは思えないんだけど。今度はどこもかしこも変なとこだらけだ。葬式もやらなかったし。

今お話しした混乱の渦はゆっくりと時間をかけながら、新しい所帯、つまり両親の、いえもっと細かくいうと父親の所帯へと結晶しました。最初は他の親族のようにたんなる好奇心から首を突っ込んでいた人たちの中に、何度も立ち寄ったあげく、しまいには居ついてしまった人がいたのです。それは旧姓をペティフォガーというセンタ・フレアおばさんで、あのガロッシュをだめにした銀行会計係サイモン・ペティフォガーの妹にあたるこの人が、家事の世話をするようになりました。フレアおばさんの夫アントニー・フレアは失職したファゴット奏者で、日ごろから自分自身の演芸小屋を開きたいと思っていました。この夫婦の娘こそ、ほかならぬジュリーおばさん、つまり裾の短い服を着た婦人だったのです。それからまもなく正式名をトマス・ラダマ・マンダボナタヴェというマンダおじさんが転がりこんできました。この人は屋根裏部屋にイーゼルと絵の描かれたキャンバスを持ち込み、さらに白いキャンバスに絵を描きだしたため、子供たちの敵となりました。家具荷造り人のマンダおじさんは屋根裏部屋に大理石の柱の欠片も据えつけ、そこを《アトリエ》と称しました。

少年たちは元屋根裏部屋へ行く秘密の通路を知っていました。ふたりがこっそり忍び込んだとき、ジュリーおばさんが裸で柱の上に腰かけ、スリッパを高く掲げていました。

――あのスリッパも変だし、とクローヴィスがささやきました。となりに座って煙草をふかしているのはパパだ――。

スリッパの謎はほどなく解明されました。それが解けたのはある夏の夕べのパーティーのさなかで、これは一家の主人アーサー・サングレイルよりもむしろ画家トマス・ラダマ・マンダボナタヴェの主催によるものでした。その日は少年たちが自分たちの演奏曲目をおさらいし、リコーダーの力がどれほどのものか確認した日にもなりました……

客たちの到来を少年たちは外廊下から、来ちゃいけないと言われていたのにゴムの木の陰に隠れてうかがっていました。七月の暑い晩のことです。数日前からうだるような天気が続いていました。日が暮れてもいっこうに涼しくなりません。パーティーの雰囲気はこの悪天候を抜きにしてもいささか重苦しいものでした。そのいくぶんかは、アーサー・サングレイルの客とマンダおじさんが招いた人たちのあいだに生じた、誰の目にも明らかな不和のせいでした。たとえばマンダおじさんといろいろな意味で仲間であったストライプのシャツを着た男は、テディおじさん――つまり二代目のセミクウェイヴァー子爵サー・エドワード・アレグザンダー・ビルベリー＝セミクウェイヴァーの背中を気さくに叩いて、かつて俺を四年の禁固刑に処したのはお前の親父、つまり初代子爵だと教えました。

女主人の役はジュリー・フレアが務めました。もちろん羽根飾り付きターバンと裾の短い服の姿で、おまけに今日は襟ぐりの深い服まで着て――。

招待客を一室に集めてから、マンダおじさんが告げました。これから自分の最新作をご覧いただきたく存じます、この作品は当家の主人でありわがパトロンでもあるアーサー・サングレイル氏が購入されたものであります――。一同がソファを半円形に取り囲むと、アーサー・サングレイルが覆いを取りのけて、柱の上に座った裸のジュリー・フレアを披露しました。もちろん絵の中ではスリッパでなく松明を掲げていました。

拍手がわき起こり、モデルも絵の中の自分に乾杯をしました。そのときそれが起きたのです。

少年たちは自分らの部屋に戻り、クリスマスソングを二部合奏で吹いていました。そのあと自分たちの持ち場に戻るのが少しでも遅れていたら、演奏の果実を見逃すところだったでしょう。

半裸のジュリーが全裸のジュリーに乾杯する声に一同が追随すると、二代目子爵が自分のグラスを張り出し棚に置きました。

――どうかなさいましたか、とアーサーがたずねました。

――どんな人をここに住まわせるかはあなたの自由です、と二代目子爵は言いました。ともかくあなたと何らかの意味で親類なのですから。かりにもわたしの従姉のミッチィが……いなくなって二か月もたたないのに、こんなけがらわしいしろものを掛けるというのも、悪趣味ではあるが、まだ耐えられないでもありません。だがあなたは厚かましくも、人を招いてこんなものを見ろといい、こんな下らない茶番にわれわれを無理やり参加させる。これはわが一族への侮辱にほかなりません。

――では失礼ながら思い出させてあげましょう、とアーサーは言い、やはりグラスを張り出し棚に置きました。この絵を描いたマンダボナタヴェ氏はあなたの兄弟ですよ。

すると二代目子爵はアーサー・サングレイルを平手打ちしました。

このあとの騒ぎはお話しするまでもないでしょう。アーサーと二代目子爵はめいめいピストルを持って庭に出ました。客のうちの数名が介添人となりました。残りの男たちと婦人は邸内で静まり返っています。婦人の何人かがすすり泣きをはじめました。アーサーの兄、ジャック・サングレイル叔父さんがシャンパンを少し注ぐと、ボトルの首がグラスの縁に当たってかちかちと鳴りました。

庭から銃声が聞こえました。

婦人たちが叫び声をあげました。

――弾が誤って介添人に当たらないかぎり、演奏の効き目はあった、とクローヴィスが言いました。

どちらも僕らの一族だもの。

何秒かののち、アーサー・サングレイルが部屋に入ってきました。そのままピストルをテーブルの上に置くと、二代目子爵の息子であるカヌータスを指し、ある婦人に声をかけました。

――ちょうどあなたにサー・カヌータス・アルバート・ビルベリー＝セミクウェイヴァーを紹介したところで邪魔が入りました。訂正させてください。この方は三代目のセミクウェイヴァー子爵です。

もちろん招待客たちの気分がふたたび上向きになることはありませんでした。緊張で疲れきった少年たちは満足して寝室に戻りました。

――大成功だ……楽器でも効くんだ、とニコラスが言いました。

――うん。おじさんが一人死んで、パパは監獄に行く、とクローヴィスが言いました。

――縛り首になるかも。たぶん僕らが二部合奏したからだ。

ポリフォニーには足し算どころか掛け算の効果があったからでしょうか。それとも暑い夏の夜がとりわけ反クリスマス的だったからでしょうか。数時間して少年たちはけたたましい騒ぎに目を覚ましました。

――マンダおじさんが叫んでるよ、とクローヴィスが言いました。この少年は、当人は気分がいいけれど周りには概して迷惑な、起きたとたんに意識をはっきりさせられるという特技を持っていました。

少年たちは階下に急ぎました。総身に血を飛び散らせたマンダおじさんが雄牛のような声で叫んでいます。数名の警官がおじさんを取り押さえて外に連行しようとしています。

――なんだっていきなり警察が来たんだろう。クローヴィスが小声でたずねました。

――見ろよ、あそこを。

すっ裸のジュリー・フレアが階段の途中で、両手で欄干を握りしめて喘《あえ》いでいます。喘ぎはとても激しく、一息ごとに文字通り体を二つに折っています。さらにもう一度喘いで喉をごろごろ鳴らしたと思ったら、下に転がって倒れました。お腹からとても大きなナイフが突き出ています。召使と数人の警官が、もう一人の血まみれの裸体をジュリーおばさんの寝室から運び出しました。

——パパ！　とクローヴィスが叫びました。

——どうやら一刺しで、と警官の一人が別の警官に言いました。二人いっぺんに串刺しにしたらしい。

——羽根ぶとんもな、と二人目の警官が言って、部屋からあふれ出た羽毛の雲を顔からはらいました。

それからおよそ二十五年後、二人の紳士がありふれたレヴュー小屋の桟敷席に座っていました。その日は新しい出し物の初日でした。聖霊降誕祭ころのよく晴れた暑い夏のことです。二人の紳士は兄弟で、長いあいだ会っていませんでした。ですから一家にまつわる思い出話に花が咲くのは自然なことといえましょう。

——マンダおじさんも死んでしまった、とクローヴィス・サングレイル氏が言いました。

——ああ、とニコラス・サングレイル氏が言いました。二年前に監獄でな。

——優しかったサラおばさんも……

——サラおばさんもだ。パパの件があったあと、僕たちを母親のように育ててくれた。

——ああそうだ。そしてジュリーおばさん！

——もしかしたらここのこんな体たらくを知らないほうが、サラおばさんは幸せかもしれない。そう言ってニコラスは舞台を指しました。二流そのものの歌手が、羽毛のボアを粋に巻いて、シャンソンらしきものを歌っていました。このドリー・バピックという歌い手は本名をミス・マーサ・バフル－アピスクといい、とうに物故した銀行頭取サー・ランフランク・バフル－アピスクと、アーサー・サングレイルの妹サラ叔母さんの娘でした。

一家のあの大殺戮ののち、サラ叔母さんは二人の子を引きとって、少し年かさの自分の子供たちとともに育てたのでした。

サラ自身の三人の子供のうち長子のジェフリー・バフル－アピスクは、母の希望と父の遺言により、その父の生涯の仕事であり天職でもあった銀行頭取になるはずでした。ところがぱっとしないプロのギャンブラーになり、のちにはあちこちのレストランのテーブルでジョークを語って口に糊するようになりました。次男ハンフリー・バフル－アピスクは聖職の道を進み、さして大物ではない主教の秘書となりました。しかし英国教会百科事典に寄稿したとき、純然たる怠惰から、何人かの中世スコラ学者とその伝記、さらにはひとつの異端運動さえそっくり捏造したことが発覚し、経歴は終りを告げました。末娘のマーサ・バフル－アピスクはニコラスとクローヴィスの激しい争いの火種となりました。思いやりの深いマーサは当面三人での事実上の結婚によって折り合いをつけようとしました。しかし兄弟は決裂し、そのころすでにドリーと呼ばれていたマーサを自分ひとりものにしようとしたのです。マーサは三人目を選びました。そのときわかったのですが、三人の結婚にはとうから四人目が参加していたのでした。元ファゴット奏者のアントニー・フレア氏が念願かなって演芸小屋を開いたとき、そのころバピックという芸名を使っていたドリーと契約しました。そして過ぎ去った歳月へのいわばある種の感傷から、ドリーは二人の兄弟を初興行に招待したのでした……

――マンダおじさんには死刑の判決が出たけれど、恩赦が下って終身刑になった、とクローヴィスが言いました。

――そうだったな、とニコラスが小声で応じました。リコーダーの二部合奏は、効力をあっけなく失くしてしまった。

――違う、とクローヴィスは言いました。マンダは初代子爵とマダガスカル女とのあいだにできた私生児にすぎない。初代子爵の父親はマダガスカルで領事だった。マンダはいってみれば偽の親戚だ。

このとき兄弟の目は舞台に向きました。おりしもドリー・バピックがアンコールに応えるところでした。ドリーは兄弟のいる桟敷に投げキッスをしてから、マイクロフォンにささやきました。

――ニコラスとクローヴィスに！

そしてクリスマスソングを歌ったのです。


続いて起きた天井桟敷と一部の桟敷席の崩落による死者の中に、ニコラスとクローヴィスも交ざっていました。

とうに年金生活者になっていた元銀行会計係サイモン・ペティフォガーは、溜息をひとつついて、またもや新しいガロッシュを履きました。甥たちの埋葬のとき、これもだめになるだろうという疑念は、何をもってしても拭いきれませんでした』

ソルヴェイグはソファにもたれてシェリーをすすり、話のあいだときどき参照していた一族の家系図を折りたたんで聴衆に回した。とても小さな文字で書かれていたので、公爵はロシアンシルバーの柄付眼鏡を取り出し、またそれを胸のポケットにしまった」

「その話はきっと真夜中のかなり過ぎまで続いたことでしょう」レンツが言った。「それにつけても気になりますのは、次の土曜の姪御さんの名でございます」

「そうかい？　お前か、それともわたしか、夢を見たのはどちらかな」

「カストラート様かあるいはその立派な妹さんがお子様方を命名する規則はそれほど判じがたいものではございません」

「それなら土曜の姪の名を当ててみろ」

「その方はどちらのご出身でしょう」

「ヴェネツィアだ」

「ああそれならば、さぞロマンティックな話が聞けるでしょうね。その方はラヴィーニアといいませんか」

「違う」

「ラディスライアでしょうか」

「違う」

「ならばライスかラーミアでしょうか」

「ラウラというのだ。そして土曜の会場になったサロンは、おそらく老カストラートが狩猟の獲物を飾るための部屋だったのだろう。狩りの記念品とともに飾られた巨大な絵は、暖炉の反対側の壁をほとんど塞《ふさ》いでいた。絵にはテーブルが描かれ、その上には――秋の葉にふんだんに飾られて――狩りの獲物が山と積まれている。仕留められた孔雀の首がテーブルの端から垂れ、脚を一括りにされた野兎が獐鹿《のろじか》の上に重ねられている。狩猟用の角笛がそのわきにもたせかけてあり、テーブルの下にいる斑《ぶち》の犬が死んだ猪の匂いを嗅いでいる。画の左右には、背の高い秋の紅葉《こうよう》の枝が何束ずつか生けられ、その葉が額縁を越え、古色を帯びた静物画の前までかぶさっている。本物の葉と絵画の葉をちらつく暖炉の火が等しく揺らせ、まるで今見ているものは幻想的な飾りつけのなされたアルコーヴで、それが上に行くにつれて部屋の暗がりに溶けこんでいるようだった。背景に描かれた、目を近づけなければ見えないほどの狩子が、ときおりこちらに眼くばせしているとさえ感じられた。

ラウラが入ってきた。赤薔薇色の服を着た彼女は、みんなお前の話を待っているよと言われると驚いた顔をした。

『シモーニスは』公爵が言った。『最後の晩に話すことになっているから、今日の語り手はお前しかいない。そもそもお前の遠慮は心からのものではあるまい。とっておきの話を前から用意しているだろう。都会から来た者には話題がたんとあろうから――』

『それはそうですけど』ラウラがさえぎった。『わたしたちはそんな話はしません。ナポリの人とは違います』

『あら』レナータが言った。

『わたしたちは自分たちの物語を生きます――物語るのは人にまかせ、わたしたちヴェネツィア人は、生きることに専念します。ですから本当に面白い、心を動かす物語はことごとくヴェネツィアで演じられるとしてもわたしは驚きません――』

『オペラなら』薄赤色のクレッツァー（南チロル産のロゼワイン）をほっそりしたカラフェから皆のグラスに注ぎながらカストラートは言った。『少しは知っているが、オペラにそれはあてはまらない。真にオペラといえるものはギリシアが舞台だ』

『何をおっしゃいます』ラウラが言った。『トルコがギリシアを征服してこのかた、ヘラス（ギリシアの古称）

と言えばヴェネツィアに決まってます。《コシ・ファン・トゥッテ》は言うまでもなく、《黄金の林檎《ポモ・ドーロ》》（アントニオ・チェスティのオペラ）も《ロドイスカ》（ルイジ・ケルビーニのオペラ）もみんなヴェネツィアが舞台じゃありませんか』

『ちょっと待って』ドリメーナが言った。『《トスカ》はローマの話なんだけど』

《薔薇の騎士》はウィーンだし』ミランドリナも言った。『ノルウェーが舞台のオペラだってあるわ。《さまよえるオランダ人》。ポルトガルが舞台のだってありますよ。マイヤベーアの《アフリカの女》。それからもう一つ、エデンの園が舞台のものさえあります』

『ルディ・シュテファンの《最初の人間たち》ね』ファニーが言った。『それからたとえば《ワルキューレ》はアイスランドか、それとも天上のどこか……』

『《ニーベルングの指輪》には』わたしも口をはさんだ。『まことに厄介な地理的な問題があります。しかしワグナーの指定した演出を仔細に研究すれば、論理的な解答を得るのは難しくありません。《ラインの黄金》の、ラインの深みがまず霧に溶ける場面は、こう指定されています。——波がだんだんと雲に移り変わり、背後で曙光がしだいに明るくなるにつれて、それは澄んで細かな霧になる。切れ切れの雲になった霧が空の高みでまったく消えると、薄明の空に山頂の空き地が見晴らせるようになる——（『ラインの黄金』第一場終わりのト書き）。この《山頂の空き地》にフリッカとヴォータンが横たわり、午睡をとっています。ワグナーはさらに詳しくこの場所を描写しています。——夜明けの光が輝きを増しつつ、背景の岩山の頂にある城の鋸壁をあざやかに照らしている。城を冠のごとく戴いた岩山を舞台の前景と分かつのは深い谷で、そこをライン河が流れているとする——（同第二場初めのト書き）。言葉のひとつひとつを吟味してみてください。岩山、山頂の空き地、深い谷、そしてライン。これにあてはまる場所はひとつしかありません。スイスです。間違いなく《指輪》は、少なくともそのもっとも重要な場は、グラウビュンデン（スイス東部の州）を舞台にしています。ワグナーは《指輪》の台本を最終的にはトリプシェン

（ワグナーの邸宅があったスイスの地）で執筆し、ゲルマンの神々の座をトーディとアデュアに置いたのです。あのチューバにはアルペンホルンの崇高な響きが聞こえないでしょうか。ビュンデンの高地ではブリュンヒルデを思わせる牧人の女をたびたび見かけますし、あの州のレスリング競技に行けば、ヴォータンのように激昂する片目の牧人に出会わないでもありません』

『まことにもっともだ』カストラートの公爵が答えた。『ジークフリートのライン行はもちろん河を下る旅だ。その途中に波の逆巻くところがあるが、あそこはシャフハウゼンの滝を表わしているのかもしれない』

『ええ』ソルヴェイグが言った。『《冬の嵐は喜びの月に座をゆずり》（《ワルキューレ》中の歌）を聞くとすばらしい光景が目に浮かびます。シュプリューゲンにあるフンディンクの家の扉を開けて、キアヴェンナに向けて谷を下ると、コモ湖畔にマグノリアが咲き……』

『そうだな』公爵が応じた。『してみるとワグナーもそれほど拙い詩人ではない。ワグナーの台本《リブレット》にオッフェンバックが曲をつければよかったんだが』

『オッフェンバックは』ラウラが言った。『オペラの舞台をどこにすべきかよくわかってました。《ホフマン物語》のジュリエッタの場の舞台はどこでしょう。ヴェネツィアじゃありませんか！　そしてあのオペラはどんなオペラよりすばらしいものです』

『でもオペラの中のオペラ』ファニーが言った。『《ドン・ジョヴァンニ》は――』

『ドン・ジョヴァンニの物語こそ』ラウラが言った。『――種々雑多な戯曲からはじまってダ・ポンテの台本やあなたの美しい話にいたるまで――ある風変わりな事件の神秘化にすぎません。あれは本当はヴェネツィアで起きたに決まってますとも。モーツァルトが自分のオペラを《ドン・ジョヴァンニ》と名づけたのは故《ゆえ》のないことではありません（スペイン名の《ドン・ファン》はイタリア名では《ドン・ジョヴァンニ》になる）。これは本当の舞台（オペラでは舞台はスペイン）を巧みに仄めかしているのです。……音楽にもスペインの味はあまり感じられませんでしょう。むしろかなりイタリア風です。もちろんオペラの中のできごとは、ヴェネツィアから見るとこれ以上ないほど異国的ですけれど、異国的なんて言葉はヴェネツィアで意味をなすでしょうか。

この事件は完全には揉み消せず、おかげでのちになって、おなじみのあの伝説が作られました。しかし実際の主人公は――立役者というべきかもしれませんが――一人ではなく二人でした。その二人の体験と環境があまりにも分かちがたく絡みあっていたために、故意の神秘化はひとまずおくとしても、真の関係が明らかになるまでには、何世紀もの時を要しました。ゲーテやキルケゴールをはじめとする偉大な精神が熱心に取り組んだにもかかわらず、それだけの歳月が必要だったのです。

事件の発端にヴェネツィアは少しもかかわっていませんが、それはたいしたことではありません。辺境の地が発端でも、魔法のように世界の要《かなめ》ヴェネツィアに寄り集まり、ついにはそこで、ただそこだけで、頂点に達するのです。

主役の片方は――これから二番目に紹介する人ですが――どこのどういう人だったのか、はっきりとはわかっていません。しかしもう一方は、当時キリスト教世界の華とうたわれた人で、生まれはスイス、母はバイエルンの人でしたが、スペインやフランスの、そしてわたしの間違いでなければ、ポーランド、ボヘミア、その他可能なかぎりの血を引いていました。すなわちドン・ジョヴァンニ、高名なドン・フアン・デ・アウストリアその人です。――ファニーは歴史に実在したドン・フアンについて、詳しくもっともらしい講釈を披露してくれましたが……』

『そう言うからには、きっとお前もその話を用意してるな』カストラートは笑って、ワインを飲み干すと、背もたれの高い椅子の上でどっしりした体の姿勢を整えた。

『即興演奏を成功させるには』ラウラが言った。『周到な下ごしらえが何より大切です。ですからわたしは、この即興のお話を、総督ルイジ・モチェニゴの治世時代のある一日からはじめましょう。不運の作家ドン・ミゲル・デ・セルバンテス・サーベドラが左手の自由を失った日です。それを奪ったのはトルコの銃弾で、さらなる二発が左腕を麻痺させたといいます。一五七一年十月七日、スペインの軍艦に乗ったセルバンテスは、自らもトルコ軍に発砲しました。それは――あのアルカディアの地で他に何が期待できましょう――栄光の日でした。敵味方あわせて五百艘の巨大なカノン砲が吐く硝煙に、天は海のかなたまで翳り、そのまま夜にいたりました。ナウパクトス海峡――わたしたちヴェネツィアっ子はレパントをそう呼んでいます――の岩壁も発砲の響きで震えました。燃えあがるガレー船に繋がれた奴隷たちが、応ずる声もないまま助けを求め、その炎は、人災による恐ろしい夜にふたたび昼の光を血腥《ちなまぐさ》くもたらしました。最初のうちは作法にのっとった海戦でしたが、一向に埒《らち》が明きそうにもありません。そこで戦いは船対船、人対人の掟破りの接近戦と化しました。敵も味方も、煙と灰と轟音のこの夜、勝利か死かを、十字架か三日月かを賭けて……

双方の旗艦が衝突し、木造の大城塞と見まごう舞台で、スペイン人とトルコの親衛兵が甲板を血まみれにして戦い、そのぐるりでは、この最後の大決戦のあわただしい指令に煽られたのか、波が嵐さなかのように荒れました。トルコのガレー船が炎をあげて破裂し、渦に呑まれました。あるトルコの将軍が、恐ろしげな、でも相手までは届かない呪いの叫びを発し、偃月刀《えんげつ》を振り回しながら、三日月の旗もろとも荒波に沈みました。強さが互角の相手との戦いが膠着し、胸と胸、柄《つか》と柄が触れ合い、最後の力を振り絞るところまで切迫したあげく――一方のほんのわずかな優位が相手をわずかに動揺させれば、その動揺に乗じてすばやく、すでに負けたも同然の敵の抵抗を挫き、ついには敵は壊走するか、自ら首を差し出します――ただそれは他の船からは霧と煙雲と炎のおかげで、双方の旗艦が決闘で対峙していることは、おぼろにしか認められません。一方は三つの三日月の旗を掲げ、アリ・ムエンシサデ・パシャ、パシャ主将――これはトルコでは総督も意味します――が統率しています。対する相手はドン・ファンの指揮です。互いに嚙みつき合うように、折れた櫂《かい》とともに、塔のように高い舷側が接します。いまや呼吸一つが戦いを決しかねません。深く進撃するイェニチェリ（キリスト教からの改宗者による親衛軍団）を一歩、ただ一歩だけ後退《あとずさ》らせたのは、トランペットの合図だったかもしれません。しかし次の瞬間、トルコ軍は雪崩をうって壊走しました。イェニチェリたちは自船に退却し、ヴェネツィア軍は追撃し、百戦を戦った老将セバスティアーノ・ヴェニエさえもが、生涯最後の武具を身につけ、孫たちの後を追ってトルコの船を攻めに行きました。トルコ軍はかろうじて後甲板と船の高所を数か所守っていましたが、とどろく雪崩の勢いで攻めてくる敵に、なすすべもなく壊滅に追いやられました。パシャ主将は倒れ、メーンマストが占拠され、三日月の旗が降ろされました。近くのトルコ軍の船は恐怖で凍りついたようになっています。最初の船が向きを変えて逃走を図ると、ヴェネツィアの、スペインの、教皇の船が、マルタ騎士団とサヴォアとジェノヴァの船が――もっともジェノヴァ軍はさほど熱心ではなく、あらかじめ安全策を講じ、トルコが勝ちそうならば人目につかぬよう船の向きを変えるつもりだったのですが、ともかく十字架側の船団は、内臓を射抜かれた獲物も同然の敵をコリント湾に追い詰めました。トルコ軍艦の拿捕《だほ》や放火はますます容易になりました。最後を飾ったのは散り散りに逃げる無数の船を屠《ほふ》る恐ろしい包囲戦でした。それらの船も朝には統率の行き届いた最大の艦隊とうたわれたスルタンの艦隊だったのですが。

　三万人のトルコ人が斬殺または射殺され、捕虜となり、あるいは波に呑まれました。百三十艘のトルコのガレー船が拿捕され、一万二千人のキリスト教徒の奴隷が解放されました。これは完全なキリスト教の勝利で、その勝鬨《かちどき》は筆舌に尽くしがたいものでした。遅くともコンスタンティノープルが征服されて以来――それだって百年以上前のことですが――目前の脅威となっていた敵が、野望を挫かれたのですから。キリスト教世界は安堵の息をつきました。緊張は解け、戦いの数日後、勝利者たちをヴェネツィアで迎える歓呼のどよめきの波はいつまでも止まず、その熱狂は幾日も続く祝宴へなだれこみました。

ヴェネツィアの名家はどこであれ、英雄たちのせめて一人なりとも、自邸に招いて祝宴を張るのを栄誉と心得ました。《鉄の頭》と呼ばれる公爵エマヌエーレ・フィリベルト・ド・サヴォイエン、ひときわ勇猛なマルタ騎士団の騎士団長、高貴なるピエトロ・デル・モンテ、パルマの公爵ドン・オッターヴィオ・ファルネーゼ、それどころかジェノヴァの提督ジャン・アンドレア・ドーリアまでを――なかんずく、輝かしい勝利の中心になり、以来《レパントの勝利者》と称され、ヴェネツィアの貴婦人方がドン・ジョヴァンニと呼んだドン・ファン・デ・アウストリアその人を。

世界を動かしたこの戦いのはじまる何日か前、もう一人の外国人がラ・セレニシマ（ヴェネツィア共和国の別称。「きわめて清澄な町」の意）にやって来ました。その男の到来は人目を引かず、その外見も、少なくともちらと見ただけでは目立たぬものでした。老齢ながら矍鑠《かくしゃく》とし、従者あるいは家令ひとりを供として、陸から、ということは、メストレ（イタリア本土にあるヴェネツィア領）で褐色に黒ずんだ不格好な小舟《バルケ》に乗ってヴェネツィアに着きました。こうした舟は日に百度余りもヴェネツィアとメストレを隔てる潟《ラグーン》を渡しています。心づけの額、優雅な物腰、選り抜きの、しかしそれを表に出さない身なりは、これは並みの客ではないと渡し守に思わせました。しかし乗るときと降りるときに船頭と従者の助けが要ったことから、最初思ったよりずっと老けて体が弱っているのがわかりました。

この異国の客はフォンダコ・デイ・テデスキ（ドイツ商館）に案内を乞いました。ここはドイツの商人たちの公認商会です。そこでもっとも富裕な商社の代表に面会を求め、お歴々がしたためた推薦状を一束出してみせました。そこにはこの手紙の持ち主はベービンゲン出身のヴィンゲルフート博士であると保証してありました。フッガー商会の代表がみずから出向き、もっと評判のいい旅籠屋に、貴人にふさわしい部屋を得ようと努め、何なりと御用を承りますと申し出ましたが、この異国人――今後はヴィンゲルフート博士と呼びましょう――はあまりうるさい要求はしませんでした。いつも灰色の服を着て、ヴェネツィア滞在の最初のころは、当時から世界中で有名だった名所旧跡をまめに見て歩き、あらゆる教会やパラッツォで、その建設者、設計者、パトロン、所有者などの、暇を持てあました異国の観光客が興味を持ちそうなことを何でも聞いて回るのでした。それもまたヴェネツィアではさほど珍しくはありません。なにしろこの地には信じられないくらい大勢のドイツ人、フランス人、ポーランド人、スペイン人、あるいはフィンランド人やアラブ人やクロアチア人までもが始終出入りし、おまけにこのころは、メッシーナ（シチリアの港湾都市）にかねてから集結していた神聖同盟の艦隊がいよいよ出港するとの知らせが次々押し寄せ、ドン・フアン・デ・アウストリアは勝てるかとヴェネツィア中がはらはらしていたときで、サン・マルコ広場前の街路に座る最下等の物乞いさえ、ラグーンに浮かぶ黄金のラ・セレニシマの遠い運命が、ドン・フアン・デ・アウストリアの肩にかかっていることを十分わきまえていたのです。

それはレパントの決戦の何日か前――不安におののくヴェネツィアで互いに食い違う知らせや噂が追いかけっこをし、教会では神へのとりなしの祈禱が、街では祈願の行進が行われている日、ヴィンゲルフート博士は全都あげての騒ぎを気にする様子もなく、ふたたびフォンダコ・デイ・テデスキを訪れました。今度はフッガー家の代表者に聞きたいこと――ある人物の住所――があったのです。もちろん代表は、何なりとすぐお教えするか、少なくとも調査はいたしましょうと請け合いました。しかし博士がその人物の名を言うと、顔を青ざめさせました。

ある種の歴史ロマンスの作者は』ラウラは話を続ける前にすこし間をおいた――召使が入って来て、公爵の愛猫ラムセスが隣家の犬に噛まれたと告げたからだ――『過去の資料が残っておらず、おそらくは同時代の人さえ知らなかったであろうことも、知っているふりをしたがります。より賢い作家は、そんなときは検証しようもないものを用います。とりわけわたしが厚かましく感じるのは、歴史上の人物の会話を一言一句まで再現しているときです。わたしはそんな作家の仲間入りはしたくありません――ヴェネツィアで二人の若者が本当に会話したとも、二人の貴人がそもそも本当に存在したとも言い張るつもりはありません。ではこれからサン・マルコ教会の参事会員マーク・アントニオ・モーロに、脂肪のおかげで文字通り顔の中に埋もれて縮んでしまった口を通してかろうじて出る声で喋らせますが、そのときわたしが従う要求はただ、よい話は聞いて楽しいばかりでなく、ためにならなくてはいけないこと、それだけです。

――あの嫌らしいペレッティがなぜ枢機卿になったか、知っている者はいるだろうか。

見てのとおり、二人は神学の玄人同士の会話をしています。話しかけられたドン・アルバノ・サグレドは、友をも凌駕しかねぬばかりに太ったサン・ロッコ学園の学部長でしたが、青みのかかった鼻をこすって長考したあげく、こう答えました。

――去年には、そう、去年には枢機卿になっていた。

――その訳を誰か知っているだろうか。参事会員が問いをくりかえしました。

――奴はやたらめったら喋る。ドン・アルバノが答えました。恐ろしくよく喋る。あれくらい喋れれば……。学部長は猪みたいにトリュフにくんくんと鼻を鳴らしました。――俺だってとうの昔に枢機卿になっている。

――母さんの手で月桂樹の葉の中で蒸し焼きにした豚の睾丸四個対ヘーゼルナッツ一粒の割で賭けてもいい。そこでドン・マーク・アントニオは驚くべきすばやさで一指尺（約二十センチメートル）もある舌を顎の下まで突き出しました。――あのアンコーナ（イタリア中部の町）生まれのお喋りはそのうち教皇になる。

――次の次はなるかもしれない。だが次は絶対にない。

――どうして。

――名にRがあるから。

――なるほど。ドン・マーク・アントニオが肯きました。――奴の名にはRがある。なら次の教皇は誰だ。

――今の教皇は、選挙前にはミケーレ・ギスレーリという名だった。名にRがある――。

――ミラノ生まれのいけすかない奴だ。ドン・マーク・アントニオが言いました。――その前のピウス四世の俗名はジョヴァンニ・アンジェロ・ディ・メディチ――Rがない。

――やはりミラノ生まれで、反吐《へど》の出るくらいの助平だ。貴婦人らを丸裸にして絵に描かせたって話を聞いた。

――その前はパウルス四世だった。俗名はジョヴァンニ・ピエトロ・カラファ――Rつき――。

――ナポリ出身でこれ見よがしに信心ぶっていて――修道士ですらなかった奴だろう。

――Rあり、Rなし、Rあり、Rなし――。

――整然たるもんだ。ドン・マーク・アントニオはそう言うとあくびをしました。――聖霊のしわざとしか思えない。

――今の教皇にはRがある。だから次はRなしは避けられない。

——避けられないな。ドン・マーク・アントニオが言いました。

——だから、ゴンドリエーレ二人対サン・トンマーゾの魚の目取り女の割で賭けてもいい。次の教皇はサン・シスト教会の枢機卿だ。

——ウーゴ・ブオンコンパーニか。

——そうだ。まず奴はボローニャ生まれだ。ボローニャ出身の教皇はかなり長いあいだ出ていない。ボローニャの最後の教皇は……

ドン・アルバノのおちょぼ口が小鳥のさえずりのような音を出し、目が上に向きました。——ルキウス、そう、ルキウスだった。一一四四年に教皇になって、一一四五年に頭に石が当たった。

——なかなか面白い。ドン・マーク・アントニオが言いました。

——そうだろう。ブオンコンパーニは教皇特使としてスペイン王のもとに赴いてもいる。今教皇選挙があったら、そのことだけでもブオンコンパーニは教皇になるだろう。今でなくともいずれはなる。

——でもあいつは、同じことばかりくりかえす、頭のおかしい奴じゃないのか——今思い出したが——何かを導入か廃止しようともくろんだろう。時計だったかな。

——暦だ。ドン・アルバノが言いました。——そしてその次の教皇は——Rのある——ペレッティだ。その後はジョヴァンニ・バッティスタ・カスターニャに賭けよう。

——あいつは枢機卿でさえない。

——すぐになるさ。ロッサーノの大司教に就任してもう二十年になる。そろそろローマ出身の教皇が出てもいいころだ。さもないと魚売り女らの喧々囂々《けんけんごうごう》でコンクラーヴェ（教皇選挙会議）は大変なことになる。最後のローマ出身の教皇は——。そしてふたたび目を上にあげてさえずりながら検算しました。

——オットーネ・コロンナ。つまりマルティヌス五世だ。在位一四一七から一四三一——。

――また何か廃止せぬよう願いたいものだ。豚の睾丸とか――。

――馬鹿言いたもうな。そのあとは――Rつきの――ニッコロ・スフォンドラートかもしれない。そのあとはニカストロの司教、アントニオ・ファッチネッティ以外ではありえない。われわれのピウスの前に拝跪したあいつを、教皇が起こそうとかがんだとき、三重冠が奴の頭の上に落ちた。これが前兆でなくて何だろう。

――やめたまえ。若いお偉方は魂の兄弟の手を穏やかに、しかし断固として、膝から押しのけました。

老修道院管財人コンタリーニの若い甥たち二人がこの会話をしている場所は、ドン・フアン・デ・アウストリアの栄誉をたたえるドイツ人商会主催の祝宴会でした。カナル・グランデ沿いの名家のパラッツォで催される舞踏会や祝賀会の光輝にひけをとらぬよう、主催者側が力を惜しまなかったとはいえ、ひときわ華やかな宴でもありませんでした。しかしともかく金に糸目はかけず、五日間宴を続けさせてもらえるよう当局に願い出ました。許可はおりましたが、フォンダコ・デイ・テデスキの宴会広間に集まったのは――ドイツ商人らの催しだったこともあり――三流どころの貴族ばかりでした。すでに宴も四日目に入り、酒量はいよいよ増え、宴の熱狂がおいおい醒めたころ、ドイツ商人連が何度となくうやうやしく出向いたことがついに功を奏し、英雄ドン・フアン・デ・アウストリアその人から――招待側がまんざら理由がなくもなく同郷人とみなしていた人から――承諾の返事がもらえました。一連の公的および私的な娯楽の催しの一環として、フォンダコ・デイ・テデスキの五日目の宴に参加の栄を賜るというのです。

ドン・ジョヴァンニがドイツ商人の宴に顔を見せるという知らせは、たちまち物見高い人たちの情報網を駆けめぐりました。英雄が到着するまでの一時間あるいは半時間前から、ヴェネツィアの精髄

——あるいはむしろ自らをそうみなす人たち——の陽気さが気の抜けた宴をおおい尽くして、ドイツ人らを驚かせました。

そこにドン・フアンが現われました。雇われた十六人の笛吹き隊《ピフェラーリ》が商館を崩さんばかりにトランペットを鳴らし、貴婦人たちは息を呑み、その胸は震えました。ドン・フアンはまだ会ったことのない者が期待したより少し小柄でした。錦織りの白い服を着て、共和国から贈られた金鎖を首にかけていました。全身を深紅に装った二歳年上の甥、パルマの公位継承者ドン・アレッサンドロ・ファルネーゼが同行していました。

肥育鶏のように太っちょな二人の高位聖職者と同じく、ドン・フアンもまた、灰色の服を着て髭を生やした老人が片隅に座って静かに周囲を観察しているのに気づかなかったようですが、ドンナ・アンナ・コンタリーニがいることには一目で気づきました……』

雄猫ラムセスの負傷は、ラウラが一息つくまでしばらく背後に控えていた召使によって知らされた。傷は最初懸念されたほど深くはなかった。カストラートの公爵はフランスブランデー（リウマチ用の塗り薬）の塗擦を命じた。

ラウラは話を続けた。

『ドン・ジョヴァンニが厳めしいその老人を、かりに知人であったにせよ、ほとんど目をとめなかったろうというところまでお話しました。その老人こそ誰あろうヴィンゲルフート博士でしたが、こちらは紹介されるまでもなくドン・ジョヴァンニを認めました。実物でも肖像でも——ともかく地上の肖像では——一度も見たことはなかったのですが……

ドイツ商人たちがその名を聞いて顔を青ざめさせた男の住所をヴィンゲルフート博士に教えること

は、商人たちには難しくはありませんでした。その問題の人物をこれからはシメオーネ氏と呼びましょう――とはいえその男は多くの名を持ち、はるかに遠いミゼリコルディア小運河の方のどこかの横町に住んでいました。ヴィンゲルフート博士にしても、シメオーネ氏が水晶の柱のある大邸宅に住んでいるとは思っていませんでしたが、ここまでのぼろ屋にいるとは思いのほかでした。その一階には安肉屋があって、ひどい臭いを放っています。店の前には肉切れがぶらさがっています。照りつける太陽で黄色の脂肪が溶け落ち、不気味なかたまりを作っています。店のかたわらにシメオーネ氏専用の出入口らしきものがありました。氏は二階からヴィンゲルフート博士に手を振って、その小さな門扉を指さしました。その内部は階段というより巨大な蛆虫が家を蝕んで作った穴のようでした。踊り場もなく窓もない、抜け穴のような狭い階段が二階の入口まで通じているのです。そこで訪問客を待っていたシメオーネ氏は、小柄で、ふっくらとした、髭のない男でした。古着がいっぱいに詰め込まれた、鼠の臭いのきつい部屋を通って、足で襤褸《ぼろ》を押しのけながら、その隣のいくぶん広い部屋にシメオーネ氏はヴィンゲルフート博士を案内しました。そこは陶器や銅の食器や無数の何かの破片であふれかえっています。それに続く廊下らしきものには、どこもかしこも厚く埃が積もっていました。左側に並んだ曇りガラスがぼんやりした光を投げかけています。右側には仕切りのあるガラス戸棚があって、その埃っぽい薄暗がりから魚の標本が無表情な目つきでこちらを見ていました。四角の目の、あるいは目のない、鞭状のひれを持つ、鮮やかな色の、骨のように白い、あるいは透明な魚が博士をにらんでいるのです。海のごく深くにいる生物は、しばしば棘か、嚢か、環節だけからできていて、失意の数学者の病的な夢に出てくるような形でした。これら言語に絶する恐ろしい生き物は、いわばある種の書物の最後から二ページ目の、人がめくるのを恐れるページの挿絵として載せられる、人知の限界を護る衛兵であって――もしそこを過ぎてその書物の最終ページを開く者は、神さえも知らない、名づけようもない混沌の晴れやかな深淵に墜落することでしょう。

熱帯魚飼育家のように愛しげにシメオーネ氏が戸棚のガラスを軽く叩くと、埃がゆるゆると舞いあがりました……


廊下の突きあたりにある次の部屋は、これまでほど貧相ではありません。そこは一種の貯蔵庫で、虹色に輝く液体を入れた瓶や、内部から輝いているようなエキスや、黄金色の水や、大きさの順に棚に整然と並べられた頭蓋骨や、アルコール漬けの胎児や、さまざまな種の蠅の死骸、干からびた蛙、狼の耳、あるいは馬の目玉を収めたガラス容器がありました。

変哲もないガラスや銅の容器が並んだ実験室がその隣にありました。もっともよく使う魔法の呪文が壁に書かれていましたが、ところどころカーテンで隠されていました。

そしてとうとう目的の部屋、すなわち図書室にたどりつきました。皆さんに知っておいていただきたいのですが、このような何百メートルもの廊下で地下室や丸屋根の部屋をつなぎ、暗渠《あんきょ》も越えて延びる複合家屋は、ヴェネツィアではさして珍しいものではありません。ようやくたどりついた図書室は、天井は高くバルコニーもあり、まずまず居心地のよいところでした。地球儀……いえ、地球儀ではありません。といって天球儀でもなく、地獄の地形を描いた球体です。それが十一本の枝を持つ燭台の下にあり、その隣に置かれた二脚の心地よさそうな椅子にシメオーネ氏と客人は座りました。

――どんな御用でしょう。シメオーネ氏がたずねました。

――一言では言えない。少しばかり話を聞いてもらえないか。

――長すぎさえしなければ。シメオーネ氏がもごもごと言いました。

――それはどうも……わたしは見てのとおり、とヴィンゲルフート博士は、手の指を口の前で組み、目を天井にやり、椅子に深くもたれて話をはじめました。――年寄りだ。歳月の重みがわたしの腰を曲げた。だがわたしの精神の力を挫いたのは、生涯追求してきたものが存在しなかったことだ。つまり生の意味、あらゆる存在の根本にあるものだ。

――恐ろしや恐ろしや。シメオーネ氏がつぶやきました。

――ほんとうに恐ろしい。言葉の真の意味において。

――まったく恐ろしいですね。不平そうにシメオーネ氏が言いました。――ドイツの人たちが頭を絞るような代物は。――ともかく続けてください。お客さんの話を拝聴することも代金に含まれてますから。

――わたしは幼いころから血気がなくはなかった。しかし少年期のはじめからずっと、わたしの努力はことごとく本質的なもの――ここでヴィンゲルフート博士はためいきをつきました――もしくは人がそう呼ぶものに向けられた。他の者が子供らしい遊びをしているとき、わたしはラテン語、ギリシア語、ヘブライ語に熱中していた。オウィディウス・ナソを読んで得た聖なる行文をすべて暗唱できるのが自慢だった。他の者が小娘に憂き身をやつしていたとき、わたしは夜通し読書をしていた。もはやわたしと共通なものは何もなくなった学友が酒場で歌い騒いでいたとき、わたしは認識への渇きを数学の泉で癒《いや》した。わたしを元気づけてくれたのはせいぜいプラウトゥスの喜劇と、あとはある学者との世界の動因についての洗練された対話だけだった。最初のうち無意識的な知識への衝動だったものは、多くを知るにつれ、認識へのやむにやまれぬ探求になった。わたしは世界の体系を極めようとした。きっとどこかに意味があると思い込み、人間の知識が届く範囲のものをすべて知ったあかつきには、その根源を究明せねばならぬと思った。知り得るものをすべてわがものとすれば、存在するものの設計図を洞察することも難しくないと思えた。

――お話中のところすみませんが。シメオーネ氏が言いました。――お支払いは現金でしょうか。

――何だって――ああ――違う。信頼できる為替手形で払おう。

――為替手形ですか。シメオーネ氏は不満顔になりました。――それはちと気に入りませんな。どこ宛てに振り出したものでしょうか。

――どうか順序立てて話をさせてくれ、シメオーネ君。世界の体系は、先ほど言ったように、知るべきことをすべて知りさえすれば把握可能と思えた。その経験全体を秩序立てれば、この体系は陽のもとに露わになり、いったんそうなれば　欠けているものや未知のものをそこに嵌め込むのは、方程式の数値と同様たやすくなろう。最後に残された秘密である、われわれの生の目的も明らかになるだろう。もっともわたしはキリスト教徒だから……

――ぷふい。シメオーネ氏が勢いよく唾を飛ばしました。――失礼、髪の毛が口に入ったもので。

――それを信じられさえすればよかった。とはいえその信仰を、奇跡によって得たかった。もっとも大いなる奇跡、すなわち理性という奇跡によって。そこでわたしは必死になって知識を集めた。壮年の最上の時期をわたしはきわめて徹底的に、そして体系的に、研究に費やした。

――女と寝たことはないんですか。シメオーネ氏があくびしながら聞きました。

――肉体愛も知るにあたいする経験のひとつと思えた。四十一歳のとき、医学を研究していた時期に、家政婦と結婚して何人か子供をもうけた。生殖行為は、存在の根源にとって際だって豊かな認識を与えてくれるものとして、つねに鋭く真剣な注意を怠らなかった。

――可哀そうなメイドさん、とシメオーネ氏が言いました。――あなたはきっと寝取られ男の経験もされたんでしょうね。

――わたしは研究に励んだ。ヴィングルフート博士はシメオーネ氏の問いを手を振ってやり過ごしました。――いわば内部から外部に、狭いものから広いものに、特殊から普遍に、形而下から形而上に。体系的研究の手始めは鉱物学だった。それは一方では地質学、地理学、天文学にわたしを導き、他方では植物学、動物学、医学に導いた。医学は化学に通じ、化学は物理学に通じた。そこで個別的学問から普遍的学問に移り、哲学、政治学、歴史学、法学、そして――』

『――あらずもがなの神学も（ゲーテ『ファウスト』の中の言葉）』カストラートの公爵が言った。

ラウラは笑った。

『伯父さんはヴィンゲルフート博士の正体をとうからご存知でしたのね。ええ、――あらずもがなの神学も、とヴィンゲルフート博士は言いました。――だがけして不幸ではなかった。その反対だ。たちまち学者たちのあいだでわたしはある程度の名声を博した。フライブルクの大学で講座も持てた。財は築けなかったが、ゆったりした暮らしができた。心配ごともなく、世間にもまずまず認められた――懐かしいプファルツ侯オットー・ハインリヒ・マグナニムスから贈られた金鎖と金のペンダントを思い出す――規則正しいわたしの生活は、調度の整ったわが家の時計さながらだった。家には手に入るかぎりの精神の宝物を蔵した図書室があった。いつもの時間、まだ鍬《くわ》を入れていない時間になって、古いポートワイン一杯のあと書斎にこもり、机のランプのもとに座れば、外で嵐が吹こうとも、わたしは真摯な探求という毛皮にくるまって、つねに安心感を抱いていられた。

――お話をうかがってよいことを思いつきました。そう言うとシメオーネ氏は、壁の隠し戸棚からポートワインの壜を取りだし、自分のグラスをなみなみと満たしました。ヴィンゲルフート博士の前にもグラスを置き、二、三滴注ぎ、少し考えてから、グラスを半ばくらいまで入れました。次にビスケットを四つ出すと、すばやく自分で二つ食べました。――どうぞ。ビスケットの粉が軽く口から吹き出ました。――ご遠慮なく。

ヴィンゲルフート博士はワインをすすりました。

――何か特別なできごとに動かされたわけではない。すべてがいつ始まったかも覚えていない。病《やまい》が忍び寄るように懐疑がやってきた。老齢のようにと言ってもいい。むろんはじめは道を誤ったとは思いたくなかった。頑固に自分の道を歩み続けた。だが知識を積み重ねれば積み重ねるほど、わが認識の塔は崩れやすくなる。時のたつうちにそれはごまかしようもなくなってきた。最初は苛立ち、やがて絶望し、ついにはまったく狂ったように憤って地獄を懐疑さえ――。

――えへん。シメオーネ氏が言いました。

――いま何と?

――何でもありゃしません。お続けください。

――まるで蟻地獄から逃げようとする蟻だった。あがけばあがくほど、それだけはやく滑り落ちる――学問による認識の果てに達する日が来るのは時間の問題だった――いや、日ではない。恐怖の瘧《おこり》に震える果てしない夜だ。自分の全知識を総括してみた。骨ばかりに瘦せ細り、気のふれたように屋内や庭をさまよって思索した果てに、とほうもないひたすらな努力の果てに、わたしの見出したものは――無だ。わたしは世界の体系の把握に失敗した。その体系を認識するための体系さえ究明できなかった。それどころか、わたしの知ったあらゆるものは、世界に意味がないのを告げていた。だがこの認識よりさらにわたしを打ちのめしたのは、その認識が遅すぎたという、それと不可分な恐ろしい事実だ。わたしは老人だった！　すべての夜を、いやそれどころか何十年もの歳月すべてを、幻を追いかけて無駄に過ごしてしまった。体力を浪費し、目をだめにして――それで何も得られなかった。わたしは生きていなかった……あの最後の夜、わたしはすでに毒薬の盃を手にしていた。だがそれに逆らうものがわたしの中にあった。生きたい！――これまでの現存在は誤りだったが、それはわたしのせいではない。もう遅すぎるとは思いたくない。もう一度やり直したい。——そのためには君に何を支払えばいいかね。

——すると若返りたいのですね。

——そうだ。すくなくとも四十年は。

——あなたの場合、それはいささか難しいですね。何といいますか、あなたを四十年若くするのは簡単です。でもそれじゃせいぜい、また最初から、同じように下らないことをあれこれ考えるだけでしょう。——まるきり違う人間にならなきゃなりませんな。

——それは承知のうえだ。

——そうですか！　シメオーネ氏は笑いました。——まずはもう一方を探してこなけりゃなりません。三十歳の男が一も二もなく、失礼ながら手に震えのきている老人になるのに、どのくらい払えば承知すると思いますか。

——ここに手形が二枚ある。どちらもアーロン・ベン・モルデカイ銀行あてに振り出したものだ。金額は二枚とも千ドゥカート。

——アーロン・ベン・モルデカイ、悪くありませんな。シメオーネ氏の目が光りました。——見せてください。

——わたしの全財産だ。一枚目は今やろう。二枚目はあとでだ。

シメオーネ氏は手形を手に窓辺に寄って、署名を検分しました。——これは本物だ。おいでください。

秘密扉を抜け、螺旋階段をのぼって、氏は教授を窓のない部屋に案内しました。天井は鉄筋でドームのように丸くなっています。周囲の壁にはタペストリーが掛けられています。

――この部屋は球形です。シメオーネ氏が言いました。――そこを床板が貫いているのです。床下には何もありません。この球体によってある種の磁気流の外にいられます。タペストリーが掛かっているのはただ――あんまり長いあいだ球の中に籠っていると気が変になるからです――それはそうと、あの二千ドゥカートはわたしの分ということでよろしいですか。

――君への手間賃だ。そう思ってくれ。

――あの方には別のものを払わねばなりませんよ。それが何かはご存じですね。

――知っている。喜んでくれてやろう。あんな益体もないものが、死後に何の役にたつというのだ。

――あなたが相手だと、ひとつ困った問題があります。シメオーネ氏は十一枝の燭台を小さなテーブルの上に置きました。――ヘブライ語はご存知でしたね。

――ああ。

――コプト語も。

――コプト語もだ。

――バビロニア語も、ペルシア語も、中国語も。

ヴィンゲルフート博士は肯きました。

――チェコ語、フィンランド語、ゲール語はいかがです。

――君にはすまないが。

――バスク語、ブリヤート語はどうでしょう。

――ブリヤート語はわからん。

シメオーネ氏は燭台をすばやくつかむと、ヴィンゲルフート博士のほうに駆け寄ってわけのわからない言葉を博士の面前で叫び、その目を観察しました。

——何だ今のは。驚いた博士が言いました。

シメオーネ氏は静かに燭台をもとのところに置きました。

——あなたは嘘をついていない。本当にブリヤート語を知りませんね。お客さんが理解できる言葉であの方を呼び出すなんて馬鹿な真似はしません。呪文を覚えられたら次からわたしはお払い箱ですからね——ブリヤート語は厄介な言葉です。途中で口ごもらないようにしないと。

そしてシメオーネ氏は祈りのような言葉をつぶやきだしました。小さな本を何度もめくりながら。

——ブリヤート語の辞書ですよ——。氏はすまなそうに言いました。——すぐ単語を忘れてしまって。

とつぜんタペストリーに隙間ができ、きれいな小箱が滑り出ました。シメオーネ氏は高いとんがり帽子をかぶって祈禱を続けました。たびたびブリヤート語でだしぬけに罵言を吐き、大きなハンカチで鼻をかみました。小箱がぱっと開くと、シメオーネ氏は中から分厚い本を取り出しました。そしてヴィンゲルフート博士のほうを向いて言いました。

——落ち着いてあそこの椅子に座っていてください。何が起ころうと気にしてはいけませんよ。

——それは魔術書なのかい。

——これですか？　わたしの出納簿です。シメオーネ氏は記帳をしてから、小箱の抽斗を開け、為替手形をそこにしまった。そして教授に眼くばせした。

——この覚書に連署していただけませんか。

ヴィンゲルフート博士は署名しました——シメオーネ氏は向かい合ったページを袖で隠しながら、なおもブリヤート語をつぶやき続けています。

ヴィンゲルフート博士が椅子に戻ると、黄金の玉子がタペストリーから転がり出ました。

——あれを見てくれ。博士が叫びました。

——手を触れないでくださいよ。シメオーネ氏は振り向きもせずに言いました。

博士は椅子にもたれて、小さな玉子がだんだん大きくなるのをじっと見つめていました。しかしすぐにまったく別のことが気になりだしました。少なからぬ蠟燭がまだ燃えているのに、部屋は暗くなり、ただタペストリーの裏のある部分だけがまだ明るいのです。そこでタペストリーは透き通っているように見え、裏で何か明るいものが動いています。シメオーネ氏も今はこの有様に目を向けつつ、さらにブリヤート語を唱えていましたが、やがてヴィンゲルフート博士を招き寄せると、タペストリーを脇に押しやりました。鏡が現われ、鏡面には若い女の裸の背中が映っていました。高価なフィレンツェ製のシルクストッキングを穿いているところです。豪奢な貴婦人用寝室が優美な背景になっています——そこにソファがあって男が一人、半ば寝そべった姿勢でいます。女は靴に足をすべらせ、男に近寄ります。二人は言葉を交わしますが、その声は聞こえません。男は女に小箱をわたし、どうやらプレゼントのようです。女が向きを変えると、真珠と宝石でまばゆく飾られた金の長いネックレスでした。若い女は鏡の前でポーズをつくり、その装身具を体のあちこちの部分に艶めかしくあてがい、さまざまな風に身に絡ませて、くるりと回り、ダンスのステップを踏みました——あいかわらずソファにもたれている男におそらく返礼をしてるつもりなのでしょう。シメオーネ氏は拡大鏡を取り出しました。——ムーア人の細工だ。氏はつぶやきました。——真珠は上物ですが宝石は贋《にせ》臭い。ゼッキーノ（ヴェネツィア金貨）八十枚以上には踏めない。

ヴィンゲルフート博士はネックレスに目もくれず、——あれはヘレネだ！　と叫びました。

シメオーネ氏は吹き出しました。——浮かれ女《め》のゼノビアですよ。もっともヴェネツィアじゃいちばん値の張る女の一人ですがね。

——では男の方は。

——ドン・ファアン・デ・アウストリア。

——ドン・ファアン・デ・アウストリアは海上で神聖同盟艦隊を指揮しているはずだが。

——今ご覧になっているものは、これから何日かあとのできごとです。

——何という女だ！　ヴィングゲルフート博士はそう言ってふたたび鏡に顔を向けました。

シメオーネ氏は手で鏡を拭いました。鏡面は曇り、映像は消えました。

——すぐに四十歳若返りますよ。氏は意味ありげにくすくす笑いながら言いました。その声にヴィングゲルフート博士は振り返りました。

超自然的なものや不可解なもの、いや恐ろしいものさえ、いかにもなお膳立てで、さらには予期できなくもないときに現われたなら、それらの性質は、かなり効果が薄れます。たとえば納骨堂で真夜中に骸骨が柩から起きあがるのを見るのは愉快な眺めではないでしょうが、思慮のある人ならばさほど驚きはしないでしょう。

磁力の及ばない球体の部屋に、身の丈二メートル半ほどの雄鶏が——人間にかなり近い姿勢で——脚を組んで安楽椅子に座っているのを見ても、ヴィングゲルフート博士の鋭い理性は少しも動揺しませんでした。この雄鶏の正体に思い当たったたときでさえ。

シメオーネ氏は巨大に成長した玉子の殻を掃き集めていました。

——わが敬愛する教授よ。ひどくかん高いものの、心地よく響く人間の声で雄鶏はしゃべり、シメオーネ氏の仕事ぶりをながめました——いっぽうヴィングゲルフート博士の心得る鳥類観相学の知識のかぎりでいえば、羽毛の生えた顔には少し愉快がっている表情が見受けられました——

——敬愛する教授よ、わが良き主人ネグロゼファァロは……

――シメオーネですよ。本人が言いました。

――貴君からべらぼうな手数料をだまし取ったことだろう。

――あなたの知ったこっちゃありません。シメオーネ氏が言いました。

――この男は……、雄鶏はヴィンゲルフート博士に言いました。――いつもわたしから玉子の殻を巻きあげる。この殻は純金だ。だからわたしが巨体で現われればそれだけうれしがる。今日の殻の値打ちは優に十――。

――くちばしをお閉じなさい。シメオーネ氏はそう言い、ブリヤート語で二言三言言い添えました』

ふたたびラウラは話を中断した。負傷して今はフランスブランデーを塗られ包帯を巻かれている雄猫ラムセスを召使が大事そうにかかえてきた。娘たちは猫を順繰りに回し、撫でたりキスをしたりした――猫は明らかに迷惑げだった。とうとうカストラートの公爵が猫をとりあげて召使に渡し、ラムセスをおとなしく寝かせるように命じた。召使は出て行った。

『すこし間が空いたので、ヴィンゲルフート博士の訪問をこれ以上くだくだしくお話しするのはやめにしましょう。悪魔が出現にあたり雄鶏の姿を選んだことには、それなりに便利なところもあったのです。条件が合意されれば、あとは体から羽根を一本抜き、ヴィンゲルフート博士の静脈をくちばしでつついて開けて、契約書に作法通りに署名させるだけでよかったのですから。

　そういうわけで、その数日後のドイツ商人らの祝宴で、レパントの勝利者の顔は、教授にとって、もはや馴染みのないものではなかったのです——それはドン・ジョヴァンニの公式な滞在の最後の夜でした。まさにこの夜、彼はふたたび船上の人となり、艦隊は翌朝に港を去り、教皇のお住いになるアンコーナに錨をおろしました。ただしドン・ファンなしに！ ヴェネツィア出港の前、旗艦から小さなボートが下ろされ、覆面の男が従者一人を連れ、黙々と漕ぐ水夫らの手で、ふたたび陸にあがったのです。それこそ誰あろうドン・ファンでした。鐘や祝砲、旗による敬礼は去り行く船に別れを告げるものでしたが、それは提督の船に対してではあれ、提督自身にではありませんでした。提督はそのあいだ、持ち前の機敏さで、その夜のアヴァンチュールに備えて、日が暮れるまで名妓ゼノビアを相手に時間をつぶしていました。それから召使を買収して海老納入商人になりすまし、裏口からコンタリーニ邸にこっそり忍び込みました。

他ではともかくイタリアでは、騎士団長は娘を——少なくとも嫡出の娘は持ちません。ですからドンナ・アンナ・コンタリーニもベルナルド・コンタリーニの娘ではなく、甥の娘であり被後見者でした。そのドンナ・アンナが闖入《ちんにゅう》してきたドン・ファンを見て驚いたかどうか、そして彼女自身もそれに加担したかどうか、それはわたしより賢い人が考え抜いて、いまだに考え続けている難問です。わたしのささやかな物語でそれを解き明かそうとも思いません。——ともかくその現場に騎士団長が顔を出し、ドン・ファンは逃走をはかり、そのため起きたあの不運な決闘は、つい先日までレパントでドン・ファンの戦友だった老武将の死をもって終わったのです。

ドン・ファンはコンタリーニ邸から脱出はできましたが、まぎれもない窮地に陥りました。名声がかえって仇《あだ》となったのです。レパントの勝者であり国賓待遇を受ける彼を知らぬ者など一人もいなかったのですから。ヴェネツィアにはいわばお忍びで滞在しているとはいえ、ドンナ・アンナは彼のことを知っていますし、コンタリーニ一族はヴェネツィアでもっとも権勢を誇る家のひとつで、一族の者を殺め、騎士団長の姪を辱しめた者をどのみち捜し出すでしょう。

ドン・ファンはふたたびゼノビアのもとに走りました。ゼノビアは職業柄多くは詮索せず、ドン・ファンを何日か匿ってやりました。誰もが知るように忠実なレポレロは玄関広間の階段の下で寝る一方、街で聞き込んだ噂を主人に伝えました。それによると、コンタリーニ家は深い悲しみのうちに騎士団長を埋葬し、警邏《けいら》らは殺人者を追ってヴェネツィア中を捜し回っているそうです。夜になるとドン・ファンは、ゼノビアの商売の邪魔にならぬよう、やむなく外に出て、帽子を目深にかぶって街をさまよい歩きました。

――ひもになった気分だ。と彼はレポレロにこぼしました。主人と不自由は分かち合っているものの、快楽までは分かち合っていないレポレロは、寝不足のせいもあって不機嫌でした。

――全部ご主人さまの身から出た錆じゃありませんか。

――お前に言われるまでもない。ドン・ファンは言い返しました。

――今頃はアンコーナで船に乗って、ぐっすり眠ってもいられたのに。

ヴェネツィアの夜は例年十月はひどく冷えこみ――空気はといえば年中じめついています。ドン・ファンは寒さに震えました。

――ご主人さまの兄君の船の、隙間風の入って寝心地もよくない寝棚は、本当にわたしたちの寝床といっていいのでしょうか。

その声はドン・ファンの耳に入ったようですが、彼は何とも答えませんでした。

――そもそも世界のどこかに、ご主人さま自身のベッドを置ける場所があるのですか。

――わが父上の領土に陽は沈まない。兄上は今も世界の半分を支配している。どこであろうと、兄上が手を伸ばせば、俺はそこに頭を乗せられるのだ。疲れのあまりドン・ファンはあまりもっともらしくないことを言いました。

——今はたしかにそうでしょう。ご主人さまの兄君はあなたを利用することができます。なにしろトルコをさんざんな目にあわせましたからね。でも潮目が変われればどうなることやら。

——くそくらえだ、レポレロ。俺は今を生きる。将来など知ったことか。

——おそれながらご主人さま、わたしの親父は小さな飲み屋をトレンテでやってます。——そんな田舎はご存知ないでしょうが、バレンシアの近くです。——あそこのボデーガ（スペインのワイン酒場）には屋根裏に部屋があって、そこにいつ行っても、どんなありさまで行っても、わたしが貧乏だろうが金持ちだろうが、紳士だろうが難民だろうが、迎え入れてくれるはずです。豆とベーコン入りの皿とベッドがわたしに用意されてます。今どこにいようと、そこがわたしのふるさとだとわかっています。ご主人さまのふるさとはどこにあるのでしょう。

——俺のふるさとは世界だ。ドン・ファンの返しは負け惜しみのように響きました。

——ご主人さまにはトレンテの屋根裏部屋のおんぼろベッドひとつないのですか。

——どこにそんなものがあるというのだ。

——ご主人さま、ご主人さまは一日一日を逃げるように送っています。この目でさんざん見てきました。ご主人さまの時間は年寄りよりもっと速く過ぎていきます。戦いと舞踏会、どんちゃん騒ぎ、誉れ、女出入り……すべて霧のようなものです。コンタリーニ家の誰かが臭い息をふうと吐けば、あなたを破滅に追いやれます。だからここでひもも同然なのです。

——ゴンドラでメストレに渡る手立てを考えねば。

——それこそおまわりどもの思うつぼです。あなたの考えなど奴らはお見通しです。

――ならキオッジャに行こう。ボートを一艘、それも頑丈な奴を手に入れて――。

――アンコーナに帆走するのですか、秋の暴風の中をですか。わたしはごめんです。

――権力の犬どもを買収しよう。

――ご主人さまの首にかかった懸賞金は、わたしたちの今の有り金より高いですよ。

――それならいっそ総督のもとに行って謝罪し、兄上に手紙を……

――兄君はご主人さまのためにヴェネツィアと一戦を交えたいと思うでしょうか。兄君にこの件を全然知らせないほうが、あなたのためにもなるでしょう。兄上はあなたを牢にぶちこむでしょう。それも、ここの鉛屋根の獄さえも娼家のように思える牢屋に……。ドン・カルロスのことを思ってごらんなさい。

――いま何時だ、レポレロ。

――そろそろ二時です、ご主人さま。

ドン・フアンはためいきをつきました。――まだ三時間もあるのか。五時になれば家に帰れる。

――ええ、家に。あの清潔な家にね。

――お前は知るまい、レポレロ、自分がどれだけ正しいかを。俺にも屋根裏部屋と、豆とベーコンが載った皿があればと思う。おまけに俺は、自分が誰かさえ知らない。お前はスペイン人だろう。だが俺は半分ドイツ人、四分の一ポルトガル人、八分の一フランス人、公子のようでもロマのようでもある――何もかもが少しずつ寄り集まっただけで何者でもない。

――おそれながら申しあげればご主人さま、ご主人さまはきっと悪い時に生まれたのでしょう。星座の境目にお生まれになったのです。あなた様の人生をつかさどる惑星は存在しないのです。

――俺もたびたびそう考えた。俺は馬鹿だ。そう、俺は馬鹿だ。

――ご主人さまのおっしゃるのは――。満足げでなくもなくレポレロは言いました。

――ああ、レポレロ、俺は言う……別人になれればいいのに！

――ご主人さま、静かに。誰か来ます。

――さっさと消えよう。

三日目の夜にドン・フアンは墓地の島サン・ミケーレに舟を向けました。レポレロは主人の気まぐれのために、秋の月の光でもすぐにどこかわかるように、あらかじめ最近埋葬された騎士団長の墓を捜し出しておかねばなりませんでした。そよ風が糸杉とラグーンの水面を揺らしています。くすんだ銀色のか細い雲が、月の面をすばやく掠《かす》めていきます。

墓にはすでに堂々たる石碑がそびえていました。復讐を誓う傲岸な碑銘をドン・フアンが苦労して読もうとしたそのとき、レポレロが叫びました。

――あそこに！

ドン・フアンは剣を抜きました。二人の何歩か向こう、月光を浴びた墓石のあわいに、静かに立つ者がいました。

――誰だ。ドン・フアンは叫びました。

――悪魔です、悪魔。レポレロは泣きそうになっています。

――ようこそ閣下。影は言い、二人に近寄ってきました。――レパントの勝利者、全ヨーロッパの英雄にお目にかかれて光栄至極――。

――動くな。さもないと串刺しにするぞ。

――滅相もない。そんなことをすれば、せっかくのあなたさまのお越しが無駄になります。

——何だと……

——あなたに気づかれないようにここまでお招きしたのはわたしなんです。さもなければ、どうして自分が殺めた者の墓を何としても訪ねたいと思うでしょう。人殺しはむしろ殺しの現場に惹かれるのが習いであるのに……。

——お前は誰だ。ドン・ファアンはふたたびたずねました。

謎の男は向きを変えて歩きだし、後について来いという身振りをしました。舟着き場にゴンドラが泊めてありました。ドン・ファアンとレポレロが謎の男と乗り込むと、舟は岸を離れました。渡航中の会話は、ゴンドリエーレもレポレロも理解できませんでした。

——あなたの母君はドイツ生まれですね、と謎の男がドイツ語で話したからです。——あなた自身もドイツ語に堪能とお見受けしますが。

——ああ。ドン・ファアンが答えました。

——騎士団長の碑銘をお読みになりましたか。

——復讐が何とかとあった……

——《余を最後の歩みへ導いた冒瀆者への復讐を余は待つ》とあったのです（『ドン・ジョヴァン二』第二幕第十一場）。この世のいかなる力も……。謎の男は《この世》のところに力をこめました。——あなたを鉛屋根の牢獄から護ることはできません。コンタリーニ家は遅かれ早かれあなたを見つけるでしょう。

——あいつらもスペイン王の弟を牢にぶちこむ度胸はあるまい。

——スペイン王の弟君を鉛屋根の牢に入れるのはためらうでしょう。しかし彼らが罰するのは、騎士団長を殺めた名もない男にすぎません……。コンタリーニ家は世界中にトランペットを鳴らして触れ回るでしょう。今回の不運な犠牲者は、ドン・ファアン・デ・アウストリア殿の勇猛果敢な戦友であったがゆえ、いっそう殺しは咎められるべきだと。

――だがドンナ・アンナにはわかっているはずだ……

――コンタリーニ一族だってみんな知っていますよ。彼らはすぐさま、用心のために、あなた宛てのひどく大げさな悔やみ状を急使に持たせました。

――俺に？

――そうです。アンコーナに停泊中の旗艦にいるはずのドン・ファン・デ・アウストリア宛にね。そこに書いてあったのは、先ほどもちょいともじりましたが、《この世のいかなる力も、殺め手を正義の復讐から逃せはしないでしょう》。

――それでお前は誰なんだ。ドン・ファンは三たびたずねました。

――生きてヴェネツィアを出たいのなら。謎の男はそう言いながら舟を降りました。ゴンドラはいつのまにか、狭い運河沿いにある暗い家の前に停まっていました。――あなたは別人にならねば。

ヴィングルフート博士とは違って、ドン・ジョヴァンニはためらいなく、長く考えることもなく、深海の化け物が並ぶ埃だらけの廊下を渡っていきました。後に残って待たされたレポレロは、言い知れぬ恐怖に震え、階下の肉屋の脂こいソーセージも、さして慰めになりませんでした。

ドン・ジョヴァンニもまたシメオーネ氏に図書室で待たされましたが、それはヴィングルフート博士のときと比べものにならぬほど短い間でした。これまでとはがらりと態度を変えたシメオーネ氏が今度は主として喋っていました。

――あなたのことは前から存じあげております、と氏は言いました。――それに殺められたコンタリーニと名誉を奪われた姪御さんの件であなたが陥った窮地も……。《名誉を奪われた》という言葉に籠もる皮肉は聞き逃しようもありませんでした。――それを軽んずるつもりはさらさらありませんが、わたしにとっては、それは前から計画していたあなたとの契約を結ぶきっかけにすぎません――失礼ですがおいくつでしょうか。

――こんどの二月で二十五になる。

――二十五ですか！――そんなにお若いのに、すでにさまざまな不滅の功績をあげられたと聞いております。

――考え方次第だな。ドン・フアンは言いました。

――考え方次第ですか――たとえ最もカトリック的な君主であられるあなたの兄君がお子さまを増やすことを止めたとしても、あなた様はハプスブルクのスペイン王家の存続を気にかけておられましょう。あなたの奮闘は今はまだ若い紳士淑女を数知れずハプスブルク家にお入れになりました。ぶしつけな言葉をお許しいただければ、いわば裏口から……』

『お前のシメオーネ氏はたいへんな文学的預言の才がある』カストラートの公爵は愉快そうに言った。

『不思議でもなんでもありませんわ』ラウラが言った。『だってシメオーネ氏の縁故には――でもその件はこれ以上触れないことにしましょう。話の邪魔になってはいけませんから――。

シメオーネ氏が続けました。――あなたはテュニスから海賊どもを駆逐しました。前の皇帝であらせられた偉大な父君カール五世閣下の遺志を遂げようと、そこに王国を築き、みずからその王となるつもりだと、そう世間は言っております。――それはそれとしまして、三年前にあなた様の不運な甥御、王子ドン・カルロスさまが……身罷《まか》られました。そして今にいたるまで、新たに結ばれたご婚姻から、あなたの兄君は一人もお世継ぎをもうけられておりません。いったい誰が……

――そうだな。ドン・ファンが言いました。――だが今でも、オーストリアのわが甥たちの中には、私生児がスペイン王家を継ぐのを邪魔する奴がいるだろう。

――でも先例がないわけでも……まあそれはそれといたしまして、あなたのお望みのとおり、ネーデルラントがあなたのものになるのは時間の問題です。あなたはブリュッセルを王のように統治されることでしょう。そしてあの地のスペイン領は、インドも含めた兄君の領地のいずこよりも栄えております。そしてふくよかなネーデルラント娘ときたら――へへ！

――俺の知りたいのはただ一つ。ドン・ファンは言いました。――俺に何をしろというのだ。そして貴様は誰だ。

――閣下。シメオーネ氏は言いました。――あなたはもはや王も同然です。あなたは裕福で美しく、世界はあなたの足元にひれ伏し、女たちはあなたを神とあがめています。でもあなたに人生の目的はありますか――これまでの人生を生きたといえるのですか。

ドン・ファンは黙しました。

――どうぞこちらへ。シメオーネ氏は客を先導してせかせかと階段をのぼり、磁気を支配する球体の部屋に入ると、タペストリーを脇に寄せました。

鏡はまばゆく輝き、陽に照らされた丘のはざまの谷を映しました。細い道が古ぼけた家の前を通って丘を登っていきます。家の側壁に寄りそうように、石のテーブルと長椅子が喬木の陰に置いてあります。年老いた男がそこに座っています。とはいえまだ元気そうで、服装にも気を配っています。木漏れ日がワイングラスを輝かせています。いかにも香しそうな黄金色の葉を敷いた皿に載る雉《きじ》肉を、老人は慎重な手つきで切り分けています。雉肉を食べ終えると、パンを一片ちぎり、二本の指でグラスを取って、ゆっくりと飲み下しました。壁に描かれた日時計の針は午後の四時を指しています、老人は身を起こし、家の中に入りました。そのまま図書室に行くのが窓ごしに見えます。

――この人は、とシメオーネ氏が言いました。――人生の些事にかかずらうのをやめたのです。この人が執筆中の論理学の本は、今後数世紀にわたって人の思考の発展に影響をおよぼすでしょう。この人は何年もの徹底的な研究を終えたあと、この著作にとりかかりました。かなり浩瀚な本なので、その完成の日は――毎日の執筆を賢明に制限した場合には――おそらくこの方の人生の終わりの日と一致することでしょう。

月が谷の上に昇りました。老人の家の屋根はあらかた丘の影の中に隠れました。

――次の日には、とシメオーネ氏は言って、タペストリーを鏡の前に滑らしました。――さほど疲れない狩りに出かけて、少々の獲物をしとめて……もっとも成果のいかんにかかわらず――心地よい疲れを感じることでしょう。それがこの人に健やかな安眠をもたらすのです』

今度はラウラは自分から話をやめた。

『それで?』とわたしたちは聞いた。

『物語の続きは皆さんで考えてみてください』

『無理だよ』伯父が言った。

『ということは、ちゃんと聞いてなかったのですね』

『それともお前がちゃんと話さなかったか』伯父がからかった。

『ふふふ』ラウラが笑った。『せっかく技巧を凝らしてお話ししましたのに。結末を導くのに必要なことは、今までお話しした中にぜんぶ入ってますよ。だからちゃんと耳を傾けて、あとを考えさえすればいいんです。よい話というものは、いったんあるところまで来ると、あとはひとりでに転がっていくものです。早くそこまで着けば着くほど、その話はよいお話になります』
『そいつに反論するのは難しい。でも、物語によっては、狩られる野兎のように、ジグザグ飛び跳ねるところがみそである話もある。そんなものの結末は誰にも予想できやしない。それから、その意味や機知が、最後の瞬間までとっておかれて、お終いの解明で緊張が解かれるまで聞く者はずっと不安のまま置かれるものもある。そして最後に、どこから見ても意味のないもの、つじつまの合わないもの、関係のないものが寄せ集められ、雑多な色の糸がもつれあう織物の前に立っているような気を聞き手に起こさせ、あげくのはてに話し手が、ただ一つのささやかなトリック――あらかじめ語り手はあまりにも早く計略を見破られないよう、あらゆる手を打っているのだが――その織物をくるりとひっくり返す。すると真相があらわになる。われわれはタペストリーを裏から見ていたにすぎなかった。輝かしいその表側は精妙なばかりか、その物語の意味をわれわれにたやすくわからせる。つまり《模様》がはっきり目に映るのだね。そんな芸当ができるのはたった一人――』カストラートの公爵が言った。
『存じてますわ』ラウラが口をはさんだ。『チェスタトンにかなわないからといって、気に病む必要がどこにありましょう。誰だってかなうもんですか。どうやらあなたたちの寝ぼけ眼《まなこ》にはっきりものを見せてあげねばならないようですね。ドン・ファアンの前にも黄金の玉子が転がってきて、巨大な雄鶏が出てきたんです――ドン・ファアンが契約を結んだのは、本当に別人になりたかったのか、それとも死が待つ窮地に陥ったため、やむなくそうしたのでしょうか――どちらともわたしには決めかねます。
あとは皆さんにもたやすく想像できるでしょう。シメオーネ氏はドン・ファアンとファウストを入れ替えました。

そのときファウストは旅籠屋にいて、読書中に安楽椅子の上で居眠りしているところでした。窓から穏やかな午後の陽がさしています。――ドン・ファンはゼノビアに、すでにお話した金のネックレスを贈ったところで、ほとんど一睡もしなかった情熱の一夜のあと、これも前にお話ししたソファでうとうとしていたところでした。しかしどちらもせいぜい一、二秒ほどでまた目をさましました。ドン・ファンはちょうど本を床にぱたんと落としたところでした。そしてファウストは、ゼノビアの胸が鼻をくすぐるので……

今までの人生を古い皮膚のように脱ぎ、準備された新しい人生を身につけることは、言うに言われぬ体験に違いありません。一歩一歩進むことが、一つ一つ何かをつかむことが、息をのむほどの冒険となるでしょう。見飽きた世界が、新しい光のもとで生まれ変わることでしょう。

今やドン・ファンのファウストは、すぐにさまざまな好色な悪事の世界に飛び込みました。もちろんそれはコンタリーニ一族の嗅ぎつけるところとなり、ファウストはゼノビアの家まで追い詰められました。契約上の寿命にはまだ達していないので、シメオーネ氏は介入せざるをえません。追手たちが仰天したことに、騎士団長の生ける石像の姿でシメオーネ氏が現われて、悪者をつかまえました。のちに《ドン・ファン》はこの話を折にふれてしましたが、そのときは――ペンティティ！（『悔い改めよ』、モーツァルト『ドン・ジョヴァンニ』の最終場のひとつ前で騎士団長の石像が発するせりふ）――ノ！（『いやだ』前のせりふを受けたドン・ジョヴァンニのせりふ）のくだりで、どれほど笑いをこらえるのに苦労したかを特に力をこめて語りました。《ドン・ファン》はシメオーネ氏に、自分とレポレロを風のように速くアンコーナまで運ばせ、その数か月後にはジェノヴァ人のために奮闘し、それからネーデルラント総督に就任し、糊のきいたレース襟をつけ丸々と可愛いネーデルラント娘に抱いた甘美きわまる期待をかなえました。

新しくファウストになったドン・ファアンはフライブルクの家に戻り、論理学の本を書き、大樹の下の小さな石のベンチで黄金色の葉の上に載せた雉肉を食べました。

これだけでもお話は終われますが』ラウラが言った。『伯父さんのお説にしたがって《みそ》のある話になるよう、結末をもう一つ添えましょう。これはこれまでの話の流れからは想像もつかないものです……

何年かが過ぎ、入れ替わった二人は新たな人生を楽しんでいました。しかし、神の御業にさえ抜かりがあるのに、どうして悪魔のそれが完璧でありえましょう。きっと以前の性格のいくぶんかがどちらにも残ってしまったのでしょう。《ドン・ファアン》は沈思黙考をはじめ、——ブリュージュのきれいどころで、死について共に語れる女を連れてこい。という主人の命令にレポレロは頭をひねりました。《ファウスト》は論理をめぐる思索がフライブルクの女中たちに妨げられるのを感じました。女中の一人が二重窓の上部を外そうとしたとき、彼はその引き締まったふくらはぎをすばやくつまみ、おかげで窓ばかりか、机の上のアリストテレス像もあやうく床に落ちそうになりました。

レパントの戦いから何年かのち、ドン・ファアンとファウストは、たまたま同じころヴェネツィアを訪れました。二人は渋りまくるシメオーネ氏に——苦情を喜ぶ商人などいましょうか——もとの姿に戻してくれと要求しました。

カナル・グランデの支流、ユダヤ人街に通じる細めの運河で、二艘のゴンドラが出会いました。一方には染めた髭を刈り込んだ老人が、目を赤く縁どり、年のわりに派手な服を着て座っています——細身のズボンが老ダンディの骨ばかりに痩せた脚を包んでいます。もう一方の舟には高貴な顔立ちをした若者が立っていました。メランコリーは何にもまして、とりわけ美男の場合は、その美貌を抗しがたいまでに引きたたせるものです。しかし小舟に乗るこの若者は、心身の病に蝕まれ、顔は青ざめ、だらしない身なりをしていました――メランコリーではなく絶望のために。時ならぬ老化のために。《ファウスト》はゴンドラの上でよろけながら立ち、――お前はわたしになんてことをしてくれた、と心の思いを口にしました。《ドン・ファアン》は一歩後退り、ゴンドラが揺れました。船頭が澄んだ声で警告を発しました。《ドン・ファアン》も、――お前はわたしになんてことをしてくれた、と叫び声をあげました。それからどちらも考え込みました。お前とわたしの名は何だろう。わたしは誰だろう。お前は誰だろう。誰がドン・ファアンで誰がファウストだろう。誰が自分である権利を持つのだろう。

一瞬ゴンドラが揺れて舟の胴と胴が触れました。ゴンドリエーレたちは職人言葉でののしり、長い櫂で運河の底を突いて二艘のゴンドラを離しました。一瞬《ドン・ファアン》と《ファウスト》、あるいはドン・ファアンとファウストは、手を伸ばせば届くくらい近寄り……しかしどちらも何も言いませんでした。

シメオーネ・ネグロゼファァロ氏の魔の球体部屋で、偉大な魔術師は座って、またもや出納簿を検算していました。ふと目をあげると、雄鶏が安楽椅子にふんぞり返って羽を逆立てています。

――わがいぶせき廃屋にようこそ。氏は呼びかけました。――お客さんも来てないのに、そんな子供だましの姿で出てくるなんて馬鹿みたいですよ。

――ドン・ファアンがさっきまでいたろう。

――ええ、ドン・ファアンでも《ファウスト》でもかまいませんが。なぜ来たかご存知ですか。

――もう一人も来るところだ。

――だとしても驚きませんね。

――奴らは不満なのか、と雄鶏がたずねました。

――はっきり申しますとね、とシメオーネ氏は雄鶏のほうに向き直り、眼鏡を禿げ頭の上に載せました。――あなたの手際はよくありませんでした。外見を取り換える――まあせいぜい、よくできた手品ですね。そのくらいならわたし一人でもできます。

――ほほーほほー。雄鶏が鳴きました。

――あなたは奴らの魂を入れ替えるべきでした。奴らは新しい体に染みついていた習慣の力で、しばらくは新しい人生の振動あるいは方向を保ちます。しかし奥底には元の自分が残ってます。そして今、奴らの精神が奴らの体を、文字通り引き裂いているのです。

――ファウスト風ドン・ファアンとドン・ファアン風ファウストか。素敵素敵、と雄鶏が笑いました。

――笑いごとじゃありません。シメオーネ氏が言いました。――やんごとなきお二人を家から放りだすなんて、そんなことがどうしてできましょう。しかもお二人の言い分にももっともなところがないではありませんし。

――するとお前は言いたいのだな。自分にもキョウリン、コキキン、コケココ……

――良心。雄鶏がその言葉を発しようと身をよじるのを面白そうに眺めていたシメオーネ氏が言いました。――良心、良心、良心。

――そうだ！――そう、そう、そう！　一度言えばわかる。まだ耳は遠くなっておらん。雄鶏が羽を震わせました。羽根が一枚飛び散りました。シメオーネ氏はさっと立ちあがって羽根を拾うと戸棚にしまいました。

――もしドン・ファアンをふたたびドン・ファアンに、ファウストをふたたびファウストに変えれば、とシメオーネ氏が言いました。――必ずや事態はますます悪くなります。お二人はもう七年近くも他人の体にいます。何ほどのものかがお二人にきっと残ったままでしょう。あなたが次もヘマをすることは十分予想できますからね。

――こちらにはまるきり別の考えがある……。

――そうですか、親愛なるカンポフォルミオのベールゼブブ。シメオーネ氏は言いました。――して、その考えとは。

――二人を一体にするのだ。雄鶏は跳ねあがり、部屋中を飛び回りました。――これで世界は破裂するぞ。ドン・フアンにしてファウスト。一つの魂に行動と懐疑、行動する懐疑と懐疑する行動。ネグロゼファロよ、こんなものは今までなかった。天界にいるあいつは、賢明にも人のこの二つの本性を、念には念をいれて分離した。行動と懐疑を一体にする。これは間違いなく悪そのものだ。

――そんなにパタパタしないでください。シメオーネ氏が叫びました。――部屋がめちゃくちゃになります。

――ドン・フアンとファウストが一体になれば、天上にいるあいつから世界を総べる力を奪える。ドン・フアンの人知を超えた力とファウストの人知を超えた精神――これこそアルキメデスの支点だ。少し前に何人かの枢機卿どもと話をした。この計略がうまくいっても、奴らは嫌がりはしまい。つまりドン・フアン・ファウストを教皇に選出するのだ。エスコリアル修道院の信心ぶった婆どもさえくたばれば、奴をスペイン王にするのだって、少し頑張れば難しくはない。その場合次に来るのは――だが問題は選帝侯をどうするか、それから何をやればいいか――だがネグロゼファロよ、ドン・フアン・ファウストは神聖ローマ帝国皇帝になるぞ！

そこで大雄鶏と魔術師は、大いなる合一の支度にとりかかりました。シメオーネ氏はドン・ファアンとファウストを呼びにいかせました。一五七八年十月一日のことです。秋の暴風がイストリア半島からアドリア海の上空を吹いています。ラグーンは恐ろしいほど波うっています。パラッツォの前のゴンドラは、波のおかげで暴れ馬のようにぶつかり合っています。ここではまだ風は静かですが、明るいパラッツォとサン・マルコの塔は黒雲を背景に不吉に照らされています。戸外には人気《ひとけ》がほとんどありません。そこを二艘のゴンドラだけが、ミゼリコルディア小運河に向けて水路を走っていきました。一艘はカナル・グランデの上手から、もう一艘は下手からです。ヴェネツィアの聖なる鐘が荒天に向かって響くと同時に、まばゆい電光が天から落ち、安肉屋が一階にある例の家を、炎の手が一撫でしました。間髪を入れず、巨獣の前足の形をした、想像を絶する大潮が現われ、火事を消しました。しかし跡には何も残っていません。燻る木材一つ見えません。

やがて本物の嵐が不意に到来し、しばしヴェネツィアに荒れ狂いました。しかし被害を受けた家はありませんでした。それから後は、ミゼリコルディア小運河を訪れ、一階に肉屋があった例の家のことをたずねる人があっても、その店を知っている住民にはついぞ出会えないでしょう。最初からそんな家はなかったという返事を何度も聞くことでしょう」

ふたたび召使が入ってきて、軽く咳ばらいし、何か伝えたいことがあるとほのめかせた。

『もう少しで終わります』ラウラは言った。『あと二言三言です。

先に触れた一五七八年十月一日のことでした。ナミュールの宿営のテントでドン・ファアンが息絶えているのが発見されました。噂ではペストにやられたそうです……ファウストは食べかけの雉肉を載せた石のテーブルの下に横たわっていました。

ここまではめでたしめでたしですが、悪魔の所業だって跡形もなく滅びたわけではありません。ナミュールとフライブルクからそれぞれ一体、機械仕掛けの侏儒が大あわてで道を駆けていきました。十二時間後に二体は出会わなければならないのです。一体の機械仕掛けのゼンマイを巻けるのはもう一体だけですから……』ラウラは言った。『あなたがたはこの話の続きをきっとご存知でしょう』
『続きどころかその侏儒さえ知ってますよ』わたしは言った。しかしカストラートの公爵は召使のほうを向いた。なんでもラムセスの兄猫モーセが隣家の犬の耳を噛みちぎって弟の復讐をしたという。
『きわめて満足のいく結末だった』ふたたびわたしたちのほうを向きなおって公爵は言った。

翌日の日曜日は屋敷内にある礼拝堂で共にミサに出席した。一家の友人である猊下《モンシニョーレ》（高位聖職者への尊称）がミサをとり行い、そして公爵が、わたしの記憶によればレオナルド・レーオ作曲のアヴェ・マリアを歌った。続いてわたしたちは猊下も誘って銀色のサロン――この名は白い壁布に雛菊の模様が銀色であしらわれているところから来る――に移った。というのもこの日はサンクト・ペテルブルク生まれの姪シモーニスの誕生日だったからだ。入ってきた彼女は伯父が贈ったオパールとブラッドストーンとダイアモンドのネックレスを身に着けていた。

昼食のさなかにカストラートが言った。

『今晩町に戻ることになっているから、この後のコーヒーのとき、シモーニスに話をしてもらえないだろうか』

『お話の代わりに』シモーニスが答えた。『朗読をいたします。ある小さな本の中で見つけた短篇を読みましょう。食事が終わって部屋を移るとき、その本を持って来る――』

――それが夢の終わりだった。この夢の最後の言葉が『持って来る』だったのに気づいたかい」

「ええ。それが何か」

「お前が読んでくれたオイディプス王の最後の言葉も『持って来る』だった。もしかするとわたしの長い夢全体は、何でもないひとつの言葉『持って来る』から生まれたのかもしれない。だがもう行け、レンツ。わたしはやることがある。呼ぶまで来なくていい」

わたしは入浴し、服を着て、ふたたびレンツを呼んだ。

「御用でしょうか」

「レンツ、これから……」

「すみません閣下——元首がお呼びです」

「わかった。戻ってから訪ねよう。だが先にドームに行きたい」

「ドームにですか」レンツは後退った。

「なにか問題があるのか」

「それは禁止されています」

「召使の分際で喋ること自体がすでに無礼だ。考えるなどもっての他だ。そんなことは不要なばかりか、場合によっては危険でさえある。行くぞ」


わたしたちは躊躇なく上に登った。わたしの姿を見ると誰もが敬礼した。レンツが鍵を持たない扉でも、命令すると開いた。禁止が厳格ではないのか、上にいる者が知らないのか、あるいはわたしの無頓着さが効いたのだろう。

——次の会議には、とわたしは考えた。元老は誰でもファンファーレ四重奏団を先立てて、おりおり吹かせることが許される、という動議を提出しよう。茜色のリボンと黄色い服のお付きだけでは、元老に開かれたあらゆる可能性を尽くしてはいるまい。

　わたしは前哨の任務についている者のうち、最高位の指揮官に案内させた。それは赤い制服を着た少佐で、狭いけれど快適な調度の整った装甲室で書類を整理していた。

　わたしが入ると彼は飛びあがった。

「御用でしょうか、閣下」

「外を眺めたい」

　少佐は首を振った。

「あまりいい眺めではありませんが……」

「承知の上だ」

「どうしてもと言われるなら――」少佐はベルを鳴らした。

「ここはもう地表の高さなのかい」

「違います」

　緑の制服を着た男が入ってきた。少佐が二言三言命令した。桃色の制服の大尉が少佐の席につき、わたしと少佐とレンツはさらに上に昇った――地上に、なつかしい地上に、位相偏差のおかげで百万光年の彼方に去った地上に――。

　かつては豊かだった地上はまだ存在してはいた。だがそれはその残滓、いやむしろ骸骨だった。目のとどくかぎり見えるのは炭化した瓦礫の荒野で、そこここに円錐状に積もった灰が盛りあがっている。この前ドン・エマヌエーレとわたしがあやうく滑り込んだ入口の前に、今は優に一ダースの奇妙な――スパンコール付きの星型ショートパンツを座骨にまとわせ、脚はくるぶしまで灰に埋もれた小ぶりの死骸が横たわっている。入りそこねたナンキン・ガールズだ。駝鳥の羽根の扇が萎れて胸郭に押しつけられて……

いきなりサイレンの音がかすかに響いた。

「来た！」少佐が叫んだ。「どいてください」

少佐に引き剝がされる直前、潜望鏡を通して、レヴューガールズたちの骨のあいだに浮かびあがる白い影が見えた。

「攻撃です……」

短い階段を駆け降りると、そこは壁の黒ずんだ薄暗い部屋だった。床にペンタグラムが銀色で描かれている。将校たちがすでに待機していた。

「位置につけ！」少佐が命じた。

将校は各自、人の頭ほどの大きさのガラス玉の前についた。少佐自身も中央の大きめの玉の前に座った。たちまち少佐の玉から青めいた弱い炎がちらついた。白い霧の帯が床をおおい、膝の高さまで達した。わたしは息を吞んだ。サイレンの響きは濃密になって「あうむ」とか「おおむ」のような音と化し、壁から壁に跳ね返って、殻竿のように部屋中に揺れ動いた。霧の帯はそこここで渦を巻いてピラミッド状に盛りあがり、ふたたび力なく崩れた。

やがてガラス玉がひとつ破裂した。――十ほどのピラミッドが人の高さをこえて伸びあがり、運の悪かった将校のテーブルを囲んだ……

少佐が椅子から跳びあがり、濃い褐色のマントを羽織ると、古風なダンスのような足どりで何歩か進んだ。ゆっくりと霧が晴れていった。床に残るのは血のように赤い粉末だけだ。それを将校たちが――今は照明が灯っている――難し気な顔をしてルーペで調べている。破裂したガラス玉の前にいた将校は担架で運ばれていった。

「死んだのか？」わたしは少佐に聞いた。
「この程度の小競り合いは——小競り合い以上のものではありません——毎日のように起こっています。《日》がまだ存在すればの話ですがね。士官食堂に行きませんか」そして青いマントを椅子に投げ出すと、その裾がわたしのズボンをかすった。縁が白くなった細長い焼け焦げがマントにあった。その穴は三つの薔薇十字の形をしていた。

士官食堂はおそらく設計者の遊び心が実用性に勝ったらしく、テントの内部のような場所だった。ここでわたしは自称古参士官シュヴァイシュハウシュシュ男爵と知り合いになった。この名の《ヴ》にはWが二つ重なっているが、男爵が語るには、これは一九一八年十一月の共和国樹立の直前という絶妙のタイミングで最後のドイツ皇帝から賜ったものだそうだ。すなわちWW授与特認状は皇帝に署名の請願がなされた。だが周知のように署名中に革命騒ぎが持ちあがった（一九一八年のドイツ十一月革命）。——WW特認状の署名が終わらないうちに革命が起き、皇帝ヴィルヘルム二世は退位を迫られた。第一回国会の議長エーベルトが皇帝の署名綴りを引き継いだのだが、部下が綴りから抜いておくのを忘れた特認状にもうっかり署名してしまった。このうかつさのおかげで、品位に欠ける姓を子音の充塡で隠蔽したいという何世代にもわたる一族の悲願は達せられた……こんなことを申すのも、と男爵は言った。閣下のお耳にあの愚劣きわまる噂が入ったときのためなんです。その噂によれば、あのふたつのWは、わが一族がバイエルン宮廷に出入りする肉屋から買ったっていうんです。そいつはヴァイスヴルスト（《白ソーセージ》の意）伯爵の位を授かったのですが、Wふたつを首尾よく売ればアイスウルストと名乗れますから——。この話に続いてシュヴァイシュハウシュシュ大佐は襲撃の直前に起きた奇怪なできごとを話してくれた。

「いいですか閣下、近ごろの者は甘やかされています。ひとえに国家が、ひいては政治家などが無責任なせいです――誰に権限があるのかなどは知ったことではありませんがね――近ごろは戦争が少なすぎます。大衆は、つまり民間人は、もう戦争のことはてんで知っちゃおりません。少し前なら、どの世代にも何らかの戦争体験はあった。だから戦争が起これば何がどうなるとか、そんなことはわきまえていた。だがこの永遠の平和、延々と続く安楽な生活――財産があり余って、家屋があり余って、金があり余って――でも軍備には使われない。まあわたしの知ったことじゃありませんがね。でも閣下、あなたもおわかりでしょう。民間人どもの頭はどうにかなっています。そりゃわたしだって新鮮な虹鱒が恋しいですよ。でも今日会ったあの魔女婆あときたら！――そのときわたしは第四司令部にいて――こんなことを言うのはなんですが――生理的欲求を満たそうと、廊下を歩いていたんです。そうしたら民間人の女がやって来るじゃありませんか。

生理的欲求はたちまち消えました。

『おい、ここで何をしている』

婆さんは何とも答えず、大きくて長めのものを背中に隠すんです。

『それは何だ』わたしは聞きました。『ここは民間人の来るところじゃない』

わたしは婆さんを第四司令部にしょっぴいて、背中に隠したものを出して見せろと言いました。婆さんは拒みました。そこで当番兵を呼びました。何だったと思います？　大鍋なんです。当番兵がその蓋を開けようとすると、婆あは荒れ狂って叫びました……もしわたしが古参士官じゃなかったら、鍋の中身を見て、生理的欲求どころかまる一週間分の食欲さえ失せてたでしょう。中にいたのは子供だったんです。炙《あぶ》られてソースまで添えられて。

『貴様』わたしは相手が民間人なのも忘れて言いました。『誰がお前に子供を炙るのを許した』

『でもこれはあたしの娘なんだよ』

いいですか閣下、この婆さんは自分の娘を炙っていたんです。十二歳だったそうです。鍋からはみだしそうで、鶏みたいに足を折り曲げていました。――みんな頭がどうにかなってるんです。飢えたら死ぬしかないって言うんですからね。ここには七百万人分の備蓄があって、今は一万人しかいないというのに。それなのに自分の娘を炙るなんて――ねえ閣下、どう思います？」

「その件は元老院に上げておこう、男爵」わたしは答えた。

ふたたび《下》に降りたところで、レンツが元首からお呼びのかかっていることに注意をうながした。

「位相偏差が悪いということにしておこう」

わたしは着替えた。それからレンツがわたしを元首担当局に連れていった。そこで知ったのだが、元首はいま私室にいるという。元首の邪魔をしたくないとわたしは勤務中の副官に告げた。だが副官はわたしの謁見を許可せよとはっきり指示を受けているらしい。

副官がわたしたちを元首の私室まで案内した。謁見願いを何度もして――もうすぐこんなことは不要になるとは思ってもみなかった――ようやく広く快適な部屋に通されると、そこには元首のほかにヴェッケンバルト、ヤコービ博士、アルフレッド卿、それにわたしの知らない紳士がいた。

この紳士はわたしが部屋に入ったとき何か話していた。そのまま話はやめず、だが他の人たちと同じく、こちらに親し気に手を振った。元首は、わたしが自分の目を疑ったことに、こちらに微笑みかけてキスを投げてよこした。

――きっと誰かと間違えられたのだろうと考えて、わたしは慎重に元首に目を向けた。だが彼女はあいかわらずわたしに微笑みかけている。今は白いレース地の夜会服を着ていたが、気がつくと他の人たち、ヴェッケンバルトとヤコービ博士とアルフレッド卿も夜会用の正装だった。アルフレッド卿の燕尾服は変わったストライプ地で、ごく小さな灰色の薔薇が鎖になって、左の折り返し近くで大きく美しい薔薇の紋章に流れ込んでいる。――謎の男は草色のスーツ姿で、その色はやはり草を思わせる顔色よりこころもち明るかった……

この男の正体はさまよえるユダヤ人で、ここでは礼節をもって《アハスヴェールさん》と呼ばれている――彼こそ、ようやく今知ったのだが、河川蒸気船で廃墟建築家たちといた夜の客人だった。船上にいたほとんどの時間をカード遊びに費やしていたのだろう。――よく知られているように、この男は呪いを受けたため死ぬことができず、最後の審判の日までたえず放浪せねばならない。だが船上ならば船が動いているかぎり、座ってブリッジもできるし、お喋りにも興じられるし、ふつうの人とほぼ同じ生活ができる。――もっともこの葉巻の中では、アハスヴェール氏はたえず動いている必要はないらしい。

「――もしかしたら位相偏差のおかげかもしれない、とヴェッケンバルトは言っている」ヤコービ博士はそう説明して言い添えた。「他に理由がなければいいのだが……」

誰もかなわないほどの話の種がさまよえるユダヤ人にはあった。この人はカインでもあったから、人の世をその始まり近くから体験している。そして呪われたその生のあいだ、その興味はもっぱら、自分には何千年も禁じられていること、すなわち《死》にあったという。プラトンの最期にも立ち会った。聖アウグスティヌスの死の床にも侍《はべ》っていた。皇帝ハインリヒの名を戴く四代目の者の、リエージュでの孤独で凄惨な死のありさまもアハスヴェール氏は語った。死病におかされたカール五世が穏やかな夏の日、ユステ修道院の庭を最後に散歩したとき傍についていたことも――。曇って陰鬱な十一月のある日、宮廷顧問官ライプニッツがハノーファーで亡くなったときにも居合わせたし、もちろん一八二一年五月五日にはセント・ヘレナにいた。

そして何度も自分が死ねないことを試したという。南極大陸をひとり徒歩で横断したときは八年かかったが、呪いは残酷な守護天使のように彼を護り、いかなる情けもかけなかった。

「きっと君は」ヤコービ博士が小声でささやいた。「船にいたとき銃声を聞いたろう」

「ええ」

「あのとき撃ったのはアルフレッドだ。われわれは――君が甲板でドン・エマヌエーレ・ダ・チェネーダとおったとき――われわれは有用な方面に顔がきく友ヴェッケンバルトを通して、これから何が起こるかを知った。するとアルフレッドがリヴォルヴァーを抜いてアハスヴェールを撃った。世界の終わりがまだ来ないなら、アハスヴェールは死ねないだろうし、世界が終わるなら、どのみち死ぬだろうから、と言ってな」

「そして撃っても死ななかったのですね」わたしは言ってアハスヴェールに目をやった。

「見ての通りだ。しかしアルフレッド卿の思いもかけなかったことがあった。アハスヴェールはたしかにその条件では死なないんだが、苦痛を感じないわけではない。それまではよくいっしょにトランプをやってた仲だったが、今は互いに口もきかない。おまけに銃弾がアハスヴェールのお気に入りのベストをだいなしにした。前と後ろにひとつずつ穴をあけてしまったのだ。シャツや肌着は不問に付すとしてもだ」

「アハスヴェールさんがいると話が聞けていいじゃないですか。壁に描いた本からはあまり楽しみは得られませんから」

「六百万冊からなる図書室が計画されていた。だが他の多くの計画と同じく、これも水泡に帰した。何人かの者が本を持ち込んだが、もちろん話にならない冊数だし、まちまちの寄せ集めでしかない」

「本来わたしは強制措置には反対です。とくにこのような文化の領域においては」わたしは言った。「でも今は、各自の所有する本に届出義務を付すよう元老院で動議を提出しようかと考えています。そうすればカード目録を作れますから、貸借の管理が厳密にできて、わずかな冊数でも、読みたい人はみんな読めるようになります」

「悪くない思いつきだ」ヤコービ博士が言った。「それから何かの文芸作品を暗記している者は、たとえそれが短い詩であろうと、名乗り出るよう呼びかけを行おう。文芸担当秘書がそれをすべて書き起こす。――何人かが協力すれば、『オデュッセイア』や『ファウスト』を再生できるかもしれない」

「わたしも詩一篇なら暗唱できます。音楽と詩に才能のあった偉大なオットー・イェーガーマイアー（ローゼンドルファーの作品にたびたび登場する架空の音楽家）の詩です。

ハイデンハイムのお嬢さん
飼ってる犬は尻尾が十三
　遠くで見ると何ともびっくら
　孔雀かしらと頭くらくら
近くに寄ってはじめて賞讃」

「おお」ヤコービ博士が感嘆した。「懐かしのイェーガーマイアー！　あの男はマダガスカルで消息を絶った。その最初にして唯一の伝記作家マックス・シュタイニツァーは、リヒャルト・シュトラウスの友人だったが、わたしも面識がある。イェーガーマイアーなら一篇暗唱できるぞ。

レヴァークーゼン生まれの先輩
男のくせに特大おっぱい
　折にふれては涙をぽろぽろ
　どうやら僕らが見たところ
いらぬ気病みで頭はいっぱい」

そのときヴェッケンバルトがふり向いた。こちらの話を聞いていたらしい。
「イェーガーマイアーといえばあの大事な注釈を忘れちゃいけない。『詩人は最後の行の誤った直接法をこう弁解している。この詩に歌われた先輩はレヴァークーゼンつまり北ドイツの出身なので、接続法を知らなかったのだと』。そうはそうと、僕もイェーガーマイアー詩集再生計画に寄与させてくれ。

シャフハウゼンの副林務官
表で水浴び日頃の習慣
　見るに見かねた女の先生
　とうとう奴をすっぱり去勢
なので邪念はすっからかん」

ここでアハスヴェールも立ちあがり、澄んだ声を張りあげて言った。「ここにイェーガーマイアーのアポクリファ（聖書正典に対する外典）的な詩がある。

プロイセンの楽師クヴァンス
扉に仕込むは角振りダンス
　王フリードリヒもじきじき観覧
　見終わってから一言『くだらん』
あっさり片づけられたざんす」

「プロイセンのフリードリヒ二世といえば」ここでわたしは口をはさんだ。「本当はオーストリア中尉の替え玉だったと知ってましたか」
「なんてことを」ヴェッケンバルトが言った。
「よろしければごく簡単にその説を紹介しましょう。ちなみにこれはわたしの説ではありません。プロイセン人が《大王》と称するフリードリヒ二世の生涯と人格には、ごく最近まで、さまざまの謎が解き明かされぬまま残っていました。たとえばなぜフランス語しか話さなかったのか。なぜシレジア戦争の前まではフルートを吹けたのに、その後は吹かなくなったのか。奥方や弟君ハインリヒとの関係はどうだったのか。若いころにはみずから作曲したのに、なぜグラウンに作らせた交響曲を自作として発表したのか。なぜ一七四二年から吝嗇になったのか。先ほど言ったように、ごく最近ツヴィ・イグドラシロヴィチが、これまで何冊も伝記が書かれたにもかかわらず、なお一部は曖昧だった大王の生涯に、驚くべき光明をもたらしました。

この一件の肝は一七四一年四月十日のモルヴィッツの戦い（オーストリア継承戦争初期の戦い。プロイセンがオーストリアに勝利）にあります。この戦いはプロイセンにかなり有利に展開しました。プロイセンの優位はオーストリアの名将ナイペルクの野戦技術をもってしても揺るぎませんでした。しかしプロイセン王が意固地な司令を出すに及んで、それがかなり危うくなってきました。プロイセンの元帥シュヴェリーンは、後に歴史的になった絶望の極といえる場面で――そのとき将軍はフリードリヒの軍靴に嚙みついたと言われています――もうすぐわが軍は降伏です、と王にまことしやかに信じさせたくらいです。シュヴェリーンはすぐさま退避するよう王に懇願しました。もはや王の生命あるいは自由は保証できなかったのです。不平をこぼしつつもフリードリヒは馬にまたがってオペルンを目指しました。ところがその地は、筒帽をかぶるハンガリーの軽騎兵隊に占領されていました。何も知らないフリードリヒは、オペルンの市壁を前にして、開門を命じました。プロイセンの正史によれば、ハンガリーの軽騎兵隊少尉ヴェルナーは、王を認めたものの捕縛はしなかったことになっています（『見逃してくれ、後で褒美をやろう』と王が言ったとされています）。そして王は引き返す途上でモルヴィッツ戦勝利の報を聞いたというのです。

正史にはそう記されています。でもそれは偽史です。実はヴェルナーは王を捕えていました。そのまま王はハンガリーの城に幽閉されました。すぐさまマリア・テレジア（当時のオーストリア大公）はプロイセン軍司令部と秘密裏に交渉をはじめました。ところがシュヴェリーン元帥は王という邪魔くさい司令官が消えて大いに喜び、その捕囚をできるだけ隠し、身請け金の支払いも拒絶しました。そこでオーストリア側は捕えた男が本物の王か確信が持てなくなりましたが、引き続き厳重な見張りをつけ、居所がけして漏れないようにしました。

オーストリア軍のカール・アレクサンダー・フォン・ロートリンゲンはちょうど上級司令官の職を

不本意ながら辞したところでしたが、さんざん頭を絞ったあげく、当初は名案と思えたものの、後にはゆゆしき影響どころか悲劇さえも招くにいたった計画を思いつきました――プロイセンの密偵どもをあざむくために、フリードリヒのドッペルゲンガーを情報の漏れやすい城に匿ってはどうだろう。折りよくオーストリア軍には驚くほどフリードリヒに似た若い中尉がいました。リヒトベルク男爵ディオダート・カオスという男です。カオスは配置転換を命ぜられ、贋フリードリヒとしてハーク（オーストリア中部の町）近くのザーラベルクに、何も知らないシュプリンツェンシュタイン伯爵の保護下に囚われの身となりました。

　プロイセンの密偵はすっかり欺かれ、おかげでオーストリア軍はマリア・テレジアの至上命令のもと、裏をかかれたプロイセン秘密警察が即刻設置した通信網を利用して、きわめて混乱した官房指令を敵の野営地に送りこむことができました。これによってオーストリアの勝利は目前となりました。マリア・テレジアのあまりな高笑いは、その数知れぬ流産の原因のひとつになったと言われています。

　憐れな女帝の笑いが消えたのは、プロイセンの密偵が――賢明なシュヴェリーン元帥の司令に逆らって――贋フリードリヒを首尾よく解放したときでした。マリア・テレジアはすぐさま本物の王を差し出しましたが、嘲り交じりに突き返されました。真相を解説したパンフレットも、オーストリアの見えすいたプロパガンダとして片づけられました。もちろん贋フリードリヒのカオス中尉も正体が露見せぬよう心を砕きました。王が贋物とわかったなら、プロイセンからどんな仕打ちを受けるか知れませんから。かくてカオスは王を演じ続けました。このため王は――いかなる奇跡か――以前とまったく違う君主になりました。驚くべき司令の才を徐々に発揮しだしたばかりでなく、吝嗇すれすれの節約家に変貌してプロイセン人を驚かせました。これはカオス家代々の伝統だったのですが、今の歴史家はそれを《フリードリヒ的》と称しています。宮廷の維持費は年間二十万グルデンに制限されました。これはフランスのルイ十五世が補欠ヴィオローネ奏者の靴紐のアイロン代だけに使う金額です。贋フリードリヒはプロイセン風のドイツ語をわきまえなかったため、オーストリア訛《なま》りを隠そうと、以後はフランス語でだけ会話しました。音楽の才がないカオス中尉がフルートを——なんでも初めはクリケットのようなものだと思っていたらしいのですが——奏しようとしたとき、クヴァンツ（フリードリヒ大王のフルート教師）はすぐに不審を抱きました。そこで贋王は下唇のしつこい吹き出物のせいでフルートが吹けなくなった、これからは文学に転向すると言いつくろいました。文学なら才能の欠如はほとんど、すくなくとも即座には気づかれませんから。そして作曲も止めました。フィリップ・シュピッタは王の最後の作曲を一七五三年としています。一七四一年以降の作品については、音楽学者たちによって——歴史家イグドラシロヴィチの研究とは別個に——かなり前から疑念がもたれています。彼の愛する弟、ハインリヒ公子はラインスブルクに遣られました。王妃は——王妃以外に欺瞞をたやすく見破れる人はいるでしょうか——シェーンハウゼンに遣られ、公式の年代記の体裁をつくろった表現によれば、王は夫婦生活から遠ざかり、妃を訪うこともなく、かろうじて社交の折に目礼する程度だったといいます。贋フリードリヒの配慮がどれだけ入念だったかは、軽騎兵隊少尉ヴェルナーの一件が実証しています。正史によればオペルンで王を放免したとされるヴェルナーが贋フリードリヒの配下となったとき、カオスは彼を——その功績に報いて将軍にしました。

これはオーストリアには何もかも悲劇でした。無能な司令官だった本物のフリードリヒなら、シレジア戦争（一七四〇年から六三年にかけてのオーストリア・プロイセン間の三度にわたる戦争の総称）で勝てはしなかったでしょうから。ひとえにオーストリア人のカオス中尉がいたために、オーストリアはちょうどミュンヒハウゼン男爵とは逆に、みずからの手で髪をつかまれて沼に沈んだのです――。

興味深いのは本物のフリードリヒの運命です。はじめは憤激した王も、やがて観念し、事態の趨勢を傍観せざるをえませんでした。オーストリア風に考えるなら、いわば空席になったカオス中尉の座を埋めるのに、本物のフリードリヒほどふさわしい人はいるでしょうか。フリードリヒは――このごまかしも誰にも気づかれませんでしたが――リンツのある劇場の支配人になりました（もっともこれは優れたリンツ史家のルートヴィヒ・プラコルプが、遺憾ながら信頼性に乏しい資料に基づいて疑義を呈しています）。しかしここでも成功を収められず、今度はアウフ・デア・ヴィーデン劇場のフルート奏者になりました。例のごとくこうした裏事情に通じたシカネーダーは、なぜ自分が他でもないこの劇場のために《魔笛》の台本を書くのか、十分に承知していました。初演でフリードリヒは第二フルートを吹きました。そのとき贋者はとうに亡くなっていましたが、本物はさらに五年生き延び、一七九六年に大勢の子孫に囲まれて息を引き取りました。子孫たちは次の二世代にわたって、近親相姦に近い一連の結婚でとてつもなく複雑になり、一族の構成員さえ、誰が叔父か叔母か、誰が甥か姪かがすぐにはわからないようになりました。これをウィーンでは《混沌《カオス》的家族構成》と呼んでいます……」

誰もがしばらく沈黙していた。やがてヴェッケンバルトが微笑んでわたしに聞いた。

「そのイグドラシロヴィチとやらもこの葉巻にいるのかい」

「たぶんいないでしょうね」

「なら少なくともさらに研究を深められるおそれはない。そんな男なら実はクレオパトラはレオという名の衣装倒錯者だったとか、ヒトラーは女だったとか、ウーデット将軍は女に振られて自殺したとか証明しかねない」

「そうですね」少し気を悪くしてわたしは言った。「そんなことはもうないでしょう」

「小説は」ヤコービ博士は言った。「つまり《世界》という名の長篇小説は、すでに終わっている」

「それじゃわたしたちはどうなるの」元首の声には非難の気味がまざっていなくもなかった。

「職責から来るとはいえ、あなたの楽観主義は賞讃に値します」ヴェッケンバルトが言った。

ヤコービ博士は嬉しそうだった。「われわれはいわばエピローグだ。本当は生きちゃいない。余計者なのだ。誰も否定はできまい。物語の筋などもうどうでもいい」

「でも――」わたしは言った。

「そうとも」ヤコービ博士が言った。「『壊れ甕《かめ》』（クライストの戯曲）の筋がどうでもいいのとまったく同じだ」

「わたしならそんなことはけして言いません」わたしは反論した。「先ほどわたしの聞いた話が劇的でないというなら――」

そしてシュヴァイシュハウシュシュ大佐から聞いた、娘をローストにした女のことを話しかけた。

「ここではもう有名な話だ」ヴェッケンバルトが口をはさんだ。

ヤコービ博士も言った。「あの婆さんは子供の母でもなんでもない。ベルタという魔女なのさ」

「するとスコットランドの魔女ベルタだというですか。あのナタロクス王の時代の……」

「もちろんだとも」

「ああ」わたしはつぶやいた。「踊り手ダフニス――薄口より濃口のビールをわたしが好むのを知っていたあの人も、もう生きてはいないでしょうね」

「だが魔女ベルタはここにいる。今ではペドーク――つまり《大足》と称している。魔女の例にもれず、あの女の足も、白鳥の足みたいに不細工だが――すさまじい霊能力があるので、軍司令部の副官の地位に就いていた。しかし破壊工作《サボタージュ》によってその戦闘力が削《そ》がれた。猟犬が塩化アンモニウムで嗅覚をやられるように、敵はウーシア（ギリシア語で実体・本質の意）魔術で霊媒力を封じたんだ」

「どのウーシア魔術なんだろう」アハスヴェールが聞いた。

「正確にはわからない。動物ウーシアじゃないかと僕はにらんでいる。パリにあった魔術パピルスの処方にしたがって、魔法の椀の中で聖なる甲虫を殺すのだ。だが博士はむしろ名前ウーシアと信じているようだ。つまり外の敵が魔女の真の名を知ったのだ……それもまたありえる」

「いずれにせよ」ドン・エマヌエーレが言った。「魔女は監禁され、子供は没収された。ふたたびそれが必要になるときが来るかどうかはわからん」

「外にいる敵は」と元首が言った。「わたしたちの当初の想定よりずっと危険だったの――でもそろそろ初演《プルミエ》の時刻ね」

「初演ですって」わたしは聞いた。

「ナンキンのレヴューよ」

「あいつは」わたしは言った。「招待状を送ると約束したのによこしませんでした。どのみち燕尾服もありませんし」

「燕尾服がないですって」

「どこにあるというのです」

「あるはずよ。あなたは元老だから燕尾服が支給されているはず。それからもうひとつ。わたしはあなたを呼びにやらせた――だからといってもちろんすぐに来なくてもよかったのだけれど――あなたはこの前の議会を中座したから――」

「申し訳ありません、元首――」

「カローラと呼んでちょうだい――あなたには担当部門が与えられなかった。今のあなたには担当部門がないの」

「困りましたね」わたしは言った。

「気にしないでちょうだい。やってもらいたいことがあるから。アルフレッドとはもう会ったでしょ」

「わたしたちのアルフレッドですか」

「そう。あの人がどういう人かご存知？」

「いいえ」

「ロード・アルフレッド・クーンウルフ・プランタジネット・ラッセル、十四代目のベッドフォード公爵の次男でトラヴィストックのブロードフォード侯爵」

「なるほど」

「ここにかなり難しい問題があるの。生き残ってここに来たアルフレッド卿は、ラッセル一族の唯一の跡取りになるわね。卿の父君、それから兄君つまり本来は爵位を相続する長子――はもういないから、次男の彼が爵位を継ぐ」

「そのどこが難問なのですか」

「問題はアルフレッド卿が何代目のベッドフォード公爵になるかってこと。父親は十四代目公爵だった。――もしアルフレッド卿の兄君が父君より前に死んでいれば、今のアルフレッド卿は父君の直接の跡継ぎだから、第十五代公爵になる。父君のほうが前に死んでいれば、兄君はほんの何秒かだけれど十五代目になり、アルフレッド卿は第十六代ベッドフォード公になります。おわかり？」

「ええ。でも解明は不可能に近くはありませんか」

「ねえあなた、あなたならきっと何らかの手がかりを見つけられると思うの――これほど重大な任務を課したからには、あなたをただの元老にとどめておくことはできません。今ここであなたをわたしの侍従に任命します。あなたは藍色の肩帯を、あなたの従僕は同じ色の手袋を身につける資格があります。さらにわたしのファスナーを開け閉めする権利も特に授けましょう――《侍従》の元来の意味の名残りとして――それではまた桟敷席で」

わたしはレンツを連れて自室に向かった。

「レンツ」歩きながらわたしは聞いた。「お前はひょっとして、ダフニスさんや何やかやの話を知っているかい」

「もちろんでございますとも」

「魔女ベルタの話も」

「ええ」

「あの踊り手の人はスコットランドのナタロクス王の話を最後まで話さなかった――」

「存じています。閣下はどこまでそれをお聞きになりましたか」

「善王ナタロクスが自分のこれからの運命を知るために」わたしはダフニスの語りを真似た。「盟友のフィンドッホ卿をそれとは知らず魔女ベルタのところに遣り、かくて復讐のときが来たと魔女が思ったところまでだ」

「それなら閣下は大方ご存知です。あと話すことはさほどございません。魔女は王をフィンドッホもろとも亡き者にしようと、恥知らずでたいへん効果のある方法をひねりだしました。卿が魔女の小屋に入って、王の将来についてたずねると、まもなく臣下の大地主によって殺害されると魔女は答えました。深く悲しんだフィンドッホがさらに『どの大地主に』とたずねると、『そなたに』と魔女は答えたのでございます。忠臣フィンドッホは、それを善王には、とても告げられませんでした――自らの死につながりますから――かといって国王に嘘を言うなど、もってのほかです。そこで返答の代わりに、長年忠誠を尽した王を殺すよりほかありませんでした。

　ですから魔女ベルタは単に未来を予言しただけなのか、それとも陰湿な方法で王を殺めたのか、わからないままなのです。ナタロクスの後を継いで王となったフィンドッホ一族には穏やかならぬ運命が待っていました。彼の孫ドナルドゥス三世の息子にして彼の息子ドナルドゥス二世の孫である曾孫クラシリンドの愛犬が、紀元三百八年に、スコットランドの国境を越えてピクト人の領土に逃げました。かねてピクトとスコットランドのあいだには抗争が絶えませんでした。養育係が愛犬を捕まえようとしたので戦争が起きました。国境を不法に越えてしまったからです。そこで王とその息子、それに家来の貴族はことごとくピクト人に樅の槌で殺されました」

「それで魔女はどうなった」

「ベルタは秘かに逃れ出て、今日まで――いわゆる《今日》まで――生きております」

「どうしてお前はそんなに何もかも知っているのか」

「なにぶんにもレンツ（「春」の意）は、古いスコットランド語に直せば《フィンドッホ》でございますから――」

　わが巣穴の前まで来た。見ると扉の上に赤い光が灯っている。

「この光は何だ」

「閣下は元首の侍従におなりですから、扉の上を赤く灯す資格があります」

「そうか。カローラはそんなことは教えてくれなかった。あやうく売春宿かと思うところだった。それとも産婆になったのかと。どちらも赤い灯が目印だから。おかげで母親が産気づいたとき、父は違うほうに行ってしまった……燕尾服を持ってきてくれ、レンツ」

燕尾服はぴったり身にあった。白い大理石模様が縁にあしらわれた手のひらの幅ほどのマリンブルーのサッシュが、燕尾服の胸とベストの上を肩から腰に斜めに走っていた。元老のリボンの代わりに――レンツが言うには――薔薇結びにした茜色のリボンを左袖に付けるのだそうだ。それからレンツは燕尾服用のコートとシルクハットを手渡した。

「なぜこんなものまで」

「クロークに預けるものがないとみっともないですから」

わたしたちは出かけた。――ちなみにナンキンはわたしを忘れていなかった。部屋には初演の招待状とプログラムが置いてあった。

中央桟敷の前方――その劇場は手を洗いながら鏡の中に見たものとは違った、もっと大きなものだ――に元首が座り、左隣のヤコービ博士は紫の礼服姿で、ケープの心臓の位置に白い十字架をつけている。隣のドン・エマヌエーレは燕尾服に黒の胸当てとベストと蝶ネクタイ、カローラの右は第十五代――あるいは第十六代ベッドフォード公爵アルフレッド。一番の外側の席が空いていた。わたしは腰をおろして平土間を見下ろした。最前列に陣どったウーヴェゾーン氏がわたしに手を振ってよこした。
オーケストラはまだ全員揃っておらず、調音やお喋りをしていた。客席のあいだを観衆がざわめきながら動いている。開いた扉の向こうには、おそらく金色の光に満ちたまばゆいロビーがあるのだろう。幕の後ろから床板を打つ音が聞えた。開演の合図だ。
プログラムに目を落とすと――めまいに襲われた。そこにはこうあった。

「本日初演
エンディメオン
そして（あるいは）
ヴェルグル（オーストリア・チロル州の町）**のコントラバス弾き**
あるいは
《そして》あるいは《あるいは》
副題　盲者のためのパントマイム

より詳細なる本戯曲の種類
一、ラジオ演劇・夜のセレナーデ
二、ラジオセレナーデ
三、ラジオ放送用セレナーデ
四、きらめくセレナーデ
五、きらめく夜のセレナーデ
登場人物と配役……」

「顔色が悪いわね」
思わずぎくりとした。ふだんと同様に寡黙なアルフレッド・クーンウルフ・その他もろもろ・プランタジネット・その他もろもろ卿越しに元首から話しかけられたのだった。

「例の戯曲が……」わたしは答えた。「まさかこんなものだったとは――」

「あなたのお友だちのウーヴェゾーンの戯曲が？」

不意に劇場が暗く沈んだ。暑さと寒さが同時にやってきた。あのポメラニアの奴、こともあろうにわたしの戯曲を自分のものとして発表するとは。きっと悪魔から手にいれたのだろう。

だがさらに驚くこと――そんなことが可能としての話だが――が待ち構えていた。暗くなった空間からわたしの――他でもないわたしの――声がラウドスピーカーから響いた。

「上演が終わるまで会場は――あらかじめ予告いたしましたとおりこれは盲者のためのパントマイムですから、幻影を与える効果として照明は暗いまま――　　　暗いまま――　　　暗いまま――」

やがて舞台から声が聞こえてきた。

管理官　お前らの望みは何だ。

［ぶつぶつしたつぶやき］

管理官　はっきり答えてくれ！

［ぶつぶつしたつぶやき。その中から声が聞きとれる］

どうか……嘆願書……十字軍参加者……八月一日……

管理官　一斉につぶやかれると、わけがわからなくなる。それで？

何人かの声　肝心なのは……

別の何人かの声　……八月一日……

三番目の集団　……アミアンの聖ペテロ……

管理官　誰か一人が話せ。そこにいるお前！

指された者　［咳払いし、それから答える］管理官どの、二つ質問があります。どちらも絶望的な質問です。いわばペン跡による二つの企図の価値あるいは無価値……

管理官　そもそもわたしは誰と話しているのか、それを教えてもらえないか。

指された者　ウィシゴトゥス・シュニラーです。

管理官　それで他の者は。

シュニラー　この中にわたしの知っている者は半分しかおりません。

［ふたたびつぶやき声］

管理官　静かにしてくれ。残りの半分からも一人出てもらいたい。そこのお前。

次に指された者　わたしはアノニムス・ローゼンバインです。

管理官　ふん、変な名だな。

ローゼンバイン　本当は名ではありません。実は名にあらざるものです、管理官どの。

管理官　ならば何だ。

ローゼンバイン　わたしは本当の名、正式名称を持っていません。ある不運のおかげです。わたしの頃には、というのはわたしの生まれた九十六年ほど前には、ロドメリア（ウクライナの町ヴォロディームルのラテン名）の御料地では、生まれた子に四週間以内に名をつけないと腸刑が科せられました。腸刑をご存知ですか。そのころロドメリアで行われていた刑罰です。これは今お話しした住民登録法違反罪以外には、森林盗伐者にしか適用されません。腸刑では、まず罪人の腹が、殺菌された腸の端が公に定められた釘で樹に釘付けできるくらいに裂かれます。罪人はその樹——ふつうは橅《ぶな》の樹です——のまわりを、腸が幹にぐるりと巻きつくまで巡ります。刑の執行後に罪人が死亡すると——たいていそうなります――腸は法律上公共物ですが、慣習として払い下げられます。

管理官　宮廷食肉業者へか。

ローゼンバイン　とんでもない。それではカニバリズムです、たとえ馬肉ソーセージに用いるとしても――。腸は管弦楽団に払い下げられます。コントラバスの弦代が節約できますから。ちなみにヴァイオリニストは経験の教えるところによって羊の腸以外で演奏するのを好みません。

管理官　なるほど。するとお前の父親の最期は――

ローゼンバイン　いいえ、違います。父のことではありません。むしろ母なのですが、やはり違うのです。どういうことかというと、母はすでに腸刑を宣告されたあとでして――

管理官　ははあ。するとお前の兄もやはり――

ローゼンバイン　そうではなくて、母は森林盗伐のほうで――

管理官　話をそらさないでくれ。

ローゼンバイン　承知しました。当時身籠《みごも》った女を刑に処すには、カロチャ（ハンガリーの町）の大司教の承認が必要でした。ところがそこに二つの事態が重なったのです。まずカロチャ大司教の座がちょうど空位でした――しかも久しい前から。というのも皇帝が立てた候補者は、まだ司祭に叙階されておらず、ロドメリアの議会が立てたシュラーフロックという候補者は、まだ洗礼を受けてなかったからです。それから第二の事情として、わたしの母は、わたしの母となる前に、企みを胸に秘めて――としか言いようがありません――看守と過ちを犯しました。そのいわば果実がこのわたしです。看守はその快楽を――柵越しのものがそう言えればですが――懲戒転任であがないました。しかしカロチャの大司教座空位期間のおかげで、母はわたしを無事出産できました。

――パドヴァのアントニウス十三世として大司教の座に就いたシュラーフロック猊下に、のちに堅信の秘跡をいただいたとき、わたしは涙ながらに、あなたを実の父と思っていますと告げました。猊下は初め何か勘違いされたようでしたが、やがて感動してわたしを抱きしめました。
ロドメリアの住民登録局あげての執拗な要請にもかかわらず、母は定められた期間内にわたしに名をつけようとしませんでした。当時の宮廷住民管理主席補佐官はピモダンの聖ヤン＝ザモイスキ伯ルイトポルト＝アガメムノンという、木の義足で有名な方で――結婚前はアルマシー＝ブレッツェンハイム伯爵令嬢であった奥方をそれで殴るのです――その方の衷心からのお言葉にもかかわらず、また最後にはわざわざ出向いてくださったにもかかわらず、頑固な母は考えを改めませんでした。そして言い張るには、自分はどうせ腸刑を科せられるのだから、住民登録違反のかどでまた同じ刑に処せられてもかまうもんか――。同一人物を二度腸刑に処すのは、容易に推測できる理由からほぼ不可能ですので、ロドメリア中の役人が途方にくれました。

管理官　お前の母は強情な女だったのだな。

ローゼンバイン　とうとう満足には程遠いものの、解決策が見出されました。母は腸刑の際の苦痛の半分は盗伐のために、残りの半分は住民登録違反のために味わわなければならぬ、と法廷で判決が下されたのです。

管理官　それはせいぜいお前の母を刑の執行の際に笑わせるくらいの効果しかあるまい。

ローゼンバイン　というわけで依然としてわたしに名はありません。期限が切れた後の名付けは禁じられているので、アノニムス（匿名の意）と名乗るほかなくなりました。

管理官　厄介な先例を作ったものだ。こだわりがあってかいたずら心でか、定められた期間をみすみす逃し、これでまた一人アノニムスができて、役人どもはのたうち回るだろうと想像して満悦しながら腸刑を受ける親はこれからも出て来よう――。そもそもアノニムスは名なのか、名でないのか。名とすれば違法だ。だから名ではない――この問題は気になる。だがこれ以上こだわりたくない。――シュニラーよ、お前の名は劣らず奇妙だが、まさか同じような無政府主義的な心性の結果ではあるまいな。

シュニラー　とんでもありません。もっともわたしの名についてはまだまったくご説明しておりませんが、それはひとまず置いて、われわれをここに導いた目下の問題に話を戻させていただけないでしょうか。

管理官　なんとつまらないことを言う。お前の名ウィシゴトゥスに話を戻そう、わたしの洗礼名は知っているか。

ルビコンと言うのだ。

シュニラー　ルビコンだけでしょうか。ルビコン・マリアではないのですか。

管理官　（つつましく）ルビコン・テセウス・アンセギシル・サルヴァトール。

シュニラー　すばらしい名ですね。

［激しい雷鳴。雨。書類が濡れる。先ほどぶつぶつ言っていた者の悲鳴］

低い声　おやめなさい！

管理官　女神ミネルヴァさまだ。

ミネルヴァ　もう我慢なりません。そろそろ何か起きねばなりません。観客は一時間も前から席にいるのに、いっこうに芝居らしい展開にならないではありませんか。わたしが自分で何とかしましょう。

［髭の生えた妖精が二人で刺繍のされたクッションを運んでくる。そこにしかるべくつけられたボタン穴に、女神の腰の背中側にある二つのボタンをはめる。女神はおのずからクッション付きになった管理官の椅子

に座る」

ミネルヴァ　お前たちはどこの者ですか。

管理官　いきなりそう来るのか。

ローゼンバイン　わたくしどもはフランツ・ヨーゼフ記念養老施設（インスブルックにある実在の施設）のバレエ団員です。

ミネルヴァ　では向こうの者は。

シュニラー　わたくしどもは州立結核サナトリウム合唱団員です。

ミネルヴァ　それでお前たちの望みは。

ローゼンバイン　わたくしどもは取り違えられたのです、女神さま。

シュニラー　八月一日がギリシア暦によるものか、ラテン暦によるものか、わたくしどもにはわからないのです。

ミネルヴァ　一人一人お言いなさい。まず、誰がお前たちを取り違えたのです。

ローゼンバイン　広報の植字工でございます。

ミネルヴァ　なるほど。それで。

管理官　［なすすべもなく、というより苛立って］印刷されてしまえばそれまでだ。

ミネルヴァ　誰と取り違えられたのですか。

ローゼンバイン　わたくしどもをあの人たちと、あの人たちをわたくしどもとです。わたくしどもフランツ・ヨーゼフ記念養老施設のバレエ団員は、第一回十字軍コンスタンティノープル到達九百五十六周年を記念して、パントマイムを聾唖者ギムナジウムで上演する予定でした。いっぽうあの人たち、州立結核サナトリウム合唱団は、同じ機会に盲人ホームでカンタータを歌うはずでした。ところが植字工が予告を取り違えたのです。わたくしどもは盲者の前で踊り、あの者たちは聾唖者の前で歌う羽目になりました。

シュニラー　そればかりか、記念すべき日、八月一日が、ギリシア暦によるものか――なにしろ十字軍が到着したのはコンスタンティノープルですから――それともラテン暦によるものか――なにしろコンスタンティノープルに到着したのは十字軍ですから――という問題もあります。

ミネルヴァ　植字工が取り違えたのですか。

ローゼンバイン　ええ。

ミネルヴァ　ではその者を退職させましょう。

管理官　――あるいは腸刑か。

ローゼンバイン　それでわたくしどものパントマイムは？

ミネルヴァ　広報に載ったのなら――どうしましょう。

管理官　わたしも当惑している。

ミネルヴァ　待ちなさい！　その催しはどこで行われるのですか。

ローゼンバイン　宴会場で。

ミネルヴァ　どこの宴会場ですか。

ローゼンバイン　おのおのの宴会場です。

ミネルヴァ　広報にそう書いてありましたか。

ローゼンバイン　まあ、そうほのめかしてはいました。

ミネルヴァ　一度広報に載ったことをみだりに変更はもちろんできません。しかし両方を同じ宴会場で催す……

［歓呼の声］

ミネルヴァ　お静かに！……ことにしましょう。その際、もちろん力の及ぶかぎり、盲者はバレエを見るよう、聾唖者はカンタータを聞くよう、努める義務があります。

シュニラー　八月一日の件はどうなるのですか。

ミネルヴァ　ロタ・ロマーナ（教皇庁裁判所）の決定に委ねましょう。

……

「何だこれは」とわたしは思った――場内が明るくなった。

隣に元首がいた。前はアルフレッド卿のいた席だ。卿はといえば今は右端にいる。わたしの頭はカローラの腕と胸に安らいでいた。額にオーデコロンを滲ませたレースのハンカチが当てられていた……

「やっと目が覚めたのね、あなた《シェリ》。ちょうど看護師を呼ぼうと思っていたところ」

わたしは起きあがった。

「君は少しのあいだ失神していた」とヤコービ博士は言った。「気分が悪かったのかね」

ぼんやりした頭のまま、わたしはつぶやいた。

「エンディメオン――」

「何ですって」

「気分が悪いどころか」わたしは笑った。少し前までそうだったかもしれない。だが今はふだんの倍も爽快だ。

そしてありがたいことに、あんな戯曲を書いた覚えは断じてない。

舞台では赤い光を浴びてナンキン・ガールズが踊っている。脚を宙に伸ばし、旋回し、観客に笑みを投げかけている。

「わたしが見そこなった場面はありますか」

「ほとんど何も」元首が答えた。「第一場は女の子ひとりが舞台に出てきて、ごみ箱から丸まったポスターを引っぱりだした。ポスターを広げるとそこにも女の子が描いてあって、ビキニを着ていた。それを見て、女の子もビキニが欲しくなったらしい。ごみ箱から布切れを二片出すと、服を脱いで、ごみ箱の陰にうずくまり、ベンチに服を置いた。そこに別のごみ箱を持った男がやって来た。服を脱いだ娘はすばやく一つ目のごみ箱の中に隠れた。男は持ち主のいない服に目をとめて、自分が持つごみ箱に投げ入れた。布切れも見つけて、同じごみ箱に投げ入れ、それを背負った。たぶん清掃局の人でしょうね。その人は最初のごみ箱も持っていった。その箱には底がなくて、わざわざ自分から裸になった娘は街路にしゃがみこんだ。そこで観客の拍手」

「それで娘は」

「幕が下りるまでじっとしてたの」

「それじゃせいぜい劇の導入にしかなりませんね」

コーラスガールたちは今度は緑色の光の中で踊った。そして笑みを絶やさず飛び跳ねながら、舞台から消えた。

幕がいったん下り、すぐまた上がると、舞台は雪景色だった。雪だるまが八つ、半円形に置かれている。男女のカップルが踊り――驚くほどみごとにスケート滑りの真似をして――雪だるまのまわりを回って鬼ごっこをはじめた――。オーケストラがチャイコフスキーを奏しているから、たぶん一種の求愛なのだろう――そして最後に一体となって踊るカップルを、ぶらんこの上からキューピッドが矢で射た。カップルの男のほうが矢を捕まえて引き裂くと、大きなハートになった。ハートがまばゆく輝き雪だるまを溶かす。するとそのひとつひとつから——実は雪だるまの芯になっていた——ナンキン・ガールが跳びだした。体にまとっているのは、もわもわした雪の残りだけだ。元雪だるまたちは踊りながら橇を運んでくる。カップルが橇に座るとガールズに曳かれて退場する。

次の場面ではボンネットと木靴が主な装いの娘たちが、オランダの少女に扮して風車のまわりで踊ると、風車から雌牛が《少年よ、すぐ戻っておいで》（フレディ・クインの一九六二年のヒット曲）を歌った。

そこで休憩になった。

ヴェッケンバルトはアルフレッド卿とささやき交わしている。二人の話を耳にしてヤコービ博士は深刻な表情になった。ドン・エマヌエーレの姿は見あたらない。

さりげなくわたしはヤコービ博士に近寄り、何が起こったのか聞いた。

むっとして、いやむしろ蔑《さげす》むように、ヴェッケンバルトはわたしを追いやった。まるでわたしが元老ではなく、侍従でもなく、平土間席にたむろするありふれた人間のように。教師たちの会議に紛れ込んだ学童のように。ヴェッケンバルトの言葉はここに繰り返すにしのびない。

元首はわたしの腕をとり、慰めるように桟敷に戻した。わたしたちはまた腰をおろした。

「気を悪くしないで」カローラが言った。「あなたのためを思ってのことなの」

「いったいどうして」

彼女は黙っていた。

「何か起きたようですね。本当のことを言ってください」

「何も起きてやしない」カローラは言って顔をそむけた。「何も」

「ふざけないでください」

「何ですって」

「今何が起きているのか、なぜヴェッケンバルトはあんな隠し事をするのか、包み隠さず教えてください。あなたは理解していないふりをする。でも理解しない権利のある人がいるとするなら、それはあなたではなくわたしです」

「そんな声を出さないで、あなた《シェリ》」

「申し訳ありません。でもこんな感じはしませんか――何だかゆっくりと狂っていくみたいじゃありませんか」

「自分が狂っているとは思わないけど」

「ここにいると時間が恋しくなります。老いへの不安から時間に逆らおうとすると生ずる摩擦熱は、それ自体に意味がありませんが、それでもわたしたちを潑溂とさせます。もう二度と味わえないだろう新鮮な虹鱒や健《すこ》やかな安眠なんかではなく、否応なく生の躍動《エラン・ヴィタール》を実感できる機会が恋しいのです――ここでの生活は生活でしょうか。呪わしい永遠の昼は永遠の夜でもあり、時刻も、日付も、年度もない――死さえないかもしれない……これこそさまよえるユダヤ人の生だ――まさしく！　生は死によってはじめてその意味を得るといいます。われわれ自身を確認すること、それが肝要と知りながら、われわれは死に向かうのです。われわれの前にある時間は、山地のローム層です。それを焼いて煉瓦にして、死に抗する砦を築くんです。不死という砦を築くためには、生という煉瓦を一個一個火にくべねばなりません。ローム層と砦は同時に存在できません。この世で永遠の生と不死は両立しえないのです。――ねえあなた《シェリ》、あなたもそう感じませんか。欲求不満で破裂しそうになりませんか」

「やっと《シェリ》って呼んでくれたわね……」

ベルが鳴った。休憩時間は終わった。だが他の連中は戻らなかった。どうしたのかカローラに聞いてみた。

「もうあの人たちはプログラムの第二部は見られないと思う」

「なぜでしょう」

「しっ、そろそろ始まるわ」

短い序曲のあと、ナンキン・ガールズがまたもや色とりどりに移り変わる光のもとで舞台を飛び跳ねた。

それから魔術師が現われて、カード奇術をはじめた。遠くからではその奇術はよくわからなかった。くり返し喝采を浴びながら魔術師はカードをしまい、平土間にいる若い娘に舞台に上がるよう頼んだ。夜会服を着た娘はなぜか乗馬用のシルクハットをかぶっていた。魔術師の魔法はまず彼女の夜会服を消した。それから三枚重ねのペチコート、それから靴――このとき娘は可愛く飛び跳ねた――それから靴下。ついに肌着まで一枚一枚消え、やむなく娘は胸の前で腕を交叉させ、シルクハットを頭に乗せたまま、黒い下着一枚で舞台に立っていた。魔術師の魔法はこの下着も消してしまった。娘は電光石火の早業で――やむなく胸をさらして――シルクハットを取って腰の上にかぶせた。魔術師は反動をつけて大仰な身振りをした。娘は不安そうにきょろきょろし、音楽はかすかに低音をとどろかせ、皆は息を呑んだ――。そして音楽が一鳴りすると、魔術師は娘を消してしまった。シルクハットだけがそのままの位置で宙に浮いている。黄金のガウンをまとって娘が幕の背後から現われ、シルクハットをまたかぶり、魔術師と並んでお辞儀をした。

「ほら」カローラが言った。「これでも気は晴れない？」

「観客の見ている舞台でいきなり裸にされるなんて、事前の取り決めがなかったとしたら、とても恥ずかしいでしょうね。あなたが桟敷にいてよかったと思います。魔術師のこんな見世物の餌食にされなくてすみますから」

「でもほら、今はこんなにぴったりした服しか着ていないから、最初の魔法でもうシルクハットを使わなければならなかったでしょうね。そのシルクハットさえ持っていないし……」

歓呼の声がハリケーンのようにとどろいた。魔術師はアンコールに応えねばならない。今度は観客の中から非常に年寄りの女性を舞台に招いた。観客は不平を言い口笛を鳴らした。魔術師はこの女性を帰そうとしたが、彼女は頑として舞台にとどまった。溜息をついて魔術師はすぐさま彼女を消した。

次いで彼はふたたび若い娘を舞台にあげた。娘は赤い服を着ていた。しかし魔術師はどうやら老婦人との一件で気が散っていたらしく、娘の赤い服の代わりに、自分のズボンを消してしまった。彼は舞台裏に駆け込んでズボンを持ってきて、詫びをいいながらまた身に着けた。そのあとはしかるべき順序で娘の服を消していった。白と黒のレース細工のコルセットまで来たところで、ひとりの紳士が舞台に駆けあがり、この娘は俺の婚約者だと言い張ってわめき騒いだ。しばらくそれを見ていた魔術師は、やがて魔法の身振りをすると、男は観葉植物に変わってしまった。魔術師は王者の風格で微笑み、もう邪魔する者もなく、娘を――今度はライムグリーンの――下着一枚にした。今度の娘にはシルクハットがなかったので、機転をきかせて観客に背を向けた。魔術師は無慈悲に騒ぐ観客に娘のお尻を見せ、お辞儀をして退場しようとした。娘は叫び声をあげた。魔術師は立ちどまり、頭に手をやり、自らのうかつさに苦笑して、魔法の印を描いた、すると娘の代わりにねずみが一匹、舞台を横切ってプロンプターボックスに逃げこんだ。悲鳴をあげてプロンプターがボックスから飛びだした。これもやはり若い娘だった。

魔術師は会心の笑みを浮かべ、彼女の服も消した。プロンプターは金切り声をあげて跳ねまわり、舞台から降りようとしたが、観客の激励のもと、服は一枚一枚容赦なく消えていった。なすすべもなく彼女はにしん色の下着をしっかりと押さえた――だが何にもならなかった。それは吸い込まれるように取り払われた。素っ裸のプロンプターは幕にすがりつき襞で体を隠そうとした。魔術師はもう一度魔法をかけた。轟音がして閃光が走り、幕が引かれて閉まった。幕には裸のプロンプターが真珠の刺繡細工で描かれてあった。

観客はわれを忘れて歓呼した。

魔術師が幕の前に現われ、お辞儀をして、わずかに体を動かした。すると観客席から四人の婦人が悲鳴をあげて逃げ出し、裸のままクロークに走った……

わたしは思わずカローラに目をやった。蜂蜜色の細身の夜会服はまだ消えてなかった。魔術師はまた悪さをしないよう、むりやり幕の後ろに引きずられていった。

続く出し物は、当然のことながら、魔術師の後ではさして注目を浴びなかった。それでもわたしは、うっとりするようなフィナーレにいたるまで、ヴェッケンバルトや他の仲間を忘れていた。

彼らは第二部のあいだずっと姿を見せなかった。あのろくでもない機械仕掛けの侏儒も同じだ——休憩時間の前までは桟敷の後ろでうろうろしていたのに。狂熱的な拍手喝采がようやく退《ひ》いていき、ナンキンが何度も何度も観客にお辞儀をして——わたしたちが桟敷を出てロビーに行くと、彼らはそこに集まっていた。誰も何も喋らず、めいめいの仕事に熱中していた。ヴェッケンバルトはシャンパンの栓を抜き、ヤコービ博士はゴブレットを月桂樹で飾り、ドン・エマヌエーレとアルフレッド卿は長い緋毛氈《もうせん》を劇場の扉からロビーまで敷いていた。侏儒たちは籠から——おそらく造花の——薔薇の花びらを撒いていた。外には人々が好奇心から集まってきた。レンツは他の制服の者らと共に、野次馬をせき止めて道を空けるのに忙しくしていた。野次馬の中からウーヴェゾーンが手を振ってきた。

脇扉からオーケストラのホルン奏者とトランペット奏者が二人ずつと三人のトロンボーン奏者が忍び込むように入ってきて、吹き口に唾を吐き、アルフレッド卿がロビーの奥の柱のあいだに彼らを整列させるまで、控えめに一、二音鳴らしていた。

《ヴィヴァ！》の掛け声があがった。楽師らは楽器を構えた。ヴェッケンバルトはグラスを満たし、わたしたち皆に回した。自分のグラスと花輪飾りのあるゴブレットは盆の上に置いた。半円形に座るわたしたちのもとに、やがてナンキンもやってきた……

管楽器が華やかな音を短く鳴らし——観衆からは千回の《ヴィヴァ！》。ヴェッケンバルトはナンキンに花輪飾りのゴブレットを渡し、侏儒が宙に投げた残りの薔薇の花びらは、祝われた男のまわりに吹雪となって舞い散った。ドン・エマヌエーレは興行主の頭をオリーブの枝で飾った。そしてヴェッケンバルトがグラスを掲げると、管楽器のファンファーレが晴れ晴れと鳴り、皆がナンキンの健康を祝して乾杯した。——このときはまだ、わが友人らの偽善がいかに底深いものか、わたしにはわかっていなかった……

わたしはグラスを干したあと、床に叩きつけようと思いついた。皆がはしゃいでわたしの後に続いた。最後にはナンキンも、まず花で飾られた月桂樹にキスをしてから、それにならった。

それからわたしたちは口々にお祝いを言った。ナンキンは出演者を紹介した。魔術師。踊り子たち。そして楽長。

ヤコービ博士がわたしに言った。「恐ろしい。間違いなくあの男は今、ここで一番幸せだ」

「なぜそれが恐ろしいのですか」

博士は驚いた目でわたしを見た。他の人たちは退場のための列に並んでいた。先頭にナンキン、次にヴェッケンバルト、そして元首とアルフレッド卿、その後にヤコービ博士、ドン・エマヌエーレ、わたし、侏儒たちと残りの人たち。鵞鳥のように一列になって、わたしたちは歓呼する人たちをかきわけ、群衆に堰き止められるまで進んだ。ナンキンは彼らに肩車された。ふたたび《ヴィヴァ！》の合唱が起こり、制服姿の係員が介入し、群衆を散らさねばならなかった。わたしたちとナンキンは何とか脇口から逃れられた。楽師たちは解散した。わたしたちはクラブ室のような部屋におもむいた。わたしたちが救出されたあと、友人たちと再会したあの部屋である。

ここでも軽食とともにシャンパンが冷やして置かれてあった。

だんだん気分が静まってきた。わたしは楽長とお喋りをした。名はフランツェリンといってブルニコ（イタリア北部の町）の出身だ。やがてヴェッケンバルトが会話に交じった。わたしは根に持たないたちなので、廃墟建築家が前のように気さくに話しかけてくると、先ほど態度が気に障ったことはすぐに忘れた。

「わが兄弟《コンパーテル》、元首の侍従どの、少し話があるのだが」

わたしたちは炉辺に行った。

「今まで秘密にしていたことを伝えなければならない。君は元老だから、これを知らせずにおくことはできないし、すべきでもない。蜘蛛が一匹、それも生きている蜘蛛が、葉巻の中で見つかった。しかもまずいことにまだ捕まえられていない。もしかしたらもう子を……」

彼はわたしの肩を軽く叩いて去っていった。

会はお開きになりつつあった。客たちは辞去し、残ったのはわたしたち元首の側近とナンキンだけになった。

誰もが黙っていた。

少し前までドン・エマヌエーレと話していたナンキンは、とつぜん自分がひとりになったのに気づいた。驚いて彼はあたりを見回した。そこに二人の侏儒が近づいた。ナンキンは後退りし、グラスを落とした。それから叫び声をあげた。侏儒たちが彼の尻を平手でぶったのだ。ナンキンは床に倒れ、ふたたび叫び声をあげた。ナンキンを助けるべきかどうかわからず、わたしはヴェッケンバルトに目をやった。彼は真剣さを通り越した司祭のように厳粛な顔で、ナンキンと侏儒たちをながめていた。わたしはもう、どう考えていいのかもわからなかった。

侏儒たちはナンキンを押さえつけた。最初は抵抗していたナンキンも、侏儒たちが何度か喉を締めるとおとなしくなった。侏儒たちは彼の足を持って引きずっていった。ヴェッケンバルト、ドン・エマヌエーレ、ヤコービ博士、そしてアルフレッド卿が、葬列に加わるような顔をして後に続いた。わたしもそれを追おうとしたが、カローラに引きとめられた。

カローラは「出ましょう」と言って正面扉を指した。その前にレンツと元首の護衛が二人控えていた。

「教えてください。どういうことなのですか」

「使用人のいるところではだめ」

わたしたちはカローラの私室に入った。わたしの部屋と同じように狐の穴じみてはいたが、より広々として、装飾はより豪華だった。

レンツと護衛は一礼して後ろに下がった。広間を横切ると、端に侍女が控えていた。カローラは侍女に暇をやった。われわれは中央の部屋に入った。そこはまるで、贅《ぜい》を凝らして飾られた『薔薇の騎士』第一場の祝宴舞台のようだった。部屋のまんなかに、大きな船が錨を下ろして停泊しているように、紫のカーテンのかかった天蓋つき寝台があった。壁の小さな銅版画にわたしの目はとまった。太った老人が七人の娘に囲まれている。老人は勲章を胸につけ、安楽椅子に座っている。

「この人なら知っています」わたしは言った。

「先祖代々の家宝よ」カローラが答えた。

「あんな慌ただしいときによく救い出せましたね。それともたまたま持っていたのですか」

「ここにいるこの娘がわたしの曾祖母。他の娘たちはその姉妹たち。この老人は娘たちの伯父で、有名なカストラートのトローニ。この人の妹も歌手で、もしかしたらトローニより有名かもしれない。ジュゼッピーナ・トローニ、通称ラ・フォルリサーナ。遺憾ながらこの七人の娘たちは、わたしの先祖がまっとうでない人生を送った何よりの証拠になっているの。なにしろみんな父親が違うから」

「その話はすでに知っている気がします」

「でも今あなたは自分の職務を果たさなくては」

「どんな職務でしょう」

「侍従としてあなたはわたしのファスナーを開く権利があります。それは義務でさえあります」

わたしは蜂蜜色のローブのファスナーを引っ張った。それはうなじから腰まで続いていた。産毛の生えた象牙の果実、貴重なバナナの皮が剝けるように、どうぞご賞味あれと言わんばかりにカローラが衣装を脱いで……


天蓋付きベッドのカーテンが脇に滑った。わたしの目を覚まさせたのはカローラでなく、レンツだった。

「レンツが参りました」わが従僕は言った。

わたしは身を起こした。カローラは見当たらない。熟睡はできたものの、朝のさわやかな光ではなく、人工的な光で目ざめなければならないと、いつも——今も——気が沈んだ。レンツはわたしのスーツを持参していた。わたしは何度も意味ありげな従僕の発言を咎めねばならなかった。そのあとレンツはわたしを食堂に案内した。

ヴェッケンバルト、アルフレッド卿、侏儒、そして驚いたことにシュヴァイシュハウシュシュ大佐もそこにいた。ヴェッケンバルトとのあいだの席が空いていたのでそこに座った。廃墟建築家がわたしのほうに体を傾けた。

「それで？」

「何が『それで』ですか」

「どうだった」

「何がでしょう」

「恥ずかしがらずともいい。カローラとはどうだった」

「もう噂になっているのですか」

「僕らは見て見ぬふりしかできない。それに誰も君を非難しやしない」

「あの人はとても……とてもエキセントリックで……どう言っていいか……その……その瞬間に……」

「なるほど」ヴェッケンバルトはにやついた。「それで」

「ちょうどその瞬間に《ラザルス蘇生リントヴルム（伝説上の龍）退治騎士団長》の位階に叙されて――」

「なるほど――」ヴェッケンバルトが言った。「ベッドの中でかね」

「もちろんですとも。他にどこでと言うのです。そして蜂蜜色のリボンを授けられました」

「そうか」廃墟建築家はにやにや笑った。「蜂蜜色のリボンか。それは世襲男爵の印だ。これで君もわかったろう。なぜ……むにゃむにゃかが」

「むにゃむにゃって何ですか」

「カローラは恐れている。あるいは期待している――その瞬間に……こう言えば君にもわかるはずだ。ところが父親は少なくとも男爵でなければならない。そこに彼女のこだわりがある」

のちに――わたしは《のちに》としか言えない。絶対時間はもう存在しないから――わたしは自分の居室に戻った。
眠りと目ざめの規則的なリズムはもはや存在しない。寝るのは眠くなったとき。起きるのは目が覚めてこれ以上寝たくないとき。あるいは――今もそうだったが――誰かに起こされたときだ。

ヴェッケンバルトがベッドのそばに立っていた。いつもの様子でないのはすぐにわかった。おなじみの英国流あるいはユダヤ流の皮肉で退屈な口調は、真剣で心配げなものにとって代わっている。

「君は知るまいが、ここには非常口がある。僕はそこから来た。従僕には知らせずともいい。いっしょに来てくれ」

わたしはベッドから飛び起き、急いで着替えた。

「いったい何が」

廃墟建築家は小さな本に読みふけっていて答えなかった。

「用意できました」

ヴェッケンバルトは顔をあげた。本をポケットに入れ、先に立って客間に隣りあう一室に入った。シャンデリアのローゼットが下に垂れていた。その跡に開いた穴の暗がりから、細長い鉄梯子が降りてきた。わたしたちは昇った。上でヴェッケンバルトが機械を操作すると、梯子が引きこまれ、穴はふさがった。今いるのは天井がほどほどに高い広々とした空間だ。見渡すかぎりアルミニウムの柱が、数知れず等間隔に並んで天井を支えている。天井と床は鏡のようになめらかだった。

廃墟建築家が電動カートに乗った。わたしも後ろから飛び乗り、しっかりつかまった。カートは柱のあいだをがらがらと走っていく。着いたところにエレベーターがあった。ヤコービ博士がドアを開けて待っていた。博士の顔も引き締まり、心配げだ。

「急げ」礼儀も忘れてヴェッケンバルトが言い、真っ先にエレベーターに乗った。ドアが閉じた。階上に着くと、ヴェッケンバルトは先んじて木張りの廊下を急いだ。角を何度か走って曲がるとアルフレッド卿の姿が見えた。開いた扉の前で待っている。あいさつもそこそこにわたしたちは敷居をまたいだ。

礼拝堂の外観を模したらしい薄暗い空間で、ドン・エマヌエーレが棺台の前に跪き、声を張り上げてローマ教会式の死者への祈りを唱えていた。その左右で8の字描きのシツェオンとパイティクレスが、ミサの侍者の衣装を着て、香炉を揺らしている、棺台の両側で高い蠟燭が三本燃えていた。

わたしたちはヴェッケンバルトを先頭にそこに走り寄った。目前の光景が何だかわからずにとまっているわたしに、ヴェッケンバルトがうなづいて、柩の近くまで来るよう手招きした。

柩に臥すのはさまよえるユダヤ人だった。

「亡くなったのですか」わたしは小声でたずねた。

廃墟建築家はなんとも答えなかった。

「侏儒に殺されたのでしょうか。ナンキンのように」

「違う」ヴェッケンバルトがやはり小声で答えた。「彼はそれに値する者ではおそらくなかった。来たまえ」

わたしは彼の後をついて架台の前を通りすぎた――アハスヴェールの顔が見えた。顔の草色はほとんど失せ、生きていたときより生気があった――反対側の扉を抜けると装飾のない小部屋に出た。扉を閉めてからヴェッケンバルトは言った。「これが何を意味するかわかるな」

「ええ。世界の終わりでしょう」

「まあ座ろう。君はおそらく正しい。アハスヴェールは自室で死んでいるのが見つかった。死因はわからない。詳しい調査も行われなかった。外傷はなかったが、それはどうでもいい。そして悪い兆候はアハスヴェールの死だけではない。蜘蛛が侵入してきた」

「われわれは蜘蛛と戦っているのですか」

「違う」ヴェッケンバルトは声をいらつかせたが。すぐにまた穏やかに言い添えた。「何も知らないのも無理はない。僕らも誰を相手に戦っているかわからなかった。敵を知らないということが戦略をひどく難しくしている。わが軍の指揮官のその認識は間違ってはいない。だがそれは最大の難問ではない。数十年前、どういう手段が《伝統的戦法》と呼ばれたかは知っているね」

「ええ。大砲や戦車や飛行機などを使うものでしょう」

「そのあとは――すでに少しばかり実地に適用された――原子戦争だ。その後に理論上は化学戦争、それから生物学戦争が来る。だが今われわれが戦っているのは、論理的帰結がしからしむところの、心霊戦争だ」

「同じようなことを、以前地上にいたとき考えたことがあります」

「わが軍はある手段を用いて敵の可視化を図った。そうすれば敵の殲滅《せんめつ》もできよう。局所的には何度かうまくいったが、今のところ決定的な成功は収めていない。ナンキンのレヴュー初演の直前に――君も覚えているだろう――蜘蛛が一匹侵入してきた。この蜘蛛はおそらく敵の兵器だ。したがって蜘蛛の侵入は極度の危機を意味する――蜘蛛それ自体というより、僕らが克服不可能とみなした位相偏差を打ち破る手段や方法が敵にあるということがだ。蜘蛛は地上からドームを通して来たのではなく、葉巻の中心にじかに侵入したことを僕らは突きとめた。そこで僕らは――どうか驚かないでくれたまえ」ヴェッケンバルトは立ちあがり、表情を見せまいとするように顔をそむけた。「――人身御供によって攻撃を阻止した」

「ナンキンですね」わたしは言った。

「そうだ、ナンキンだ。だから僕らは彼のレヴューを大成功させるようにした。この人身御供では幸福な人間が犠牲にならねばならない」

「それでどんなふうに」当然のことながらわたしの声は少しかすれた。「ナンキンは犠牲になったのですか」

「恐ろしかった」廃墟建築家はふたたびわたしに顔を向けた。「君もやがて見るだろう」

「勘弁してください」わたしはゆっくりと言った。

「そして新たに蜘蛛が――一匹ばかりか何匹も侵入してきた。こいつらのおかげで僕らは上層から遮断された。つまり、上層はもう無いものと思わねばならない。わが軍の五分の四は失われた。上層に駐留していた全員だ。僕らの処置は少しの間は蜘蛛をおとなしくさせておけるだろう。だが間違いなく敵は新たな攻撃に備えている。――そこで二人目の人身御供が要る」

「誰でしょう」

「敵は何らかの女性原理を体現していると考えられる根拠がある。したがって犠牲者は女性でなければならない。これでなぜ君に来てもらったかわかったかい」

「カローラですね」

「蜘蛛は主発電機へ通ずる回路を遮断した。発電機自体も破壊されたかもしれない。だがまだ非常用発電機がある。発電量は十分あるから、僕が開催させた舞踏会でも、照明を節約する心配はいらない――これは僕らの最後のチャンスだ」

「こんなときに舞踏会ですか」

「カローラのための舞踏会だ。犠牲になるのは幸福な者でなければならない。カローラを幸福にすること、それが君の任務だ」

わたしは立ちあがって言った。「幸福とは何でしょう」

「その理論について説明している暇はない。すぐ着替えたまえ。そしてカローラを迎えに行ってくれ」

「わたしは――わたしが幸福な人間でないことだけは確かです……」

レンツが呼びにやられた。中でドン・エマヌエーレがなおも死者のミサを唱えている扉の外で待機していたレンツは、わたしを自室に連れていった。部屋の灯りは明らかに前より弱くなっていた……

舞踏会は劇場で行われた。平土間席から椅子が取り払われていた。桟敷と階上席に祝祭的に飾られたテーブルが置かれた。わたしはレンツに付き添われて出席した。カローラのボディガードの一人に中央桟敷に案内された。わたしの燕尾服には勲章がいくつも付けられている。――後に有名になったわたしのドームへの遠征のゆえに、敵への勇敢さを讃えて――もちろんわたしの愛顧を得ようとするお世辞にすぎなかったが――元老院は星十字勲章をわたしに授与したのだった。――すでに桟敷に座っていたドン・エマヌエーレ、廃墟建築家ヴェッケンバルト、アルフレッド卿、ヤコービ博士はそろって風変わりな深紅のケープを身につけていた。思わずわたしは聞いた。

「仮装舞踏会だったのですか」

雰囲気は無理もないことだが重苦しかった。ヴェッケンバルトが目をあげた。

「敵の大侵入後のわが軍の生存者は、ここ下層に駐在する防衛隊をのぞけば、ほんの一握りの兵士、つまり何らかの理由で上層にいなかった者だけになった。将校はほとんど失われたし、将軍は全滅した。これが」ヴェッケンバルトは着ていたケープの前をはだけた。下から緋色の軍服が現われた。「将軍の制服だ」

「するとあなたがたは全員将軍なのですか」

「僕らは皆将軍だ」とヴェッケンバルトが言った。だが誰も笑わなかった。

わたしは席についた。

「この祝宴はカローラに敬意を表するものですか」しばらくしてわたしは言った。

ドン・エマヌエーレはためいきをついた。ヴェッケンバルトが言った。「僕はあの人に言った。外部の時間で計算すると今日はあなたの誕生日だと」

「でも本当じゃないんですね」

「全然——いやつまり誰にもわからないんだ。もしかすると本当に誕生日なのかもしれない。誰も計算はできない」

「でも命日ではあるのですね」わたしが言うと誰もが黙った。

ヴェッケンバルトが予告したとおり、非常用発電機は惜しみなく照明に使われていた。シンフォニーオーケストラが演奏をはじめた。

ヤコービ博士がこちらに体を傾けた。「音楽だって文学と変わらん——この前した話を覚えているかね——音楽のアーカイヴも計画にはあったが、整理する時間がなかった。ここに持ち込まれたのはほんのわずかな楽譜にすぎない。本のほうがまだましだろう。何人かの音楽家は楽器や声も持ってきたかもしれないが、とても十分とはいえない。その代わり音楽自体はよく記憶されている。音楽家の作業チームが、第二を除くベートーベンの全交響曲、五重奏曲《鱒》、ハイドンの交響曲数曲、ピアニストの助けを借りてブラームスの変ロ長調協奏曲、そしてチェリストの助力を得てドヴォルザークの協奏曲を復元できた。今はブルックナーの八番さえ取り組まれている。あそこにいる若い楽長は、シュトラウスのワルツをオーケストレーションも含めて暗譜しているただ一人の男だ」

「《ドン・ジョヴァンニ》総譜の復元になら、わたしもお役に立てると思います」

「それは間違いなく作業チームには名誉なことだ」ヤコービ博士が答えた。「だが《ドン・ジョヴァンニ》の総譜なら、わたしは肌身離さず持っている」

オーケストラはすでにワルツを二、三曲演奏していた。まだ誰も踊っていない。《ウィーンの森の物語》の演奏中、指揮者が指揮棒で譜面台を叩いてそれを中断させると、オーケストラは短くファンファーレを鳴らした。勢いよく桟敷の扉が開いた。わたしたちは立ちあがり、脇に下がった。黒一色に装ったカローラが入ってきた。劇場の全員が桟敷に向かって歓声を浴びせ、花が雨あられと――残念ながらこれも造花だったが――天井から降りそそいだ。威厳を持って元首は桟敷の際に進み出て、にこやかに歓呼に応えた。目立たぬようすばやくヴェッケンバルトはその場を離れた。わたしたちがふたたび腰を下ろすか下ろさないかのうちに、ふたたび階下の幕の前に現われ、スピーチを行った。まぎれもなく彼は自制の人であった。だがわたしの僻目《ひがめ》かもしれないが、今スピーチ原稿を読み上げる彼の自制心、それどころか自己否定には、ある種のシニシズムがあると思わざるをえなかった。一度などはカローラがかつて行った犠牲的行為に言をおよぼし、最後にこうスピーチを結んだ。「わたしは元首に《末永く健やかに》と願うわけにはいきません。これは誕生日の祝辞として一般的なものですが、一日や一年も計測できないわれわれの毀《こぼ》たれた時間のもとでは、長寿とは何でしょう。それにもかかわらず、元首、あなたに望むのは、理性ある人として生を全うされること、あなたの天分にふさわしく生が活用されることであります」

裏に隠された恐ろしい意味にも気づかずに、聴衆はふたたび歓声をあげた。扉の外ではすでに死刑執行人のシツェオンとパイティクレスが待ち構えている。

ヴェッケンバルトのスピーチの後はナンキン・ガールズによるバレエで、白い衣装と裾飾り《フルフル》のきわめて古典的なものだった。彼女らの踊ったのはヨハン・シュトラウスがボストンで独立宣言百年祭を記念して作曲した《祝賀ワルツ》だった。

「ヨハン・シュトラウスはあらゆる機会に作曲を行った」ヤコービ博士がつぶやいた。「A・W・アンブロスがかつて言ったとおり――これは今まさにうってつけの発言だが――世界の終わりに際してもヨハン・シュトラウスは睫毛一本動かさず、トランペットのための《最後の審判カドリール》を作曲するだろう。――把《とら》えがたいものが彼の音楽にはある。彼のワルツが持つ魔術からはほとんど誰も逃れられない。たとえ亡くなったクナッパーツブッシュのように、シュトラウスの他はパルジファルの海だけで泳いでいるような人物であろうともだ。しかもこの魔術は極めがたい。メロディーは素朴で、ときに単純でさえあり、厳密に四小節単位で進行し、構成は非芸術的といってもいい――同じ長さのワルツの主題を芸もなく並べるだけだ。もちろん活動と休息、広々と流れるところと跳躍するところ、心情豊かなところと雄大なところの移り変わりは非凡で芸術性に富み、オーケストレーションはきわめて巧みで効果的だ――しかしそれだけでは尽くせないものがある……そこには何らかの完璧の魔術がある」

「きっとあなたは」――こんな会話をしたのはもうどれほど前だったろう――「それについても本を

お書きになったのでしょうね」

驚きのこもる目でヤコービ博士はわたしを見た。「ああ。それとも君はわたしが今とつぜんこれを考えついたとでも思っているのかね」

バレエのあとは誕生日祝賀のレセプションだった。わたしたちは元首の桟敷の広々とした控室におもむいた。元老の全員と生き残った将校たちと楽長、それからナンキン・ガールズが元首の幸福を願うために集まった。

レセプションのあいだわたしたちは彼女の背後にいた。カローラの裾の長い黒服は腰から上にかけて体にぴったりとしていて、密なレース細工の首の高いカラーまで達していた。袖もやはりレースで、ぴったりした服とは対照的にとても幅が広く軽やかで、ふくよかな腕が透けて輝いていた。手には黒い扇を閉じたまま持っていた。

わたしは正気とは思えないような計画を固めた。ヴェッケンバルトが教えてくれたところによれば、祝賀レセプションに続いて舞踏会があるらしい。カローラの栄誉を讃えて、舞踏会はカローラとわたしが踊るワルツではじまるはずだった。

たしかにそれはヴェッケンバルトや、そしてヤコービ博士や他の人たちの恩に仇で報いる行為だ。しかし恩とは何だろう。ドン・エマヌエーレはわたしを救ってくれた――自らの危険もかえりみず、といってもいい。わたしを葉巻の中に入れさせろと命じたのはヴェッケンバルトだったかもしれない。しかしそれも収容力の百分の一か千分の一にしかすぎないとしたら。それにまだ本物の葉巻はまだ完成していない。F・ヴェッケンバルトがどれだけ優秀であろうが、人もあろうに廃墟建築家にその建設を委任するとは言語道断ではあるまいか。

それからもう一つ。われわれは敵との交渉を試みただろうか。わたしにはわからない、と言わざるをえない。しかしわたしは元老で、元首の侍従で、蜂蜜色のリボンの騎士で、その他もろもろであったはずだ。そのわたしが何も知らされていない。だが上層の前線に行き、少しばかりイニシアチブをとったこともある。ヴェッケンバルトの命令に背いて――というのも、あの命令は彼から来たに違いないから。すべてが彼から来る。何が廃墟建築家を一万人の民間人と全軍隊の上に君臨させているのだろう。わたしは元老で閣下なのに、報告を受けるのは、重要でないことか、あるいはすべてが済んでしまった後からだ。わたしは影響力を行使できない。閣下であるものか。道化だ。あるいはその両方だ。

カローラに警告しよう。そう心を決めたとき、二人の侏儒が自慢気に馬鹿高い帽子を頭にのっけてロビーに入ってきた――だが祝賀の声に和するためではなかった。

手をつないだ二人は毒気のある欲望のまなざしをカローラに向けた。――彼らの目に欲望を見たわたしはどれほど正しかったろう。ただその欲望は、わたしが想定していたものとは違っていたが。

ダンスのあいだにカローラに警告しよう。疑いなく彼女はナンキンの運命と、それに関連することについて知らされているはずだ。だから一言で状況を説明できよう。なんといっても彼女は元首なのだから、葉巻の中で権力があるはずだ。だが現実には――それともここでは、現実と仮象の関係も、時間のように壊れているのだろうか――だが現実には、おそらく彼女はわたしと同様何も知らされてはいまい。だが彼女には護衛がいるし、わたしには忠実なレンツがいる。奇襲による権力の奪取はうまくいくはずだ。必要とあらば、ヴェッケンバルトやヤコービやアルフレッド卿を手早く片づけ……ドン・エマヌエーレは年寄りだから勘弁してやってもいいが――

少なくとも葉巻からの脱出を図ることはできよう……交渉も逃走も無意味だ。それはわかっている。

だが少なくともカローラを殺す者たちに組したくはない。すばやい行動が大切だ。外でレンツが待っている。必要なかぎりのことをレンツに知らせて、指示を下そうとわたしは部屋を忍び出た。

侏儒たちを押しのけるようにその脇を通ると、二人は憎らしげなまなざしを向けてきた。

――滑稽な山羊髯の仕立屋を考え出したのは誰だったろう。糸巻き棒のように細くて小さいから、風に飛ばされぬようアイロンを手から放さないあの仕立屋だ。二メートルの丈があって熊のように屈強な仕立屋も知っている。太った仕立屋もいれば痩せた仕立屋もいる。パン屋や錠前屋や板金工が太ったり痩せたりしているように。

仕立屋の前で本当の丈をさらさねばならなかった侏儒たちが、痩せた仕立屋のメルヘンを世に広めた。安っぽい復讐――。侏儒たちに見られたとき、これだけのことがいちどきに頭に浮かんだ。人は混乱しているとき、何ということを考えるのだろう。

廊下に人けはなかった。誰もが祝賀広間のビュッフェのまわりにひしめいていた。ここで待っていろと命じた場所にレンツはいなかった。わたしはリヴォルヴァーを取り出し、安全装置を外して、扉から扉へ走った。扉はどれも鍵がかかっていた。「レンツ！」と呼んでみた。――ヤコービ博士、ドン・エマヌエーレ、アルフレッド卿はカローラのそばにいた。ざっと見たかぎりではヴェッケンバルトはいなかった。もしいたら、すかさず発砲していただろう。もう一度レンツを呼んでみた。ひとつの扉の奥からうめき声がそれに応えた。わたしは大急ぎで扉を突き破った。そこは小さな部屋で、縛られて床に横たわるのはヴェッケンバルトだ。大きな絆創膏が口に貼られている。

ほんの少し前までは撃とうと思っていたのに……とっさにはどうしたらいいかわからなかった。

ともかく傍《わき》に膝をついて、たいそう痛がる口から絆創膏をはがした。

「侏儒らの仕業だ」彼はうめいた。

わたしはリヴォルヴァーを床に置いた。

「僕を撃つつもりだったな」ヴェッケンバルトが言った。「そしてカローラと逃げるかどうかするんだろう――それは予測できていた。計算にも入っていた。だがあれは誰にも予測できなかった」

「あれって何ですか」

「縛《いまし》めを解いてもらえないか」

わたしはためらった。

「今だから言うが、君が腹を立てること、僕ら全員に腹を立てることは計算に入れていたし、計画の一部でもあった。僕は何とも思ってやしない。縛めを解いてくれ、早く、一刻の無駄も惜しい」

「わけがわかりません」縄をほどきながらわたしは言った。「なにしろ何も教えてくれないのですから」

「落ち着きたまえ。僕らもカローラが傀儡たちの愛人だったとは知らなかった」

「ええっ。それじゃわたしは――」

片手が自由になったヴェッケンバルトは、わたしと協力して残りの縄をほどいた。「君は愚かで――許してくれたまえ、僕らはみんな愚かだった。みんな単なるごまかしだった。だがまだわからないことがひとつある。はたして傀儡とカローラは権力を奪取したかったのだろうか――おそらく僕らのひとりを犠牲にして……それとも彼らは裏切り者で、外にいる者に買収されたのだろうか」

ヴェッケンバルトは自由になった。彼はこわばった手足をなでさすった。「何がカローラと傀儡に起きたのか、きっと君も知りたいだろう。だが僕にもわからない。もっとも以前からすばらしい性能を持つ人造ペニスが傀儡たちに付いているという噂がささやかれていた……」

「今わざわざ話すようなことですか」

「その通りだ。時間が惜しい」

ヴェッケンバルトはわたしに広間に行かせた。そして自分は別の方向に走っていった。わたしへの指示は、群衆に騒ぎを起こさせないようにすることだった。そこで急いで楽長のフランツェリンを見つけ、オーケストラを引き続き演奏させた。舞踏会の客の気をそらそうと、四人のナンキン・ガールズが平土間席で即興のダンスを踊った。かくて、元首の桟敷の中や背後からの叫びや騒ぎは、はじめのうちは糊塗できた。用心のためわたしは舞台の裏に走り、広間の照明を落として幕を開けた。残りのナンキン・ガールズをせかせて、いつものなりでスポットライトの下に立たせた。ふだん着で、下着姿で、裸で——その効果は目ざましかった。急いで小道具係に舞台用のピストルを探しに行かせた。それをナンキン・ガールズに渡した。舞台には《パルジファル》第三幕のセットが組み上げられていた。これはいい！　とわたしは思った。ガールズはピストルの踊りを披露し、空砲で騒々しくあちこちを撃った。楽長フランツェリンと彼のオーケストラが機転をきかせて《蛍《ほたる》よ、蛍よ、輝いて》（パウル・リンケのオペレッタ『リュシストラタ』中の歌）を演奏した。観衆は沸きかえった。上の桟敷から銃声が聞こえた。わたしはロケット花火を手に、やや脚をふらつかせながらフレッド・アステアばりに舞台で踊り、ガールズに投げキッスを送り、舞台際で広間に向けて花火の玉を発射した。観客は熱狂した。だが広間の装飾に火が移るとわれがちに退散した。逃げ遅れたものは消防隊にびしょ濡れにされた。広間は混沌と化した。上の桟敷に注意を払うものは誰もいなかった。ヴェッケンバルトは後でよくやったとわたしを褒めた……

たいへんな混乱の中で、天井から吊られた照明用ブリッジにレンズが立っているのが見えた。こちらに勢いよく手招きをしている。わたしはよじ登った。ブリッジから鉄の扉が回廊に通じていた。回廊に沿ってカローラがやって来た。黒服を着て背筋をのばした彼女は誇りに満ちていた。一瞬それは勝利者のように見えた。ちらとも目を向けずに彼女はわたしとすれ違った。よく見ると二人の髭を生やした屈強な男に引き立てられている。黄色の制服を着て機関銃を手にした彼らは、きっとヴェッケンバルトの親衛兵なのだろう。その髭に小さな紙片が編みこまれていた。のちに知ったのだが魔法の呪文が書かれているそうだ。その後ろに廃墟建築家とアルフレッド卿がついている。二人ともリヴォルヴァーを構えていた。ヴェッケンバルトに眼くばせされて、わたしも列についた。

壁にタイルが貼られた広間に、冷え冷えとした靄に包まれて、一ダースほどの男が、大きな赤いゴムのエプロン以外は裸で待機していた。つるつるした木の簀《す》の子が床をおおっていた。下から排水孔を通してごろごろいう音が聞えた。天井に沿って、部屋を斜めに横切って巨大な鉄の梁が伸び、そこから垂れた鎖の端に鉤がきらめいていた。

十二人のゴムエプロンの男を見たカローラははじめて悲鳴をあげた。人間のものとも思えない叫びが背後から聞こえた。振り返って見ると、縛められた機械仕掛けの侏儒が引きたてられてきた。二人は狂ったように暴れていた……

カローラの犠牲は無駄ではなかったという。――きっとわたしのことを思ってヴェッケンバルトが指示したのだろうが――わたしはいわば自分の感情とともに一人残された。レンツと、それからのちにヴェッケンバルトから、状況がある程度正常化したことを知らされた。葉巻の下部すなわち居住区から敵は一掃された。驚くほど大勢の兵士が《ドーム》にいたが、殺されてはおらず、監禁されていただけだったので、ただちに解放された。もちろん《ドーム》からは撤退せねばならなかった。代わりに蜘蛛の何匹かは生きたまま捕えられた。専門家たちが目下それを分析している。

わたしがふたたび仲間と同じテーブルにつくと――わたしは自分が気遣われているのを感じた――

誰もカローラを話題に出さなかった。そこで自分から口をきった。

「カローラの後継者には誰がなるんでしょう」

隣に座っていたヤコービ博士は肩をすくめた。「おそらく元老院で決めねば」

「さらに頭が痛いのは、誰が最高司令官を引き継ぐべきかだ」ヴェッケンバルトが言った。「ちなみに」と言ってわたしのほうを向き、「君も司令官になってくれればありがたいのだが」

「でも大勢の兵士が救出されたと聞きました。将軍はひとりもいなかったんですか」

「いたことはいた。だが敵の侵入で明らかになったが、彼らはまったく無力だった。全員を軍法会議にかけなければいけない。そのあいだは勾留されている」

「シュヴァイシュハウシュシュ大佐も？」

「おそらく」

「でもわたしは元老のままでいたいのです。元老院を召集してカローラの後継者について票決をさせるようにしたいのです。わたしが考えているのは文民と軍人からなる委員会で、これがさしあたり元首の職務を引き継ぎます」

「好きにしたまえ」ヴェッケンバルトが言った。――ちなみに彼は、そしてヤコービ博士もアルフレッド卿もドン・エマヌエーレも、ふたたび緋色の軍服を着ていた――「それも悪くないかもしれない。僕も同じようなことを考えていた。君の新しい委員会で緊急事項としてその議案を通すこと、それは君の仕事だ。わたしはむしろ」ここでヴェッケンバルトはささやき声になった。「アルフレッド卿に最高司令権を与えて元帥にしてほしい」

「何よりも」わたしたちの話をさえぎったのにも気づかぬ様子で、ヤコービ博士が口をはさんだ。「さまよえるユダヤ人が死んだのが痛い」

「今みたいにますます暗くなる中で」ドン・エマヌエーレが言った。「あの男はその話とあいまって二重に貴重だった」

「電力供給は今どうなっていますか」わたしは聞いてみた。

「非常用発電機が稼働している」ヴェッケンバルトが答えた。

「それでは発電所は」

「復旧できるか技術者が調査中だ」

「時間に几帳面な男の話、あの教訓的な話が結局どうなるのか、誰にもわからなくなってしまった」ドン・エマヌエーレが嘆いた。「アハスヴェールが死ぬ少し前に始めた話だ。——あの男にぜひ聞きたかった」彼の声は悲しげになった。「どんな質問かはお前さん方も知っておろう——」

「ステリダウラのことなら、とうに聞いたものと思ってたよ」廃墟建築家が言った。

「あの男は何かといえば自分の話ばかりするんで、話を持ち出す隙がなかった。しかし奴は見聞が広いから、もし誰か——」

「おそらく」わたしは口をはさんだ。「わたしが助けになれるでしょう」

「あんたがかね」ドン・エマヌエーレが言った。「しかしあんたにはあの話はもうしたろう。あんたは何も知らなかった」

「そのあと知ったことがあるんです」

「この中でかね。ここに新しいことはもうあるまい」

「そんなことはありません」

「この葉巻にステリダウラがいるのか」ドン・エマヌエーレの声は食いつくようだった。「あの娘を見たのかね。わしもちょうど考えていたが、あの——」

ヴェッケンバルトが声をあげて笑った。ドン・エマヌエーレの喜色は一瞬にして消えた。老人はのろのろと言い添えた。「――ナンキン・ガールズの中に――ステリダウラに似た娘がおった……」

「そうじゃなくて、彼女の、というより、彼女についての夢を見たのです」

「こんな年寄りをからかって何が面白いのだ」気落ちしたように彼は言った。少ししいらだってもいるようだ。

「アハスヴェールが途中まで話した、時間に几帳面な男の話とはどんなものなんだい」いきなりヤコービ博士が口をはさんだが、そこにはあるわざとらしさがあった。

「ヴィリ・ハーゲルという男の話だ」ドン・エマヌエーレが言った。「おおよそこんな話だった。

ヴィリ・ハーゲルはおそらく半年にもわたって、平日に事務所に行くときは必ずある街角を曲がっていた。だがその日までそこにある時計に気づかなかった。ヴィリ・ハーゲルは中年だった。小柄ではないが胃病持ちにありがちな痩身で、目立って後退した額をごまかそうと、片側のこめかみの毛を長く伸ばし、無香料のヘアトニックをふんだんに使って、トーストに一列に乗せたサーディンのように反対側に渡していた。ヴィリ・ハーゲルはいわば鉄壁の義務観念を有していた。職場では自分専用のトイレットペーパーしか使わず、それを厳密に定められた時間に、青みがかった特製の健康茶とともに秘書に用意させた。

時計のある街角はハーゲルの職場のすぐ近くにあった。かなり賑やかな大通りはそこでやや静かな脇道に通じ、その脇道のさらに脇道にハーゲルの会社はあった。その街角は会社にとってある意味があった。安価な軽食堂がそこにあって、持ち帰りもできたからだ。ハーゲルの部署の社員は昼にここで軽食を注文し、走り使いや見習い社員に取りにいかせた。ハーゲルもときどきここを使ったが、もちろん自分で取りにいくことはなかった。鉄壁の義務観念で、昼休みにも何か重要な仕事を片付けていた。したがってハーゲルがその街角を通り過ぎるのは一日にただ一度——すなわち朝、職場に向かうときだけだ。終業時刻は月曜から木曜までは五時、金曜日は四時半だったが、そのときは別の道を通って市電で帰る。これには胃弱が関係している。ある特別の養生用のパンしか自分の胃には耐えられないとハーゲルは信じていた。しかしそのパンを売る店は、職場のある区域には一軒しかない。回り道になってもハーゲルは毎日そこでパンを買った。できるかぎり焼きたてのものが欲しくて、夕食と翌朝の朝食の分しか買わなかった。

先ほど《ハーゲルの会社》といったが、ハーゲルは社長でもなんでもない。生まれてからずっとハーゲルは並はずれて堅実で、精神や夢想は、仮にその兆しがあっても、かたくなに押しつぶしてきた。彼は原理原則の人だった。もっとも心安らぐのは命令と服従のあたうかぎり厳密なシステムにいるときだ。そんなシステムのもとで、彼の長所は——それはつまるところ辛抱強さと限度知らずの几帳面に尽きるのだが——もっとも頭角をあらわし、そんなシステムのもとでのみ、彼の長所は昇進に役立った。したがって彼の最良の時代は入隊時と戦時だった。いやその後もそうだった。なにしろハーゲルは良き兵士であったばかりか、模範的捕虜でもあったから。——そんな気質を総合的に判断するなら、彼は生まれながらの官僚だったといえよう。だが官僚の道に進むためのある形式的な要件を満たしておらず、官庁の採用担当者はやはり官僚で、ハーゲルと同じ気質の持ち主だったから、彼の生来の官僚性を見抜く目は持たなかった。もともと正規の資格を持ち会計の知識もある保険外交員だったが、戦後は建築資材を扱う会社に二十年のあいだ勤めていた。すぐ上のポストに空きができるとそのたびに昇進した。彼を無視するわけにはいかなかったからだ。そうこうするうちに中間管理職になった。そこに大きな転機がやってきた。彼の会社がよそにあった別の会社を買収して支社としたのだが、共同経営者のうちで彼に好意的な者がその支社長になったのだ。新しい支社長はハーゲルに部門長のポストを提示した。現状を維持したい気持ちは強かったが、それを乗り越えてハーゲルは承諾し、特別の健康茶と私用のトイレットペーパーを荷造りして新しい町に移り住んだ。もちろん家族も少し後について来た。ハーゲルは——給与管理簿の課税等級から判明したのだが——既婚者だった。もっとも主に女性陣が陰口を叩いたように、彼に奥方がいるとは、それがどんな女性かは、想像さえできなかった。むろん彼は公私を厳密に区分していたので、社内ピクニックやクリスマスパーティーの折も、同僚がハーゲル夫人と顔を合わせることはなかった。口さがない同僚はやはり時間厳守であろう夫婦愛の遂行について冗談を言い交わした——この几帳面さは、ここまで話をしたからには改めて強調する必要もなかろうが、ハーゲルの人生に何より大切なものだった。

かくてハーゲルはすでに馴染みになった町で、平日は簡易食堂のある角をきまって一度だけ曲がったのだが、半年後になってようやくそこにある時計に気づいたのだった。

その界隈の建物は大部分が灰色だった。軒を並べるのは中規模の会社、ありふれた生活必需品の問屋、弁護士事務所、通信販売専門会社などだ。旅行者ならここで必ず迷子になろうし、人がここいらに行くのはただ——もしそこが職場でなければ——何らかの伝手でスーツの生地やフロアリングの材料を卸売価格で買うときに限られていた。ここに店を構える宝石店や高級ブティックは、あらかじめ倒産を宣告されているも同然だった。簡易食堂の上にかけられた時計にしても、それ自体は変哲もないものだった。——ヴィリ・ハーゲルが気づいたとき、その針は八時一分前を指していた。それはきっちり八時に職場に着くであろうことを意味していた。その事実そのものより、その自明性が彼を喜ばせた。

それからというもの、ハーゲルは毎日通り過ぎるとき——正確に言えばその下を通るたび——時計に目をやった。いつも時計が八時一分前を指しているのを見て、そのたびに満足を覚えた。

ハーゲルの会社には時間を管理する者はいなかった。門番もおらず、早起きの老職員も、夜明けから出勤する上司もいなかった。報酬が時間払いの従業員はいなかったので、タイムレコーダーもなかった。就業開始時刻は八時で、七時五十五分から八時十分までの十五分間に従業員は次々と出社した。郊外に住む者は、ちょうどいい列車の時刻に合わせて、もう少し遅く来ることも許されていた。いくらハーゲルが几帳面でも、あの時計に気づくまでは正確に八時に会社に着くほど神経質ではなかった。もちろん八時十分ぎりぎりにすべり込んだりはしなかったけれど、出社は三分遅れのこともあれば五分早いこともあった。市電を使っている以上、それは避けられない。だがハーゲルが時計に気がついた日から、正確にいえばその翌日にふたたび八時一分前にそこを通り過ぎたときから、それは変わった。その日以来、分まできっかり八時に職場に姿を見せるようになった。はじめは偶然と生来の几帳面を頼りにしていた彼も、だんだん特段の注意を払って八時一分前に時計の下を通り過ぎるようになった。通勤の途上のあらゆる時計を見て、ときどき自分の時計――もちろん常に正確に合わせてある腕時計――も確認し、それによって歩調を早めたり緩めたりした。早すぎたときはあちこちのショーウィンドウを見て回り、時間の足りないときは、ふだんはメトロノームのように規則的な足どりを速めた。時計が視野に入るころになると、決まって心臓の鼓動がやや速くなり、息が切れるのを特に不思議とも思わなかった。あの時計との時間厳守ごっこのことが頭に浮かぶのは、はじめのうちは職場近くで市電を降りてからだった。だがやがてあの時計は彼の意識をさらにおおっていった。すでに市電に乗っているときから、そしてのちには市電に乗る前に、やがて朝食のときに、そしてついには八時一分前から翌日の八時一分前まで、彼の全思考が、この時間厳守への執着におおわれてしまった。とはいえ少なくとも当初はハーゲルも、この執着が異常と自覚していたことは認めてやらねばならない。だからといってそれは、遅れそうになったとき時計と競争するように一目散に走ったり、余裕のあるとき意味もなくショーウィンドウを眺めたりすることを妨げなかった。一度などは急いでいたために、市電に轢かれた女性の救出作業を見届けるのもあきらめた——いつもならこんな見ものは逃さない彼だったのに。

そんなふうに三か月が過ぎた。軽い緊張が絶えず続いたため、ハーゲルの胃の具合は悪くなった。しかしただの一度も、八時一分前以外の時間に時計の下を通り過ぎはしなかった。

やがて破局が来た——」

そこでドン・エマヌエーレは黙った。

「それで?」ヴェッケンバルトが聞いた。

「わしはさまよえるユダヤ人が話したとおりにこの話を再現したつもりだ。奴はこれから先は話さなかった」

「するともうひとつ話ができたわけだ」ヤコービ博士が言った。「結末を知らないかと皆にたずねられるような」

「馬鹿言いなさんな、ヤコービ博士」と言ったドン・エマヌエーレの目に涙のヴェールがかかった。「二つの話は天と地ほど離れておるわい」

「その話の結末は想像できる気がします」あわててわたしは言った。「あるところまで来るとあとは定まった道をひとりでに転がる話がありますが、これもそのひとつです。さまよえるユダヤ人の話と細部まで流れが合っているかはわかりませんが、おおまかなところは違っていないでしょう。

ある日誰かの——支社長の秘書としましょう——誕生日が来ました。職場の人たちは高価な香水を贈りました。次の日秘書はまたその香水壜を持ってきました。磨《す》りガラスでできた栓が固く締まりすぎて抜けないというのです。ハーゲルも試してみて、温めたらどうだろうと思いつきました。見習いのひとりがガスライターを渡しました。香水にアルコールが含まれていたため、壜が破裂しました。とりあえもいわれぬ香りが職場にたちこめました。ハーゲルはガラスの破片で目にけがをしました。とりあえず応急処置がほどこされました。しかしひきつけが起こり、血も目から流れだしたので救急車が呼ばれました。救急車は病院への最短距離を走りました。その最短の道筋に例の時計があったのです。傷ついていないほうの目でハーゲルは時計の針が八時一分前を指しているのを見ました。そのときはおよそ午後四時だったのに――時計は数か月前から止まっていたのでした。

まとまりのいい結末にするために、こんなエピソードを加えることもできるでしょう。ハーゲルは――敗血症のためでも、このために悪化した胃病のためでも、あるいはハーゲルのような人間には《世界像》と言ってもかまわないものが崩壊したためでもいいのですが――数日後に亡くなりました。葬儀のとき職場の人たちははじめてハーゲル夫人と二人の子に対面しました。黒いヴェールを通してうかがえるかぎりでは、その顔つきは同僚たちが漠然と想像していたとおりの――血の気の失せた、夫の几帳面さにあらがいもできず悩まされていたと思しいものでした」

「なるほどな」ヴェッケンバルトが言った。「君の推測は当たってそうだ。でも可哀そうなハーゲルを止まった時計のせいで死なせるのは――君の意図はそこにあるのだろうが――あんまりじゃないかな」

「忘れては困るが」ヤコービ博士が言った。「アハスヴェールは死の権威だった。どんな死だって熟知していた。もしかすると、いかに些細なことでも人は死にいたるかをその話で教えようとしたのかもしれない」

「だがあの男自身は」ドン・エマヌエーレが言った。「極地を歩いて渡ることもできた。死を禁じられていた。最後の……」彼は言葉に詰まった。

行った。

「今このときまで」そう言って廃墟建築家は席を立った。そして重要な仕事があるからと断って出て行った。


自室に戻るとウーヴェゾーンがいきなり訪ねてきた。彼はたいそう礼儀正しく、わたしが手を洗い終わって椅子をすすめるまで待ち、お変わりはありませんかと――ドイツ語で――聞いてきた。それからポメラニアの方言で話しだした。わたしはしばらく耳をかたむけ、話題が何かを推し量ろうとした。

ゆったりと話すうちに、眉が眼鏡の縁を飛び出て高くあがった。すると顔が少し変になった。生命のない眼鏡は表情の変化についていけず、三つの支点――鼻の上部と両耳――のあいだで緊張感を生んだ。ウーヴェゾーンが額に皺を寄せても、鼻の上部はそれについていかないので、曲がった眼鏡のつるに引っぱられて両耳が羽ばたきのように頭から離れる――大きいけれど薄い耳はランプの光を透かしている。話が進むにつれますますひんぱんに額に皺をよせるので、そのうち蛾のように飛び去ってくれないかとわたしはひそかに願った。

この思いつきについ声をだして笑ってしまった。

するとウーヴェゾーンはむっとして立ちあがり――おかげで額の皺はのび、耳はもとの位置に戻った――一礼して出て行った。

わたしはレンツを呼んだ。

「レンツ、今の話を聞いたか」

「いいえ、閣下」

「奴の言葉は一言もわからなかった。ポメラニアの訛りがひどすぎる」

「おそれながら申しあげれば、ウーヴェゾーンさまはご両親のことを話していたのでございます」

「わたしの両親のことをかい」

「いえ、閣下のご両親のことではなく、ウーヴェゾーン閣下ご自身のご両親のことでございます」

「なぜわたしがお前の《閣下》に耐えているのか、お前がはっきり認識してくれればいいんだが。それはひとえにわたしの元老にして元首の侍従という立場が、従僕を持つことを余儀なくしているからにすぎない」

「どうかお許しのほどを、閣下」

「もっとあっさり言えないのか。すると奴は自分の両親のことを話していたのだな」

「ご両親のことを話しておいででした」

「よし。お前はポメラニア訛りがわかるのか」

「レンツは何でも存じております」

わたしは威嚇するようにサグレド氏の悲劇を収めた本をつかんだ。

「レンツ！　お前という奴は……」

レンツは首をすくめた。わたしはふたたび本を脇に置いた。

「それで奴は両親について何と言っていた」

「あの方はご自分をパレントファーゲンと言っておられました」

「それはどういう意味だ」

「自分の両親を食う人です」

「何だって」

「ですからパレントファーゲンと呼ばれるのございます」

「おかしな時代だ」わたしは言った。「親は子を食う。子は親を食う。奴は両親を食べたばかりだったのか」

「そうではありません」レンツが答えた。「ずっと前の、まだポメラニアにいらしたころの話です。まずウーヴェゾーンさまとそのお母さまがお父さまを食べました。それからあの方がひとりでお母さまを食べつくしました。――ええ、ええ。ポメラニアの父親はたっぷり食べがいがあります。悲しいことに、とウーヴェゾーンさまはおっしゃいました。おかげで俺は逆転したクロノス・コンプレックスを身に招くことになってしまった（ギリシア神話のクロノスは自分の子を呑んだ）。それ以来あの方は本を書くようになったそうでございます」

「なるほど」

「そのときです、閣下がお笑いになったのは」

「これはしまった。まずいところで笑ったものだ。だが思ったよりは面白い話だった。これからウーヴェゾーンが来たときにはいつも聞き耳を立てておいてくれ」

それから少したって報告がひとつ届いた。――わたしは眠っていたが、レンツが代わりに元老院代表からの知らせを受けとっていた――各元老にトロンボーン四重奏団をつけるべしというわたしの以前の議案が、修正された上で通過したとのことだった。修正案によればこのトロンボーン特権は議会評議員と三人の長老の元老に限られ、その行使には申請が必要であるという。

目覚めてレンツからその報告を受けると、申請書をただちに元老院事務室に持っていかせた。この特権を行使した元老はわたしだけだったらしい。まもなくレンツは四人のトロンボーン奏者を連れて戻ってきた。――疑いなく元老院はわたしの愛顧を得ようとしていた。なにしろわたしはヴェッケンバルトの信任厚き人物だったから。

トロンボーン奏者はめいめい楽器を持参していた。ソプラノ・トロンボーンもあればと思ったが、残念ながら楽器が手に入らなかった。即刻ソプラノ・トロンボーンを作成するよう命じた。元老院にどの程度まで自分のわがままが通るのか知りたかったから。

それから自分のファンファーレを作曲した。

Andante. Ben marcato ma con alemma delicatezza

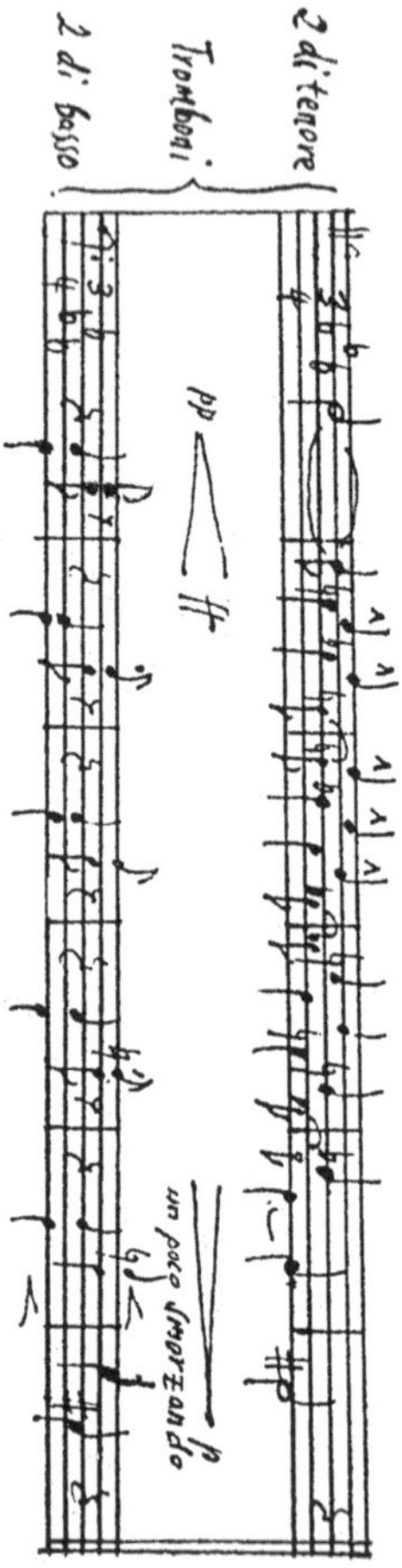

元老やそれに準ずる者は優遇され不自由のない暮らしをしている一方、近ごろは廊下で避難民の一行と出くわすことが多くなった。住民の一部、とりわけ子供のいる家庭は、これまでより下層に移住をはじめていた。そのうえこの葉巻でもすでに子供が生まれていたが、それもやはり綻びた時間の作用だった。母が子を出産するのに九か月を要さなくなったわけではないが、父親にはまるで数時間のできごとのように見えるのだ。当然ながらこの現象は多岐にわたる性的無秩序を招いたものの、価値

の見失われた（正確にいえば、必需品以外の価値が見失われた）目下の限界状況のもとでは、誰も気にとめなかった。あの双子の8の字描きは、十二時間ぎりぎりまで離れ離れに監禁されると改心を誓ったので、制御装置に追加的な処置を施したうえで放免されたのだが、その後どうなったかは知らない。人造ペニスで盛んに活動しているのだろうか。ともかくあの双子を見かけることはなくなった。

退避者たちの窮乏は一定の限度内に収まっていた。彼らは個人生活への干渉に文句をつけ、避難民だけの特別配給を求めたものの、生活必需品は不足してはいなかった。上層からの撤収時に戦術上の理由から何ダースもの貯蔵庫を敵に引き渡さねばならなかった——敵にわれわれの食糧は何の役にも立たなかったろうけれど——それでも備蓄は住民の何倍分もあり、目立って減少してはいない……。だからある日、トロンボーン四重奏者を引き連れてヤコービ博士のところに行く途中で（レンツは金枠のプラカードを掲げて先に立ち、そこには花冠に飾られたわたしの名がやはり金色で記されていた）、避難民の一団がその仰々しさに罵声を放ったときも、わたしはさして気にしなかった。

博士はヴェッケンバルトとともに自室の客間にいた。二人はシュトライトパティーンス（二人でやるカードゲーム）をやりながら政治を論じあっていた。ヤン・アクネ・ウーヴェゾーンはいつのまにか元老院議長になったらしい。

「ヤン・アクネ・ウーヴェゾーンという名の男など」ヴェッケンバルトが言った。「何の役にも立たない」

「偏見だ」ヤコービ博士が応じた。「名はあの男の責任ではあるまい」

「もちろんあの男の責任ではない。だが偏見とは何だ。僕がある男のことを馬鹿と言ったら、それは偏見なのかい。名は性格に大きく影響する。不幸な星のもとに生まれて、幼い頃からヤン・アクネという呼び名を叩きこまれた者が無事ですむはずはない。ついには意識は《ヤン・アクネ》と自己を同一視してしまう。ヤン・アクネという名の男は先験的《アプリオリ》に脳障害者だ」

「ヤン・アクネという名の何がそんなにいけないんだ」

「短かすぎる。これは譲れない。たとえば、悲劇のヒロインにエルザという名を付けられるのは才能のない劇作家だけだ。単音節、あるいは短い名には、必ず下僕めいたところがある。それも道理だ。召使や料理女はひんぱんに呼ばれるから、いわば名がすり減ってしまうのだ。だが王侯はめったに名を呼ばれないし、名前で呼びかけられることさえない。だからサロマナサールとかフェルディナンド＝ヴァイプレヒト＝マリア＝バルタサールという名でも問題はない。侯爵夫人の名にエルザは滑稽だ。なぜならネブカドネザルとかシオノトゥランデルという名の従僕とまったく同じく、不似合いだからだ」

「でもあなたの名も単音節じゃありませんか」わたしはヴェッケンバルトに言ってみた。「しかもそれは神聖ローマ帝国とオーストリアの二人の皇帝の名でもあります――」

「まさしく」ヴェッケンバルトが答えた。「まさにその君主二人には、特別に使用人的なものがまとわりついている。そう思わないかい」

「それもそうだ」ヤコービ博士が言った。「でも君だって同じ名じゃないか」

「第一に」ヴェッケンバルトが応じた。「この名は今引き合いに出した両皇帝や多くの大公のおかげで伝統の金箔が貼られた。いっぽう皇帝や王はおろか、教会法上の適格性さえ怪しい対立教皇（分派抗争で正統な教皇に対立する教皇）にさえ、ベンクトとかウーヴェなんて名のものはいない。第二に僕にはさらにいくつも名がある。第三に、僕はごく若いころから家族から、そしてのちには友人から、メモラルディと呼ばれてた」

「ならば」わたしは言った。「無責任な親にイェルンと名付けられた子でも、スヴェトヴサールというあだ名をつけられれば救われるのですか」

「当然だ」廃墟建築家が答えた。

「かくてわれらの元老院議長は頓馬ということが議論の余地なく証明された、というわけか」ヤコービ博士がそう言って、場札からふたたび一枚カードを取った。「ならば辞めさせなければ」

「とんでもない。どこの世界に、まったくの馬鹿というだけで国家主席をやめさせる国があるというんだ」そう言ってヴェッケンバルトもカードを一枚取った。

　ここでわたしは口をはさんだ。「ゲームを続ける前に、お二方に披露したいものがあります。そのためにわたしは来たのです」

「ふうん。腹話術でも習ったのかい」

「いいえ」とわたしは言って、四人のトロンボーン奏者を呼んで一列に並ばせた。「今から西洋音楽史上最新の音響芸術の初演を行います。四本のトロンボーンのためのファンファーレ・マカブル、ハ長調作品一。作曲はわたしです」

　ヴェッケンバルトとヤコービ博士が拍手した。わたしは片手をあげ、アインザッツ（出だしの合図）を出した。そのとたんに照明が消え、不快な金属音が部屋を満たした。わがトロンボーン奏者たちは力のかぎりに吹いたのに、音はすこしも聞こえなかった。代わりに楽器がすべて赤や青や黄色の光に輝き、らっぱの先から炎や渦巻やはじける玉が滝となって流れ落ち、混じりあって人の踊る姿になり、けばけばしい色のヴェールが壁から壁へはね返ったと思ったら、トロンボーン奏者たちが驚いて楽器から口を離したとたんに消えた。わたしは「吹き続けろ！」と言いかけたが、口から出たのは玉虫色の光線だけだった。ヴェッケンバルトは飛びあがり、その拍子に椅子をひっくり返すと、赤金色の閃光が音もなく天井に放たれ、そこで反射し、銀色の千の粒々《つぶつぶ》になってゆっくりと床に沈んだ。銀の雨の光の中で、レンツが懐中電灯を取り出すのが見えた。だがスイッチを入れても光らず、代わりに鈍く乾いた音が出ただけだった。だがこの現象は長く続かず、やがてパルスのような不快な音は止んだ。だが照明は消えたままだ。四人の奏者はレンツの懐中電灯の光の中で呆然と立ちつくしていた。そのうち会話もできるようになった。ヴェッケンバルトは部屋を走り出た。ヤコービ博士は「おめでとう！　おめでとう！　すばらしい作曲だった。色光ピアノ《クラヴィエ・ア・リュミエール》（鍵盤で照明が操作できるピアノ。スクリャービンが試みたが失敗）がうまくいかなかったスクリャービンなら恍惚となっただろう」と言った。

すぐに判明したのだが、敵が新たな攻撃をしかけて、非常用発電機を破壊したのだった。その際の何秒間かに光波が音波に、音波が光波に変わったのだ。必死の復旧作業にもかかわらず、発電機は修理できなかった。《夜》が訪れ、状況は疑いなくただならぬものになった。

上層に住む者の退避が進められた。男や女や子供の集団が、ランタンを持つ憲兵に誘導され、つまづきながら葉巻のより下層に降りていった。心霊戦争に場所は関係ないので、このような措置にまったく意味はなかったが、住民たちを落ち着かせ、統治機関に活動の余地を与えた。技術者たちの専門集団は非常用発電機の修理に取りかかっていたが、復旧の見込みは絶望的になるばかりだった。かつて非常用発電機の内部あるいは周囲にあった部品はすべて崩壊し、湿って粘つく小さな塊と化していて――それに取り組む技術者もやがて同じありさまになった。――敵による光波と音波の交換で、いかなる混乱が起こるかは十分予想できたので、わたしたちはその現象を分析させた。それは葉巻のいたるところで観察され、持続時間はまちまちで、純度もまちまちだった。そこで全住民から目撃情報を集めて、結果を分析すると、この現象が持つ一定の規則性がわかった。その際きわめて重要だったのは楽長フランツェリンの証言だ。機転のきく彼は、問題の瞬間に音叉を鳴らした。するとやや煉瓦色を呈する赤が広がった。この調査で判明したことが、指令音色言語を仕立てるのに適用された。あらゆる通常の指令は、敬意表明から祈禱にいたるまで色彩信号に置き換えられた。いつ音と光が交換されても意志疎通ができるようにだ。各人が色彩信号を暗記するよう命ぜられ、その練習のための教程が設けられた。だが残念ながらこの教程は理論の域を出ず、まもなく始まった混乱の中で、この手法による指令は無用の長物と化した。こんなシステムが緊急時に役立つとはわたしにも思えない。参謀本部のこの件への興味はたちまち失せ、別のものにとって代わった。

「反撃が計画されている」ヤコービ博士が言った。

「すると新たな人身御供ですか」

博士は頷いた。

「こんな混乱のなかで、どうやって幸福な人を探すのですか」

「一人では十分でない。そう言われている」

「するとなおさら難しいのでは」

「問題は幸福な人間ではない――幸福とは何か――」

「いきなり何を」

ヤコービ博士は頭を振った。「あれは君を言いくるめただけだ。そもそも論理的でなかった。人が幸福なら、なぜ犠牲にならなければならないのだ……自ら進んで犠牲になるというならともかく。そうではない。犠牲となる者は、必要とされる者だ。それが犠牲というものだ」

「するとカローラの舞踏会はどういう意味だったのでしょう」

「ナンキンが犠牲になったのは、彼が傑出した演出家であることを実証したときだ。人々を楽しませるあの才能には黄金の価値があった」

「それではカローラは」

「われわれはあの舞踏会を君のために催した。君がカローラを必要としていると思ったからだ。カローラがいなくなれば、君は気が狂うほど苦しむはずだと考えた」

「それはどうも」

「侏儒たちが何もかも――ほとんどだいなしにしてしまった――というのも、最後の最後になって、侏儒たちのほうが君よりずっとカローラを必要としているのがわかったから――」

「それなら参謀本部を犠牲にすればどうでしょう」

「本気で言っているのかね」博士は笑った。

「参謀本部よりも必要なものがあるでしょうか」

「逆に考えたまえ。いなくなっても一番困らないのは誰だろう」

「と言いますと」

「ナンキン・ガールズさ」

「女性原理からですか。まさかまた騙そうとしてるんじゃないでしょうね」

「とんでもない。これにはちゃんと正当性があるのだ」

「何人のナンキン・ガールズが……」

「全員だ。少なくとも量がものを言うはずだ」

コーラスガールの犠牲に際して、わたしの立ち合いは要求されなかった。

「しかし閣下がお望みなら」レンツが口を出した。「行っていけないということもございませんでしょう」

わたしたちは石油ランプでかろうじて照明された部屋にいた。

「まあやめておこう」

「でも考えてもごらんくださいませ。あれだけ大勢の娘が、あえて言わせていただければ、服をすっかり脱がされて――」

「そして殺されるのだぞ、レンツ」

「女は」レンツは答えた。「災いのもとでございます」

「よくそんなことが言えたものだな。お前の母親は女じゃなかったのかい」

「わたくしの母はコーラスガールではございませんでした」

「そうかい。でもわたしは行かないよ」

「二十五人のきれいな娘が、編み上げ靴以外は素っ裸で、つるつるの床をよろめくのでございますよ」

「行かないと言ったら行かない」

レンツは懇願し身もだえした。あげくにはしょんぼりした声で、

「閣下……わたくし一人で行ってもよろしゅうございますか」

「ふん。勝手にしろ」


おそらく位相偏差のせいだろうが、五分もたたぬうちにレンツは戻ってきた。

「さて、お前の女性嫌悪コンプレックスはいくぶん解消されたかい」

「すばらしい見ものでございました」

「何も聞きたくはない」

「わたくしはかぶりつき近くで見ておりました。アルフレッド卿元帥閣下のすぐ後ろでございます

……」

「聞こえなかったのか。何も聞きたくないと言っただろう……」非常用発電機の停止のあと、手持ちの電動シェイバーは使えなくなっていた。「――ところで髭を剃ってくれないか。四重奏の練習にヴェッケンバルトのところに行かねばならない」

「閣下の髭を剃れというのでございますか。手が興奮でこんなに震えておりますのに。誰かに話すまでは、この震えはおさまりません」

「何も聞きたくはない。泡立てくらいなら手が震えていてもできよう。そのあとではお前も少し落ち着くのではないか」

「ああ、閣下――二十五人の娘が、可愛らしい娘たちが、タイル張りの大広間に連れていかれて、たちまち素っ裸にされたのでございます……」

「もし黙らないようなら……」

「閣下、ごらんください。もう髭を剃っても大丈夫です。そこの安楽椅子にお座りください。ここにナプキンがございます――……もちろん娘たちは何が起こるかうすうすは知っていたことでしょう、大きな鉄の扉が背後で閉まったときに……」

「どうか細かいところは抜きにしてくれ。ほら、アルコールランプの上で水が沸騰しているぞ」

レンツは走り去り、走っているあいだにも話を続けた。「裸の娘たちが鷹が舞い降りてきたときの鶏みたいに、ごちゃごちゃになって飛び跳ねるのです――」

「あの娘らは編み上げ靴を履いてなかったか」

「いいえ、それではあまりに手がかかります。そもそも編み上げ靴はそんなにたくさんはございません。赤いゴムエプロンをつけた大男が、一かたまりになった薔薇色の裸の娘からひとりずつつかまえて、細紐でしっかり縛って、身動きできないようにします。おしまいに娘らは一列に横たえられると、従軍司祭が来ました。閣下もご存知の、あの太っちょで剃髪のシュヴェルトタウエルです。あの男が娘たちを祝福し――」

「気をつけろ、間抜け、耳の穴に刷毛を入れるな」

「申し訳ございません閣下。それから従軍司祭が娘たちのめいめいを銃口の前で祝福しました――狙いどころを過たずに聖水をかけました」ここでレンツは笑った。「あの老いぼれ豚は――」

「どうしても話さずにはいられないようだな」

「それから心霊砲塔も祝福いたしました」

「何だって?」

「といいますのは、今回のやり方は、ナンキンのときや、あの――あのお方のときに使われたものより手っ取り早いもので……」

「心霊砲塔がか」

「それは石でできた大きな樽のようなもので、ガラス玉を連ねた紐がまわりに巻かれています。そしてレバーと車輪があります」

「それで娘たちを撃つのかい」

「いいえ閣下、そうではございません。そこに娘たちが、あっという間に、次から次へと頭から先に装塡されるのです――心霊砲塔は先込め砲なのです――心霊砲手が引き金を引くと、そのたびに不気味な音がとどろいて、砲のまわりを炎がまたたき、それから――どう申していいものやら――氷になるのです。ピンクの氷にです。そして、なおしばらく、娘たちの銀色の影が広間をひゅうひゅうと飛び回ったのでございます」

「それで作戦は成功したのか」

「いいえ、すぐにはわかりません。従軍司祭だけが興奮で失神しました」

ようやく一息ついたレンツはわたしの髭を剃りはじめた。

かくて《夜》が訪れた。わたしたちは定期的に集まって——といっても位相偏差のもとで規則的と言えるかぎりにおいて規則的にだが——四重奏の稽古をしていた。集会場はヤコービ博士の部屋だった。やたらに煤《すす》を出す三十本の松明が広間に燃えていた。よく見るとそれは丸められて可燃性液体を沁みこませた絨毯だった。非常用発電機が壊れたからには、こうでもするより仕方がない。だがわたしたちはまだましだった。なにしろ絨毯は他の者には厳密に分配されているのに、ここでは好きなだけ燃やせたのだから。

壁の煤や赤く揺らめく炎は、無機的な環境のなかでは、自然そのもののように思われた。もはや何もかもが意のままにならないと意識すると、これまでは便利すぎるのを物足らなく思っていただけに、不便こそが生を実感させるものとなった。あたりにみなぎるのは難破あるいは野営の雰囲気だ。にもかかわらずまだ享受できる特権を、わたしは前哨には場違いな心地よさ、少々倒錯的だが魅力を否定できない快適さと感じた。今われわれは——無類に心地よくはあるが——ノアの箱舟にいる。限界状況、ぎりぎりの地点、すなわち真の生の源泉にいる。

ヤコービ博士はひとりきりでいた。五脚の椅子と五架の譜面台が部屋の中央にあった。

「なぜ五つなのですか」わたしは聞いてみた。

「そうか、まだ知らなかったんだな。アルフレッド卿にも加わってもらうことにした。だから演奏するのはニ短調の四重奏ではなく、作品一六三（シューベルトの弦楽五重奏曲ハ長調）だ。何か異議はあるかね」

「その五重奏曲なら、どのみちとうの昔から《世界との別れ》とわたしは呼んでいました」

わたしは楽譜を開いた。そして「誰がどの楽器を」と聞いた。

「ヴェッケンバルトが第一ヴァイオリン、アルフレッド卿が第二ヴァイオリン、ドン・エマヌエーレがヴィオラだ。君は第一と第二チェロのどちらかを選びたまえ。残ったほうをわたしが弾く。どちらも同じくらい難しい」

「第二にします」わたしは言った。

「十小節分の休止が最初にあるからかい。おあいにくさまだが、練習は第二楽章からだ。君は半時間ピチカートを弾くことになる」

「わたしはマイナルディ（イタリアのチェロ奏者）の孫弟子ですから、いわゆる二本指ピチカートはお手のものです……」

ヴェッケンバルトが入ってきた。五重奏団の残りの二人もすぐ顔を見せた。

「死んだアハスヴェールを除けば、蒸気船に乗っていた全員がまた揃った……」

「そうだな」ヴェッケンバルトが言って、夢を見ているような表情で譜面台の脇にある音叉を叩いた。

ヤコービ博士が大きな黒い箱から楽器を取りだしてめいめいに配った。わたしたちは席についた。

アルフレッド卿が聞いてきた。「あなたの覚書にあった、わたしが第十五代ベッドフォード公爵か第十六代かの調査はどれほど進捗しましたか」

「まだ下準備の段階です、公爵。しかしその際たまたま発見したことがあります。これはおそらく公爵もまだご存知ないかもしれません――ラグーサ公爵領およびのちに侯爵領となったレミスル伯爵領の筆頭世襲鹹伯《かんはく》の称号はあなたに帰属し、したがってあなたは《鹹伯閣下》と呼ばれる資格と、また今では無意味かもしれませんが、オーストリア皇帝あるいは四名以上の大公家の成人男性法定相続人かつ非被後見人の者が列席する荘厳ミサの聖体拝領において、祭餅《ホスティア》の代わりに聖別された塩漬け胡瓜を拝領する権利を有します」

わたしたちは調律を終え、第二楽章の演奏をはじめた。

「ううん――」終わったあとでヤコービ博士が言った。「もう一回やろうじゃないか」博士は咳払いし、ポケットに手を入れ、わたしのほうに身を傾けた。他の人たちは調律をし直したり、指使いを譜面に書き込んだりしていた。「いいかね、われわれチェリストは他の楽器にない便利なところがひとつある。礼を失せずに演奏中に煙草が吸えることだ」

わたしは考えてみた。

「管楽器奏者は」彼は続けた。「むろん論外だ。オルガン奏者……教会は禁煙だ。葉巻を手にするハープ奏者や打楽器奏者を想像できるかね」

「ピアニストはどうでしょう」

「礼を失せずに、と言ったはずだ。むろんジャズピアニストなら煙草は吸える。だがあれは音楽でないし、礼儀にかなってもいない」

「では――コントラバスは」

「あれは始終頭を振らないと演奏できない。――煙草はチェリストだけの特権だ。カザルスの秘密もそこにあった。これは直々に聞いたんだが、彼は演奏中にパイプを吹かしていたそうだ」

ヤコービ博士はパイプに煙草を詰めて火をつけた。

第二楽章がまたはじまった。難しいところに来るたび、几帳面にも必ずその二拍目に、おなじみのパフパフという音をさせて、茸《きのこ》のかたちをした煙がヤコービ博士のパイプから立ち昇るのが見えた。

不安をそそる現象が確認された。われわれの居住区であり防衛されているはずの《滴《しずく》》がぶら下がるエレベーターシャフトの束が、ある箇所でかなり損傷していた。ヴェッケンバルト将軍がきわめて無鉄砲な行為を行った。ヘリコプターに似た小偵察機に乗って損傷具合を近くから観察したのだ。

帰還した彼は深刻そのものの顔をしていた。そして言うには、敵が《負の物質》をわれわれに使った可能性も否定できない。もしエレベーターシャフトを切り離すことに成功すれば、《滴》はなすすべもなく葉巻の中をただようしかなく、敵が一丸となって、いやむしろ一滴となって葉巻の内壁に押し寄せれば、ほとんど抵抗できないだろう。そのときは《滴》は解放された力によって、焼石に一滴水を垂らしたように、とほうもない爆発とともに消滅するだろう。

研究者たちが必死になって、手遅れにならないうちに、《負の物質》の防衛策に取り組んでいる。

議長のウーヴェゾーンは元老院の臨時会議を招集した。徹底抗戦のスローガンが決議され、包括的な特別代理権を有する緊急委員会が元老院の中に設置された、

元帥のアルフレッド卿が深紫の軍服で観兵式を執り行い、日課司令をきびきびと下した（《日課司令》よりも適切な言葉は、われわれはとっさに思い浮べられなかった）。《負の物質》への応戦手段が見つからない現状では、従来の戦法――すなわち心霊術――を続行し、より優れた武器が開発されるまで、敵の侵入を可能なかぎり遮断するしかない。元帥は進撃開始のらっぱを吹かせた。

われわれの反撃の目的は、《エレベーターシャフト》の損傷を受けた箇所に到達し、その部分がさらに解《ほつ》れないようにすること、そして同時に《参謀本部テントⅫ》と呼ばれる恐ろしい広間――人間殺戮場――を奪還することだった。というのは、さらなる人的犠牲なしには、継続的な成功は――その可能性がそもそもまだあるとしての話だが――おぼつかないと判断されたからである。

脈動する大きな白い星が損傷個所に現われ、閃光を放つと、防衛部隊は戦う前に、なすすべもなく焼き払われた。敵に嘲笑されたように、ひとりだけ無傷で残された兵士が、全面的降伏を元帥に報告

した。その後まもなく判明した――エレベーターシャフトは切断され、われわれは葉巻の壁に向けて漂っている。元老院メンバーのお付きとして、四人のトロンボーン奏者と同様、最終前線突撃を免除されていたレンツから、議長ウーヴェゾーンが呼んでいることを知らされた。

元老院議員はウーヴェゾーンの住居の予備室に集まっていた。全員が揃うと議長がアルフレッド卿を連れて現われた。自分の義務は、われわれの決定的敗北を元老院の諸君に知らせることだ、と卿は言った。これ以上の抵抗は無意味なばかりか不可能となった。わが軍の全滅は時間の問題である。そう告げるとアルフレッド元帥は一礼して部屋を出て行った。

するとウーヴェゾーンがゆっくりと立ちあがった。「これより」と彼はドイツ語で言った。「わたし個人が無制限の権力を行使する」そしてポケットからリヴォルヴァーを出すとテーブルに置いた。「あえて異議を唱える者はいるか。注意しておくが、これはクーデターだ。ここにいる者は、ひとまずは――それを否定する証拠のないかぎり――捕虜とみなす……」

幸いレンツがわたしの命令を忠実に守って、扉の向こうで聞き耳を立てていた。扉が勢いよく開き、レンツがピストルを手に押し入り、絨毯に発砲して、威嚇の声をあげた。元老たちはテーブルの下に這い込んだ。ウーヴェゾーンがリヴォルヴァーを振り回した。おそらく安全装置を外そうとしたのだろう。トロンボーン四重奏団が朗らかな音を出しながら駆け込み、楽器で議長の頭を殴りつけた。ウーヴェゾーンはどさりと床に倒れた。たちまちテーブルから這い出た元老たちが、権力奪取を図った者に襲いかかった。そのとき衝撃が起こり、体を揺るがせた。われわれは息を呑んだ――だが爆発にはいたらなかった。

「《滴》が壁に押しやられたのか」わたしはレンツに聞いた。

「はばかりながら閣下、一刻も早く部屋に戻られたほうがよろしいかと」

レンツの足はあまりに速く、やっとのことでついて行けた。強かったり弱かったりする衝撃は、不規則ながら、はっきり間隔がせばまり、われわれは床に投げだされながらも、かろうじて通路をよろめき進んだ。やがてトロンボーン奏者のひとりがわたしに追いついた。見ると下士官で、四人の中で最高階級の者だった。彼は息を切らしながら、軍務を解いてくれと頼んだ。わたしは了承した。ねぎらいの言葉をかける間もなく彼は姿を消した。

わたしたちは自室にたどり着いた。衝撃はあいかわらず無音だったが、気のせいでなければ、ほとんど感じとれないくらいの電流が毎回伴っているようで、またその間隔は今では秒単位になっていた。通り過ぎたあらゆる場所で、ひとしなみにその頻度が高まっているから、きっと位相偏差が乱れたのだろう。エレベーターシャフトの切断によるものかもしれない。

レンツが服を差し出した。

「これを着ろというのかい」

「閣下が外からここにいらしたときにお召しになっていた服でございます」

「ああなるほど」わたしはすばやく着替えた。そしてヴェッケンバルトのところに案内するようレンツに命じた。「無理でございます。あの方がどこにいらっしゃるか存じませんので」

それは予想外だった。わたしは鉄梯子のことを思い出した……そこで例の部屋に駆け込んであちこち探したが、天井のローゼットを開ける仕掛けは見つからなかった。

「何を探していらっしゃるのでしょう、閣下」

「もう閣下と呼ばなくてもいい」

「ここに何があると」

「ローゼットから梯子を下ろせる」

「無理です。そんなことができるならわたしも知っているはずです」すでに衝撃の間隔はごく短くなり、一様な震動と化していた。

「どうやれば上の部屋に行けるんだ」

「わかりません、閣……。あれは秘密の部屋ですから」

「そんなことだろうと思っていた。ここらへんに梯子か踏み台はないのか」

レンツはテーブルを持ってきて椅子をその上に載せた。だが揺れがひどくて上に乗れそうもない。

レンツは走って部屋を出て行った。

「どうした、レンツ」

「ドアにノックが」

ローゼットの縁に割れ目か裂け目はないかと探してみた。だがそれは隙間なく天井に貼りついていた。

レンツが戻ってきて言った。「誰かいらしてます」——ヴェッケンバルトが使いをよこしたのだろう、とわたしは思った。だが外には兵士がひとりいて、トロンボーンをかかえていた。

「報告いたします。ソプラノ・トロンボーンの準備が完了いたしました。わたくしはソプラノ・トロンボーン奏者として、いつでも演奏ができることを告げにまいりました」

わたしはこのトロンボーン奏者の軍務も解いてやった。

部屋に戻るといまいましいローゼットは下に垂れ下がっていた。だが梯子は降りてこない、というのもテーブルと椅子が妨害していたからだ。ドン・エマヌエーレが天井の穴から顔をのぞかせて、あわただしくわたしを手招きした。「早くのぼって来なされ。手遅れになりかかっておる」

わたしは上った。レンツは下でためらっていた。ドン・エマヌエーレは彼も手招きした。

今度は電動カートはなかった。そこで走らねばならなかった。見わたすかぎりアルミニウムか何かの柱の森が闇のなかで燐光を放っている。

「柱にさわらんでくれよ。こいつが負の物質から、わしらを少しばかり守ってくれているからな」

わたしは振り返った。ローゼットのあった入口から這い登るものがある。錯覚ではない。まばゆく明るい、脈打つ白い星が、五つの角を手足のように動かしている。

ドン・エマヌエーレの目にもそれは入った。「ここも長くは保つまい。妨害を突破する方法を見破られてしまった」

わたしたちは燐光を放たない大きめの柱に向かって走り、その周りを何度か巡った。ドン・エマヌエーレは柱をノックした。

「遅すぎたのですか」わたしは聞いた。

そのとき柱の扉が開いた。感覚が麻痺するような爆発が床を揺るがせた。背後の脈打つ星が破裂した。だがすでに別の星が穴から這い出てきた。わたしたちは柱の中に滑り込み扉を閉めた。柱のまわりを巡っていたときは、その太さを小さめに見積もって、せいぜい三人が入れるくらいと思っていた。だが今はもっと広く感じる――もっとも気のせいかもしれない――中は真っ暗だったから。レンツがライターを点けた。

「すまんな」ドン・エマヌエーレが言った。そして目を上に向けた。柱は高くて果てが見えない。遥か上に赤っぽく光るものがある。「急がなくては」ドン・エマヌエーレが別の扉の錠をひねくり回した。

「上で光るあれは敵ですか」わたしは聞いてみた。

「柱に詰める充填剤だ。すでに注ぎ込まれている」

わたしたちは寄り添って立っていた。あたりが暑くなった。上の光るかたまりは、おそらく自由落下のスピードでこちらに落ちてくる。とうとうドン・エマヌエーレが二つ目の扉をこじ開けた。あわてて外に出ると、そこは物置かごみ捨て場のような場所だった。ごみバケツがあちこち散らばっている。隅には鹿の角が一束と乳母車が置いてあった。

「危ない！」われわれは後ろに下がった。柱が赤く光ったが、ひととき熱波を放散すると色が褪《あ》せ、やがて白くなった。ドン・エマヌエーレはそのまわりを歩き、何か言いながら手を触れた。表情は満足げだ。

「おや」わたしは言った。「揺れが止まった」

部屋の長い方の壁に沿って、手摺りのない石段が斜めに走っている。ドン・エマヌエーレはそちらに向かった。われわれも後を追った。石段のてっぺんにある扉を開けると、そこは広々とした冬《ヴインター》園《ガルテン》で、少なからぬ人々が集《つど》っていた。空に低くかかった太陽が、半円形の明かり取りを上にいただく三つの丈高い色ガラス扉に照り映え、その模様を寄せ木細工の床にまばゆく投げている。午後だった。盛夏の暑さのうちにもそのうち訪れる夕暮れの気配があった。集まった紳士淑女はどうやら英気を養うための午睡から目覚めてからさほどたっていないようで、いっしょにお茶を飲もうとここに来たらしい。ヴェッケンバルトがこちらに背を向けて座っていた。アルフレッド卿はわたしたちを見ると手を振った。ヤコービ博士はカストラートの公爵と話していた——姉たちに交じって座り、白絹で装幀された小さな本を手に話をはじめたシモーニスの妨げにならぬように小声で。

「自分で作った話や、自分の体験した話のかわりに、わたしはこれからあるお話を朗読します。だからといって、ここにいらっしゃるどなたかがその話をすでにご存知とは思えません。《わたしの》話はここにある小さな本に収められていて、『あみがさだけ』という変な題がついているのですが――今はせいぜい五、六部しか残っていないでしょう。かなりの部数が刷られたものの、やはりかなりの部数が断裁されましたから。作者は貧しくはありませんでしたが、完全に運に見放された作家で、名をクレメンス・カラテオドリ伯爵といいます。このカラテオドリ伯はみずからの富と社交と一族の縁故のおかげで、一連の輝くばかりの名誉職に就いていました。しかも繊細な感覚を持つ詩人としても名を知られていました。――ところで皆さんは、さほど美しくない娘がどう言われるかご存知ですね――『でもきれいな目をしているじゃないか』……ほかに見どころのない詩の場合も、感覚が繊細だとよく言われます。――しかし《名を知られていた》と言ってしまうと、語弊があるかもしれません。カラテオドリはときたま新聞の文芸付録や文化雑誌に自分の詩をむりやり掲載させました……もちろんそうした行いは出版社に伯爵の文学的野心を警戒させるに十分なもので、とりわけ伯爵がロシアにおけるドイツ兵士の捕虜をテーマとした大部の押韻叙事詩を完成させたという噂が広まると、警戒の念はひときわ強まりました。そんなときある出版社の社長が猟銃の射程に――伯爵は狩猟も嗜《たしな》んでいましたから、こんなたとえを使っても場違いではないでしょう――おあつらえ向きに入ってきたため、肩に一撃をくらいました。ひとたび伯爵に危険なほど接近したからには、その版元は数日ならずして、それどころか数時間のうちに、伯爵に饗応され、それを感謝する義務に絡みとられてしまい、原稿の出版を諾《うべ》なう以外の道はなくなります。それは田舎にある伯爵の別宅で催された宴会が終わった後のことでした。この宴はその出版社の社長に敬意を表して催されたもので、年代物の極上のワインと獐《のろ》鹿《じか》の背肉と雉肉、それから伯爵の二人の姪が社長に差し出され、きりのない乾杯の応酬があり、おしまいにはすべてのグラスばかりかピアノまで壊されました――ようするに比類のない椀飯振舞でした。社長は原稿を引き受けるより仕方がなくなりました。

翌日の出発のとき、まだかなり酔っていた社長に、伯爵は原稿をこっそり手渡しました。ひどい二日酔いのまま社長は会社に戻り、原稿を編集長の机に置いてから自室に入り、指示を二つ出しました。一、ただちに原稿を活字に組むこと。二、氷嚢を持ってくること。『願わくはあれが』なんとか考えをまとめようとしながら社長はつぶやきました。『押韻叙事詩ではありませんように』担当編集者は原稿を見て首をひねりました。中をぱらぱらと読んで、上司が自分の意見を聞きもせず採用を決めたのに気を悪くしました。そこでこの醜態を完璧にしようと決心したのです。原稿はまったく校正されず、タイプミスさえ正されず、そっくりそのまま印刷に付されました。編集長は十万部の印刷を指示しました。不審を感じた秘書は内緒でゼロをひとつ消しました。しかし走り使いの者はそれさえミスと思いました。そこでゼロをもうひとつ消しました。そういうわけで千部が印刷されたのです。うち二百部が書店に送られました。やがて百九十八部が返品されてきました。編集長は満足そうでなくもなく、伯爵にそれを報告すると、伯爵は興味をひかれ、その二部を売ったのはどこの書店かを問い合わせました。書店の一軒はご満悦の著者に買った人の名まで教えました。それは貴族の書いた本ばかりを蒐集する変わり者でした。実を言うとわたしが一括して相続した貴族文学コレクションに、その本が交ざっていたのです。もう一冊を買った人は、何年もあとになって、伯爵がある友人の招きを受けるまで突きとめられませんでした。この友人は殺風景な高層建築の立ち並ぶ、町はずれの新興住宅地に住んでいました。この友もやはり熱心な狩猟者でしたが、カラテオドリ伯にこの不細工な建物と住宅地の由来などを語るついでに、奇妙なことに――と自然の肩を持つようなしぐさをして――向かいの家の屋根に隼《はやぶさ》のつがいが巣を作っている、と言いそえました。友は双眼鏡を手に伯爵を連れてバルコニーに出て、隼を指しました。向かいの家は九階でした。その最上階の上に隼の巣があるというのです。しかし伯爵の目は九階そのものに釘付けになりました。バルコニーに男がひとり座って本を読んでいます。自分の著書、カラテオドリ伯爵著『あみがさだけ』です。自著を買った者はすでにひとり知っていましたが、今見ているのはその人ではありません。そもそもあの変人は本を読まずに集めるだけで、人に貸すこともありません。九階のバルコニーにいるあの男が二冊目を買った者でなくて誰だというのでしょう。

ではこれからその本を朗読します。これは押韻叙事詩ではありませんし、さほど長くもありません。さらに良いことにはここで語られる話は実話です。これは伯爵の縁者に本当に起こったことなのです」

シモーニスは本を開いた。しかし朗読が始まろうとしたとき、不思議なものがわたしたちの目をとらえた。窓の外の庭園を、三台の自転車がゆるゆると通りすぎていく。一台は少し先を走り――残りの二台は従者のように後ろについている。うしろの二台に乗るのは機械仕掛けの侏儒で、先を走る者はその草色をした顔よりいくぶん明るい緑のスーツを着ていた……その者がちょうど冬園のガラス壁を通り過ぎるとき、背後に合図をした。侏儒たちはペダルをいっそう強く踏み、彼に追いつくと、ひとりは彼にカップを差し出し、もうひとりは彼の口にサンドイッチを押しこんだ。侏儒たちがふたたびしかるべき間をあけると、アハスヴェール氏は親し気にわたしたちに手を振った。

カストラートの公爵が手を振り返し、そのあとシモーニスの朗読がはじまった。

「『覚えておられますか、ご主人さま。わたしは一週間足らず前にオルガン演奏を禁じられたではありませんか』

『どのみちお前はその言いつけを守らなかったでないか』

『禁止そのものにあまりに傷ついたので、オルガンを弾いて心を慰めざるをえませんでした』

『それで今度は音楽を許すと言っているのに、なぜわたしを助けておくれでないかい。一度だけオルガンを弾けばいいんだよ。お前も知ってるだろうが……』

『もうお気づきかと思いますが、ご主人さま――わたしは禁止や許可をそもそも気にしません。それを別としても、なぜ弾きたくないかといえば、ご主人さまが誕生パーティーを開くことを存じているからです。誰を招くのかも知っています。たとえばマクレンボリティッサさまであるとか――。それに何より、ご主人さまが支払いできないため楽師が演奏をを拒否したことを……』

『お前には悪意があるね、レオン』

『いいえご主人さま、一週間前から心が痛んでいるだけです』

召使レオンは主人に背を向けてフランスの小説をアンピール様式の斑岩の暖炉の上に並んだ本を整理しはじめた（小型本が一冊欠けていた。ジィップ夫人のペンになるものである）。ベニアミナ・カラテオドリ侯爵夫人もやはり背を向け、広間の中央のテーブルにある椅子を、もうきちんと置かれてその必要もないのに置き直した。

『もっともご主人さまが――』

老侯爵夫人は電気に触れたようにさっと振りむいた。『ご主人さまがわたしのためにオルガンのふいごを踏んでいただければ話は違います』

『言っちゃ悪いけれど、気でもおふれかい。誰がお前のためにオルガンのふいごなど踏んでやるものか。いいからもうお行き』

『それは――』レオンは小声で応じ、はたきを風車のように回して、ゴムの木の大きな葉の埃を落とした。『――それはわたしの忍耐と誇りに課せられた最大の試練です。この件についてはもう何も言いますまい。しかし――お聞きですか、ご主人さま――わたしはパーティーのとき音楽を奏する用意があります。もし……ご主人さまがふいごを踏んでくださるなら』

召使は去った。侯爵夫人はあらためて椅子のほうに向いた。溜息をつきながら椅子を一ミリか二ミリくらい前や後ろに動かしてから——また溜息をついて——部屋を出た。扉はいつも開け放されている。うかつに触ると灰色に朽ちた木材が崩れかねないから。ベニアミナ・カラテオドリは音楽サロンに入ると——三度目の溜息をつきながら、スピネットの前に腰をおろし、でたらめに鍵盤をたたくと、その響きは老女の歩行のように震えながら広い部屋をさまよい、固有の倍音によって完全な和音を生み出し、高い天井にかかる蜘蛛の巣を共振させたように見えた。侯爵夫人はもうひとつ音を叩きだした。さらに音を重ね、心の慰めになるかと思い、優美な即興演奏をはじめかけた——だがそのとき、壁は轟音で震え、蜘蛛の細い網ばかりか床までも揺るがした。レオンのオルガンの雷鳴が、ブルドン音栓とフルート音栓の絡み合いにリード管の力強さと豊かさを加え、共鳴管とオクターブカプラーによって上下に音階を広げ、それを送風装置が、音楽好きの鍛冶屋のような規則的なハンマー音で伴奏している。

求めた慰めを得られぬまま老侯爵夫人はスピネットから手を落とした。目は壁に向いた。かつてはモーヴ色だった壁布がオルガンの音圧でかすかに揺れ、裏の漆喰が小雨のように落ち、壁布の裂け目からときおり埃が細かな煙となって部屋に降《ふ》り、斜めに射す落陽の細い光のなかに舞いあがった。

コリアンドーリすなわちカラテオドリ城のオルガンは相当の価値をもつ知られざる名器だった。今ではほとんど残っていない名匠コンペニウスの手になるものだが——召使が見つけたときは見るも無残なありさまだった。これは世俗のオルガンであり、神への奉仕のために作られたものではなく、城館によくある初期のオルガンのように宴会広間に据えられていた。というよりも、以前の城主コリアンドーリ男爵へラクレス元帥は、このオルガンのために宴会広間を作らせた。広間とオルガンの崩壊はおそらくフルートやヴィオラ・ダモールやクロヴィチェンバロによる雅びな食卓音楽《ターフェルムジーク》の時代から始まっていた。のちにふいご踏みという粗野な労働がふたたび甘受されるようになったころには、宴会広間はすっかり荒れはて、心躍る宴も隙間風のせいで開くに開けなかった。かくてオルガンは宴会広間を、宴会広間はオルガンを、没落に追いやった。

広間の壁にはゴブラン織のわずかな残骸が貼りついていた。飾り柱を抱える巨人たちによって途切れる壁の大部分で、水漆喰のまだらな石灰が剝きだしになっている。木彫りの巨人はもとは大理石像に見せかけたものだったが、前世紀から素人臭い修復がされはじめたと見えて油絵具が塗られ、しかしそれもすでに剝げ落ちている。巨人らは裸で虫食いだらけのまま立っていた。しかも手足の一本や二本欠けているものも珍しくなく、そして一様に鼻が欠けていた。

召使のレオンは召し抱えられたその日にオルガンを見つけた。侯爵夫人はオルガンを召使部屋とされた古い宴会場に移すことをこころよく許した——首を左右に振りながらも許した。この城館で不足していないものは空間だけだったから。レオンは次の何年かをかけてオルガンの埃と害虫を除き、パイプ装置の錆を落とし、パイプを何本も取り換え、作動装置を取り外してほぼ完全に新たに削りあげ、送風器を修復し、最後にコリアンドーリ家の紋と演奏中の神々の像がついた青銅の格子を外した——精巧な芸術品ではあったがレオンの目的の妨げとなったからである。レオンは新たに音栓をいくつか——五つほど——取りつけた。この音栓には驚くほど風変わりな性質があった……それはスライダーとつながっておらず、それぞれがパイプの小さな木桶を空にする装置を制御していた。音栓と同じ数の木桶はレオンがパイプの裏に取りつけた。何本かのパイプは後に送風の分岐管を設置する際に犠牲となり、音の出ない飾りパイプと取り換えられた。この分岐管は特殊なバルブと一種の空気圧縮箱あるいは空気蓄積箱とにつながっている。空気蓄積箱はセントラルヒーティング用の小ボイラーのような形をした重たげな金属の箱で、鋼鉄の帯とねじ式の蓋がついている。レオンは並々ならぬ技術的機転をきかせて、それを彫刻された装飾の陰に隠れて見えないようにパイプの下に取りつけた。さらにペダル鍵盤を新たに付け加え、ふいごから空気蓄積箱への分岐を手際よく操作できるようにした。

いったん完成すると外からはまったく見えなくなったこれらの改良は、天上の楽器、あるいはここでは少なくとも地上の楽器だったものを、悪魔の道具に変えた……

コンペニウスの名器の修復をレオンが終えたのは、先に触れたカラテオドリ侯爵夫人の誕生日のわずか一週間前、ちょうど真夜中のことだった。

彼は急いで庭師ジルバーシュヴァンのもとに走り（この庭師はレオンの推薦に反して雇われた若者で、そのためレオンからひどい扱いを受け、庭師はまさにそのために、レオンに頭があがらなかった）、彼を起こして、ふいごを——寝間着姿で——踏むよういいつけ、自分は夜の明けるまで休まず演奏した。

侯爵夫人は、すでに相当前から貴重なものとなっていた眠りを破られ（騒音よりむしろ天蓋からベッドに落ちた蜘蛛に驚かされたためであったが）、これからは少なくとも夜のオルガン演奏はやめさせようと思った。しかしオルガンの修復の完成後にレオンと顔を合わせることはなかった。昼は寝ていたからだ。庭師もやはり起きなかったので、侯爵夫人は厨房に行って自分で調理せねばならなかった。そして夜は早く床についた。

晩になるとレオンは起き、着替えもせず、昨夜の庭師と同じく寝間着のままで、オルガンの椅子に座って演奏をはじめた。

空気蓄積箱はたいそう便利なことに、レオンが別段強く望んだわけではないが、風をいわば保存しておけた。前の晩に庭師がふいごを踏んだため、箱には風がいっぱいに蓄積されていた。空気蓄積箱のいくつかのバルブを注意深く開けば――不用意に開けると蓄積された風が機構全体を引き裂いてしまう――オルガン奏者は二、三時間はふいごを踏ませないでも演奏ができた。

音栓を控えめに操作して、レオンはピアニシモで、初期スペインのオルガン曲作曲家の風変わりなメロディーを演奏しはじめた。

不意に召使は演奏を中断し、椅子から滑り降りて、スリッパに足をつっこんだ。――肥満体とまではいえないが、見るからにどっしりした体のまわりで寝間着がはためき、そのさまはあのパイオニオス（古代ギリシアの彫刻家）の女神ニケの彫像のようだった。前面に張りついた寝間着が体の線を浮きたたせ、背後は余った布が千の襞をなしている――そのままあちこちの抽斗や棚に走り、書類や図面（オルガン改良実施のための技術設計図）をかき集めた。さらにフライパンを持ちだして書類をその上に積み、蠟燭の火で燃えあがらせ、煙でむせないよう、すばやくその長い柄を窓の外に突きだした。明るい炎は庭園の柘榴《ざくろ》の樹にも光を投げかけ、泉を赤々と照らした。往時は高く飛沫をあげる噴水があったこの泉も、今は青浮草におおわれ蛙の鳴く沼にすぎない。底まで照らされた沼は、まわりを囲む金に彩られた大理石とあいまって、月に見捨てられた夜の中で、いにしえの、豪奢に彫金された貴金属に嵌《は》められた斑《ぶち》のルビーのように見えた。柘榴の木でナイチンゲールが目をさまし、庭園を甘い歌声の天国に変貌させた。この歌い手たちは、おそらく名づけようもない苦痛を訳もなく感じていようと、それを信じがたいメロディーとしてしか表現できない。ナイチンゲールらの歌はほどなく無伴奏ではなくなった。蛙たちも目をさまし、じめじめした冷たい地面に生きる喜びを、嫌らしい不協和音でうれしそうに、悪気はないにせよたどたどしく表現した。

それらはレオンの耳にはまるで入らなかった。紙くずの火が消えると、黒くもろい残りかすをすりつぶして細かな灰にした。そして送風装置の裏にとりつけた木製の容器に入れた。それからあらためてオルガンの椅子に座った。メロディーを小さな音でまた初めから弾いたが、それは半ば上の空の演奏だった。目はおもに手鍵盤の端にある小さな気圧計に向いていたからだ。気圧計の針は上り、赤のゾーンまで達した。レオンは弁を開いた。空気蓄積箱の高い気圧によって、蛇のようにするすると、かすれた音をたてて、髪の毛ほどに細い噴射孔から細かく摺りつぶされた灰が飛び散った。この噴出孔は直立した柩くらいに狭いふいご踏み用の小部屋の中の胸の高さに取りつけてあった。『ああ――』復元しえない塵と化した設計図や素描が広間に漂い、ついには他の多くの埃に交じって広間の隙間や隅に広がると、レオンは満足げに手鍵盤に向きなおった。

そして誰はばかることなく、音栓を全開にして、空気の備蓄が尽きるまで演奏した。侯爵夫人はまたしても貴重な睡眠時間を奪われ、すでに五時ころから目を覚まし、今度こそはオルガン演奏をやめさせようと怒りの決意を固めた。だがやはりレオンとは会えなかった。レオンはすっかり満足して、赤い夕日がヴェネツィアン・ブラインドと色褪せたゴブリン織を透かして彼のベッドに幻めいた色とりどりの斑点をつける頃まで眠りこけていた。いい気味だと言いたげな顔をした庭師のジルバーシュヴァンに呼ばれた彼は、不機嫌を満面に表わして侯爵夫人の前にまかり出た。

今度の禁止も効果はなかった。貴婦人にとって眠りがどれほど大切なのかを懇々と説き聞かせても、レオンにたいした感銘は与えず、ただ、今後は真夜中のオルガン演奏はやめますと応じただけだった。真夜中なんて、とレオンは内心考えていた。どのみち長く続くもんじゃないからな……そして次の日は実際に夜の十時にオルガン演奏をやめ、早朝六時少し前に再開した。おまけに彼はきわめて上機嫌で、侯爵夫人に親切で、くだけた会話の中でシェークスピアの卓越性についての自分の意見を開陳しさえした。とりわけ彼を魅惑したのは、すばらしく正確な年齢に達したこと、すなわちちょうど自分の誕生日に亡くなったことだった。召使の愛想のよさは侯爵夫人をおおいに喜ばせた。

ちなみに家事はふいご踏みが忙しくないかぎり庭師が担当していた。——侯爵夫人はこの頃はポテトソルベで身を養っていた。——それだけに不思議だったのは、レオンがとつぜん何とも言われていないのに、期待と不安のいりまじる誕生日に、厨房係をかって出たことだった。しかしさらに腑に落ちないのは、今まであれほどの迷惑をかけた趣味を本来の目的に使うこと、すなわち招待客をターフェルムジークでもてなすのを拒んだことだ。侯爵夫人ベニアミナは、それを禁止の命令で傷ついた召使オルガニストの自尊心のせいと解したのだったが……

侯爵夫人は、冒頭に再現した会話で却下された、あるいは受け入れがたい条件のもとでも承諾された返事をレオンから受け、ろくにはじめてもいないスピネットの演奏を邪魔されると、急いで寝室に駆け込んだ。オルガンの響きで揺さぶられた天蓋からきっと落ちてきたであろう蜘蛛を枕や羽毛布団から払うために。

どのみちなくてもかまわないターフェルムジークより、ふいご踏みの提案を無下に却下されたためレオンが晩餐の支度をなおざりにするのが心配で、侯爵夫人は、呑めるはずもないと思えた提案を、せめて考えるだけはしてみてもいいかと思いはじめた。彼女はベルを鳴らして庭師を来させ、レオンを呼びにいかせた。ほんの些細なことから推理を引きだせる観察家なら、庭師から侯爵夫人のお呼びを伝えられたレオンが、すぐさま演奏を中断して侯爵夫人の前にまかり出たことから、さまざまな帰結を引きだせるのではないかと思う。

『ご主人さまがふいごを踏みたくないのであれば、わざわざそう言っていただくにはおよびません』

『わたしは考えたんだがね、レオン、庭師にふいごを……』

『庭師がふいごを踏むのなら、誰が食卓の世話をするのでしょう。わたしは——ご主人さまも思い当たるでしょうが――もちろん気の向いたときにしか調理しません』

『そうだろうと思ってたよ』

『もし庭師がふいごを踏み、わたしがオルガンを演奏し、そしてご主人さまが給仕をしたならば、変に思われないでしょうか。しかしジルバーシュヴァンが給仕をして――もっともわたしの仕着せから塵を払えるかどうか、そしてそこに貼り付けるクリスマスプレゼント用の飾り紐を見つけられるかどうかみてみなくてはいけませんが――わたしがオルガンを弾いて、そして……』

『オルガン演奏をやめにはできないのかい』

レオンは何とも答えなかった。

『お前は』召使をなだめようと、侯爵夫人は早口すぎるほど早口に言った。『ジルバーシュヴァンから聞いたんだが、ふいごを踏まずとも少しのあいだ演奏ができるものを取り付けたそうだね』

『ほんの少しの間だけです、ご主人さま』

『いったいどれほど長く演奏したいんだい』

『オルガンに取りつけたもののおかげで、あまり大きな音は出せませんし、音栓を全部開くこともできません。しかしわたしは、ご主人さまの誕生日を祝って、自分の曲《ムジキアーナ》を朗々と響かせるつもりです。これは大きな音を出しますし、すべての音栓が必要です』

『お前の曲とお言いかい』侯爵夫人がたずねた。ジルバーシュヴァンはくすくす笑い、レオンは体の向きを変えた。

『行ってはなりません、レオン。ジルバーシュヴァンもその笑い方は何です。お黙りなさい。それでは何であろうと勝手におやり――』

『それではこう言いましょう。このほうが変には聞こえますまい。庭師が食卓の世話をし、わたしがオルガンを弾き、ご主人さまが甥のオルガン演奏を助けてふいごをぜひ吹きたいと申し出るのです』

『どの甥だい』

『当日はご主人さまがわたしめを自分の甥だと紹介していただければ』

侯爵夫人は息を呑み、ジルバーシュヴァンに目をやった。

『お黙りになってしまわれましたね』レオンが言った。『わたしの自尊心は堪忍袋の緒をまだ完全に切らしてはおりません。わたしはご主人さまの指示を――ご主人さまがそれをご存知としたらの話ですが――お待ちしております』

レオンは出て行った。侯爵夫人は脱力の発作に襲われたように一ミリメートルだけ位置を正した椅子にもたれ、ネックレスの端を手に巻き、まるで自分の首を絞めたいように、その輪をどんどん縮めた。

真夜中ころ、あたりが静まった中で――レオンはすでにわれわれも知るように、十時過ぎの演奏はやめていた――カラテオドリ侯爵夫人は図書室にいた。だらりとした手に支えられて膝の上に載っている本は、手に入れてから毎年六、七ページほど読むものだった。《一八八九年のサロンにおけるボブ》というその小説は、ガブリエル・ド・マルテル・ド・ジャンヴィル伯爵夫人、旧姓リケッティ・ド・ミラボーが《ジィップ》という筆名で書いたものだ。例年侯爵夫人は《一八八九年のサロンにおけるボブ》を開くたび頭に血がのぼり、二度と読むまいと決意する。というのも、この本の中の話し方と考え方は作家が属する階級にまったくそぐわないものだったから。もっとも次の年になると、あるいは遅くとも次の次の年になると、ふたたび腰をすえてさらに六、七ページ読む。そのうち小説の半ばまで来て、結末がどうなるのか期待するようになると、《一八八九年のサロンにおけるボブ》をやめたくなくなった。

だが今日はせいぜい四行しか進まなかった。結末への期待は大きかったが、侯爵夫人は本をよそに考えごとにふけった。左手に本を持ち、ページの間に人差し指をはさみ、すでに平らなテーブルクロスを右手でさらに入念に撫でつけ、目を天井に向けた。広々とした部屋の暗がりの中、図書室用多重スペクトル両形態ランプが照らす範囲を外れてろくに見えない一番上の本棚に、この部屋でもっとも古いコリアンドーリ侯爵の旧蔵書が並んでいた。価値のある稀覯本はとうに売り払われていた。そのため黄ばんだ羊皮紙や豚革の背の合間に、洞窟にも似た隙間が口を開けていて、そこから今、城の蝙《こう》蝠《もり》たちが群がって夜の狩りに飛びたった。

――あいつらが蜘蛛を全部食べてくれればねえ、と侯爵夫人が思っているところにジルバーシュヴァンが入ってきた。

『ノックをお忘れだよ』侯爵夫人が言った。

若い庭師は何も言わず戸口に立ち、緑の前掛けで手をぬぐった。

『ノックをお忘れだよ。――でもかまやしない。どうせ目に入るのは召使がわたしをしつけの悪い猿のように扱っているところだけだからね』

庭師はあいかわらず戸口に立ったまま緑の前掛けで手をぬぐっている。やがて何か言いかけると、侯爵夫人が身を起こし、《一八八九年のサロンにおけるボブ》をテーブルに投げ出した。本は滑って床に落ち、あおりをくらって黒絹のテーブルクロスが裂けた。侯爵夫人は丸めた拳を二つテーブルの上に置いて身を支えた。

『お前はこう言いたいのだろうよ、ジルバーシュヴァン……』もう一度、気力がくじけたように言った。『……こう言いたいのだろうよ……』侯爵夫人は小声で弱々しく繰りかえした。ふだんのよく通る声は尽き果てたように見えた。あるいは本当に尽き果てたのかもしれない。『……この家ではノックはいつもちっとも聞こえないからとね。そう――お前のお友だちはなぜ演奏していないんだい。そうすればお前がノックしたかどうかもわからなかろうし、わたしがこんなこと言うこともなかったのに……』彼女はテーブルから拳を離してまた座り、放り投げた本を取ろうとしたが、手を伸ばしても届かなかった。『……それとも、しもしないノックを聞き漏らしたとか、それとも……なぜお前は年寄りにこんなに長く喋らせておくのかい。お前もわかっているだろ、わたしはもう一言も……何を言おうとしてたか忘れてしまったよ。その本を取っておくれ』

ジルバーシュヴァンは爪先で二度跳ねて――それでもすぐさま蝙蝠が何匹か驚いて本箱の一番上の棚から飛び去り、長々と飛び回ったあげくまた静かになった――テーブルまでたどりつき、緑の前掛けから手を放して侯爵夫人に本を渡した。

『ご主人さまもご存知でしょうが……』

『知ってるもんかね』

ジルバーシュヴァンはテーブルクロスを取り上げ、自分の手をそれで拭いた。

『ご存知でしょうが、レオンはわたしの《お友だち》なんかじゃありません。レオンがなぜわたしの友のように見せかけようとしていると、なぜわたしが思ったか、そのお話をしてもよろしゅうございます……なぜわたしが敵からの好意を受け入れたか、というのもレオンはわたしの敵だったんです。

なにしろ今日だって……』

『お前は自分の話したいことがわかってないようだね』

『ええ、おっしゃるとおりです。わたしはご主人さまに、わが敵レオンのこと、そしてどういう次第であいつがわたしをこのお館に……などということではなく、別の話をするつもりでおりました』

『そんな話は……

ああああ！

いいいい……』

侯爵夫人は鬘《かつら》に手をのばし、首をすくめ、椅子から床にすべり落ちた。

『あ……あ……あ……

いいいい……』今度の声域は短三度ほど高かった。『ほらあれを……』

驚いた蝙蝠の一匹が多重スペクトル両形態ランプの傘から垂れ下がり、ジルバーシュヴァンはさらに三歩跳躍してテーブルを回り、絹のテーブルクロスを両手でひっつかみ、闘牛士のように、頭を下にしてぶら下がっている蝙蝠をにらんだ。蝙蝠と若い庭師は眼くばせを交わしあった。とうとうジルバーシュヴァンは慎重に、蝙蝠の顔に息を吹きかけた。すると蝙蝠はいよいよ激しくまばたきをした。

『お前は阿呆かい』侯爵夫人がテーブルの下から出てきて言った。うずくまったまま庭師の手からテーブルクロスを取りあげると、それで蝙蝠を打った。

庭師は身をかわした。叩かれた蝙蝠は片足だけで傘のふちにつかまってぶらぶらしていたが、二度目の打撃が追い打ちをかけると羽ばたいて、ふたたび書物の詰まる本棚の高いところに止まった。

若いジルバーシュヴァンは公爵夫人の片手をとり――夫人のもう一方の手は床に置かれて体を支えていた――椅子に座らせた。そのとき着物を足で踏んづけていたため、菊に似た薔薇色の装飾に覆われた服の広い襟ぐりが、二の腕の半分近くまで引きずり降ろされ、そばかすだらけの白い肩があらわになった。

『あら』侯爵夫人はつぶやいて目を上に向けた。『お前はほんとうにマムルーク（エジプトのトルコ人奴隷）だね』

そしてあらわになった部分を絹のテーブルクロスで隠し、肩を上下にゆさぶって襟ぐりを元の位置に戻した。

『レオンを』庭師は何歩か後ずさり、最初立っていた位置に戻った。そして喘ぎ声で言った。『お払い箱にすべきではありませんか。手遅れにならない前に』

『ああ』侯爵夫人はふたたび目を向けて言った。『ああ、ジルヴァーシュヴァン』

ジルバーシュヴァンは一礼し、後ずさって、ランプの光の届かない暗がりに立った。侯爵夫人は本を取り上げて開いた。ジルバーシュヴァンは何度か荒い鼻息を吐いた。

『まだそこにいるのかい、ジルバーシュヴァン』

ジルバーシュヴァンは墓から聞こえるような、あるいは予言者のような声で言った。『わたしたちはレオンはお払い箱にすべきです。手遅れにならない前に』

侯爵夫人は本を脇に置いた。『この本を読み終わらないうちにわたしは死んでしまうだろうね。オルガンの音や何やらで召使に始終邪魔をされると……もっとも本全体ももちろん……別の本だとまた違うんだろうかね。それにしても』ここで声をあげて『お前とわたしとを《わたしたち》とひとくくりにする権利を誰が与えたのか、知りたいものだね』

『申し訳ありません……』

『わかったからお行き』

『しかし、なぜわたしたちはレオンをお払い箱にできないのでしょう』祈るときのように手を組んで、庭師が言った。

侯爵夫人は、このときようやくわかったのだが、今まで我慢に我慢を重ねていたのだった。『わたしたち――』彼女は叫んだ。『わたしたち!』オルガンの始まりを待つ不安、いらだたしい庭師が出て行きそうもないこと、蝙蝠、椅子からの転落、肌を露わにしたこと――最後のものは好んでしたわけではないが、それでも恥ずべきことであった。貴族はいかなる場合にせよ、過失であれ何であれ、自分で責任を負うべきであるから。したがって、非紳士的にふるまう以外に逃げ道はない気まずい立場に置かれた場合、紳士はどうふるまうべきかと問うことに意味はない。紳士の基準に従うことが得策でない場合もある。何より肌をさらしたこと、そして最後に彼女の命令をすべて聞き流した上で庭師の質問によって、レオンのもたらしたすべての災厄が眼前にありありと浮かび、侯爵夫人は自制心を失った。

彼女は口を開けて、頭をのけぞらせ、目を見開き、顔を手でおおいもせずに泣いた。低いかすれた声で泣いた。ロクリス王アイアスに侮辱された囚われのカサンドラのごとく、しゃくりあげながら呪いの言葉を吐いた。おおむねレオンに向けてであったが、庭師や、自分自身や、自分の誕生日や、誕生の瞬間や、誕生それ自体にも及んだ」

「ロクリス王アイアスに侮辱された囚われのカサンドラのごとく」カストラートの伯父がくりかえした。その声にはからかいの気配がなくもなかった。「シモーニス、これは本当に押韻叙事詩じゃないんだろうね」

「違いますわ。行分けを見ればわかります。それとも退屈されまして?」

「そんなことはない」ヴェッケンバルトが言った。「われわれは侯爵夫人の《一八八九年のサロンにおけるボブ》と同じ段階に達している」

シモーニスは続けた。

「侯爵夫人の涙が涸れて、これ以上罵れなくなるまで、若い庭師はじっと待っていた。しゃくりあげる声がめそめそした泣き声に変わったとき、庭師には侯爵夫人が耳を傾ける用意ができたことがわかった。

『なぜわたしたちはレオンをお払い箱にできないのでしょう』

『明日はわたしの誕生日だからね』一単語ごとに侯爵夫人は自分の神経質な手が揉みしだいた絹のテーブルクロスで目と鼻をぬぐった。

『レオン抜きで誕生日を迎えられませんか』庭師が一見馬鹿げた質問をしたのは、当面の問題をふたたび持ち出して決着をつけようとする気持ちからだった。

『客を招いてるだろ』

『客はレオンのために来るのですか』

『そんなことあるもんかね。でも厨房が……』侯爵夫人はテーブルクロスの二番目の角をひねくり回して、いくぶん大きな声ですすり泣いた。

『レオンは』さらに話を蒸し返した。『客に料理を出すのを断ったじゃありませんか』

『楽師たちにも演奏を断られたし』

『もし楽師たちが断らなかったら――』

『それでもレオンは』侯爵夫人は三番目の角を勢いよくねじった。『料理の面倒を見るとは言わないだろうね』

『そこまではわかりましたが、そこからがわかりません。ご主人さま、座ってもいいでしょうか』

侯爵夫人は大きな声でしゃくりあげたが、それきりもう泣くことはなかった。続く理論的かつ専門的な討議が彼女の苦しみを和らげたからである。『レオンはオルガンを弾きたがってるのさ』

『ふいごをですか……ご主人さま』

『ふいごはわたしに踏めというんだよ』

庭師ジルバーシュヴァンは安楽椅子にもたれた。カラテオドリ侯爵夫人は黒絹のテーブルクロスの四番目の角で涙の最後の一滴を拭き、その角をせかせかとねじって大きなソーセージを作った。

『ははあ』庭師が言った。『レオンはご主人さまにふいごを踏ませたいのですか』

侯爵夫人は肯《うなず》いた。『わたしにふいごを踏ませたいのさ』

『だからわたしたちは奴を首にできないのですか』

『そうじゃない。首にできないのは、客に出す料理をあの男が作るからだよ』

『なぜわたしが料理してはいけないいんですか』

『お前はポテトソルベを作れるかい』

『……いえ……』

『そこが問題だね』

『そこが問題ですね』庭師も言い、眉根に深い皺を寄せて考え込んだ。いっぽう侯爵夫人は、とうとう大きなソーセージ状にひねり上げたテーブルクロスからさらに大きくて骨の折れる結び目を作った。

『なんとかせねばなりません……』ジルバーシュヴァンは体を前に乗り出した。『ひとつ計画があります。わたしたちはあの男を、オルガンは弾けて料理もできるけれど、ご主人さまにふいごを踏ませることはできないような状態に変えるのです、そして』庭師は小声で言い添えた。『そもそも命令さえできない状態に』

『……計画とお言いかい』

『ええ、計画です』

『計画かい』侯爵夫人は溜息をついた。不安からではなく不信から。

『ええ、計画です。わたしたちはレオンを魔法にかけねばなりません』

『ジルバーシュヴァン』侯爵夫人は言った。『お前は何を言っているんだい』

女主人の非難も、明らかにこれ見よがしなあくびも気にせず、ジルバーシュヴァンはテーブルの上の、侯爵夫人のすぐ近くのところに座り、足を持ちあげ、肩を耳に押しつけて片腕だけで体重を支え、自由なほうの手で、話の図解のようでありながら実はまったく意味のない形をテーブルに描きながら、その計画なるものを披露した。

『まず第一に、レオンがオルガンを弾けるようにしなければなりません。食卓に音楽は必要ですから。第二にレオンが料理できるようにしなければいけません。だから今までと同じように頭が働かなくてはなりません。今のように、というか、まったく今のままではだめで、むしろ少し愚かに――愚かでなくてももっとのろく……料理はできるくらいに。そしてわたしたちに悪さをしないよう、小さくならなきゃいけません。でも小さすぎてペダルを踏めなかったりオーブンに手が届かなかったりしてはだめです。少しだけ小さく、しかし絶対にわたしよりも小さく、そして弱く、愚かに。そしてみっともなく……。ですからご主人さま、わたしたちはどうしたらレオンを今より小さく、弱く、愚かにできるでしょう。料理はできるけれど他の悪さはできないくらいの、ほどほどの加減に小さくて弱くて愚かにするには?』

このレトリックを含んだ問いに、侯爵夫人はこう応じた。

『ジルバーシュヴァンや、お前はとことん馬鹿だから……』

『いいえ、ご主人さま』ジルバーシュヴァンは『奴を変身させねばなりません』

『本気でお言いかい』

『ええ。猿に』

いつのまにか結び目を解いたテーブルクロスを、身にしっかり巻きつけて、侯爵夫人は一目おくようにジルバーシュヴァンを見た。庭師の妄想に呆れていた険しい顔も――数分後には――洞察が額の皺を伸ばし、侯爵夫人は人差し指を鼻の頭に置いた。

『猿にだって？　で、お前はどうするつもりなんだい』

『魚のはらわたを刻むんです』ジルバーシュヴァンは女主人が興味を持ってくれたので、うれしそうに言った。

『うまくいくのかい』

『ええ。鯉のはらわたなら。なぜなら腸菌が……』

『腸菌？』

『鯉の腸菌です……』ジルバーシュヴァンが言った。『何はともあれ、刻んだ鯉のはらわたです』

『そうすりゃあの男が鯉になるのかい』

『いいえ、猿にです』

『なるほどね』

『ある本で読んだのですが、ハウベルグ家五代目の伯爵が刻んだ魚のはらわたを食べて、おおよそ二百歳の、しかも猿になったそうです』

『ハウベルグ家の八代目伯爵が猿だったことはわたしも知ってるよ。最初の戦のとき榴弾か何かが頭の上に落ちて、それとも銃弾が掠《かす》ったかして、そのときから、笑おうとするたびに寝入るようになったんだ。おまけにその息子、九代目伯爵もやっぱり猿で……』

『五代目の伯爵は本物の猿でした』

『髪の毛のある猿かい』

『体じゅう毛だらけでした』

『お前は見たのかい』

『いいえ、本で読んだだけです』

『本を読んだのかい。この屋敷で』

ジルバーシュヴァンは譲らなかった。『魚の腸を刻んでレオンに食べさせせねばなりません。しかもいますぐ』

『そうすりゃレオンもハウベルグ家五代目伯爵みたいに、すぐさま猿になるっていうのかい』

『すぐにですか』ジルバーシュヴァンはおもむろに言った。『いいえ、もちろんすぐにはなりません』

『ハウベルグ家五代目伯爵が猿になるまでどれくらいかかったと、お前の本には書いてあったんだね』

『ええ』ジルバーシュヴァンはさらにおもむろに言った。『百五十年ほど』

『ジルバーシュヴァン』侯爵夫人は溜息をついた。『もうお行き』

若い庭師はゆっくりとテーブルから滑り降りて、しょんぼり気を落として出て行こうとした。しかし侯爵夫人が明るい声で呼び戻した。

『ジルバーシュヴァンや、猿でなくてもいいんだよ』

『といいますと』

『別のものに変えてもいいのさ。もっと手っとり早く変えられるものに。あるいはすぐに変えられるものに』

『たとえば』庭師の声には元気がなかった。

『たとえば、たとえば……』侯爵夫人はいらだたしそうに早口で言った。『鯉かなんかに』

『でも鯉には料理ができません、ご主人さま』

『鯉を料理することはできるだろ』

『……ええまあ……マリネにもできますし』

『そうともさ。焼いてもいいし、わさび大根を詰めてもいい……』

『パプリカでも』庭師がすかさず言った。

『……ピピン二世風バターソースをつけても……』

『黒ソースでも……』

『……マルサン風トリュフソースでも……』

『……ボヘミア風に干し李《すもも》とにわとこの実を添えても……』

『……でもポテトソルベは作れない』

『……ポテトソルベは作れませんね』ジルバーシュヴァンが繰り返した。『でもご主人さま、レオンが鯉に変わったらいちばん好都合なことは何でしょう』

『何だって』

『もし猪か孔雀なら、まず殺さねばなりません。でも鯉ならひとりでに死にます。水に戻さないかぎり』

『そうだね』侯爵夫人が言った。『まったくそのとおりだ。それじゃ寝るとするかね』

『ご主人さま、わたしたちはどうやってレオンを鯉にすればいいでしょう』

『変身させるのさ』侯爵夫人はあっさり言った。『魔法でね』

『ご主人さまは魔法が使えますか』

『わたしが魔女とお言いかい』

『それならどうやって……』

『学ぶならできるさ。魔法だって学べないもんかね。あれをごらん』侯爵夫人は書架の一番上の棚を指した。『あそこらへんのどこかに、魔法の本が何冊かあったはずだ。なかったかな。ちょっとお待ち』侯爵夫人は立ちあがった。『寝しなに走り読みしましょう。それでけりがつく。上ってお探し。少しなら待ってやるよ』

侯爵夫人はランプの傘の向きを変えた。灯りは図書室の壁を、本が並ぶ棚のいちばん上まで、大きく半円形に照らした。驚いた蝙蝠の群れが、サイレンのような音をかすかに出しながら、部屋の隅の暗がりにざわざわと消えていった。

ジルバーシュヴァンが図書室用の梯子で天井近くまで上り、埃の積もる棚から最初の何冊かを引き出した。百年分の蜘蛛の糸や蝙蝠の糞とほとんど一体になって、ミイラ化した蝙蝠の死骸が――小さくて灰紫色で石のように硬い楕円の、干からびた李に耳がついたようなものが――いくつとなく棚から落ちてきた。

『その調子だよ』侯爵夫人が言った。『本をソファに投げておくれ。まるごと全部』

庭師が次々と本を投げ落とす先は、銀糸で薔薇の刺繡がされた古く大きなソファで、それが落下の衝撃をいくぶんやわらげた。

庭師が梯子の上であらたに落とすフォリオ判の本に当たって大けがをする危険もかえりみず、侯爵夫人は鼻眼鏡《パンスネ》の助けを借りて、異端焚殺《アウトダフエ》に付すべく積み重なった本を検分した。

一、『速算家ダーゼ、すなわち往時ヴィースバーデンにて機知ある会話をなしつつ六十桁と六十桁の掛け算を二時間五十九分で遂げしプロイセンの宮廷速算師の回想録』
二、ヨハン・テオドール・エドラー・フォン・トラトナー『殿方のための医療』
三、『基督の教えに則った産婆の報告。付、慰めの文言伝授』クリストフ・フェルター・ツー・シュトゥットガルト

四、『贋聖者詐欺師　悪党で、好色で、喧嘩早く、軽薄な、信心深い、物騒なタルテュフェ・ウィンドロールの有益な行状記』
五、『騎士要諦開陳　騎士に求めらるる知識とその実践　特に築塞築城術、航海術、狩猟術……』ベンヤミン・シラー
六、『宦官ヒエロニムス・デルフィヌスの婚姻、一名金抜鶏の結婚』
七、カール・フォン・クノープラウフ『反奇跡論あるいは奇跡の懐疑』
八、『近年のフランス革命およびその影響に関するヨーゼフ・フォン・ヴルムブラントの政治的信仰告白』
九、エラズマス・ダーウィン『婦女養育手引草　クリストフ・ヴィルヘルム・フーフェラント博士によるその忠実なるドイツ語訳』
そしてとうとう出てきた。
十、『ダニエル・バルトロマイの図像付呪文集、あるいは瞠目すべき驚異の知識の自然‐魔術‐歴史の鏡、あるいは経験豊富なるアレクシウス・グズマロク・クンストプフによる悪魔召喚の秘密にして価値ある種々の魔術、ならびに一六五六年に物故せしヴィッテンベルクおよびシュレージエン・エルス公爵シルヴィウス・フリデリクスの寡婦にしてミュッペルガルト公爵夫人なるエレオノーラ・シャルロッタの用いし男女両性より高等ないし下等動物への変身をなすカイウス・モリソトゥスの教え』
『お前、これをごらん。すぐ降りてきなさい』侯爵夫人は等間隔で配置された表題から理解できる部分だけを回らぬ舌で読んだ。

大急ぎでジルバーシュヴァンは梯子を下りて、蝙蝠のミイラを蹴散らして侯爵夫人に近寄った。

『これですね』ジルバーシュヴァンが言った。

『これだよ』侯爵夫人が言った。『……男女両性より高等ないし下等動物への変身……わたしはそろそろ寝るよ。この本だけは残して、残りの本は棚に戻しておいておくれ。お休み』

『ご主人さま』好奇心からというよりはフォリオ判の本をすぐ戻す手間を省こうと、庭師は侯爵夫人を呼び戻した。『人を鯉へ変える方法、他でもない鯉に変える方法もそこに載っておりますでしょうか』

『この本にかい』

ジルバーシュヴァンは一辺が約一メートルのほぼ正方形で、厚みが三十センチほどもある本を大理石のテーブルに置いた。本を開くと小さなニセサソリがちょろちょろと走って逃げた。庭師は開いた本をながめて驚いた。といっても自分の小指の爪ほどの大きさもない小さなサソリにではない。絶望が遠のき、成功の輝かしい入口に入りかけたところではじき返された者のような身振りをして、庭師は本のページに指を滑らせ、力の抜けた声で言った。

『ご主人さまはギリシア語はご存知ですか』

『知るもんかね。なぜそんなことをお聞きだい』

『この本はギリシア語で書かれています』

『初めから終わりまでかい』

『初めから終わりまでです』

立ったままの侯爵夫人を気にせず、庭師はランプのそばの安楽椅子に腰を下ろしてあわて走るサソリに目をやった。

『レオンなら』ややあって庭師は言った。『ギリシア語がわかります』

ベニアミナ・カラテオドリ侯爵夫人は頭をしゃんと上げると、花柄の服をぐいと引っ張ってしかるべき丈にし、頭を振り、遠雷に似てなくもない抑えた音で喉を鳴らし、呪いの言葉を吐いた。

『レオン……！』と言いかけてやめた。多重スペクトルランプの長いあいだ切っていない芯がけぶり、ランプの火屋《ほや》が白熱をはじめ、侯爵夫人の姿が神託の靄《もや》を思わせる煙に包まれる一方、あたりは地獄めいた赤に染まった。

『レオン……！』侯爵夫人の老いた胸が膨らんでは萎み、サソリはテーブルをあちこち走り回った。『レオン……あの下劣な尻掻き……』胸がコルセットの擦れる音とともに膨らみ萎んだ。『尻掻きのレオンなど』侯爵夫人は叫んだ。『悪魔にさらわれておしまい』

そのとき多重スペクトル両形態ランプがばらばらにはじけ飛んだ。破片の一つがサソリを死においやった。穴だらけのレースのカーテンが弧を描いて旗のように高くひるがえったと思ったら、扉が勢いよく開いた。つかのま訪れた闇を照らす月の青白い光のもとに、レオンが立っていた。

侯爵夫人は息を呑んだ。耳ざわりな音を立ててまわりを飛ぶ蝙蝠の群れを、両手を手旗信号のように振って追い払いながら、レオンは一歩一歩侯爵夫人に近づいた。

侯爵夫人はしりごみした。ジルバーシュヴァンは音をたてずにゆっくりテーブルの下に身をすべらせた。

ふたたび突風が割れた窓ガラスから吹き込み、穴だらけのカーテンが大きく弓なりにひるがえった。侯爵はテーブルの際までしりぞいた。恐さに震えつつも威厳は失わず、逃げる代わりに前方に踏み出た。『レオン、あんたをちょうど呼ぼうとしてたところだよ。ギリシア語を少し訳しておくれでないかい』

レオンはつっ立ったままだった。庭師はテーブルの下で何かとてつもない、度外れのカタストロフを予期し、黒大理石が盾となって五体満足のままでいられますようにと願った。だがさらに異常な、誰一人予想しえなかったことが起きた。いつもはかなり反抗的な召使が、しごく普通のしっかりした声で、いかにも召使にふさわしくこう言う声が聞こえたのだった。

『ギリシア語の翻訳ですか……まずは灯りをつけないと。ジルバーシュヴァン!』

ジルバーシュヴァンは身を起こした。レオンは階下に行って多重両形態ランプを持ってくるよう言いつけた。

『ギリシア語の翻訳だよ』ジルバーシュヴァンが穏やかに燃える新しい多重スペクトル両形態ランプを手に部屋に戻るとカラテオドリ侯爵夫人は繰り返した。『この本を訳しておくれ』

レオンはテーブルを回り、積み重ねられた本をつけつけと眺め、それから書棚の隙間に目をやった。フォリオ判に手を触れず、開いてあるページを見た。

『これをギリシア語と言ったのは誰ですか』

侯爵夫人はジルバーシュヴァンを見た。ジルバーシュヴァンは肩をすくめた。

『もちろんギリシア語ではありません』レオンは言った。『コプト語です』

『コプト語だって』

『ええ――どこを訳せばいいのでしょう。本の全部をですか』

『レオン』侯爵夫人が言った。『何を訳してほしいか言う前に、なぜお前に訳させたいかたずねないでおくれ。これはとても変てこな文章で、お前はきっと……』

『ご主人さま――』

『いいえ、どうか聞かないでおくれ。これは……これは何でもない、まったく何でもないものだよ……』

　ジルバーシュヴァンが多重スペクトル両形態ランプを手に寄ってきて言った。

『失礼します、ご主人さま。質問はなしだ、レオン。たとえギリシア語でも……』

『コプト語だよ、馬鹿』

『――コプト語がお前にどんなにちんぷんかんぷんに思えても何も聞くな。何も聞くな。翻訳して黙っていろ。つまり……何も考えるな。まったく何も。そうでしょう、ご主人さま』

『もしお前が』庭師は続けた。『コプト語の文章をうまく訳せれば……』ここで微笑んで侯爵夫人に眼くばせし、『レオンよ、そうすればご主人さまの侯爵夫人が明日ふいごを踏んでくださるぞ』

　レオンは言った。

『いいでしょう。全部を訳せというのですか。さもなくばどこを』

『索引はついてないのかい』侯爵夫人がたずねた。

『ついてませんね』本の末尾をぱらぱらとめくってからレオンが言った。

『それなら目次があるだろう。鯉、鯉についての章を翻訳しておくれ』

『目次もありません。ご主人さまは鯉のことを知りたいのですか』

『何も聞かないのではなかったかい』

『聞きませんとも。確かにそう言いました』

『よろしい。わたしは人間を鯉に変えたいのだよ』

『鯉に』レオンが言った。『この本はどう見ても惑星順に配列されています。鯉はヴィーナスの崇めるものですから、おそらく……』レオンは本をあちこちめくっていたが、やがて開いたページには、太った魚を描いた不細工な挿絵があった。その下に――コプト語で――《鯉》と書いてあった。

『どうやら』少し検討したあげくレオンは報告した。『六十の魔法で人間を鯉に変えられるようです。細かく分類されていて、ホルス・イシスの魔法、ネフティスの魔法とその変種、あっさりしたアフブレ・アブティメレク、アブラクサス・アビンデックス魔法……』

『あっさりしたのは何といったかい』侯爵夫人が聞いた。

『アフブレ・アブティメレク』

『ではあっさりしたので行こうかね。読みあげておくれ』

翻訳そのものに苦労して――文章のせいもあったかもしれない――切れ切れの声でレオンは朗読した。

『鹿の角と、
菖蒲《しょうぶ》の汁と、
オポパナクスの汁をもて
唱えよ
エルタ、アトラク、コイト、サルピエル、タビティア、パレク、キアオ、
　アマヌ、フィラト、フィラニ、
汝ら三守護者よ、力を強めよ！
頭に茨の冠を載け、
乙女なる棗椰子《なつめやし》の帯を締めよ、
男なるミルトの若枝を右手に
左手に掲げ、

唱えよ
汝はアクス、汝はアブラクサス、
極楽の樹上に座する天使……
三人の司祭の
四十人の長老の
二十四人の家来の
そして汝自身のかたわらに
六枚の幕のうちに住まう
アドナイ・エルムスル、
　ザルティエル、タルビオト、ウラク、ツラク、アルムゼル、イエチャ、
そして六つの言い知れぬ星が
娘の天幕のうちに燃える！
汝に幸あれ、汝に幸あれ、バインホーホ！
バインホーホ、
　バインホーホ！』
『まあ恐いこと』侯爵夫人が泣きそうな声で言った。
『冗談ごとではなさそうですね』
『続きを読んでくれ』ジルバーシュヴァンが言った。手にした多重スペクトル両形態ランプが震えていた。
『アドン、アブラトマ、ヨ、ヨ……』

『ああ、なんて――』侯爵夫人がうめいた。

『――アブティメレクに六十四年の眠りをもたらしたものよ、

西に赴け

汝の山の下を、

汝の地層の下を、

エルフ、ベルフ、バルバルフまで下れ。

そして六度

SATOR

AREPO

TENET

OPERA

ROTAS

と唱えよ。されば――』

そのとき二つ目の多重スペクトル両形態ランプが破裂した。ジルバーシュヴァンは情けないつぶやきを発し、腰を抜かしてへたりこんだ。それでも元は多重スペクトル両形態ランプだった燃えがらを手から放せなかった。たちまち皮膚の焼ける匂いがしてきた。侯爵夫人は身を強張らせたまま失神した。片手でテーブルの縁をがっしりつかみ、もう一方の手は心臓にあて、白目をむいて、自分自身の墓碑像のように立っていた。

破裂のおかげで頭髪が全部一方に寄ったレオンは、ジルバーシュヴァンの腕をつかみ、その手からゆっくりと消えていくランプの残骸を振り落として言った。

『ご主人さま、これがご主人さまがどなたかを鯉に変えて、ピピン二世風ソースとともに客に供する処方でしょう。ではこれで失礼いたします。ジルバーシュヴァンは連れて行きます』

そして呂律の回らないことを言っている庭師をぐいとつかんだ。片手をつかまれて引っ張られていくさまは、残り三本の手足でおぼつかなく歩く猿のようだった。侯爵夫人が眠りの最中のように肯いたとき、割れた窓ガラス――今はその数も増えていた――から入ってきた風が服を帆のようにはためかした。

蝙蝠たちがふらつきながらも道筋は違えずに夜の狩りから戻ってきた。何分かたつとあたりは静まった。マントルピースの上の時計のトランペット吹きが楽器を手に持ち、一度だけ音を出した。

『――チン』

さほどよい頃合いではなく恐縮だが、必要不可欠の技術的解説をここで挟まざるをえない。レオンが柩に似たふいご吹きの小部屋に取り付けた装置のごとく、液体を二百気圧ほどの強さでごく微細な孔から噴射させると、注射に似た効果をもたらす。痛みもなく、それどころか気づかれさえせずに、きわめて繊細に、大きな圧力で、皮膚を通過し、そこから液体が直接血管まで達する。衣類はたとえ革製であろうと、その噴出には障害にならない。後に痕跡は何も残らない。噴出孔から噴出された液体が毒性のものであれば、むろんそれは毒物注射の作用をもたらす。ガソリンなら即時に意識不明に、そして数分で死にいたる。

高窓の桟がつくる十字が長い廊下の摩滅した大理石の床に投げるあいまいな影を踏みながら、レオンは意志をなくしたジルバーシュヴァンを先に述べたように引きずっていった。九月はじめの弱々しい日光が青白い月の光と交代し、城の部屋部屋をゆるやかに魔法から醒まし、薄明の灰色一色で満たした。東向きのためすでにすでに昼のように明るい階段室を、レオンは庭師を引きずって降りた。ときどき階段に顎と鼻を音をたててぶつけながら、巨人たちで飾られた広間に入った。

十三体の鼻のない巨人をレオンは鮮やかに彩色していた。子供が塗るような色だった。少し赤すぎる肌、黒い髭、くるくるした白い目、赤と青のけばけばしい服。

ふいごを踏む場所である細長い箱は、二本の水松《いちい》の木で飾られていた。ジルヴァーシュヴァンはレオンに立たされ、踏み箱に押しこまれた。そして『踏め！』という命令におとなしくしたがった。庭師は踏んだがレオンは演奏しなかったため、空気蓄積箱は充満した。庭師は愚か者のように何も理解しないままに、胸のすぐ前にある細い小さな噴出孔を見ていた。

レオンは三十分ほど忙しくしていた。ギリシア語どころかコプト語の大冊の世話にさえならず、敬虔なゴットシェットが翻訳したベールの《歴史批評辞典》の助けだけを借りて、かつてアフロディテがイアソンに、彼がメーディアを得るのを助けるためにその調合法を教えた液体すなわちフィルトロンを、テッサリアの魔女並みの熟練で調合した。その成分は次のとおり　一、アリスイの糸状の舌。アリスイ［ラテン名 Jynx torquilla Linnaeus］はもともとヘラによって変身させられたパンの娘で、その母のニンフはゼウスをイオとの密通へ誘ったエコーだった。二、ナガコバン［Echeneis remora Linnaeus］のやはり舌。しかし小さめで内海棲息のもの。三、トカゲを挽いた粉。四、子牛の脳みそ。五、鳩の血。そして最後に六、ヒッポマネ、生まれたばかりの子馬の額を包む脂肪の皮で、《産婆の小帽子》とも呼ばれ、ふつうは誕生後に雌馬に食べられてしまう《幸運の帽子》。

いかにも珍妙なこれらの原料をレオンがなぜすぐさま調達できたのか、不思議に思う者もいよう。しかしながら——十八世紀にはなお、どの家庭の薬箱にも魔術薬学の原料が、稀少なものまでかなり

蔵
われていた。古城の薬箱には今でもしばしば、魔力をもたらす物質が秘かに、あるいは忘れられた
まま、ろくな規制も受けず保存されている。レオンは数々の城館を――雇い主の不興を買って――
転々とするあいだに、他のものとともに、興味と専門知識とをもってこれら霊薬も集めていた……。

純粋の蒸留水によって液化されたフィルトロンはオルガンの中にある木製の特製容器に詰められた。
この容器は通風機を通してさらに例の噴出孔につながっている。容器はもうひとつあり、そこにレオ
ンは匂いの強い液体――普通のあるいはフィンランドのハシバミから抽出した薄褐色の液体をゼラチ
ンで薄めたもの――を試験管から注いだ。疲れきったジルバーシュヴァンはそれでも恐ろしさからレ
オンの仕事に愚直につきあい、下唇を垂らし譫言をつぶやきながら、ほんの形ばかりふいごを踏んで
いた。そんな庭師をレオンは叱りもせず、鍵盤前の椅子に腰かけて靴を脱いだ。

右手の上に交叉させた左手で、次に右手で、レオンは高音部の黒鍵で三オクターブ分の音階を弾い
た。それから噴出孔用の音栓を引いた――風の備蓄はわずかだったが、ちょうど足りた。きわめて細
い気流が小さな孔から音をたてて吹き出た。さわやかなヘイゼルミントが庭師の胸に注射された……。
まるで機械人形のスイッチを押したように、たちまちジルバーシュヴァンは小部屋のなかで勢いよ
く跳躍をくりかえし、新たによみがえった活力でふいごを踏んだ。

あまり興味なさそうに後ろをふりかえって確認したあと、レオンはふたたび前に向きなおった。音
栓で風を節約しつつ、三音からなる執拗低音にかぶせて単純な反復進行をトレモロで演奏した。徐々
に――ジルバーシュヴァンは憑かれたようにふいごを踏んでいる――圧力箱が充満し、気圧計は赤の
ゾーンに達した。反復進行は低音に移るにつれ、大きな音で演奏できた。ついにはすべての音が足鍵
盤の音域まで低まり、奏者の手は音栓を押したり引いたりするばかりになり、音響のざわめきが色を

塗りたての巨人たちを軽く揺すった。

先に触れたフィルトロンは、相当に希釈した液体を少量服用してさえ身を焼き尽くす熱情をもたらす。目を眩《くら》ませ、愚かにし、理性を失わせる――これが濃縮され直接血管に注入されると効果は百倍にもなる。それを身に受けた者は女を求めて狂わんばかりになる。女、ただひたすら女、女なら誰でも、なんなら雌山羊でも。――だがいちばん手近な女は侯爵夫人だ……

レオンは笑みを浮かべ、右手で《イゾルデの愛の死》を奏し、左手を精緻な彫刻のなされた問題のレバーに伸ばした。これで若い庭師の血に愛をはぐくむフィルトロンが注ぎ込まれた。胸のぜいぜい鳴る鼓動に促された庭師は、唇に血をにじませ、大股で飛び跳ねつつ、すぐさまふいご部屋から飛びだした。遠くで響く扉の音は、それだけ性急に彼が侯爵夫人の部屋に押し入ったことを示していた。

愛の死の曲の最終音が広間の残響となって消えた。あたりは静かになった。両手を膝に置き、靴下はだしのまま、レオンはオルガンの椅子に座っていた。太陽の最初の穏やかな光が窓越しに落ちる中で、レオンは笑みを受かべ、敬虔とはいえない静けさに耳を澄ませた。

これでもうあいつらも、とレオンは思った。俺を鯉に変えるために共謀しようとしてもできまい。

次の日の朝、すなわち自分の誕生日に、ノックもせずに巨人の並ぶ広間に入った侯爵夫人は、木製の人形の思いがけない変わりように心臓が止まるほど驚いた。

フランネルのパジャマを着て平らなナイトキャップをかぶったレオンはベッドから起きあがった。ベッドは簡素な木の柵に囲まれて、人の背丈の半分ほどの台の上にあった。彼は両腕を枕の上で支えて、下にいる侯爵夫人を見やった。

『レオン』彼女は言った。『レオン』絶望というよりは当惑で胸の前で手を揉み合わせ、『レオン、率直に言うと、あなたを鯉に変えようと思ったの。だからといってわたしを見捨てないでおくれ』

レオンはねぼけたまま体を掻いた。

『なにしろ今日はわたしの誕生日なんだから』

目もろくに開けずレオンは言った。『おめでとうございます』

『ありがとう。でもあんたはわたしを見捨てちゃだめだよ。ジルバーシュヴァンは気がふれてしまったからね』

『ジルバーシュヴァンの気がふれたですって』どちらかといえば悪意から興味をよそおってレオンはベッドから飛び起きた。『どんなふうにおかしくなったんですか』

『たんに気がふれて、おかしくなったんだよ』

『いえ、どんなふうにおかしくなったかと聞いているのです。それからご主人さまはどこからそれがわかったのですか』

『どんなふうにおかしくなったなんて、もちろんわたしは知らないよ』

『それでご主人さまはどこからそれがわかったんですか』

侯爵夫人は黙って手を揉んだ。『なぜってあの男はわたしをそそのかして、お前を鯉に変えようとさせたのだから。まあ考えてもごらん。鯉になんて！　ジルバーシュヴァンが本当は悪いんだよ』

『他には何か？』侯爵夫人から目を離さずレオンはベッドのそばで膝をつき、左手でその下から木のダンベルを二つ取り出した。

『他には何か』レオンは立ちあがった。ダンベルを握って何度かかちかち鳴らせたあと、開脚で跳んで腕を第一ポジションの形にした。

『他には何か？』

侯爵夫人は顔をそむけた。

『ジルバーシュヴァンは今どこにいます？』ダンベルを持った腕を左右に思いきり伸ばし、また折り曲げた。そのたびに軽く膝を曲げ、そのため台が震え、いちばん近くの巨人の破損した頭を揺れさせた。

『一、二――二、二――三、二……』小声でレオンは言った。

『ベッドに縛りつけたよ。魔法の本が厚くてよかったよ』

『なぜ縛ったりしたんです。四、二――一、一、二……』

『わたしのベルトで縛ったんだよ』

『いまごろはご主人さまの天蓋付きのベッドを引き裂きかねないくらいになっているでしょうね。四、二、それからほいっと……』レオンは一跳びして脚を合わせ、ダンベルを交叉させた。

『ねえお前、船酔いになるかと思ったよ。ベッドはあんなに重いのに』

『奴は今どうしてます』

『あちこち跳ね狂ってるよ。ベッドの柱のまわりもね。首が支柱のあいだに挟まって動けなくなって、舌を突き出してるよ』

『どこかから血を流してますか――三、二――四、二……』

『血を？　いいや』

『なら放っておおきなさい。血を見るのは好みません』

『ジルバーシュヴァンは放っておいてもいいけど、お前はわたしを見捨てませんね』

『わたしに料理の面倒を見ろというのですね』レオンの返答は短くつっぱねるようだった。

『ええ』

『そしてオルガンは』

『ふいごは踏んでやるよ。長く――長くはできないけどね』

『長くは、二――二と、どのみち続きませんけどね』レオンは跳ねてまた第一ポジションの姿勢を取り、息を荒くして運動を止めた。

『終了！』

命令を受けたように侯爵夫人は身をひるがえして行こうとした。

『待ってください』レオンが言った。『今日一日、わたしはご主人さまの甥です』

『わたしの甥？――おまけにわたしの甥かい――それでなんて名にしたいんだい』

『カラテオドリ』レオンはダンベルをベッドの下にしまった。

『カラテオドリ？　義理の甥じゃ嫌なのかい』

『ええ、カラテオドリです。名前のほうはそのうち教えてあげましょう。それでは独りにしてもらえますか。お祈りの時間ですから』

レオンは平らで氷嚢の形をした淡い紫色のニットのナイトキャップをかぶってベッドのかたわらに跪いた。

かくてレオンは鯉の代わりに若侯爵に変身した。名はライオテ・カラテオドリ・パシャ・フォン・

サモスとその日のうちに取りきめられた。名ばかりか外見も。ポテトソルべばかりの三品からなるコースの準備のときから、レオンはゴム製の前掛けをかけてはいるが、その下は燕尾服だった――しかも自分でデザインした悪趣味で奇天烈なもので、侯爵夫人を怯ませたが、あえてとがめる勇気はなかった――ベストに刺し子縫いされた薔薇色の紐飾りはハンガリーの軽騎兵を思わせた。

そのうえレオンには、巨人の並ぶ広間に水松《いちい》の飾りをほどこす時間もあった。水松の葉が巨人の口から口へ、広間全体をぐるりと巡った。木製の人形たちはぶよぶよした緑のソーセージを歯にくわえているようにも見えた。墓地めいた穏やかな木の葉の香りが広間全体を満たした。


九時半ころに最初の客が現われた。テーブルには十九組の食器が並べられている――故カラテオドリ侯爵用の食器も二十組目として、いつものように小さな脇机に置かれている――ポテトソルべの皿は黒色アルファ針鉄鉱《しんてつこう》製で、前菜ポテトソルべ用に彩色陶器のスプーンが添えられている。

もちろん埃をはらったレオンの仕着せを着て客たちを迎えるなどジルバーシュヴァンにできようはずもなく、罵りわめく彼は屋根裏の柱に縛りつけるよりほかなかった。かくて侯爵夫人とレオン――侯爵ライオテ・パシャ・フォン・サモスが正面玄関で客たちを出迎えた。

『ようこそ、ベアトリクス――ようこそ、クリスティーネ』侯爵夫人は二人の従姉妹――フェルディナンド・アウグストゥス大公付宮内大臣にして帝国正枢密顧問官故ザヴィエル・ヨーゼフ・アルバニ侯爵の娘マリア・ベアトリクス・カルボリ゠パオルッチとクリスティーネ・バルビアン・アク・ベルジオホロ旧姓イシドリ゠トリヴォルッチ――に挨拶をした。

『この青年はわたしの甥、ということはあなたがたの甥にもあたるオルガニスト、カラテオドリですの』

『ねえあなた』ベアトリクスはクリスティーネにささやいた。『わたしたちの一族にオルガニストがいたなんて存じてましてて』

クリスティーネは首を振った。その優美な頭は四角形の後光と見紛う髪に包まれていた。

『甥ならみんな知ってるつもりよ。なのにオルガニストを見逃していたなんて、とても承服できませんわ……』

侯爵夫人ベニアミナが二人の従姉妹を案内して階段のいちばん上まで昇りきったとき、ガブリエーレ・ディートリヒシュタイン゠プロスカウ゠レスリー、旧姓ウラスティラフ゠ミルトロヴィッツ、帝国侍従にして元ボヘミア生産力奨励協会理事、故ヨーゼフ伯爵の寡婦が到着した。この貴婦人は、がっしりした二人の姪、エーデンブルク領世襲知事エステルハージ・フォン・ガランタ伯爵マリア・テレーゼとクラメル゠クレット男爵夫人アンナ・アントニーア・テレサにやんわりと押し上げられて、息を切らしながら正面階段を昇った。

侯爵夫人二人を乗せた馬車が車輪をきしませながら玄関先に乗りつけた。アルパイス・ジャブロフスキー、旧姓ウォイウォダ・ワレスキー・フォン・シラディーンとエルドムート゠フリデリカ・フォン・カロラート゠ボイテンの到来だった。二人は同じ馬車に乗りながら互いを無視していた。なにしろ両家はいずれも——一四六二年にトルコ領になった——ネオカイサレア侯爵領の独占継承権を折にふれて主張していたから。

頑丈な体つきと豊満な胸の、おそらく理髪師の不手際で黄赤色の縞に髪を染めた、老女優の風格を持つアンナ・ドンシティラ・イグナシア・パラヴィチーニ゠グラデニゴ、ザヴェリー・ウングナート・フォン・ヴァイセンヴルフ妃殿下、トッツェンバッハ・アン・デア・ヴォルフラッツ領主司教夫人、小柄で黒髪豊かな半盲のカルニオラおよびスロヴェニアのマルク地方のガロッシュ保管係女官長、スペイン第一位階貴族マリー・ジョセフ・ランボワ侯爵夫人、セシリー＝ヨハネス・ケルグレヴィチ＝ブザン侯爵夫人、コネスタビーレ・デッラ・スタファ侯爵夫人、ヴェッテラウ伯爵直轄大学カトリック部門長夫人、そして最後に前々オーストリア皇帝の非嫡出子のゆえに《帝国並びに王国枢密妃殿下》の称号を許されたアリエノール・グループナー妃殿下。これら貴婦人連は、遅刻とは言われない程度に、四分から八分ほど優雅に遅れて姿を見せた。

薄紫、灰緑、深紅、漆黒と色とりどりの、一様に金糸が織り込まれた、ゆたかに裾が広がるローブは、ものうげに開く、おそらくは毒を持つ大きな蘭を思わせた。

客たちが席についたあとから、黒い剣の十字が白いコートの左胸にある、エピルスのデスポティッサ、ならびにテッサリアのセヴァストクラティッサ、ならびにビザンチウムの王女でもあるマクレンボリティッサ＝バグラツィオーン・ポリフィロゲネーテが姿を見せた。ベニアミナ侯爵夫人や《帝国並びに王国枢密妃殿下》のグループナー大公殿下夫人はこの王女と社会的地位は争えたかもしれない──しかしマクレンボリティッサは美しさでは誰にも劣らず、若くはあったが最年少の客でもなく、その美貌は見るものの息を奪い信仰心を抱かせ、女性らしさをも超えた神秘の威厳に包まれていて──ケルビムだけに可能な顕現のしかたと思われた……

レオンは物も言わず身動きもせず立っていた。

貴婦人たちが座っているのは、重く黒い木でできた、教会の聖務共唱席か聖像を置いた壁龕《へきがん》めいた、彫刻を施した天蓋付きの、高すぎる椅子だった。肘掛のあいだの狭い座席に体を押し込むと、幅広い衣装の絹や緞子《どんす》の擦れるかすかな音がした。

ジルバーシュヴァンが使い物にならないのでレオンはすぐさまオルガンの前に座るわけにはいかず、

やむをえず自らポテトソルベを食卓に運んだ――もちろん侯爵夫人は長々と込み入って理解しがたい言い訳をした。前菜の後の一品目の料理はアメリカ大陸の発見をあしらい青みを帯びたウェッジウッドの皿に載ったワッフルを添えたポテトソルベだった。それからレオンは《叔母さん》にふいごを頼み、自作の《ムジキアーナ》の前奏曲をはじめた。この種のメドレーは、もちろん制限された形ではあるが、《スカルラッティアーナ》《モーツァルティアーナ》《スメタニアーナ》などが知られている。レオンのものもそれらと似ているがもっと幅が広く、まさに世界中の音楽でメドレーが作られ、《ムジキアーナ》と名付けられた。レオンの《ムジキアーナ》は年代や地理や音楽理論の序列を無視して、より高度で内的な序列にしたがっていた。まずオジンガのフーガが三十二フィートのペダル音栓で奏でられ、まもなく小マックス・ヒルデブランドの《ゼッキンゲンのトランペット吹き》と讃美歌《ラウダント・パストーレ》のテーマがきらめきながら蜘蛛の巣のように織り込まれる。

――ピアニストはピアノをほじくり、鍵盤を練り粉のようにこねくり、頭を後ろに投げて忘我の境地で鍵を叩き、あるいはアイオリスの竪琴を奏でるようにダイナミックに背を屈めて弦を撫で、それどころか愛人の肉体へのように、欲望にあふれた爪で襲いかかる。それに対しオルガニストはいつも静かに楽器の前に座り、ペダルをよく感じられるよう靴下はだしで、上半身は王のように背筋の伸びた不動の姿勢を保つ。そんなふうにレオンは彼の前に玉座の天蓋のように聳えるコンペニウスの黒いオルガンの前に座った。王者の風格でオジンガのフーガを奏で、そこに八フィートと四フィート、オーボエとデュルシアン、アリコートとミクスチュアの各音栓を操作して音を編み込んだ。貴婦人たちが優雅に陶器のスプーンを動かしているあいだを、オルガンの響きで巻きあがった水松のかすかな香りが通りぬけた。侯爵夫人は小部屋のなかで声を抑えてうめいた。オルガノ・ピエーノ、すなわちフル・オルガンで、新たに《奥様、お手をどうぞ》も含むいくつものメロディーが添えられて、圧倒的なフーガのフィナーレで《ムジキアーナ》は締めくくられた。そのあとレオンはコースの二品目、マリネ漬けのポテトソルベを供した。皿は金縁の白いセーヴルで、中央に十三の角のある王冠を戴いた《K》の文字があった。

仲介和音をいくつか経て主部分が始まった。どれがどれとも見分けがたい、しかし全体としては見事な効果をあげる、あらゆる種類の旋律と動機が無数に入りまじり、そこここで――中には錯覚もあったが――岩石中の金雲母のように、ヘンデル風のホーンパイプや《ランメルモールのルチア》の狂気じみたアリアの半小節が、ここでは小スーパーオクターブ管で、かしこでは大閉口管で輝きを見せた。乳香のエッセンスが――作動中の無害な噴出孔から――波うつばかりに部屋を満たし、水松の香りと混じりあって十八人の貴婦人のまわりを漂った。彼女らは困惑と昂奮を交々《こもごも》に見せながら、銀のスプーンで、マリネ漬けポテトソルベをオルガンの音で震える皿からすくうのだった。リュディア旋法の反復進行の壮麗な和音をともなう繊細な残響が、ボヘミア風フリアント（急速なテンポのボヘミア舞踏）の執拗低音《オスティナート》に交替したとき、あえぎながらふいごを踏む侯爵夫人がふたたび小部屋でうめく声が聞こえた。『レオンや、こんなことがあってたまるかい』。レオンは一続きになった特別な音栓を引くと、彼の手で新たに取りつけられたパイプが鳴り響いた。たちまちよく知られたサロン音楽の旋律が、しわがれた喉で歌われる外国語のように響きわたった。――鼻の欠けた巨人たちが忘却された神を讃えて太古の儀式歌を歌っているのか。――巨人たちはうなづき、白く輝く歯のあいだで葉飾りが、風が戯れたように上下に擲《なげう》たれた……

貴婦人らの反応はまちまちだった。動きの鈍いディートリヒシュタイン－プロスカウ－レスリー伯爵夫人をはじめとする何人かは席を立ち、なるべく人目につかぬように広間の出口のほうに引き下がった。王女マクレンボリティッサは侵しがたい威厳を顔に浮かべて立ちあがり、驚愕も感興も起こさずに――もっともその両方が、彼女の心の表面を、オーストリア皇帝フェルディナントがウィーンの学生らの暴動に際し、有名な言葉『お前たちは何なりと好きなものを取るがいい――』と言い残しホーフブルクで退位したときのように（一八四八年の革命時のエピソード）わずかに動かしたかもしれない。――一歩ほど鍵盤に近寄りさえした。めまぐるしく音栓を操作しながらも、レオンはそれを白い絹の衣擦れから知った。彼は鍵盤から手を放さず頭をめぐらし、その顔に目をやった。王女は――昔から高貴の者だけに許される態度で――じっと立ったまま、彼の頭の中を無遠慮に見透かしているようだった。

コースの最後にポテトソルベが龍の絵をあしらい侯爵家の色に染められた古マイセンの皿に載せて供されるはずだった。だがそれはまだ出てこない。女主人が控えめに催促の合図をするのも気づかずに、レオンは次々に音栓を引き、一気に《ムジキアーナ》のフィナーレへ突き進んだ。五声、そして六声の対位旋律に、即興で七声目と八声目の歓喜の声部を乗せ、《わが叔母よ、もっと速く》と侯爵夫人を鼓舞し、その奮闘のおかげで鍵盤の端にある気圧計の針がじりじりと上がり、すでに赤のゾーンに近づいているのもろくに目をとめなかった。

五声、六声、そして歓喜の声部さえもをひとつの和音に膨れあがらせて、レオンはオルガンのあらゆる音をひとつの声部にまとめた。沸いては沈む、上に下に転がる古旋律が雪崩となってとどろいた。

気圧計の針は赤のゾーンに入り、それさえ突破し、二百一気圧に達した。先ほどからレオンは片手で、華やかな旋律を水の跳ねるような曖昧な和音で奏している。そして靴下はだしの足をペダルに置き、まったく独自の旋律を弾きはじめた――それは《ムジキアーナ》全体の中で、レオンがみずから作曲した唯一の旋律だった――天国の禁欲、天使の偉大さからのものか、それとも地上の格別な官能の快楽からのものかも定かでない、極端にかけ離れた世界を内に秘めた旋律だった。その旋律をペダルの低音から鍵盤の左手に移すと、レオンは大儀そうな動作で《ガソリン》の音栓に手を伸ばした……

老侯爵夫人は崩れ落ち、膨らむふいごで投げあげられ、みずからの柩の中で倒れた。王女マクレンボリティッサは平然としていて、もちろん何にも気づかず、強要された驚愕や感興が遠のくと、目にみえて表情がこわばり、スカートのすそをつまむ仕草をして、冷ややかな目であたりを見回した。

そのとき広間の入口が勢いよく開いた。左右の扉が壁にぶつかって跳ね返り、また閉まった。

ジルバーシュヴァンが縛めを解いたのだった。帯の切れ端を首に巻きつけたまま、手首から血をしたたらせ、口から赤い泡を吹き、片腕と顎をテーブルにもたせかけ、三本の手足でしゃがみこみ、息も絶えだえに喘いだ。一瞬のうちに事情を察知した貴婦人らは逃げ去った。ジルバーシュヴァンは何秒かのあいだ動かなかったが、やがて彼女らを猛然と追いかけ、まずは動きの鈍いディートリヒシュタイン伯爵夫人に追いついた……

レオンは靴下はだしのままオルガンのそばに立ち、両腕をくの字に曲げて手を腰に当てた。マクレンボリティッサ、テッサリアのセヴァストクラティッサは高く澄んだ声で笑った――だがそれは一度きりだった。それからほぼ一瞬のうちに、幽霊のようにかき消えた。

最後の和音が部屋を震わせた――もはや耳には聞こえない、ただ感じとれるだけの音だ。――レオンは演奏台に隠されたレバーを引いた。ふいご部屋の後ろの壁にある扉が開いた。侯爵夫人の亡骸はあおむけになって竪穴に落ちていった。この竪穴は以前排水孔に用いられていたもので、噴水のあった池と地下でつながっている。

笑みを浮かべてレオンは窓を開けた。満ちかけた月の光のもとで、柘榴の樹が微風にそれとわからぬくらい揺れている。池の青浮草のあいだに侯爵夫人が浮かんでいる。蛙たちは驚いて鳴きやんだ。

ナイチンゲールだけが穏やかに揺れる枝の中で歌っている。水面はかすかに渦巻いている。逃げ帰る貴婦人たちの馬車の軋《きし》りと、ジルバーシュヴァンのがなり声が、だんだん小さくなっていく。王女マクレンボリティッサの明るい衣装が、並木道の外れにある外門をくぐって消えていくのを見たようにレオンは思った」

シモーニスが読み終わったとき、すでにあたりは暗くなりかけていた。庭園の樹々の上に陽が低くかぶさっている。三つのガラス扉の模様が部屋に斜めに伸びている。黄金色のまぶしい夕陽が室内の椰子の木をとらえ、細く引き延ばされたその似姿を華奢な影として絨毯と家具の上に投げていた。


しばらくのあいだ誰も何も言わなかった。やがてヴェッケンバルトが口を切った。

「僕の記憶が正しければ、朗読の前に、君はこれは実話だとほのめかしたね」

「ええ」シモーニスは言った。「カラテオドリ伯爵は、ご自身の一族の歴史からこの事件を再現したのです」

「それを疑ってはいない」廃墟建築家が言った。「伯爵は叔母の一人が亡くなったと書いている――」

「廃墟建築顧問官、話をさえぎるようで申し訳ありません」カストラートが口をはさんだ。「叔母といえば、ごく近い親戚だろう。お前はこの話の作者は裕福な伯爵だと言ったね。老婦人はそうとう貧しかったみたいじゃないか。甥がそれほど裕福なら、なぜ彼女を助けなかったのだろう。そもそも叔母が侯爵夫人なのに、なぜカラテオドリ自身は伯爵なんだい」

「侯爵に叙せられたカラテオドリ家が別にあるのです。伯爵と侯爵夫人は親戚ではあるものの遠縁にすぎません。伯爵の財産は結婚で得られたもので、侯爵夫人は侯爵に叙せられた家系の末裔で、その家系は紀元前何世紀かにはもうカラテオドリの本家から枝分かれしていたようです――」

「ちょっと待ってくれ」ヴェッケンバルトが言った。「侯爵でも伯爵でもよかろうけれど、その家系の偉大さと古さに敬意を表するのはいいとしても、紀元前とは少し昔すぎはしないかな」

「それなら紀元後にしましょう」シモーニスはそう言って近くの腰掛けに本を置いた——放り出したといったほうがいいかもしれない。

「伯爵は裕福なくせに、なぜ侯爵夫人を援助してやらなかったのかね」ヤコービ博士が言った。

「侯爵家のほかにも」シモーニスは早口で言った。「カラテオドリ家にはいくつもの伯爵家、辺境伯家、帝国伯家、男爵家などもろもろの傍系があって、みんな揃って零落しているのです。もしその裕福な伯爵がカラテオドリの名があるというだけの理由で全員を援助しようものなら、たちまち伯爵自身が物乞いになってしまうでしょう」

「別にカラテオドリの名がなくとも、単に不幸な女性というそのことだけでも、侯爵夫人を援助してもよかったのではないかな」カストラートが言った。

「この永遠なるポテトソルべは」とヤコービ博士は言いビスケットをほおばった。「冷淡きわまる心にさえもきっと憐みを催させるだろう」

「さっき聞きかけたのだが」廃墟建築家が言った。「今の話は全部が全部実話なのか。それとも伯爵は遠縁の者の死と、外に現われたいくつかの状況から、老侯爵夫人が忌まわしく殺されたことを推理して、老侯爵夫人の死をこの物語の中で自分なりに解釈したのだろうか。それにジルバーシュヴァンはどうなったんだい。そしてレオンは告訴されたのか」

「庭師は二度と正気に返りませんでした。その後まもなく精神病院で亡くなりました。レオンは告訴されていません。なにしろあなたの推測の通り、この話は遠縁の者の死についての伯爵のひとつの解釈でしかありませんから。証拠が挙がることもないでしょうし」

「ということは本当の話ではないのだね」カストラートが言った。

「それがどれほど実話であるか、伯爵は身に沁みて味わったはずです」シモーニスは言った。「カラテオドリ伯爵が友人の家から隼の代わりに読書中の老人を見たとき、この一件と、そして読者でありこの本を買ったかもしれない者を追跡しようと伯爵は決心しました。といっても、もちろんいったん訪れた友の家をすぐ辞去するわけにはいきません。訪問は少しばかり長引き、問題の住居がどこかを簡単に突きとめるには遅すぎました」

「伯爵はその住居をどうやって知ったのかい」カストラートの公爵がたずねた。

「ええ」シモーニスは答えた。「そこには取るに足らないけれど、ひとつ難点がありました。晩になって友の家を辞したあと、カラテオドリ伯爵は向かいの家の前で身をひそめて、誰かが出入りするのを待っていたのです。そして門扉に滑り込みました。問題の部屋が何階のどこらへんにあるかは覚えていました。そこでエレベーターで昇って廊下を見渡しました。見取り図なしではあのバルコニーがどの住居のものかは特定できませんでしたが、ともかくその階にある六つの住居のうち四つは除外できました。残る住居のうちの一つには《フォルヴァイラー》、もう一つには《ケストリンク》とありました。

伯爵は翌日からさっそく調査にとりかかりました。バルコニーで読書している男はケストリンク氏のはずでした。電話帳にケストリンクの名はありません。氏を住居に訪ねようとするいくつかの試みも無駄に終わりました。ベルを鳴らしても誰も扉を開けてくれないのです。

何日かたって、ある雨模様の晩に、ようやくカラテオドリ伯爵はケストリンク氏に面会できました。――二人のあいだにどんな会話が交わされたかは、残念ながら想像するほかありません。仮にケストリンク氏に会っても氏はその話題に触れないよう気をつけるでしょうから」

「それで伯爵はどうなったんだい」ヴェッケンバルトが聞いた。

「ケストリンク氏との会談の後にクレメンス・カラテオドリ伯爵と会った人はおそらくいません。伯爵の死体はのちにケストリンクの住居の近くにある森の穴の泥の中でみつかりました。すでに死体は泥の中にほとんど沈んでいました。なにしろ絶え間なく雨が降っていた月のことですから」

「なるほど」カストラートの公爵が言った。「レオン・ケストリンクというわけか」

「ええ」シモーニスが言った。「レオンならあの本に興味を持ってあたりまえでしょう。ですから伯爵の死はあの話が真実である証拠なのです。そうでなければなぜレオンがカラテオドリ伯爵を殺す必要があるでしょう。もし化けの皮がはがれたと思わなければ」

「彼が伯爵を殺したって」

「きっと殺したのです」シモーニスが言った。

「まあそうだろうな」ヴェッケンバルトが言った。「そいつは担当編集者も殺したかもしれない。伯爵が自分の押韻叙事詩を見せたあの編集者も」

この悲しい物語と伯爵の非運について皆がひとしきり意見を出しあったあとは、会話はそれぞれ二、三人ずつのものに分かれ、広間は楽し気なつぶやきにあふれた。

シモーニスが朗読しているあいだに思い浮かんだことがあった。

わたしはレナータのほうに行って言った。「火曜日に、不幸な音楽家オルランディーニについてお話ししてくれたことを覚えていますか」

「ええ」レナータは答えた。「ずっとそのことを考えていたの。いけないわ。わたしの話はシモーニスの話のせいぜい半分くらいしか本当ではありませんもの」

「でもわたしには、あの話が本当だとわかっています。幾人かは名を変えたかもしれません。でも話自体は実話でしょう」

　レナータの顔付きが少し引き締まった。「どうしておわかりになったの」

「あなたのお話を、せめて大まかな輪郭だけでも、向こうにいるドン・エマヌエーレ・ダ・チェネーダ氏に話してあげてもらえませんか」

「なぜあの方がわたしの話に興味を持つのかしら」

「あなたはきっと驚きますよ」わたしは彼女の手をとってドン・エマヌエーレのもとに連れていった。老人はちょうど自分のコーヒーにグラッパ（リキュールの一種）をそろそろと入れているところだった。

「このお嬢さんが」わたしは声をかけた。「きっとあなたの聞きたがる話をしてくれます――」

「レナータ嬢がですか」彼は驚いて、しかし礼儀正しく言った。

「お話どころではありません。あなたへの福音です。どんな福音かと言うと」わたしはかがみこんで老人の耳にその生涯を呪縛した名をささやいた。

　彼はレナータに、隣に座るよう身振りをした。老人の心臓の鼓動が速くなった。手に持ったスプーンが受け皿にぶつかって音を立てたのにも気づいていないようだった。レナータは話をはじめた。


　わたしは夕方の穏やかな空気のもとに出た。パーティはお開きになっていた。女性たちは着替えに席を外した。一同は市内に戻る準備をはじめていた。ヴェッケンバルトの建てた廃墟は、日が暮れたあと、壮麗な花火のディスプレイとともにおごそかに披露されるはずだ。ともかくそれは廃墟建築顧問官にとって晴れの舞台だった。今日彼は五十回目の誕生日を祝い、廃墟建築局長に就任し、高位の勲章が授与された。そのうえ、彼の廃墟の一つが、あらかじめ算出されていたまさにその日に倒壊した。

わたしはテラスに行く前にヴェッケンバルトに祝辞を述べた。

「いっしょに花火を見ないのかい」彼は聞いてきた。

わたしは場所がどこかを聞き、後で行くと答えた。

燕《つばくろ》の時間が来た。陽はほぼ沈んだが薄明がまだ消えない静かな歓喜の短いひととき。それが燕の時間だ。空はあいかわらず澄み、雲ひとつ見えない。なだらかな森の丘のひとつに陽が沈む。丘は黄金の光輪の恩寵に浴する。西の高地に伸びる枝にオレンジが可憐に輝いている。薄い影が庭園をほぼおおった。手前の濃い緑の草地だけに幅広い光の帯が流れている。その中央に樹が一本だけ立っている。そこに赤金色の光が戯れ、深紫の細い影を草むらに、そのわずかな凹凸にもしなやかに従って、果てしなく延ばしている。

日中の庭園は鳩や雀の、湖の家鴨や白鳥の、そして孔雀のものだ。しかし今、日暮れの直前は燕の時間だ。

燕は歌わない。飛びながら発する鋭いかすかな音は、むしろ翼の音——矢のように速い羽毛の体が気だるい風に擦《こす》れて出る音に聞こえる。——いやそうじゃない。燕には別の歌がある。彼らは一羽きりで、あるいは二羽で、せいぜい三羽で、あちらこちら飛びまわり狩りをする。広々と風通しのいい、空気で仕切られた領域を。ときには翼を体に押しつけ、かすかにたわむ弧を、あるいは定規のような直線を描いて突きすすむ。燕らの飛ぶ上空には光がまだあり、その体が陽にきらめくとき、そして神秘な多声で仮初《かりそめ》の幾何図形を色のあせた空に描くとき、それは燕の音のない歌となる。だがその百二十八声の短い黄金《きん》のカノンはすぐに終わる——夕暮れの訪れとともにナイチンゲールの長い時間がはじまる。

レンツが後ろに立っていた。

「閣下、あそこに」彼はまだ日のあたっている草地の左のほうを指して言った。「あそこに神殿があります。目をこらせば、樹々のあいだから屋根が見えるでしょう」

わたしは驚いてふり返った。

「なぜそれがわかる」

「この庭のことならよく存じております」

「そういう意味ではない。わたしの探していたものがなぜわかった」

レンツは何とも答えなかった。

「お前たちはみな仮面をかぶって演技していたのかい。単なるおふざけとしても、わたし一人のためにたいへんな手間だったな」

「あなたのおっしゃることはわかりません、閣下」

「いいとも、レンツ。お前たちの一人でも秘密を漏らすとは思っていないから」

「ほんとうに何だかわかりません。もうご用はありませんか」

「いや、もうない。ありがとう。レンツ」

「わたしも感謝します、閣下。あそこの道を草地に沿って歩けば、湖に行き当たります」

エンジンが始動して車のドアの閉まる音が建物の向こう側から聞こえた。他の人たちが出発したのだ。静かになった庭園の道をわたしはたどった。数歩進んでから振り返ると、レンツはもういなかった。

夕映えの最後の光が丸い神殿に当たっている。神殿は湖の岸辺の、広葉樹にかこまれた小さな禿山の上に建っていた。その柱のふもとにダフニス――あの踊る男がいた。華奢な野外用イーゼルの前に座って絵を描いている。わたしはそこまで登っていった。ダフニスはわたしに気づくと無言のまま人懐こそうな会釈をした。予想とは違って、描いているのは夕暮れの湖畔の庭園風景ではなく、フランス風のハートのキングの素描だ。何枚かの仕上がった絵がそばの折りたたみ椅子に置いてあった。ダフニスはそれをのけて、わたしに座るようすすめた。

「そうそう」と彼は言って旅行鞄の底に手をのばした。「あなたの帽子がここにあります」

帽子が手渡された。向こう岸の枝垂れ柳の下のベンチにわたしが置き忘れたものだ。

「こんなに長い間、これほどつまらないものを記憶にとどめてくださって感謝します」

「三十分はそんなに長い時間じゃありませんよ。ただ機械仕掛けの侏儒だけには我慢できませんがね」

「機械仕掛けの侏儒を我慢できる人なんかいませんよ」

「あいつらは出来損ないでした。――ところでここにはボートを漕いで来たんです。もし喉が渇いているなら……」踊る男は微笑んで眼下のボートを指した。オール受けから二本のロープが水中に垂れている。ビール瓶が冷やされているらしい。

「いただきます。でもわからないのですが、なぜあなたは今三十分と言ったのですか……」

彼は驚いたようにわたしを見て、それから柔らかい草が膝の高さまで繁る斜面を下り、ビール瓶を二本持ってきた。

「まだ哀悼する名無しの精霊に興味がありますか」

「あなたに迷惑をかけたくはありません」

「別に秘密ではありませんから」踊る男は笑った。そして汚れてくしゃくしゃの紙切れを出して渡してくれた。

「これなら知っています。この図形だか文字だかは前にどこかで見ました――」

微かな記憶が、ほとんど忘れた夢のように意識に浮かびあがろうとしていたが、それをつかまえようとしたときダフニスが言った。

「もちろん見たことがあるでしょうとも。哀悼する名無しの精霊の大理石の台座の穴は、ちょうどこんなふうに並んでましたから」

「穴――」わたしは頭をひねって考えた。

「しかしおそらく何の意味もありません。記念碑自体が冗談なんです。いつまでも未完成のままです。碑銘もありませんし、翼もずっと欠けています。ヴェッケンバルトという人の作品なんです」

「その人なら知っています。廃墟建築家のF・ヴェッケンバルトさんですね」

「あの廃墟記念碑は、かなり前にヴェッケンバルトが友のために建てさせたものです。あのころ彼はまだ廃墟建築師補でした。でも今は――」

「廃墟建築局長ですね」わたしは言った。

「ええ」ダフニスは言った。

あたりは急速に暗くなってきた。わたしたちのいる柱のふもとはすでに闇に近い。目を閉じると、紙切れをしばらく見つめていたせいで、点々が黒の背景の中に白く浮かびあがった。――そのときいきなり謎が解けた……だが本物の神秘を解明したときはいつもそうだが、それは新たな神秘のはじまりにすぎなかった。

「碑銘は

SATOR
AREPO
TENET
OPERA
ROTAS

でした」目を閉じたままわたしは言った。

「紙切れをこちらにください」ダフニスの声が聞こえた。

そこで目を開けると、とつぜんの明るさに面食らった。

「先ほどもらっていくのを忘れました」警部が言った。「調書のために必要なのです。おそらくこれは秘密の暗号で、小アインシュタインはスパイかもしれませんから……」

紙切れを警部に渡し、何か言おうとしたそのとき、列車は速度を落として、照明のまばゆい駅構内に入っていった。警部はあわただしく別れを告げた。わたしは窓を下ろして外を見た。ラウドスピーカーが意味不明の言葉を喚きたてるなか、尼僧たちがあとからあとから降りてきて、群れをなして地下通路へ歩いていった。ルルド行きの乗り換え便はすでに別のプラットフォームに停まっていた。

幻想のオーストリア・その一――『廃墟建築家』

垂野創一郎

二十世紀オーストリアの幻想小説のなかでもとびきり不思議な話を選りすぐり、これから何冊か翻訳していくことにします。いずれも長篇小説としては日本に初めて紹介される作家のものばかりです。各々の本の解説では、当該作品に触れつつ、二冊目、三冊目と巻を追うにしたがってだんだんとオーストリア幻想小説の特質に光を当てられればと思っています。

その第一冊目がこの本なのですが、中にはさっそく、待ちかねたように物語がぎっしりといっぱいに詰まっています。「奇商クラブ」会員と列車内で出会う話、『鏡の国のアリス』のトゥイードルダムとトゥイードルディーみたいな機械仕掛けの双子に案内を乞う話、高山の龍退治の話、少年二人がクリスマスソングを歌うと人が死ぬ話、チェロを弾かないチェロの巨匠の話、人口抑制計画がカストラートの輩出をうながす話、贋のフリードリヒ大王が大活躍する話、ほかにもまだまだたくさんあります。物語と物語のすきまも、物語の切れはし、あるいは余談で埋められています。章立てがなく、ところどころ空白行をはさみながら、全体が一篇の夢物語に仕立てられているのです。

なにしろ夢物語というくらいなので一筋縄ではいかない話ばかりで、たとえばあるひとつの物語では、語り手の女性が「今お話ししているのは本当の話ですので」と言っています。しかし本当の話ならなぜその話のあちこちに、ブラム・ストーカーの『ドラキュラ』そっくりのエピソードが出てくるのでしょう。「本当」というのはどのレベルで本当なのか、たんに夢のある階層のレベルだけで「本当の話」なのでしょうか。
なにぶんそういう本ですから、必ずしも最初から読む必要はありません。たとえばドレミファソラシではじまる名前を持つ七人の姪の中の一番年上のお姉さんドリメーナの話（p. 145）あたりから読むのもひとつの手です。この本では時間がちょっと変わったふうに流れていますから、どこから読んでもたぶん大丈夫なはずです。解説としてはちょっと先ばしりますが、この本の初めのほうに出てきて、そして最後をしめくくる暗号の呪文「SATOR AREPO TENET OPERA ROTAS」のように。

この本には音楽がいつも流れています。誰もが歌を歌っています。電球の歌う白鳥の歌で小説ははじまり、夕べに燕たちが歌う「百二十八声の短い黄金《きん》のカノン」で終わります。作中で演奏されるのはドヴォルザーク『チェロ協奏曲』、ベートーベン『チェロとピアノのためのソナタ第二番』『エロイカ変奏曲』、シューベルト『弦楽五重奏曲』などで、だめ押しのように作者自身の作曲とおぼしい楽譜まで挿入されています。

ところで多くの人がオーストリアの精神に触れるのは、言葉を介してよりも先に、まずは音楽によってでしょう。ハイドン、モーツァルト、シューベルト。それからもろもろのウィンナワルツやオペレッタ。ある人がハイドンに向かって、どうしてあなたのミサ曲は重苦しくもいかめしくもないのですか、とたずねたそうです。ハイドン答えていわく、なにしろ神さまのことを考えると、つい楽しくなってしまうものですから。この言葉はオーストリアの国民性を巧まずして表わしてはいないでしょうか。

そしてわれわれが音楽から受けるオーストリアの印象は、のちに言葉によって――つまり文学や歴史によってオーストリアを知るようになっても、そう大きく変わりません。そこでは精神はリズムやハーモニーとともにあります。時代の精神状況はしばしば音楽によってもっともよく表現されます。マーラー。シェーンベルク。こんな国がほかにあるでしょうか。

音楽にあふれた小説といえば、日本では、とりわけ推理小説愛好家のあいだでは、『黒死館殺人事件』がまず思い浮かぶでしょう。これはけして突飛な連想ではないと思います。モーツァルトの葬儀から想を得たと作者の言う『黒死館』も音楽尽くめで、『廃墟建築家』と同じく、敷地の外に出られない弦楽四重奏団のメンバーが重要な役を演じます。そしてやはり『廃墟建築家』と同じく、本筋とは必ずしも関わりをもたないエピソードや脇筋がおびただしく、ともすれば本筋をかき消さんばかりの勢いで入れかわり立ちかわり現われます。「そこには……百二百の探偵小説を組立てるに足るほどのおびただしい素材が転がっているのだ」と江戸川乱歩が序文で書いているとおりです。つまり『黒死館』も『廃墟建築家』も、波のさかまく奇譚の海なのです。また正史から偽史をつむぎ出す手付きも、虫太郎とローゼンドルファーには、相似《あいに》たものが感じられます。たとえば本書中の贋フリードリヒ大王のエピソードは、虫太郎の「ナポレオン的面貌」を思わせるではありませんか。そして物語を締めくくるのは両者とも暗号です。

ですが『黒死館殺人事件』と『廃墟建築家』は大もとで異なります。『黒死館』はゴシックですが、『廃墟』はバロックです。

(そろそろ作品の内容に立ち入っていきますので、このあとがきから先に読んでいる方はここらあたりで本文に戻ることをおすすめします。この小説のように「驚き」を感銘の主要素とする作品は、白紙の状態で読むのが何よりですから)

幻想文学の読者ならばゴシックはすでにおなじみでしょう。それとバロックとはいかなる違いがあるのか。『廃墟建築家』の面白さを理解するには、そこらあたりを手がかりにしていくと見通しがよいように思われます。なにしろ「オーストリアはバロックの国だ。バロックの国にはロマンティックの国やゴシックの国とは違うジャンルの幻想小説がある」と、ハンガリー生まれのベルギーの批評家ジャン・ジェリ（Jean Györy）が、アンソロジー『幻想的オーストリア――カフカ以前と以後』（*L'Autriche fantastique, avant et après Kafka*, 1976）の序文で言っているくらいですから。

とはいえ、専門的な議論――ゴシックとは何か。バロックとは何か。ゴシック建築とゴシック文学はどう関連するか。バロック建築とバロック文学はどう関連するか――などに入っていくことは、筆者の手に余ります。ここではごく表面的な対比を行うだけで勘弁してください。

まずあげられるのはゴシックの重さにくらべてバロックの軽さ、あるいは軽やかさでしょう。ゴシック小説につきものの城館はどっしりとしていますが、『廃墟』の葉巻シェルターはアルミニウムフォイルでできた、いわばぺこぺこなものです。深刻な状況を描いてもバロックには浮遊感があります。ティエポロの描く青空に浮遊する天使のような。

第二にゴシックは閉ざされていますがバロックは開かれています。ジョン・ダンが「何人《なんぴと》も孤島にあらず」と言ったような、閉じることの不可能性がそこにあります。つまりいかなる小宇宙も大宇宙に開かれざるをえないのです。もっとも、『廃墟建築家』では、未知の力を持つ敵から身を守るために、人々は巨大な地下シェルターにこもります。もはやそこから出られる望みはないけれど、その中でできるだけ楽しもうとします。この設定はおそらくゴシックの末裔E・A・ポーの「赤い死の仮面」を手本にしているのでしょう（ポーにかぎらず、この小説には、先ほど言及した『アリス』や『ドラキュラ』など、過去の文学遺産がところどころで召喚されていて、それもこの小説を読む楽しみのひとつになっています）。

しかしポーの短篇とは違って、この小説の場合は、防壁が敵に突破されたらそれで一巻の終わりとはなりません。そもそもシェルターは敵の精神的な攻撃に対してシェルターの役を果たしていない――つまり「閉じて」いませんし、いよいよ終盤になるとシェルターそのものが外の世界――冬園――につながって、うやむやになってしまいます。あたかも作中でどんな設定をしようと、しょせんそれは舞台の上のたんなる書き割りにすぎないよ、と言っているかのようです。

それに関連して入れ子構造の使い方の違いが三番目にあげられましょう。話の中にまた話があって、という入れ子構造は、ゴシックでもバロックでもその一要素として見られます。

まずバロックのほうから行きますと、『オーストリア文学小百科』(水声社)には「劇中劇」という項目があり、その執筆担当者である原研二はこう書いています。「世界をひとつの劇場と見なし、生を夢と考えるバロックの時代において仮構の世界である演劇は大きな意味を担ったが、演劇それ自体のなかで、この仮構は劇中劇というかたちで繰り返された。この劇中劇は、バロックのもっとも独特で啓発的な創造のひとつであると見なされる」。

このような「世界は舞台」という発想――つまり超越的な存在から見れば現世もひとつの舞台にすぎず、そこで観劇を楽しむわれわれは劇中劇を見ているのだ――というバロック的世界観を具現した作品を日本に求めるなら、さしずめ竹本健治の『ウロボロスの偽書』がそれにあたりましょう。この小説では最初のうちは三本の筋が互いに独立に進んでいきます。それらを順番にABCとしますと、Bは実在人物が実名で登場し、身辺雑記と思われるほど日常の描写に終始します。逆にCはまったく荒唐無稽な話で、Aは非日常性においてはBとCの中間くらいです。そしてCはBに登場する竹本健治が書いた話、AはBの竹本があずかり知らぬうちに自分のワープロに保存されている話ということになっています。すなわちゆるい入れ子構造を持っているわけです。ところが後半になると各々の登場人物が同じ舞台に乗ります。つまり道端でBの人物とCの人物が顔を合わせたりするわけです。ちょうどこの『廃墟建築家』で、最初は全然違う入れ子のレベルにいると思われた廃墟建築家とカストラートの公爵が、小説のおしまい近くで親しく語り合うように。これは代表的なバロック演劇であるカルデロン・デ・ラ・バルカの『人生は夢』で、夢と現《うつつ》という隔絶したものだと王子セヒスムンドが認識していた二つの世界が、実は地続きだったというのと軌を一にしています。

それに対してゴシックの入れ子構造はどうなっているかというと、その典型例として、たとえばC・R・マチューリンの『放浪者メルモス』を見てみましょう。主人公ジョン・メルモスにスペイン人アロンサ・モンサダが己の身の上を語り、その中でモンサダはユダヤ人アドナイジャの手稿を筆記するのですが、その手稿の中でも放浪者メルモスなる者（先のジョンとは別人）が物語を語っているという、ともすれば読者が語りのどのレベルにいるのかわからなくなるくらいややこしい仕組みになっています。ひとつの物語が終わって語りのひとつ上のレベルに戻ると、「あれっここはどこだっけ？」と道に迷ったような心地がするほどです。以上は『世界文学あらすじ大事典』（国書刊行会）を見て書きましたが、この事典がなければ筋書きをまとめることすらお手上げだったでしょう。

手荒に対比させるとすれば、入れ子構造はバロックでは世界の仮構性（あるいは演劇性）を描くために、そしてゴシックでは世界の迷宮性（あるいは牢獄性）を描くために使われるといっていいかもしれません。最終的には入れ子の仕切りが取り払われる『廃墟建築家』が前者をめざしていることは言うまでもありません。

ただし、入れ子構造といっても、『廃墟建築家』では、「語り」ではなく「夢」が入れ子になっています。つまり「夢の中でまた別の夢を見る」というかたちで物語が進んでいきます。実際にもこれは珍しいことではなく、わたしたちの見る夢でも、夢の中でまた別の夢を見ている感じで、ある場面が切れ目なく別の場面に移り変わり、夢の中ではそれを別に不思議に思ってはいないのはよくあることです。

『廃墟建築家』では冒頭で列車内にいる語り手が謎の男から紙片を渡されます。それを見て頭をひねっているうち、場面はなだらかに庭園の塀に沿う街路に変わってしまいます。庭園の中に入った語り手は踊る男ダフニスに会い、それから廃墟建築家たちのいる蒸気船に乗り込みます。ここまでは場面が連続しているように見えますが、その後物語がいろいろ展開したあと、終盤近くで語り手がふたたびダフニスに会うと、三十分前にあなた（語り手）と別れたばかりだと言われます。つまり「まもなくたどりついた高台から」（p. 23）の段落から、久生十蘭の「予言」ばりのさりげなさで別の夢、あるいは白昼夢か回想かに移っているのです。

語りによる入れ子の場合は階層がはっきりしています。つまりある話の登場人物がその中でまた話を語っているときは、どちらが「話」でどちらが「話の中の話」なのかは明白です。

ところが夢の場合は必ずしもそうではありません。本書の中に、語り手が夢の中でカストラートの公爵からピンクの錠剤をもらうエピソードがあります（p. 157）。これを飲んでおけば目が覚めたあとも夢の記憶は消えないというのです。しかし作中の従僕が正しくも指摘するように、夢の中で飲んだ薬が目が覚めたあとで効くのは不思議ではありますまいか。むしろ薬を飲んだときが現《うつつ》で、葉巻の中で目を覚ます場面が、実は夢だと考えたほうが、薬の作用としては納得しやすいでしょう。

それに夢の中の人物であるはずのカストラートの公爵が「あなたがお眠りだったので」と語り手に言っているではありませんか（p. 144）。公爵の視点からは、この「あなた（語り手）」は葉巻シェルターの夢を見ているのかもしれません。

怪しいところはまだあります。夢の中で語り手は七人の姪のうち六人目までの話しか聞いていません。最後の一人の話は聞かないうちに目が覚めてしまいます。それは語られないまま終わるかというとそうではなく、葉巻シェルターの場面より一段上（つまり現《うつつ》により近い）と思われる場面で語られるのです。

もうひとつ言えば二人目の姪が語るステリダウラの話は、ドン・エマヌエーレの語る思い出話の前日譚になっています。くどいかもしれませんが、あともうひとつだけ言えば、葉巻の中の語り手は元首カローラの部屋で、カストラートと七人の姪を描いたと思われる肖像画を目にします（p. 346）。これは七人の姪の話を夢だとすれば不思議なことです。なにしろ自分の見た夢の情景が、縁もゆかりもない女性の部屋に、先祖の肖像画として飾られているのですから。でも、こちらのほう（つまりカローラのほう）が夢とすれば不思議ではなくなりはしませんか。そもそも後半で起こるカローラやナンキン・ガールズの処刑の理不尽さは、現に近いものというより悪夢というにふさわしいものです。

こんなふうに「夢の中の夢」は「話の中の話」と違ってどちらが入れ子のより内側なのかわからない――というより内とか外とか問うことにあまり意味がなくなるのが厄介ですが、同時に面白いところでもあります。

そういえば「夢を見るという夢を見るとき、われわれは目覚めに近い（Wir sind dem Aufwachen nah, wenn wir träumen, daß wir träumen.）」というノヴァーリスの有名な断章がありました。これはちょっと考えると「ああ自分は今夢を見ているな、と夢の中で気づくなら、もうすぐ目が覚める」という意味のようにも思えます。でもそれでは面白くもなんともありません。すくなくともノヴァーリスにわざわざ教えてもらうほどの真理ではありません。

それより「夢を見るという夢」を文字通りに「夢の中でもうひとつ別の夢を見る」と解してはどう

でしょう。「夢」から「夢の中の夢」へと深く夢に沈むにつれ、実は逆に「目覚め」に近づいていると考えればどうでしょう。この『廃墟建築家』の中で起こっていることは、まさにそのようなことではないでしょうか。語り手も夢を見た体験をこう語っているではありませんか。「むしろその時、より深い夢からいわば目覚め、より浅い、より現実に近い夢へ移ったような気がする」(p. 141)

夢と並んでこの小説を支配するのは時間の混乱でしょう。作中で「位相偏差(Dispositionsparallaxe)」と呼ばれる現象のおかげで、葉巻の中には均一の時間が流れておらず、時計は無用の長物になります。たとえば部屋のこちらでは十分しか経過していないのに向こうでは一時間経っていることも起こるのです。葉巻の外でも、語り手が蒸気船の中で会ったドン・エマヌエーレは十八世紀からずっと生きているように思えますし、世界の終わりまで死ぬに死ねないさまよえるユダヤ人まで登場します。

夢物語だから時間が変なのはあたりまえだと言ってしまえばそれだけの話ですが、必ずしもそれだけはすまされないものがあります。というのはこうした時間感覚はハプスブルク旧君主国圏内ではものすごく変わっているというわけでもなくて、有名な例をあげればブルーノ・シュルツの「クレプシドラ・サナトリウム」でも時間はそんなふうに流れています――こんなふうに書いていくとどんどん脱線しかねませんので時間についてはこのへんで切り上げ、続きは綺想小説コレクション次回配本予定の『男爵と魚』の解説に譲りましょう。『男爵と魚』には時計だらけの村が出てきます。それらは全部違う時刻を指しているのですが、村人はそれを意に介さないどころか誇りにさえ思っています。村の教会には懐中時計やその他の時計が奉納され、中央祭壇のキリスト像は文字盤に囲まれているのです。

小説の終わり近く（p. 448）で出てくるＳＡＴＯＲ　ＡＲＥＰＯ……という謎のような言葉は、ご存知の方も多いでしょうが、文字による魔法陣すなわち二次元の回文です。つまり左上から始めて左から右に読んでも、上から下に読んでも、あるいは右下から右から左に読んでも、下から上に読んでも、同一の文章「SATOR AREPO TENET OPERA ROTAS」になります。G・R・ホッケの『文学としてのマニエリスム』によれば、これはラテン語でおおよそ「農夫アレポがその手で鋤（車輪）を操る」という意味になります。この魔法陣は古代ローマの遺跡にすでに見られ、中世から近世に伝えられるにつれ、日本の回文和歌「なかきよの　とおのねふりの　みなめさめ　なみのりふねの　おとのよきかな」のように、一種呪術的な意味合いを帯びてきました。

この魔法陣はその少し前にもシモーニスの朗読する小説の中で呪文の一部として出てきますが（p. 424）、実は小説の初めから登場しています。冒頭で語り手は列車内で出会った見知らぬ男から紙切れを渡されます。そこには点々が一見無秩序に並んでいます。「こんなことは前にもあった。前世のことか、現世のことか……」と語り手は既視感を覚えますが、次の瞬間に場面は急転換します。

実はこれは点字めいた暗号で、以下のキーを使えば魔法陣に解読できます。

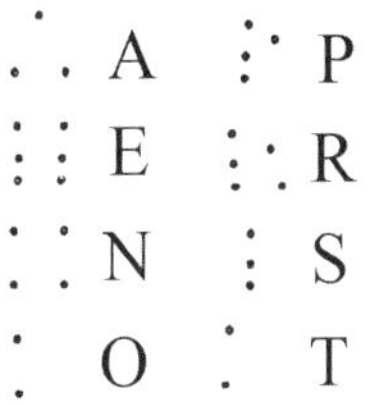

（もっとも最後のROTASのTのところが合いませんが、これは誤植のたぐいではと思います）

次にこれが出てくるのが、記念碑の碑銘が剝ぎとられたあとの「石に開いた小さな穴」（p. 16）です。もっともその穴の配置が、列車で見せられた紙片の穴と同じ配置をしているとまでは書いてありません。しかし物語の最後のほうの「点々が黒の背景の中に白く浮かびあがった」というところで、点々の並びと魔法陣がいわば重ね合わされ、「そのときいきなり謎が解けた」と語り手は得心します（たとえ「それは新たな神秘のはじまり」にすぎないとしても）。きっとこの時点で語り手にも暗号が解けたのでしょう。

それにしてもこの魔法陣は物語全体の中でどういう意味を持つのでしょう。単なる装飾にすぎないのでしょうか。場面転換が行われるときには前触れのように現われることを考えるなら、やはり何らかの意味はあってほしいものです。たとえばこの回文がタテヨコどんな風に読んでも結局同じになることに注目するなら、「逆さであってもかまわない、どうせ結果は同じなのだから」という含み――夢と現の双方向性を象徴しているようにも思えてきます。

つい作品の話が長くなりましたが、ここらで作者のほうに移りましょう。わたしの知るかぎりでは、この作家に日本でもっとも早く着目したのは前川道介です。『ミステリマガジン』一九七九年四月号に短篇「アナキストの料理書」、同誌八一年三月号に「公園での出会い」（初出時は「公園の出会い」）を訳載し、また『幻想文学』十七号（八七）に掲載されたインタビューでは、最近の幻想文学畑の作家を「パンチ力がないし、文章に全然力がなくて」とひとしなみに否定したあと、「一人だけ褒めておくと」とローゼンドルファーの名をあげ、短篇しか読んでいないがと断りながらも、「文章でバスター・キートンをやってる男と評されるくらい、ヒネリがきいて、ちょっと味のある作品を書きますね」と評価しています。

そのヘルベルト・ローゼンドルファーは一九三四年に北イタリアのボーツェン（イタリア名ボルツァーノ）近くの町グリースで生まれました。この地は第一次大戦前までオーストリア・ハンガリー二重君主国の領土だったためドイツ系の住民が多く、ローゼンドルファー家もその例にもれません。本人の言によると彼の四人の祖父母は「二重君主国のドイツ語圏のそれぞれ異なったさまざまな場所の出身」だそうです。

ナチスドイツによるオーストリア併合後の三九年、その移民政策により一家はドイツ国籍を得てミュンヘンに移住しました。ほどなく彼の父は徴兵され四三年に戦死、残された一家は爆撃を避けてオーストリア・チロル地方のキッツビューエルに疎開し、そこで終戦を迎えたのち、四八年にふたたびミュンヘンに戻りました。

その後ローゼンドルファーは一時は舞台芸術家をめざしたものの、まもなく法曹界に転じ、六九年にミュンヘンの区裁判所判事、九三年にナウムブルクの上級地方裁判所判事に就任し、九七年に高齢のため引退するまでその職にとどまっています。

そのかたわら本書『廃墟建築家』（六九）を皮切りに陸続と作品を発表しています。冊数があまりにも多いため全部は紹介できませんが、主な長篇をあげただけでも、史実では一九一八年に消滅したはずのバイエルン王国がなぜかずっと存続していて、その王女がゴリラを父として産んだ子がミュンヘン市長になる『ドイツ組曲』（七二）、急に無人になった世界を放浪する主人公を描く、ちょっとM・P・シールの『紫の雲』を思わせる『アントンのためのグランド・ソロ』（七六）、くり返し見る夢をきっかけにある女性が十八世紀のコルドバに転移する『シュテファニーと前世』（七七）、十世紀中国の官吏が時空を超えて現代のミュンヘンを訪れる『中国の過去への手紙』（八三）、宇宙から来た

UFOによってヨーロッパの人々がコロンブスに発見されたインディオのような状態にされる『黄金聖者あるいはコロンブスがヨーロッパを発見する』（九二。アメリカ大陸発見五百周年記念出版だそうです）など、いずれもユニークなものばかりです。

こういう変に凝った話ばかりを書く作家は、少数の読者にしか愛されない不遇の生涯を送りそうですが、まったくそんなことはなく、ドイツ語圏で彼はまずまずの人気作家といえるのではと思います。『中国の過去への手紙』はベストセラーになり（英訳ペーパーバックの裏表紙には「百万部以上売れた」と書いてありました）、また『黄金聖者あるいはコロンブスがヨーロッパを発見する』はドイツにおける二大SF賞であるクルト・ラスヴィッツ賞とドイツSF大賞を獲得しました。

小説以外にも、『ドン・オッターヴィオの回想』（八九）などのエッセイ、『初心者のためのバイロイト』（六九）、『ローマ』（九三）などのガイドブック、それから伝記『ホンブルクの公子』（七八）、歴史書『ドイツ史』全六巻（九八―一〇）、その他に戯曲やテレビドラマ用の台本まで書き、そのうえ作曲まで手がけているのですから、裁判所の仕事は大丈夫なのかと心配になるくらい旺盛な活動ぶりです。逝去の翌年に出たインタビューその他を収めた本『わたしは神の不在を疑いはじめた』（一三）には、広々とした自宅の庭園を背景に、三十歳年下の夫人と幸せそうに並んでいる写真が載っています。

ところで先ほど触れた経歴を見て不審に思われた方はいませんか。この作者はほとんどオーストリアに住んでいません。かろうじて少年時代の四、五年だけキッツビューエルに疎開しただけで、イタリアで生まれて、生涯の大部分をドイツのミュンヘンで過ごしています。『廃墟建築家』を「オーストリア綺想小説コレクション」に入れたいがために、訳者はローゼンドルファーを無理やりオーストリア作家に仕立てあげたのではあるまいか。そう邪推する人が出てきても不思議ではありません。

しかし先に引用した『オーストリア文学小百科』にもローゼンドルファーはちゃんと立項されていますから、一般の認識としても彼はオーストリア作家なのです。どうしてそうなるのか、最後に少しだけ触れましょう。

「ビザンチン風ロココについて、あるいはいかにしてわたしは北方ドイツ人にヘルツマノフスキーを理解させようと試みたか」という長いタイトルのエッセイがローゼンドルファーにあります。フリッツ・フォン・ヘルツマノフスキー＝オルランドの『皇帝に捧げる乳歯』を読んでも珍紛漢紛《ちんぷんかんぷん》だったあるハンブルクの人が、「オーストリア人であるあなたならこれが何なのか説明できるでしょう」とローゼンドルファーに言い、その返答がこのエッセイの内容になっています。そこでローゼンドルファーはまずこう前置きをします。

「それ（＝わたしがオーストリア人であること）は貴兄の誤解でありまして、わたしはチロル人なのです。ですからきちんと申すならば、わたしがかつてオーストリア帝国議会において代表となった王国やその他の国のひとつの住民であることをご存知であるところの貴兄から、わたしは説明を要請されたというわけです」

すなわちかつてはオーストリア・ハンガリー二重君主国の一構成要素であった生まれ故郷チロルの地とその歴史への愛着が、ローゼンドルファーをしてオーストリアの作家（正確にはチロルの作家）と自己規定させているわけです。作品から見ても、ドイツ文学としてはあまりに異質で、むしろオーストリア文学の系譜に置いたほうがしっくりくるというのはもちろんあります。

このチロル地方は十四世紀以来ハプスブルク家の領地で、とりわけインスブルックに居城を置いた神聖ローマ帝国皇帝マクシミリアン一世のもとで大いに栄えました。一時はナポレオンによってバイエルン領に編入されましたが、その失脚後ふたたびオーストリア領に戻りました。ところが第一次大戦後のサン＝ジェルマン条約（一九一九）により北部はオーストリア領、南部はイタリア領に分割されてしまいます。その後ナチスの台頭により少しごたごたしたものの、今にいたるもチロルはオーストリア（チロル州）とイタリア（ボルツァーノ自治県およびトレント自治県）に分かれたままです。国家による多分に便宜的なこうした線引きを気にしなければ、チロルはもとからひとつのものであり、しかも元ハプスブルク文化圏の中にあり、それを踏まえてローゼンドルファーは自分はチロル人と言っているのでしょう。

チロルはまた、ヘルツマノフスキー＝オルランドの存在ゆえに、オーストリア幻想文学史において は重要な地になっています。そうです。先ほどハンブルクの人が珍紛漢紛と言った『皇帝に捧げる乳歯』を書いたまさにその人のゆえにです。アルフレート・クビーンの親友であったこの作家は、今はイタリアのボルツァーノ自治県にあるメラーン（イタリア名メラーノ）を第二の故郷のように愛し、後続の一部の作家に大きな影響を与えました。現代オーストリア幻想文学の震源のひとつともみなしうる人物です。ローゼンドルファーも、そして次回配本予定のペーター・マーギンターもその影響圏にあります――でもこの話もやはり次の本の解説でしましょう。

――いや、最後にひとつだけ。奇妙きてれつな、あるいは異様に細部にこだわる、時には卑俗も恐れない、とりとめないエピソードの積み重ねを通じて、あったかもしれない、それともなかったかもしれない世界をかいま見ようとするがごときこの小説には、明らかにヘルツマノフスキー＝オルランドが影響しています。そのとりとめのなさと官僚的細かさは、はたして実体があったかどうかもわからないハプスブルク帝国の幻を希求するものかもしれません。

翻訳の底本には *Der Ruinenbaumeister* (Diogenes-Verlag, 1969) を用いました。この初刊本のテキス

トは、後にローゼンドルファー傑作選集全六巻のうちの一冊として刊行された版（一九九二）のものとは、ところどころ異なっています。英訳やフランス語訳は後者を底本としているようですが、この九二年版は文章の錯綜している部分が往々にして刈り込まれ、ローゼンドルファーの毒が薄まっているように感じられましたので、原則として参照するだけにとどめました。

ヘルベルト・ローゼンドルファー　Herbert Rosendorfer
一九三四年、南チロル地方（北イタリア、ボルツァーノ）のグリースで生まれる。三九年にミュンヘンに移住し、四三年にはオーストリア・チロル地方のキッツビューエルに疎開、四八年に再びミュンヘンに戻る。ミュンヘン美術院で舞台美術を学んだ後、ルートヴィヒ・マクシミリアン大学法学部へ進み、法曹界入り。ミュンヘンの区裁判所判事、ナウムブルクの上級地方裁判所判事などを歴任。法律家としての仕事の傍ら、『廃墟建築家』（六九）、『ドイツ組曲』（七二）、『アントンのためのグランド・ソロ』（七六）、『シュテファニーと前世』（七七）、『中国の過去への手紙』（八三）、『黄金聖者あるいはコロンブスがヨーロッパを発見する』（九二）などの長篇小説を発表。その他『ドイツ史』全六巻、伝記、エッセー、戯曲、旅行ガイドなど数多くの著作があり、作曲家としても活躍した。二〇一二年死去。

垂野創一郎　たるの・そういちろう
一九五八年、香川県生まれ。東京大学理学部卒。翻訳家。編訳書に『怪奇骨董翻訳箱　ドイツ・オーストリア幻想短篇集』（国書刊行会）、訳書にレオ・ペルッツ『最後の審判の巨匠』（晶文社）、『夜毎に石の橋の下で』『ボリバル侯爵』『スウェーデンの騎士』『聖ペテロの雪』（以上国書刊行会）、『アンチクリストの誕生』『どこに転がっていくの、林檎ちゃん』『テュルリュパン』（以上ちくま文庫）、グスタフ・マイリンク『ワルプルギスの夜　マイリンク幻想小説集』（国書刊行会）、J・L・ボルヘス／オスバルド・フェラーリ『記憶の図書館　ボルヘス対話集成』（国書刊行会）、アレクサンダー・レルネット＝ホレーニア『両シチリア連隊』（東京創元社）、バルドゥイン・グロラー『探偵ダゴベルトの功績と冒険』（創元推理文庫）などがある。

DER RUINENBAUMEISTER
Herbert Rosendorfer
1969

オーストリア綺想小説コレクション1

廃墟建築家《はいきょけんちくか》

著者　ヘルベルト・ローゼンドルファー
訳者　垂野創一郎

2024年12月10日　初版第一刷発行

発行者　佐藤丈夫
発行所　株式会社国書刊行会
〒174-0056 東京都板橋区志村1-13-15　電話03-5970-7421
https://www.kokusho.co.jp
印刷　創栄図書印刷株式会社
製本　株式会社ブックアート

装幀　コバヤシタケシ
ケース装画　ジョヴァンニ・バッティスタ・ピラネージ
『ティヴォリ近郊、通称トッセ神殿の眺め』1763年
企画・編集　藤原編集室

ISBN978-4-336-07680-9
落丁・乱丁本はお取り替えします。

オーストリア綺想小説コレクション 1

廃墟建築家

ヘルベルト・ローゼンドルファー
垂野創一郎訳

廃墟建築家が設計した葉巻型巨大シェルターに
世界の終末を逃れて避難した人々が語る
奇想天外、摩訶不思議な物語の数々。
幾重にも入り組んだ枠物語のなかで
主人公は夢と現実の境界を行き来し、時に見失う。
はたして夢見ているのは誰なのか?
オーストリア・バロックの粋を凝らした魔術的傑作。

定価 4620 円(10%税込)

怪奇骨董翻訳箱

ドイツ・オーストリア幻想短篇集

垂野創一郎編訳

ドイツ・オーストリアが生んだ
怪奇・幻想・恐怖・耽美・諧謔・綺想文学の、
いまだ知られざる傑作奇作 18 篇を収録。
《人形》《分身》《閉ざされた城にて》
《悪魔の発明》《天国への階段》《妖人奇人館》
六つの不可思議な匣が構成する
空前絶後の大アンソロジー。本邦初訳多数。

ワルプルギスの夜

マイリンク幻想小説集

グスタフ・マイリンク

垂野創一郎編訳

第一次大戦中のプラハを舞台に
老貴族たちの破滅の様を描く『ワルプルギスの夜』、
〈メデューサの首〉との対決によって
人間界を去り仙人的存在となった主人公が
その思い出を語る『白いドミニコ僧』の2長篇に
短篇8編とエッセイ5編を収録。
ドイツ幻想小説の最高峰マイリンクの作品集成。

定価 5060 円(10%税込)